Das Buch

»Meine eigenen Fenster nämlich blickten weder nach Santa Maria sopra Minerva noch nach dem Pantheon hinüber, sondern in die samtenen Schatten jenes Hofes hinab, wo inmitten von allerlei Palmen, Magnolien und zierlichem Schlingkraut der Brunnen seine eintönig-süße Melodie wob ...« Veronika, ein junges Mädchen aus Deutschland, lernt ein doppelgesichtiges Rom kennen. Da ist einmal die heidnische Stadt der Antike und zum anderen das christliche Rom. Die Ewige Stadt – »erhabenes Gefäß und Symbol aller Größe und Schönheit« – wird zum zentralen Erlebnis des Mädchens. Bevor sich Veronika für den Katholizismus entscheidet, ist sie verschiedenen geistigen Einflüssen ausgesetzt: der halbherzigen Frömmigkeit ihrer Tante Edelgart, dem klassisch-humanistischen Heidentum der Großmutter, die ihr Rom in seiner vergangenen Glorie zeigt, und schließlich dem dynamischen anarchischen Heidentum des jungen deutschen Dichters Enzio, der sein Heil in der Kunst sucht. Die Sprache dieses exemplarischen christlichen Romans vereint einen frommen Legendenton mit Elementen mystisch-romantischer Innerlichkeit wie traditioneller Klassizität.

Die Autorin

Gertrud von le Fort, geboren am 11. Oktober 1876 in Minden, entstammt einer ihres protestantischen Glaubens wegen aus Norditalien nach Genf ausgewanderten Familie. Sie studierte protestantische Theologie, Geschichte und Philosophie und trat 1925 in Rom zur katholischen Kirche über. Sie starb am 1. November 1971 in Oberstdorf.

Gertrud von le Fort:

Das Schweißtuch der Veronika
Der römische Brunnen

Roman

Deutscher
Taschenbuch
Verlag

dtv

Ungekürzte Ausgabe
Oktober 1991
Deutscher Taschenbuch Verlag GmbH & Co. KG,
München
›Das Schweißtuch der Veronika‹ ist zugleich
Titel einer Romantrilogie, deren erster Teil
hier vorliegt.
Mit freundlicher Genehmigung des Franz Ehrenwirth
Verlags GmbH & Co. KG, München

ISBN 3-431-02670-2
Umschlaggestaltung: Celestino Piatti
Gesamtherstellung: C. H. Beck'sche Buchdruckerei,
Nördlingen
Printed in Germany · ISBN 3-423-11449-5

Das Lied meiner Jugend war das Lied eines kleinen römischen Brunnens, der seinen zarten Strahl in das vergreiste Marmorbecken eines antiken Sarkophages ergoß, an dessen Rand man mich als Kind aus dem fernen Deutschland verpflanzt hatte. Der alte Palast, in dessen Hof der Brunnen rann, erhob seine goldfarbigen Massen aus dem schattigen Gewirr der tiefen Straßenschluchten des Campo Marzio gegen den kleinen sonnigen Platz von Santa Maria sopra Minerva. Wir sahen aus den Fenstern unserer Wohnung die steile, verschlossene und geheimnisvolle Stirn dieser Kirche. Ihr zugewandt lagen die Zimmer meiner Tante Edelgart und Jeanettes, während der prächtige Salon meiner Großmutter auf die majestätische Rotunde des Pantheon blickte, in der die Ewige Stadt das am vollkommensten erhaltene Monument ihrer erhabenen Vorzeit verehrt. Die Verteilung dieser Fenster – so will es mir heute erscheinen – entbehrte nicht eines tieferen Sinnes; wenigstens behauptete meine Großmutter von sich selbst, daß sie eine Heidin sei, während meine Tante Edelgart es liebte, als katholische Christin angesehen zu werden, und die kleine Jeanette auch wirklich eine solche war. Ich wuchs also gewissermaßen zwischen zwei Welten auf, die nicht nur unsichtbar und geistig, sondern in lebendige Gestalten und große, gewaltige Gegenstände eingekörpert nach meiner jungen Seele zu greifen suchten, lange bevor ich mir dessen bewußt war. Meine eigenen Fenster nämlich blickten weder nach Santa Maria sopra Minerva noch nach dem Pantheon hinüber, sondern in die samtenen Schatten jenes Hofes hinab, wo inmitten von allerlei Palmen, Magnolien und zierlichem Schlingkraut der Brunnen seine eintönig-süße Melodie wob. Ich hörte bei Nacht seinen geheimnisvollen Rausch, hingegossen in die sanfte Kühle der Mondnacht, und wenn ich mich im Bett aufrichtete, sah ich die Weiße seines duftigen Strahls wie einen kleinen silbernen Flügel der schwarzen Erde steil zum Himmel emporgespannt und dann wieder zum Schoß seiner Herkunft zurücksinkend.

Ich fühlte zu diesem Brunnen eine innige Zugehörigkeit; ja, manchmal kam es mir vor, als ob er das Allerverwandteste sei, was ich überhaupt auf der Welt hätte. Denn ebenso wie das zarte, lebendige Wasser immer dasselbe rauschte, so spürte ich auf dem Untergrund aller meiner Wünsche und Begehrungen immer einen einzigen leisen, aber unüberwindlich starken Ruf. Zuweilen klang er hold und geheimnisvoll wie die Nähe einer großen beseligenden Gewißheit, zuweilen quälend dunkel, wie hoffnungslos gefangenes Verlangen; manchmal war er ganz dumpf wie von Müdigkeit, ja fast, als ströme er wider seinen eigenen Willen; dann wieder konnte er mich durch sein Ungestüm erschrecken. Er nannte niemals seinen Namen; schlug ich ihm aber selbst einen solchen vor, so schien er auch zu dem schönsten, den ich ersinnen konnte, noch nein zu sagen oder vielmehr an ihm vorüberzueilen, auch darin der Stimme des Brunnens gleichend, daß er immer nur Melodie blieb, zu der ich offenbar den Text vergessen hatte.

Es fragte mich übrigens auch niemand nach ihm, denn meine Tante Edelgart fürchtete schon immer, ihrer eigenen Seele zu nahe zu kommen, geschweige daß sie sich an eine andere herangewagt hätte. Jeanette war meistens durch die täglichen Pflichten unseres häuslichen Lebens in Anspruch genommen; meine Großmutter aber ging ganz in ihren Freunden und Gästen auf, zu denen fast alles zählte, was von Deutschen nach Rom kam und vornehm, geistreich, gelehrt oder genial war. Sie kümmerte sich indessen nicht wegen dieser geselligen Neigungen so wenig um mich, sondern aus einem Grunde, welcher meine Tante Edelgart betraf; ich fühlte das ganz deutlich. Solche Gefühle aber waren bei mir stets richtig, denn ich habe von Kind auf die sonderbare Fähigkeit besessen, manches von meiner Umgebung zu wissen, was ich eigentlich nicht wußte, und zwar weder durch Nachdenken noch durch Aufmerken, sondern so, daß ich in einem mir selbst etwas dunklen Vorgang die anderen auf meinem eigenen Inneren ablas. Jeanette nannte mich deshalb scherzweise »Spiegelchen«, ein Spitzname, der mir auch im späteren Leben geblieben ist. Sie nannte mich indessen nur so, wenn wir beide allein waren, denn meine Tante Edelgart wurde durch die Bedeutung dieser kleinen Anrede mir gegenüber leicht unruhig; meine Großmutter aber mißbilligte sie aus demselben Grunde, aus dem sie sich selbst so sehr von mir zurückhielt, nämlich auch um meiner Tante willen. Trotz dieser Zurückhaltung aber glaubte ich immer, daß sie mich viel inniger liebte, als meine Tante Edelgart mich liebte, weshalb denn auch sie und nicht jene in meinem Herzen die vornehmste Stelle einnahm, bis sie eines Tages der Mittelpunkt auch meines äußeren Lebens wurde.

Die nächste Veranlassung hierzu gaben die beiden grauseidenen Katzen, welche uns mein Vater damals aus Deutschland schickte. Ich wußte, daß diese schönen, lautlosen Tiere die letzte kranke Zärtlichkeit meiner verstorbenen Mutter besessen hatten in jenen Jahren ihres Lebens, wo sie, eingeschlossen in eine freudlose Anstalt, keinen Menschen mehr ertrug. Ich selbst besann mich nicht mehr auf meine Mutter; ich hatte nur zuweilen die Vorstellung, als ob sie irgendwo in der Ferne im kühlen Schatten stände und immer noch auf meinen Vater warte, so wie sie damals auf ihn gewartet haben mochte, als sie jenen schrecklichen Anschlag auf ihr eigenes Leben machte, von dem ich durch ein Gespräch zwischen meiner Tante und Jeanette Kenntnis besaß. Jeanette hat später, als ich nach Jahren einmal mit ihr auf dieses Gespräch zu reden kam, entschieden geleugnet, daß sie und meine Tante die Tat meiner Mutter in meinem Beisein erwähnt hätten; ich müsse ihrer wohl auf dieselbe rätselhafte Weise innegeworden sein wie so manches anderen. »Ich weiß genau, Spiegelchen«, sagte sie, »daß wir damals nur ganz allgemein über die furchtbaren Möglichkeiten enttäuschter Leidenschaft sprachen. Vielleicht war auch das schon unvorsichtig in deiner Gegenwart, indessen, du mußt dir selbst darüber klar sein, daß du damals noch merkwürdig kindlich warst. Zwar wußtest du zuweilen Dinge, die uns in Erstaunen setzten, ja, man kann wohl sagen, du warst ein kluges und geistvolles Kind. Aber außerdem warst du auch ein Dummerchen: an manchem, was andere Kinder früh aufhorchen läßt, tapptest du wie blind vorüber. Es war nicht so einfach, dein Fassungsvermögen richtig zu beurteilen, und du mußt deiner Tante und mir schon verzeihen, wenn wir dich zuweilen überschätzten, zuweilen übersahen.« –

Auch damals, als die Katzen ankamen, übersah mich meine Tante Edelgart entschieden. Mein Vater hatte nämlich dem Boten, welcher uns die Katzen persönlich brachte, einen Brief mitgegeben, und die Briefe meines Vaters bestürzten meine Tante immer ein wenig, denn sie war in ihrer Jugend mit meinem Vater verlobt gewesen, und erst nachdem jenes Verlöbnis – ich wußte damals noch nicht, aus welchem Grunde – gelöst worden war, hatte er sich mit ihrer Schwester vermählt. Ich erinnere mich deutlich, wie sie das Schreiben ihres einstigen Verlobten meiner Großmutter, an die es gerichtet war, vorlas. Dabei klang ihre weiche Stimme ein wenig spröde und noch leiser als sonst, denn die Erregungen meiner Tante Edelgart pflegten nicht wie das Temperament meiner Großmutter in ungestümen und prächtigen Kaskaden hervorzubrechen, sondern sie lagen gleichsam unter einer stillen gläsernen Eisdecke: man sah und hörte es nur zuweilen wie einen geheimnisvollen Strom darunter fließen und schießen. – Es hieß in dem Brief meines Vaters, daß er die Katzen aus Pietät gegen seine verstorbene Gattin, die durch ihn so unglücklich geworden sei, bisher bei sich behalten und für sie Sorge getragen habe, nun aber könne er das nicht länger tun, denn er gedenke, sich einer Gelehrtenexpedition in ferne Erdteile anzuschließen. Er hoffe, bei dieser Gelegenheit seiner Wissenschaft noch einige wertvolle Dienste zu leisten, wobei es ihm zustatten kommen werde, daß er weder die Unzuträglichkeiten des fremden Klimas noch sonstige Gefahren scheue, da ihm am Leben nicht mehr sonderlich viel gelegen sei.

»Er gesteht selbst, daß er schon gegen Gina seine Pflicht nicht gekannt hat«, sagte meine Tante Edelgart, indem sie mit ihrer spitzen Hand den Brief kurz in seine Falten zusammenbrach und von sich schob. Ich glaubte, daß sie bei ihren Worten weniger an meine Mutter als an mich dachte, denn meine Tante drückte die Dinge zuweilen etwas anders aus, als sie gemeint waren. Ich begann daher zu weinen. Mir war plötzlich zumute, als ob der ruhelose Ruf in meinem Innern immer nur meinem Vater gegolten hätte und der rätselhaften Tatsache, daß er, der doch nie wie meine Mutter krank und in eine Anstalt eingeschlossen gewesen, sich gar nicht um mich zu kümmern schien. Meine Großmutter aber sagte in ihrer leichten, stolzen Art und so, als könne sie sich nicht entschließen, den Schluß des Briefes ganz ernst zu nehmen: »Der Arme! Möchte doch sein Herz auf dieser schönen Reise endlich genesen!«

Darauf wurde meine Tante Edelgart ein wenig rot, erhob sich mit ihren anmutigen, immer wie leicht verschleierten Bewegungen und verließ das Zimmer. Meine Großmutter aber nahm mich in ihre Arme und sagte, daß ich ihre liebe kleine Tochter sei. Sie schien alles zu wissen, was eben in mir vorgegangen war, denn sie begann mir mit sanften Worten zu erklären, daß mein Vater mich ihr und der Tante Edelgart geschenkt habe, weil sie beide mich so lieb gehabt hätten. Heute weiß ich, daß meine Mutter während ihrer Krankheit den wiederholten und dringenden Wunsch ausgesprochen hatte, ich möge von ihrer einzigen Schwester erzogen werden. Mein Vater aber, der sich an dem Zustand seiner armen Frau in erster Linie schuldig fühlte, war auf diese für ihn sehr demütigende Forderung eingegangen, welche, nach allem, was zwischen ihm und meiner Tante Edelgart einmal gewesen war, fast einem völligen Verzicht auf mich gleichkam.

Meine Großmutter fuhr inzwischen fort, mich zu trösten. Sie sagte, daß mein Vater nur deshalb so unbekümmert in ferne Länder reise, weil er mich bei ihr und der Tante Edelgart so wohl geborgen wisse. Ich weinte noch heftiger, fühlte mich aber gleichzeitig wunderbar getröstet und verstanden. Hatte ich meine Großmutter bisher mit unbewußter Selbstverständlichkeit geliebt, so begann ich von diesem Augenblick an, sie geradezu anzubeten, ja, es entstand damals in meinem Herzen wirklich so etwas wie ein inbrünstiger kleiner Kult zu ihren Ehren. Dabei aber änderte sich äußerlich nicht das mindeste an unserem Verhältnis, denn je ausschließlicher all mein Denken und Fühlen um meine Großmutter kreiste, um so weniger vermochte ich ihr meine Liebe zu zeigen. Sie aber, wenn sie diese ahnte, verriet doch niemals etwas davon. Und so lebte ich denn zwar nicht ohne das heimliche Glück, welches jede Anbetung gewährt, aber doch auch in beständigem, ungestilltem Verlangen. Oft sah ich voll Neid auf die vielen fremden Menschen, welchen sich meine Großmutter widmete, und wenn junge Mädchen meines Alters – ich war damals etwa fünfzehn Jahre alt – darunter waren, faßte ich gegen diese Bevorzugten eine wahre Abneigung. Dabei erneuerte ich in meiner Erinnerung beständig die eine Stunde der Zärtlichkeit und des Verstehens, die mir meine Großmutter geschenkt hatte, bis mir eines Tages abermals die beiden grauseidenen Katzen zu Hilfe kamen.

Wir wußten, daß diese schönen, zärtlichen Tiere eine unüberwindliche Anhänglichkeit an ihre gewohnte häusliche Umgebung besitzen und, wenn man sie an einen anderen Ort bringt, stets zurückzukehren streben. Da wir sie deshalb ängstlich eingesperrt hielten, strichen sie, ohne Klage zwar, aber unablässig einen Ausweg suchend, durch unsere Räume. Sprach man sie an, so starrten sie einen stumm und ernst aus ihren großen, unbeweglichen Augen an, ja, selbst nachts hörte ich oftmals ihre weichen Pfötchen und ihre langen silberfarbenen Schleppenschwänze ruhelos über die Treppen gleiten. Ich tat mein möglichstes, um ihnen ihre Gefangenschaft erträglich zu machen, steckte ihnen die besten Bissen zu und trug sie zuweilen ein wenig in den Hof hinunter. Dieser, welcher wie der ganze übrige Palast, dessen oberstes Stockwerk wir bewohnten, ehemals ein Teil des zu Santa Maria sopra Minerva gehörigen Dominikanerklosters gewesen war, besaß aus jener Zeit noch einen schönen, freskengeschmückten Kreuzgang, von dessen geschlossenen Hallen beschützt ich nun meine beiden Gefangenen hütete, um ihnen doch ein wenig Luft und Bewegung zu verschaffen. Sie hatten denn auch schnell begriffen, daß ich es gut mit ihnen meinte, und zeigten es mir auf ihre leise, geheimnisvolle Katzenweise, indem sie unter Schnurren die warme, lebendige Seide ihres Felles an meinem Kleide rieben, als wollten sie mir zu verstehen geben, daß sie sich äußerst wohl fühlten und gar nichts Böses mehr im Schilde führten. Ich war denn auch schließlich völlig davon überzeugt und ging vertrauensvoll meiner Wege, das heißt, ich schlüpfte für einige Augenblicke durch das kleine Mauerpförtchen, das immer noch von der klösterlichen Zeit her direkt aus dem Kreuzgang ins Innere der Kirche Santa Maria sopra Minerva führte. Dieses Pförtchen bildete für mich eine beständige Versuchung. Ich wußte, daß meine Tante Edelgart um diese Zeit zuweilen dort die Messe hörte, und es hatte für mich einen ganz sonderbaren, geheimnisvollen Reiz, ihr dabei zu folgen. Auch heute dachte ich, mich wieder nach ihr umzusehen, aber nur verstohlen aus der Ferne, denn es war mir streng verboten, die Kirche während der Zeit des Gottesdienstes zu betreten. Mein Vater nämlich, der ebenso wie die Familie meiner Großmutter ursprünglich aus einer protestantischen Tradition kam, nun aber längst von jeder kirchlichen Bindung gelöst war, hatte die ausdrückliche Bestimmung getroffen, daß ich ganz außerhalb der religiösen Welt meiner Tante aufwachsen sollte.

Die schöne Kirche war sehr dämmrig, tief und hoch. Ein blaues, mit Sternen übersätes Dach schloß ihre Gewölbe nicht eigentlich ab, sondern schien sie fortzusetzen. Innige Stille und noch ein feierliches anderes, das ich nicht zu deuten vermochte, erfüllten den Raum. Ich sah in den Seitenkapellen alte Grabmäler mit edlen marmornen Gestalten, versteinerten Betern gleich, die nicht mehr von dieser Stätte wichen. Am Hochaltar, unter dem die Statue der heiligen Katharina von Siena schlummerte, wurde eine stille Messe gelesen. Die Gewänder des Priesters schimmerten im Halbdunkel, sooft er sich bewegte. Ich verstand nichts von dem, was er tat, aber ich sah, daß ein leichter Rauch über dem Altar lag. Das Geheimnisvollste von allem aber schien mir doch meine Tante Edelgart, die dort unter anderen Andächtigen kniete. Ihre Haltung hatte etwas für mich Fremdes und Erschütterndes. Sie hielt den Kopf mit der eigenwilligen, abweisenden Stirn tief gesenkt: es sah aus, als würde sie am liebsten den steinernen Boden der Kirche küssen. Ich dachte, daß nur etwas ganz Unaussprechliches zuwege bringen könnte, sie, die Kühle, Unberührbare, so tief hinzubeugen und bei diesem Wunder ihrer Haltung schauerte eine ungewisse Ehrfurcht vor dem, was sich dort am Altare begab, auf mich über. Ich ahnte nicht, daß dieser dunkle Eindruck dereinst ein großer Trost für meine arme Tante Edelgart sein würde.

Als ich in den Kreuzgang zurückkehrte, waren die beiden Katzen fort. Der Hausmeister, der in seiner goldbesetzten Livree prächtig und müßig in der Tür lehnte, gab mir zu verstehen, sie seien wohl zum Pantheon hinübergelaufen, um sich Gesellschaft zu suchen; denn wie man wohl weiß, pflegt ganz Rom seine überzähligen Katzen, deren es sich entledigen will, zu Füßen der ehrwürdigen Säulen des Agrippa auszusetzen. Ich sprang also über die Straße. Da stand der herrliche alte Tempel mit seinen vergreisten Säulen wie aus einer Gruft emporgestiegen. Seitwärts, mehrere Fuß tief unter der Straße, wo man seine Fundamente aufgegraben hatte, spielten die Katzen. Ich erkannte unter ihnen richtig meine beiden Ausreißer. Sie sahen ein wenig benommen und verschüchtert aus, wie gefangene, vornehm gehaltene Tiere unter verwilderten Genossen zu sein pflegen. Auch ging eben einer der schnellen, kurzen römischen Frühlingsschauer nieder, der ihnen sehr mißfiel, und sie waren nun ersichtlich ganz froh, daß sie wieder eingefangen wurden. Ich nahm die eine rechts, die andere links unter den Arm, dann aber schickte ich mich an, bevor ich sie heimtrug, noch einen kleinen Kultakt zu verrichten, den ich an dieser Stätte niemals unterließ. Das Pantheon hatte nämlich einen noch viel unwiderstehlicheren Zauber für mich als die schöne Kirche drüben, denn meine Großmutter liebte es über alles. Ich drückte also einen schwärmerischen Kuß auf einen der großen grauen Säulenschäfte der Vorhalle. Dabei fiel mein Blick durch die geöffneten Bronzeflügel des Tores: ich sah das Innere der edlen Kuppel, die wie ein klarer, reiner Dreiklang voll Hoheit und Frieden über der ernsten Heiterkeit des Raumes schwebte. Es war hier nicht so geheimnisvoll wie in Santa Maria sopra Minerva; niemand lag auf den Knien, verschiedene Gruppen von Reisenden mit Baedekern in den Händen standen plaudernd umher; in der Mitte der Wölbung blies der Regen durch eine runde Öffnung herein. Eine Wasserlache lag auf dem Boden: das kam mir fast ein wenig traurig vor, so als sollte dort oben, wenigstens wenn es regnete, etwas anderes sein als die große niederströmende Natur. Aber das war sicherlich verkehrt. Ich dachte an meine heitere Großmutter und drückte – die Katzen immer noch fest unter beiden Armen – nun auch auf die zweite Säule einen inbrünstigen Kuß. Plötzlich stand meine Großmutter vor mir. »Hast du denn diese Säulen so lieb, meine kleine Veronika?« fragte sie. Dabei hob sie meinen Kopf ein wenig hoch und sah mich mit ihren großen, leuchtenden Augen forschend an. Ich wurde über und über rot, denn ich wollte ihr nicht sagen, es sei mir weniger um die Säulen als um sie zu tun gewesen. Aber sie mußte wohl trotzdem etwas davon ahnen, denn es ging jetzt ein sehr weicher Ausdruck über ihr Gesicht, und sie küßte mich. Dann sagte sie: »Aber dem schönen Tempel bist du auch ein wenig gut, nicht wahr? Deine Tante hat ihn dir doch sicherlich schon einmal gründlich gezeigt und erklärt?«

Das hatte meine Tante Edelgart zwar nicht getan, aber ich konnte wiederum nicht antworten, sondern schüttelte nur stumm den Kopf, denn nun lag der Kuß meiner Großmutter, nach dem ich mich so lange gesehnt hatte, wie ein atemberaubendes Glück auf meinen Lippen. Ich wagte nicht, sie zu bewegen, bevor ich dieses Glück ganz in mich hineingetrunken hatte. Das ging nicht so schnell, denn der Kuß meiner Großmutter war voll und warm von der Liebe eines ganzen langen Lebens, ich aber war nur an die eigentümlich flüchtigen Küsse meiner Tante Edelgart gewöhnt, welche hauchhaft zart und blaß waren, als würden einem kühle Blumen auf den Mund gelegt.

Unterdessen wiegte meine Großmutter den Kopf mit dem schwarzen Federhut, unter dem ihre weißen Haare so zierlich gelockt hervorsilberten, als sei sie eine junge Rokokodame. Dabei war in ihren hoch und stolz gezeichneten Brauen, die sich in der Mitte berührten, ein leichtes Beben, als zuckten über ihre Stirn die ausgespannten Schwingen eines Vogels. Endlich sagte sie: »So, nun trag erst einmal diese beiden sonderbaren Pakete da nach Hause« – sie deutete auf die Katzen –, »und hernach kannst du ein wenig auf mein Zimmer kommen.«

Das ließ ich mir nicht zweimal sagen, denn das Zimmer meiner Großmutter erschien mir im Vergleich zu unseren übrigen Räumen um ebensoviel schöner, wie seine Besitzerin, obwohl sie doch schon so alt war, mir immer noch weit schöner vorkam als alle anderen Frauen, die ich kannte. Als ich noch jünger gewesen war, hatte ich mir lange Zeit hindurch eingebildet, daß es mit Frauen überhaupt ähnlich sein müsse wie mit den Bauwerken Roms, von denen ich, da man ihr Alter so schätzte, auch annahm, sie würden mit der Zeit immer schöner, ein Vergleich, über den meine Großmutter einmal sehr herzlich gelacht hatte. Und doch möchte ich noch heute eigensinnig darauf bestehen, meine Großmutter sei damals sehr schön gewesen. Man stelle sie sich nicht etwa als gebeugtes Mütterchen vor, sondern als eine hohe, aufrechte Frau, voll von jener Anmut des Alters, welche man Würde nennt, und voll von jenem alle Formen verfeinernden und steigernden geistigen Leben, welchem die Jahre weniger Last als Reichtum und Fülle bedeuten. –

Von dem Tag dieser Begegnung an zog mich meine Großmutter mit deutlich erkennbarer Absicht in ihre Nähe. Ich durfte fortan in ihrem schönen Zimmer um sie sein, welches für mich schon an und für sich einen Ort von zauberhafter Anziehungskraft bedeutete. Es waren dort eine Menge herrlicher Gegenstände vereinigt, die zu betrachten man niemals müde wurde. Da gab es Schränke und Sessel, in deren bauschigem Schnitzwerk die kleine unermüdliche Wappenbiene der großen Barberinifamilie krabbelte. An den Wänden hingen alte, bräunliche Piranesistiche, welche verschiedene Ansichten von Rom auf eine großartige, die Phantasie unaussprechlich anregende Weise wiedergaben. Auch konnte man dort die großen Jubelengel des Melozzo da Forli in einigen herrlichen, eigens für meine Großmutter hergestellten Kopien bewundern. Auf allen Tischen und Etageren aber, offen oder in kunstvollen Schalen gesammelt, lagen Hunderte von weißen und buntfarbigen Marmorstücken, und meine Großmutter erzählte gerne, wo und unter welchen Umständen sie von ihr gefunden seien. Der Mesner einer Wallfahrtskirche hätte unter den einzelnen Reliquien seines Gnadenortes nicht besser Bescheid wissen können als sie unter diesen einander doch so ähnlichen Steinen. Denn auch die kleinsten und unscheinbarsten Dinge dieses Zimmers waren hier keineswegs zufällig zusammengekommen, sondern sie gehörten meiner Großmutter auf das innigste zu. Sie umgaben ihre Gestalt wie ein köstlicher Rahmen, und die Zärtlichkeit meiner Großmutter wieder umgab die Dinge mit der ihnen notwendigen Atmosphäre; man vermochte sich auch nicht ein einziges Stück an einem anderen Ort vorzustellen. Vor allem aber vermochte man dies nicht von dem alten venezianischen Kronleuchter, der mit seinen mattbunten Glasblumen eine schimmernde Girlande oder auch ein wundervolles Geschmeide bildete, das man diesem herrlichen Raum gleichsam umgelegt hatte, damit von ihm nicht nur Licht, sondern auch eine hohe, festliche Freude und Geschmücktheit über alle Dinge fiele. Ich konnte, wenn meine Großmutter in der Folgezeit Gäste hatte, niemals erwarten, bis er angezündet wurde, und lief dann wohl zwanzigmal zum Fenster, um zu sehen, wie weit die mächtigen abendlichen Schattenvorhänge des Pantheon schon vorgerückt seien.

In diesem schönen, festlichen Zimmer also spielte sich fortan ein großer Teil meines Tages ab, denn meine Großmutter übertrug mir damals – wahrscheinlich um meiner Anwesenheit dort meiner Tante Edelgart gegenüber eine annehmbare Form zu geben – das tägliche Abstauben und Ordnen ihrer Schätze, und da man diese zärtliche Aufgabe beliebig verlängern konnte und das natürlich auch tat, so war meinem Glück eigentlich keine Schranke mehr gesetzt.

Wir blieben indessen nicht immer in dem schönen Zimmer, sondern meine Großmutter behauptete plötzlich auch, daß sie jetzt zu alt würde, um allein auszugehen. Das mochte zwar kaum jemand einleuchten, denn meine Großmutter war damals, zumal wenn es einen Gang durch Rom galt, noch so frisch und rüstig, daß man viel eher fürchten mußte, selbst zu ermüden, als sie müde zu sehen. Dennoch konnte meine Tante nun nicht gut etwas einwenden, wenn ich mitgenommen wurde, wie sie es vielleicht getan hätte, wäre von meiner eigenen Zerstreuung oder Bildung die Rede gewesen. Denn meine Mutter hatte, wie ich wohl wußte, immer nur den Wunsch geäußert, daß ihre Schwester meine Erziehung leiten solle. Meine Großmutter war von ihr nicht besonders erwähnt worden, wiewohl vermutlich nur deshalb nicht, weil meine arme Mutter mit ihrem Wunsch vor allem den Zweck verfolgt hatte, mich meinem Vater möglichst zu entziehen, denn sie fühlte während ihrer Krankheit ein eigentümliches Grauen vor dem, welchen sie ehemals so sehr geliebt hatte. Meine Tante Edelgart, die stets eine korrekte töchterliche Haltung beobachtete, pflegte meiner Großmutter gegenüber ihre Rechte auf mich zwar nie geradezu geltend zu machen, aber man wußte, mit welcher Eifersucht sie darüber wachte. –

Ich durfte also nun meine Großmutter auch bei ihren täglichen Ausflügen in die Galerien, Gärten und Ruinen Roms begleiten, die ich an der Seite meiner eingezogenen Tante bisher nur sehr flüchtig kennengelernt hatte, mit denen aber meine Großmutter so vertraut war, daß ihre Tochter behaupten konnte, sie seien geradezu die Stätten ihrer Andacht. Das war sicherlich richtig. Meine Großmutter, welche seit vielen Jahren in Rom lebte, hatte mit der Ewigen Stadt den mystischen Bund eines geistigen Heimatverhältnisses geschlossen, in dem wohl jeder, der sie näher kannte, etwas ihr Heiliges ahnte, wenn sie selbst ihm auch für gewöhnlich keinen so feierlichen Namen zu geben liebte. Man mußte einen Sonnenuntergang mit ihr erlebt haben; man mußte ihr großes, herrliches Schweigen auf dem Janikulus kennen, wenn die siebenzackige Krone der Stadt, Gold an Gold mit dem sinkenden Gestirn, aufglühte und dann langsam, feierlich und freudig wie jenes in die neue Nacht ihrer Ewigkeit hinabtauchte. Man mußte den Händedruck meiner Großmutter gefühlt haben, wenn man, mit ihr im dunklen Auto durch die Campagna fliegend, das lichternde Rom auftauchen sah wie den Schweif eines großen Weltsternes im einsamen

All. Man mußte mit ihr in der Sixtinischen Kapelle gewesen sein, Stunde um Stunde ehrfürchtig und geduldig, ohne hernach zu wissen, daß es Stunden gewesen waren; dann erst ahnte man, was es um ihre Romliebe war.

Überhaupt wurde man sich erst auf den gemeinsamen Wanderungen durch Rom ganz darüber klar, was für eine wunderbare Frau meine Großmutter eigentlich war. Die verknöchertsten Archäologen wurden an ihrer Seite lebendig und sonnten sich mit Behagen in ihrem klugen Lächeln. Die brummigsten Kustoden warteten geduldig, wenn sie die Zeit, wo die Galerie geschlossen werden sollte, ein wenig überschritt; die großen und kleinen Wegelagerer von Bettlern aber, die den Fremden an der Spanischen Treppe auflauerten – an dieser herrlichen Treppe wie aus Meerschaum und Musik! –, verwandelten sich, wenn meine Großmutter mit ihnen scherzte, in zierliche Kavaliere und nahmen auf ein freundliches Wort von ihr hin mit fabelhaften Gesten davon Abstand, uns ihre schrecklichen Ansichtskarten und Mosaiken aufzudrängen. Ja, ich war überzeugt, daß wir selbst auf dem berüchtigten »Trödelmarkt«, wo doch alle Fremden betrogen werden, die schönsten und altertümlichsten Gegenstände halb geschenkt bekamen, nicht weil wir darum gehandelt hätten, sondern weil sich selbst die abgefeimten Händler freuten, wenn sie meiner Großmutter etwas verkaufen konnten.

Aber nicht nur die Menschen, sondern auch die Straßen und Gebäude bekamen ein ganz anderes Gesicht, wenn man sie an der Seite meiner Großmutter betrachtete. Die verschlossensten wurden mitteilsam, und die vergessensten erinnerten sich wieder der wunderbarsten Begebenheiten. Meine Großmutter hatte noch in ihrer Jugend den berühmten Historiker Gregorovius gekannt, und ich hatte sagen hören, es habe eine Zeit gegeben, wo ihm ihr wunderbares, geistvolles Antlitz noch viel interessanter gewesen sei als die »Geschichte der Stadt Rom im Mittelalter«. Sie selbst aber sagte das niemals, obwohl sie sich sonst nicht ungern daran erinnerte, wieviel sie als junge Frau gefeiert worden war. Aber von den Männern, die an ihrem Geist gebildet hatten oder von denen sie es doch glaubte, sagte sie stets nur, daß sie selbst sie hoch verehrt habe. Von Gregorovius erzählte sie gerne, die deutsche Kolonie habe ihn immer den Mann genannt, »der im Mittelalter gewesen sei«, so wie etwa die Einwohner von Verona Dante den Mann genannt hätten, der »in der Hölle gewesen sei«. Sie teilte denn auch die Historiker überhaupt in solche ein, die »dabei waren«, und solche, die »nicht dabei waren«. Von Mommsen zum Beispiel, den sie auch gut gekannt hatte, meinte sie, er sei »nicht dabeigewesen«.

Meine Großmutter selbst war nicht nur »dabeigewesen«, sondern sie war immer noch »dabei«. Es schien fast, als ob sich die alten Zeiten ihr ebenso willig öffneten wie die Herzen ihrer Mitmenschen. Sie kannte die Größe und die geheimen Reize einer jeden; ihre Gestalten waren ihr vertraut wie lebendige Gestalten. Niemals glaubte man, wenn man ihr zuhörte, daß man es mit bloßen Schatten zu tun hätte, sondern alles lebte und war beständig gegenwärtig, nur freilich ohne die Bedrängnis und Schwere der gewöhnlichen Wirklichkeit. Denn meine Großmutter hatte im Verkehr mit ihren großen Historiker-Freunden zwar im hohen Maße die Kunst der geschichtlichen Einführung üben gelernt, trotzdem aber ging es bei ihr in der Weltgeschichte merkwürdig gerecht und vernünftig zu. Sie färbte die Gestalten und Ereignisse nicht, aber die ganz bedenklichen verschwanden ihr entweder von selbst unter den Händen oder sie nahmen jene schauerliche Art von Reiz an, wie man ihn als Kind etwa dem Ritter Blaubart zuerkannt hatte, wodurch sie dann, trotz ihrer Schrecklichkeit, doch wieder erträglich wurden. Jedenfalls hatte man niemals den Eindruck, daß es etwas ganz Rätselhaftes und Entsetzliches um die Weltgeschichte sein könne, sondern diese erschien viel eher wie ein erhabener Triumphzug menschlicher Größe und Unsterblichkeit, in dem alle, die nicht ganz würdig waren, mit diesem Zuge zu schreiten, gewissermaßen nur als Beutestücke zu seiner größeren Herrlichkeit mitgeführt wurden. Denn meine Großmutter war zwar ein Kind ihrer Zeit und trug deren Siegel an der Stirne, aber sie war auch ihrer Zeit gewachsen gewesen: es gab immer einen Augenblick, wo ihre ganze Persönlichkeit durch ihr bloßes Wissen hindurchbrach und es zum Bekenntnis machte. Über ihr Bekenntnis aber konnte keine Täuschung bestehen. Wenn meine Großmutter den Faust-Monolog geschrieben hätte, so würde er ohne Zweifel begonnen haben: »Im Anfang war das Königreich des großen und edlen Menschen«; um seinetwillen war die Erde erschaffen worden, um seinetwillen waren alle Dinge da, um seinetwillen gab es eine Weltgeschichte.

Das alles war mir natürlich damals wenig klar; ich hielt mich nicht an die Bedeutungen, sondern an die Lebendigkeit, und diese war nun allerdings in den Erzählungen meiner Großmutter so eindrucksvoll, daß es mir vorkam, als ob ganz Rom eine ungeheure Bühne sei, auf der gewissermaßen noch täglich alle Jahrhunderte und Jahrtausende gespielt würden. Man sah ja überall noch die erhabenen Kulissen aufgerichtet; unwillkürlich glaubte man, daß hinter jeder Straßenecke die Schauspieler wieder hervortreten könnten, daß sie sich in jeder Staubwolke nur verborgen hielten; und zuweilen wurde das alles so deutlich, daß es schien, als wären die Gebäude gar keine Kulissen mehr, sondern große Behälter der wirklichen Zeiten und man träte mit einem einzigen kleinen Schritt tatsächlich von einem Jahrtausend ins andere hinein. In solchen Augenblicken ergriff mich immer ein sonderbares Erschrecken: es war dann wie ein Schwindel in meinem Ich, ein Erfaßtwerden und Fortgleiten von mir selbst, ein unheimliches Fraghaftwerden des Allereigensten. –

»Kommen wir auch wieder?« fragte ich einmal unwillkürlich, als wir eine der felshaft wilden Klüfte des gewaltigen Septimus-Severus-Baues betraten. Mir war nicht anders zumut, als müßten da tief innen die zerrissenen Mauern unter ihrem Verfall immer noch mit Marmor und Bronze bekleidet sein, wir selbst aber würden uns im nächsten Augenblick in der purpurbesetzten Tunika einer römischen Kaiserfrau oder unter dem Schleier einer Vestalin wiederfinden. Was bedeutete nun eigentlich Zeit? Was bedeutete ein einzelner Mensch? War nicht in unserem Innern alles einst wie heute? Waren wir selbst nicht zugleich viele andere?

»Ja, wir kommen schon wieder«, sagte meine Großmutter freundlich, »aber wir kommen ein wenig anders, wir kommen weiter und größer wieder, als wir fortgingen. Aus Rom kommt jeder anders wieder, als er fortging.«

Sie legte bei diesen Worten den Arm um meine Schultern, und dabei fühlte sie das Zittern, das mich befallen hatte. »Kind, wie leicht bist du von dir selbst zu lösen«, sagte sie erschrocken, und dabei sah ich an ihrem Gesicht jenen leichten Unwillen, der sich so oft darinnen ausprägte, wenn irgendwo in ihrer Blickweite der Schatten einer Unbeherrschtheit oder eines Leidens auftauchte. Denn das war vielleicht das Wunderbarste an meiner Großmutter, daß weder ihr Geist noch ihr Gemüt die geringste Schwere zu kennen oder zu dulden schien und alles, selbst der Anblick des Tragischen und Erhabenen, ihr leicht und beschwingt wurde. Dann aber hielt sie mich doch so lange mütterlich umfaßt, bis ich ganz sicher sein konnte, daß wir wirklich »wieder da« waren. Und hernach fuhr sie mit mir zu einer kleinen, zwischen Rosen, Feigenbäumen und hohen staubgrauen Mauern versteckten Osteria hinter dem Monte Celio; und dort tranken wir einen Wein, der so süß und golden schmeckte, als ob wir darinnen wirklich die Sonne eines ganzen langen römischen Sommers tränken. Dabei sahen wir den hochrädrigen Wägelchen der Landleute zu, die, aus der Stadt zurückkommend, von ihren schellengeschmückten und rotbetroddelten Pferdchen dort vorübergezogen wurden, während ihre Besitzer unter den halbzurückgeschlagenen Plandächern friedlich schlummerten. Das war lustig anzusehen, und man fühlte sich dabei immer wohliger in den warmen Tag gebettet und gar nicht mehr von ihm und sich selbst gelöst.

Und doch mußte wohl etwas von jenem »Lösen«, das meine Großmutter vorher erschreckt hatte, in ihrer eigenen Absicht liegen, und nur wenn es zu tief, wenn es hilflos und schmerzlich zu werden drohte, gebot sie ihm Einhalt. So schien sie auch in den Galerien und Museen ein Zauberwort zu besitzen, kraft dessen die schönen, geheimnisvollen Statuen und Bilder, die man dort anstaunen konnte, aus ihrer Stummheit heraustraten und selbst von ihrem Sein und Wesen redeten. Aber um ihre Worte verstehen zu können, mußte man ganz still sein – so still, als ob man sich selbst völlig vergessen hätte. Meine liebreiche Großmutter hielt hierauf geradezu mit Strenge. Niemals erlaubte sie mir zuerst zu fragen: Gefällst du mir, schönes Bild, schöne Statue? Sondern es hieß: Wer bist du, und was meinst du? Dann erst durfte ich bescheiden hinzusetzen: Gefällst du mir? Denn meine Großmutter besaß die hohe und seltene Kultur dessen, der wirklich die Kunst liebt und nicht nur sich selbst in ihr oder das, was zufällig der eigenen Zeit besonders entgegenkommt. Und obgleich ihr durch den beständigen Verkehr mit Künstlern und Kunstgelehrten die wechselnden Strömungen des Geschmackes, der Überzeugungen und Theorien gründlich genug bekannt waren, machte sie für ihre Person doch niemals von diesem Wissen Gebrauch. Ja, zuweilen lachte sie sogar herzlich darüber und sagte, es ginge auch ohne Theorie, ja, es ginge beinahe ohne Geschmack, aber es ginge niemals ohne unbegrenzte Ehrfurcht.

Und so war es dann schließlich überall, wohin sie mich führte, und sicherlich nicht ohne ihr Einverständnis und Zutun, ein wenig dasselbe: immer schien dieses gewaltige und gewalttätige Rom mir zunächst den Boden unter den

Füßen fortzuziehen. Losgelöst von den allzu engen Schranken meines kleinen Ich, losgelöst von der dunklen Unruhe meiner einsamen Sehnsucht, ja sogar von der allzu süßen Schwärmerei für meine Großmutter, wiewohl immer an der geliebten Hand schreitend, fing mein junges Leben diese unermeßliche Stadt auf, indem es selbst von ihr aufgefangen wurde: eingetaucht in ihre Größe, ausgeweitet in die Fülle ihrer Gestalten und Herrlichkeiten und sich schließlich doch immer wieder unverletzt aus ihr zurückempfangend. Und allmählich ging es mir wie dem flügge gewordenen Vöglein in den Lüften, das, nachdem es das Zittern des ersten Loslassens überwunden hat, sich selig der Unendlichkeit vertraut: meine Seele schwang in dieser ungeheuren Umgebung, als wäre sie ihre eigene, tausendfältig gewordene Heimat. In alledem aber lag ein solcher Reichtum und ein so berauschendes Glück, wie ich sie nie zuvor gekannt hatte. Mir erschien damals wirklich ein Tag schöner und lebenswürdiger als der andere, und zuweilen meinte ich, daß ich vor Freude wohl die ganze Welt umarmen möchte. O meine geliebte Großmutter, könnte ich noch einmal mit dir vereint an jenen Abend zurückdenken, an dem wir, aus der blumengeschmückten Campagna zurückkehrend, den Hof unseres alten Palastes betraten und ich in der überströmenden Fülle meines Glückes, den Brunnen gewahrend, plötzlich auf den zarten rauschenden Freund meiner einstigen Gefangenschaft zueilte. »Kind, du bist zu heiß, um zu trinken!« riefst du mir besorgt nach, ich aber meine Lippen bereits dem fließenden Wasser hinhaltend, erwiderte: »Ich trinke ja nicht, ich küsse nur den Brunnen!« – – –

So mochten bereits einige Wochen meines neuen Lebens vergangen sein, als mich Jeanette eines Tages zur Rede stellte, weshalb ich mich denn gänzlich von meiner Tante Edelgart zurückzöge, die mir doch immer so viel treue Fürsorge erzeigt habe. Jeanette war meine einstige Bonne, bei der ich auch den ersten Unterricht gehabt hatte, eine kleine, ältliche Französin mit einem klugen, etwas verschrumpelten und denkbar anspruchslosen Mausgesichtchen. Ihre Gestalt war von Jahr zu Jahr immer unscheinbarer geworden, so daß ich schon als Kind zuweilen die beklemmende Vorstellung gehabt hatte, Jeanette könne sich eines Tages ganz verflüchtigen. Ich entsinne mich deutlich, wie mich diese Angst immer befallen hatte, wenn sie bei einem Ausgang in die Stadt einmal länger fortblieb, als man es erwartet hatte. Und diese Vorstellung war wirklich eine große Angst gewesen, denn Jeanette gehörte so innig zu uns wie ein Familienmitglied. Seit meinem vierzehnten Geburtstag hatte sie mir erlaubt, ihr das vertraute »Du« der Anrede zurückzugeben, was mir nicht weiter schwerfiel. Ich hatte Jeanette nie als eine feierliche Respektsperson betrachtet, ja, der Punkt des Respekts war sogar ehemals der Gegenstand einer gewissen Sorge für meine Großmutter gewesen, denn in der Tat, ich hatte Jeanette als Kind manchen kleinen Schabernack gespielt. So erinnere ich mich noch, wie ich einmal kurz vor Beginn des Unterrichtes meine Schuhe auszog und sie so geschickt hinter dem Vorhang der sogenannten »Garderobe« hervorschauen ließ, daß Jeanette, als sie eintrat, glauben mußte, ich habe mich dort versteckt. Diese beabsichtigte Wirkung blieb denn auch nicht aus, und ich hörte mit Entzücken aus meinem wirklichen Versteck im Nebenzimmer, wie Jeanette, die sehr langmütig war, geraume Zeit auf den Vorhang einsprach und mich aufforderte, ich möge doch dahinter hervorkommen. Meine Großmutter, welche bei aller Nachsicht gegen die Jugend einen starken Sinn für Autorität hatte, war über diesen Scherz etwas ungehalten. »In meiner Kindheit«, so sagte sie, »hätten wir noch vor dem Pfropfen vom Tintenfaß unserer Lehrerin Respekt gehabt!« Jeanette aber nahm die Sache nicht weiter schwer, denn sie wußte, daß es auch ohne Respekt vor Tintenfaßpfropfen ging, und außerdem war es ihr ganz unmöglich, irgend jemand den Spaß zu verderben. Sie selbst liebte Scherze sehr und machte solche besonders gern, wenn man aus irgendeinem Grunde verdrossen war. Sie verfügte in solchen Fällen über eine ganz besondere, nur ihr eigene Art von Drolligkeit, die sie wohl bewußt ein wenig pflegte und durch die sie uns manche ungemütliche Stunde in eine heitere verwandelte.

Jeanette selbst war beständig fröhlich, und zwar auch dann, wenn man eigentlich meinte, sie habe Grund, eher betrübt zu sein. Lobte man sie deswegen, so sagte sie, man müsse schon die unguten Tage zum Danken und Freuen mit hinzunehmen, denn sonst würde man überhaupt nicht damit fertig. Diese große Liebe zur Heiterkeit machte Jeanette meiner Großmutter sehr angenehm und bildete fast so etwas wie eine innere Verwandtschaft zwischen beiden, wenn auch freilich ein großer Unterschied dabei war. Das Gemüt meiner Großmutter schien sich über die Unzulänglichkeiten und Rätsel des Lebens wie ein strahlender Stern emporzuschwingen: es war, als lägen sie so tief unter ihr, daß sie überhaupt nicht mehr von ihr bemerkt würden. Jeanette aber beugte sich, wenn es Ernst wurde, den Dingen fast liebevoll zu, und dadurch beugten sie sich ihr.

Das trat besonders an einem Punkt zutage, der in Jeanettes Leben wirklich sehr schmerzlich war. Sie hatte nämlich in ihrer Jugend das Unglück gehabt, mit einem Musiker verheiratet zu werden, der zwar nicht ohne Talent, aber völlig ohne Charakter war und sie seit Jahren verlassen hatte, um sich mit allerlei liederlichen Frauenzimmern zu unterhalten. Er erschien indessen immer noch von Zeit zu Zeit bei seiner Gattin, um ihr sein Herz auszuschütten. Wir nannten ihn »Monsieur Jeanette«, weil es uns irreführend erschien, ihm einen selbständigen Namen zuzugestehen, da er doch, als ein echter Schwächling, an seiner armen kleinen Frau den Halt suchte, den sie von Rechts wegen an ihm hätte finden müssen. Jeanette bemühte sich denn auch jedesmal liebevoll um ihn und seine Anliegen; da er aber im Grunde weniger Reue als bloßen Katzenjammer hatte, so blieb zuletzt doch immer wieder alles beim alten mit ihm. Meine Großmutter, welche Jeanette vor Ausnützung schützen wollte, ärgerte sich sehr über diese Besuche. Sie verlangte von Jeanette, daß sie ihrem Taugenichts von Mann die Tür wiese, ja, sie drohte sogar einmal, Jeanette zu entlassen, wenn sie ihr nicht gehorche. Jeanette nahm diese Drohung freundlich entgegen, ließ sich aber weiter nicht dadurch beirren und blieb natürlich auch nach wie vor bei uns, ja, es ist mir sogar zuweilen so vorgekommen, als ob meine Großmutter es Jeanette im stillen hoch anrechnete, daß sie ihr nicht Gehorsam geleistet hatte. Freilich hätte man sich auch durchaus nicht denken können, wie es ohne Jeanette bei uns zugegangen wäre, denn sie war überall, wo man gerade wünschte, daß sie sein möge, und zwar ohne daß man sie besonders darum ersucht hätte. Nur wenn man ihr danken wollte, war sie niemals da.

»Woher weißt du eigentlich immer, was man gerade möchte, Jeanette?« fragte ich sie einmal, als sie eben wieder auf wunderbare Weise in Erfahrung gebracht hatte, daß es mich nach einer Orange verlangte.

»Die Orange lese ich von deinem kleinen blassen Gesicht ab, aber manches sagt mir auch mein Schutzengel ins Ohr, Spiegelchen«, erwiderte Jeanette. Sie nannte mich, wie ich schon sagte, immer »Spiegelchen«, wenn sie mit mir allein war, eine Anrede, der sie, wie es eben paßte, allerlei niedliche kleine Anwendungen und Bearbeitungen von Zitaten hinzuzufügen pflegte, wie etwa: »Spiegel, das Kätzchen«, »Spiegelchen, ich kenne dich«, oder auch: »Spieglein, Spieglein an der Wand, wer ist die Schönste im ganzen Land?« Worauf ich dann lachend erwiderte: »Großmama!« Denn Jeanette nahm alles so freundlich und natürlich, daß man gar nicht darauf kam, ihr gegenüber mit irgend etwas hinter dem Berge zu halten, wie man zum Beispiel gegenüber meiner Tante zuweilen versucht war. Es hätte mir auch kaum genützt, denn Jeanette besaß wohl selbst ein wenig von der Eigenschaft, um derentwillen ich meinen kleinen Spitznamen von ihr trug.

»Bei mir siehst du es am Gesicht, aber bei der Tante Edelgart muß es dir der Schutzengel sagen, nicht wahr?« meinte ich.

Jeanette nickte, aber nur ein wenig, denn sie litt von uns allen am meisten unter der Verschlossenheit meiner Tante und wußte wohl, was ich mit meiner Bemerkung sagen wollte. Trotzdem war Jeanette der einzige Mensch, gegen den sich meine Tante zuweilen so etwas wie aussprach.

»Und wie merkst du es bei Großmama?« fragte ich.

»Oh«, entgegnete Jeanette, »bei deiner Großmama ist es am einfachsten: die sagt immer geradeheraus, was sie möchte.«

Jeanette war meiner Großmutter mit außerordentlicher Anhänglichkeit ergeben; ihre eigentliche Zuneigung aber galt meiner Tante Edelgart, um derentwillen meine Großmutter Jeanette auch in erster Linie in unserem Hause behalten hatte, nachdem ihr Amt bei mir längst erledigt war. Zwar zeigte meine Tante Edelgart keine besondere Zärtlichkeit für Jeanette, sie zeigte solche aber für niemand, und meine Großmutter war offenbar schon froh, wenn ihre Tochter nur überhaupt eine etwas vertrautere Gesellschaft nicht gerade ablehnte, und außerdem noch darüber, daß es jemand gab, der sie seinerseits wirklich liebhatte. Denn das tat Jeanette: Es war, als ob sie meine Tante Edelgart mit ganz anderen Augen sehe, als wir sie sahen. So erinnere ich mich noch, daß sie ihrem Namen einmal eine wunderschöne Deutung gab, an die wenigstens ich niemals gedacht hatte. »Deine Tante«, so sagte sie zu mir, »heißt Edel, damit niemand sie je anders nennen kann, als sie ist.«

Jeanette wurde denn auch durch die Kühle meiner Tante keinen Augenblick beirrt. Ihre Zuneigung war offenbar so tief und selbstlos, daß sie ganz unabhängig von den Gefühlen des anderen Teils zu bestehen vermochte, wodurch ihr in aller Unscheinbarkeit etwas ebenso Rätselhaftes und fast Schicksalsmäßiges anzuhaften schien wie ihrer Treue gegen Monsieur Jeanette. In Wirklichkeit freilich waren beide nur der sichtbare Ausfluß jenes geheimnisvollen Lebens, welches die kleine Jeanette jeden Morgen aufs neue bei ihrem stillen Gang zum Altar empfing, um den alle im Hause wußten, von dem aber meine Großmutter niemals und meine Tante Edelgart nur merkwürdig befangen sprach. Dennoch fühlte ich immer ganz deutlich, daß er nicht nur in Jeanettes Beziehung zu meiner Tante, sondern auch in der Beziehung dieser zu Jeanette eine besondere Bedeutung besaß. –

Jeanette also stellte mich eines Tages zur Rede, weshalb ich mich gänzlich von meiner Tante Edelgart zurückzöge, die mir doch immer so viel treue Fürsorge widme. Ich erwiderte in aller Unschuld, daß ich erst eben bei ihr gewesen sei, um ihr ein zerrissenes Kleidchen zu bringen, worauf Jeanette mich fragte, ob ich denn glaube, meiner Tante eine sonderliche Aufmerksamkeit zu erweisen, wenn ich sie für die kleinen äußeren Bedürfnisse des Lebens zu Rate ziehe.

Nun aber war meine Tante Edelgart wirklich kein Mensch, der für Kleiderflicken und ähnliches geboren schien. Sie ging zwar ganz in den täglichen Pflichten der Führung unseres Haushaltes auf, von dem meine Großmutter nie das geringste wissen mochte. Ja, meine Tante war in diesem Punkt, wie überhaupt in allem, was man direkt vorweisen konnte, überaus gewissenhaft und aufopfernd. Es war nämlich keine Kleinigkeit, unseren Haushalt zu führen, denn meine Großmutter stellte sehr hohe Anforderungen. Meine Tante Edelgart konnte schon hinsichtlich der Geldmittel niemals so aus dem vollen schöpfen, wie es für den ganzen Stil unserer Lebensführung nötig gewesen wäre, und ich glaube wohl, daß sie zuweilen geradezu Wunder an Sparsamkeit und Umsicht vollbrachte, um alles so herzustellen, wie meine Großmutter es liebte. Auch hatte sie, um deren tägliche Gäste bewirten zu können, nicht genügend Bedienung und war daher genötigt, selbst mit Hand anzulegen. Trotzdem aber wußte man immer, wie sie eigentlich nicht für das geschaffen war, womit sie sich beständig beschäftigen mußte. Wofür sie aber geschaffen war, konnte man sehr schwer sagen. Ich vermochte mir meine Tante Edelgart weder als Gattin noch als Mutter noch in irgendeinem Beruf vorstellen. Auch sonst mit keinem Menschen – wenn auch nur in wirklicher Freundschaft vereinigt – konnte ich mir meine Tante Edelgart denken, denn obgleich sie anderen eigentlich viel Gutes tat, wurde doch niemand ihrer recht froh und gewiß. Selbst die Armen und Kranken, deren sie sich annahm, wo immer sie solche in unserer Nachbarschaft wußte, waren ihr selten wirklich anhänglich und dankbar. Am besten gefiel mir meine Tante Edelgart immer noch, wenn sie, wie damals in Santa Maria sopra Minerva, kniete und betete, obwohl sie auch dabei niemals ganz glücklich oder friedlich erschien wie etwa Jeanette. Meine Tante Edelgart betete auch zu Hause viel. Ich traf sie zuweilen dabei an, wenn ich unversehens in ihr Zimmer trat, und nachts in meinem Bett liegend, Wand an Wand mit dem ihren, hörte ich oft die leisen Perlengeräusche ihres Rosenkranzes. Dann glaubte ich manchmal durch die Mauer hindurch, die uns trennte, ihr Gesicht deutlich zu erkennen: dieses zarte, weiche, wache Gesicht, das mir immer wie ein elfenbeinernes Gefäß vorkam, fest zugeschlossen noch in seinen einsamen Stunden der Andacht und doch so sonderbar erschütternd darinnen, wie in nichts anderem. Ich kam daher in meinen kindlichen Überlegungen immer wieder darauf zurück, meine Tante Edelgart passe noch am ehesten zu einer schönen, vornehmen Klosterfrau. Und zwar hatte ich auch schon ein Kloster für sie ausgesucht, nämlich das in der Via Lucchesi, welches sich Maria Reperatrice nannte und in dessen kleiner, mit feierlichem Pomp ausgestatteter Kirche ich zuweilen, hinter dem goldenen Gitter stehend, mit meiner Tante dem berühmten Gesang der Klosterfrauen beiwohnte. Denn sei es, daß man diese abendlichen Andachten bei uns mehr von der musikalischen Seite nahm, sei es, daß die Bestimmung meines Vaters über mich sich nur auf das Verbot der Messe beschränkte, jedenfalls durfte ich meine Tante bei diesen Gängen begleiten, und sie bildeten in meinen Augen die einzigen ihrer Unternehmungen, welche in etwa versuchen konnten, mit denen meiner Großmutter zu wetteifern. Ich liebte die schönen Nonnen sehr. Ich liebte zu sehen, wie sie sich mit ihren langen, lichten Chorschleiern abwechselnd erhoben und auf die Knie gleiten ließen, so daß es war, als bewege lautlose Luft eine einzige große, stille Weihrauchwolke. Ich liebte ihre kleine feierliche Kirehe, ich liebte ihren Gesang, ja, ich liebte auch die fremdartige monotone Art, mit der sie ihre langen, geheimnisvollen Gebete sprachen. Am meisten aber liebte ich, wenn zum Schluß der Andacht die goldene Monstranz aus ihrem hoch über dem Altar befindlichen Schrein genommen wurde. Die Klosterfrauen sangen dann das schöne Lied »Pange, lingua«, welches eine eigentümlich beschwingte, selige Melodie hatte, die ich nie anhören konnte, ohne mir zu wünschen, Flügel zu haben, um einem unaussprechlichen Geheimnis entgegenzueilen. Ich begriff nicht, warum meine Tante dann jedesmal das Antlitz so schmerzlich tief in ihren Händen verbarg.

Nach dem Segen gingen wir zuweilen noch ein wenig ins Kloster, wo meine Tante Edelgart in dem großen dämmrigen Sprechzimmer von der Mère Marie de Mailys oder der Mère Marie de la Neige empfangen wurde. Die Klosterfrauen hießen offenbar alle Marie, wie denn auch ihr weißes, mit dem Blau des Himmels verbrämtes Ordenskleid demjenigen nachgebildet war, in welchem, wie man sagte, glaubwürdige Menschen die Mutter Gottes erblickt hatten. Dieses Ordenskleid bedeutete das äußere Zeichen dafür, daß seine Trägerinnen sich gänzlich als Werkzeug der Mutter Gottes hingegeben und dadurch gewissermaßen als ihre Botinnen oder Vertreterinnen erschienen. Ich selbst war ohne weiteres bereit, etwas Derartiges in ihnen zu erkennen; jedenfalls kamen mir die schönen Nonnen immer ein wenig wie Wesen aus einer anderen Welt vor. Besonders ihre Gesichter schienen dies auszudrücken: auch in ihnen war, genau wie in ihren Namen und in ihrer Kleidung, etwas schwesterlich Übereinstimmendes, das heißt, sie sahen in Wirklichkeit wohl ganz verschieden aus, aber sie hatten alle einen gemeinsamen Ausdruck, den niemand sonst hatte. Auch meine Tante Edelgart, die ich mir so gerne als eine von ihnen vorstellte, hatte ihn nicht oder doch nur in einer fernen Verwandlung, so als ob man ihn in eine ganz andere Sprache übersetzt hätte. Ich verstand ihn weder in der einen noch in der anderen, aber ich meinte zuweilen, er hänge wohl mit dem schönen Lied zusammen, das die Klosterfrauen so oft miteinander sangen und das meine Tante immer so traurig machte.

Ich hätte die Klosterfrauen gerne einmal nach diesem Lied gefragt, aber ich wagte es nicht, weil ich genau wußte, daß meine Tante Edelgart mich hernach zur Rede stellen würde, weshalb ich mich denn nicht an sie selbst gewandt habe, so wie sie mich zuweilen zur Rede stellte, wenn ich Jeanette etwas Derartiges fragte. Darauf aber hätte ich meiner Tante keine Antwort zu geben gewußt, denn mit der einzigen, welche der Wahrheit entsprach, würde ich mich nie hervorgetraut haben. Ich hielt nämlich, so merkwürdig es klingen mag, meine Tante Edelgart für sehr fromm, aber gleichzeitig in den Fragen der Frömmigkeit doch für nicht ganz maßgebend. Zwar war ich im Grunde gar nicht in der Lage, das beurteilen zu können; ich tat es aber dennoch beständig in meinem Innern, wiewohl nicht ganz naiv. Meine Meinung gründete sich vielmehr auf ein höchst merkwürdiges Gespräch zwischen meiner Großmutter und Jeanette, das ich, obwohl es schon geraume Zeit zurücklag, doch niemals vergessen hatte.

Es handelte sich damals um die sonntägliche Messe in Santa Maria sopra Minerva, welcher meine Tante Edelgart sehr regelmäßig beizuwohnen pflegte. Auch jetzt stand sie bereits mit dem Missale in den Händen zum

Fortgehen bereit in ihrem Zimmer, als meine Großmutter schnell und elastisch, wie es ihre Art war, eintrat und einen seltenen Besuch ankündigte, der sich soeben telegraphisch angesagt hatte und in einer halben Stunde hier sein sollte. Meine Tante erwiderte, daß sie ihn leider nicht mit empfangen könne, denn es sei bereits die Stunde der letzten Messe, die sie nicht versäumen dürfe.

»Was bedeutet in deinem Falle dürfen?« fragte meine Großmutter, in deren schön geschwungenen Brauen wieder das bekannte Beben erschien, das mich immer an die beiden Flügel eines Sturmvogels erinnerte.

Meine Tante Edelgart, die überhaupt sehr leicht errötete, glühte auf. »Es bedeutet«, sagte sie, »daß die Kirche uns befiehlt, sonntags eine heilige Messe zu hören.«

»Das heißt«, erwiderte meine Großmutter, »sie befiehlt es denen, welche ihr tatsächlich Gehorsam leisten, nämlich ihren wirklichen Kindern; die bloßen Stimmungs- und Privatkatholiken ignoriert sie, soviel ich weiß, und sie tut recht daran: Was sollte sie mit diesen halben Seelen auch anfangen?«

Bei den letzten Worten meiner Großmutter ging die Glut auf der Stirn meiner Tante Edelgart jählings unter. Sie schien in diesem Augenblick so hilflos zu werden, daß sie sogar das Missale fallen ließ: Es war, als sei ihr soeben wirklich das Recht abgesprochen worden. Ich vermochte sie nicht ohne Mitleid anzublicken, obwohl ich immer und überall geneigt war, der Heftigkeit meiner Großmutter, auch wo ich sie nicht verstand, eine Berechtigung zuzutrauen.

Unterdessen hatte Jeanette, die dem ganzen Vorgang mit ihrem klugen, sanften Schweigen gefolgt war, das Missale aufgehoben und seiner Besitzerin wieder in die Hand gedrückt, wobei sie ihr etwas zuflüsterte. Meine Tante Edel ging alsdann hinaus, wie ich vermute, um dennoch die Kirche aufzusuchen.

»War ich zu hart, Jeanette?« fragte meine Großmutter, als sich die Tür wieder geschlossen hatte.

Jeanette hob ihr verschrumpftes Gesichtchen mit klaren Augen zu der Sprecherin auf, klein und groß standen sie einander gegenüber. »Ja«, sagte sie ruhig, und ihr Blick schien hinzuzusetzen: Da ich gefragt werde, muß ich es sagen.

»Gut«, entgegnete meine Großmutter, deren Zorn wie der aller heftigen Menschen schnell verraucht war, »gut, ich bin hart gewesen! Aber glauben Sie mir, Jeanette, es ist schwer, beständig auf etwas Rücksicht nehmen zu müssen, was doch eben im Grunde gar nicht da ist. Sie wissen, wie ich über die katholische Kirche denke: sie ist für mich keine übernatürliche Kraftquelle, wie ihre Gläubigen meinen, aber sie ist eine große Erzieherin der Menschen. Sie ist keine blasse Idee, sondern sie ist geformte Idee, durch und durch auf Wirklichkeit gestellt und Wirklichkeit fordernd. Eben dieses macht sie in meinen Augen bis zu einem gewissen Grade verehrungswürdig. Der Katholizismus meiner Tochter aber hat keine Wirklichkeit, er ist völlig blutlos. Er hat weder Füße, um zu gehen, noch Hände, um zu greifen, und ich fürchte, er hat auch kein Herz.«

»Aber er hat eine Sehnsucht«, sagte Jeanette leise.

Wieder erschien in den Brauen meiner Großmutter das bekannte Beben. »Was ist Sehnsucht?« sagte sie wegwerfend. »Sehnsucht gilt im besten Fall, wenn man achtzehn Jahre alt ist, aber meine Tochter wird achtunddreißig! Seit zwei Jahrzehnten fast hängt diese Konversion in der Luft: Sie wissen, Jeanette, wie ich mich anfangs dagegen gesträubt habe, aber glauben Sie mir, ich wäre jetzt manchmal froh, wenn es endlich dazu käme, damit nur überhaupt noch so etwas wie ein Schicksal in das Leben meiner Tochter kommt!«

»Sehnsucht ist ein Schicksal!« sagte Jeanette.

»Nein, Sehnsucht ist kein Schicksal«, entgegnete meine Großmutter, »Sehnsucht ist vielmehr, wenn man sich dem Schicksal verweigert, Sehnsucht ist, wenn man das Leben nicht annimmt! Sehnsucht ist Hochmut! Edelgart hat auch in der Liebe vor lauter Sehnsucht kein Schicksal gehabt – verzeihen Sie, wenn ich hier zwei Dinge vergleiche, die für Sie keinen Vergleich zulassen, aber Sie verstehen, was ich meine.«

»Ich verstehe«, entgegnete Jeanette. »Gina hat also in Ihren Augen ein Schicksal gehabt?«

Meine Großmutter unterbrach sie schnell: »Nein, Gina hat auch kein Schicksal gehabt, sondern das Schicksal hat sie gehabt! Schicksal haben, das heißt, sich ihm ganz hingeben und es zugleich doch ganz beherrschen. Meine Töchter aber haben immer nur eins oder das andere gekonnt; sie waren beide auf verschiedene Weise ihrer Liebe und ihrem Schicksal nicht gewachsen!«

»Aber, wer ist denn wirklich seinem Schicksal gewachsen?« fragte Jeanette freundlich.

»Nun, zum Beispiel Sie«, erwiderte meine Großmutter.

»O nein«, sagte Jeanette fast erschrocken, »bei mir war alles ganz anders.« Ich wußte damals nicht, was sie meinte; erst später habe ich erfahren, daß Jeanette nach der Lehre ihrer Kirche auch in ihrer unheilvollen Ehe noch das Sakrament sah und alle Kraft, die sie in ihrem schweren Schicksal einsetzte, dessen Gnade zuschrieb. Ich bin sicher, sie hätte meiner Großmutter damals gerne die Anerkennung in bezug auf ihre Haltung zum Schicksal zurückgegeben, denn sie hat mir später oftmals gesagt, es sei ihr nie ein Mensch begegnet, der es an natürlicher Festigkeit des Charakters und innerer Vornehmheit so weit gebracht habe wie meine Großmutter.

Meine Großmutter aber sagte jetzt halb ungeduldig, halb wohlwollend: »Ja, ich weiß schon, Jeanette, Sie sind es nie selbst gewesen, wenn Sie etwas Rechtes zustande bringen! Aber ich habe Ihre Theologen auch ein wenig studiert: das große Konzil von Trient ist der mir sehr sympathischen Ansicht gewesen, daß die Gnade immer die Mitwirkung des menschlichen Willens fordert. Der Ihre muß also doch auch irgendwie im Spiel sein.«

Jeanette lachte, denn sie wußte schon, daß es meiner

Großmutter zuweilen Spaß machte, ihr reiches Wissen sogar auf theologischem Gebiet zu zeigen. Ich weiß nicht, wie das Gespräch dann weiterging, aber das Vorhergehende blieb mir unvergeßlich, vor allem deshalb, weil sich mir darin bestätigte, was ich selbst immer dunkel geahnt hatte: daß nämlich mit der Frömmigkeit meiner Tante Edel etwas nicht völlig in Ordnung sei. Es kam mir daher ganz natürlich vor, als ich hörte, sie sei gar keine wirkliche Katholikin, das heißt, es schien mir so recht eigentlich zu ihrem ganzen Wesen zu passen, denn ich konnte mich nicht entsinnen, jemals eine wirklich rückhaltlos ausgesprochene Meinung von ihr gehört zu haben; etwas dem Ähnliches entfuhr ihr höchstens einmal, wenn sie sehr erregt oder sehr erschrocken war. Für gewöhnlich aber dachte man immer, sie behalte etwas zurück, so als sei es ihr unangenehm, wenn man wisse, was sie denke, und etwa dann ein Stück von ihrem Innern in der Hand habe.

Aber auch in bezug auf meine Großmutter hatte mir das Gespräch etwas Wichtiges klargemacht: meine Großmutter besaß keine Sehnsucht! Das war eine wunderbare Sache, das war wahrscheinlich das Geheimnis, weshalb sie niemals traurig erschien und weshalb man sich in ihrer Nähe so glücklich fühlte. Denn Sehnsucht bedeutete ja Verlangen, Unruhe, Bangigkeit. Ich selber wußte sehr genau, was Sehnsucht war; es war das, was immerfort in mir gerufen hatte, bevor meine Großmutter sich meiner annahm, das, was der Stimme des kleinen Brunnens in unserem Hof so ähnlich war: jenes leise, verschleierte und doch stürmische Ding im Innern, welches seinen Namen nicht nennen wollte und zu jedem, den man ihm anbot, nur immerfort nein sagte. Ich faßte damals den festen Entschluß, niemals mehr in meine frühere Sehnsucht zurückzufallen, und daran war nicht allein der Wunsch schuld, meiner Großmutter nachzueifern und womöglich ähnlich zu werden, sondern auch eine unbestimmte Angst davor, so zu sein, wie meine Tante war. Es fielen mir jetzt immer mehr Züge an ihr als sonderbar auf, die ich früher gar nicht weiter beachtet hatte. Allmählich war mir klargeworden, wie das schöne Lied »Pange, lingua«, das mir immer so großen Eindruck machte, in innigem Zusammenhang mit der kleinen weißen Hostie stand, die man in die goldene Monstranz eingeschlossen hatte. Ich sah ihren zarten Schimmer über den geneigten Häuptern der Betenden stehen, wenn die Monstranz zum Segen erhoben wurde; es war jedesmal ein wunderbarer Augenblick. Obwohl fast gar nichts darinnen geschah und obwohl auch das schöne Lied dann verstummt war, blieb doch immer dieses Gefühl, man müsse einem unaussprechlichen Geheimnis entgegeneilen. Einmal nun, als wir uns wieder im Sprechzimmer des Klosters befanden, schenkte mir eine der Nonnen ein Bildchen, auf dem eine Monstranz abgebildet war. Dabei fragte sie mich, ob ich denn auch wisse, wie in der geweihten Hostie der Heiland der Welt wohne. Das kam mir gar nicht so unverständlich vor, wie sie vielleicht dachte, denn ich war nun schon so weit, in der Monstranz etwas Geheimnisvoll-Wunderbares, ja das Wunderbare der ganzen Feier überhaupt zu erblicken. Die Klosterfrauen aber schienen sich sehr über meine Antwort zu erstaunen. Die Nonne, welche mir das Bildchen geschenkt hatte, küßte mich und sagte: »Mein Kind, unser Heiland muß Sie sehr liebhaben, wenn er Ihnen das zu erkennen gab.« Meine Tante Edelgart aber sah mich plötzlich so erschrocken an, als ob ihr eigener Schatten ihr erschienen sei. Ich wußte damals nicht, daß dies in der Tat der Fall war, sondern glaubte, sie dächte wohl an meinen Vater und fragte sich, ob sie seine Bestimmung über mich irgendwie verletzt habe. Dabei tat sie mir leid, denn ich meinte, es müsse ihr schwerfallen, beständig mit dem zurückzuhalten, was ihr doch sicherlich sehr am Herzen liege. Dieses alles, was ich jetzt erzähle, fand nämlich noch vor jenem Gespräch statt, durch welches ich erfuhr, daß sie der Kirche gar nicht im vollen Sinn angehörte. Späterhin, als ich es wußte, tat sie mir nicht mehr so leid, sondern ich dachte, es käme ihr vielleicht ganz gelegen, wenn sie mich einen Glauben nicht zu lehren brauchte, dem sie doch selbst nur unvollkommen treu war. Dies bedeutete sicher einen häßlichen und auch falschen Gedanken, aber er schien mir aus dem ganzen Wesen meiner Tante Edelgart entgegenzuwachsen. Ich glaubte nichts Häßliches mit ihm zu denken, sondern nur die eigentümliche Unsicherheit ihrer Gestalt zu erkennen, so wie man in der Dämmerung einen Zurückweichenden erkennt, der nicht erkannt sein möchte.

Diese Meinung, daß meine Tante unter keiner Bedingung von irgend jemand erkannt sein wollte, bestätigte sich noch mehr in mir, als meine Großmutter eben damals auch anfing, mich in den Kreis ihrer Freunde einzuführen, der sich an einem bestimmten Tag jeder Woche bei ihr zum Tee einfand. Es ging dann immer sehr festlich in ihrem schönen Zimmer her; der Kronleuchter brannte, und alle Vasen waren mit Blumen gefüllt, unter denen ich besonders die zarten, süßen Fresien liebte. Ich fand, daß diese schlanken, elfenbeinfarbigen Blüten eine gewisse Ähnlichkeit mit den Händen meiner Tante Edelgart hätten, und ich meinte auch immer, daß diese Hände beim Ordnen der Blumen aussähen, als ob sie sich freuten, während auf dem Gesicht, das zu ihnen gehörte, bereits die Schatten jener Einsamkeit lagen, welche sich immer unter den Gästen meiner Großmutter darin ausprägte. Ich hatte mich schon oft darüber gewundert; denn an sich kam meiner Tante als Tochter des Hauses die Einsamkeit in keiner Weise zu. Sie hätte auch in ihrer Art sehr gut über die feinen und geistreichen Fragen mitreden können, die man in diesem Kreise zu verhandeln liebte. Zwar besaß sie nicht das reiche Wissen und die hohe Kultur meiner Großmutter, ja, sie hatte gegen beide sogar eine entschiedene Abneigung, und dieser Punkt war sowohl in ihrer eigenen als später in meiner Erziehung immer ein sehr schwieriges Kapitel zwischen ihr und meiner Großmutter gewesen. Diese behauptete etwas drastisch, ihre Tochter sei von jeher lieber unwissend geblieben, als daß sie auch nur einen einzigen fremden Gedanken angenommen habe, denn sie fürchte Gedanken ebenso wie Menschen. Meine Tante selbst aber sagte, sie wehre sich nur deshalb gegen die sogenannte »geistige« Kultur, weil sie im Grunde eine materialistische Kultur sei; meine Großmutter merke das nur nicht, weil sie eben in Wissenschaft und Schönheit verliebt sei. Das war meine Großmutter sicherlich, aber ohne Zweifel war auch etwas Richtiges daran, daß meine Tante sogar durch die Welt der Gedanken und Künste – gleichviel welcher Herkunft sie waren – sich irgendwie in ihrem zarten Eigensein bedroht fühlte. Sie hatte denn in der Tat nicht besonders viel gelernt; da sie aber von Natur klug und namentlich sehr fein war, schadeten ihr die Mängel ihrer Bildung nicht allzuviel, ja, ihre Bemerkungen besaßen oft einen ganz eigenen Reiz von Fremdartigkeit, den man unter unseren Gästen als anziehend empfand. Sie nützte das aber nie aus; denn ihre Einsamkeit ging auf bewußte Abschließung zurück; sie konnte indessen nicht verhindern, daß alle Neuhinzugekommenen sich immer wieder sehr für sie eingenommen zeigten, was durchaus zu begreifen war, denn sie begegnete jedermann überaus zuvorkommend und aufmerksam. Wer auch nur einmal in unserem Haus gewesen war, konnte sicher sein, daß sie genau wußte, wie stark er den Tee liebte, ob er Zitronenscheiben oder Sahne dazu nahm, und dergleichen mehr. Vor allem aber war meine Tante Edel als Erscheinung noch immer sehr anmutig, zumal bei abendlicher Beleuchtung. Es lag dann oft noch eine ganz merkwürdige Lieblichkeit über sie ausgegossen, eine Mädchenhaftigkeit und Unberührtheit, die sie von allen anderen reizvoll unterschied. In Wirklichkeit freilich war diese späte Jugendlichkeit wohl nur das bedenkliche Erkennungszeichen eines Lebens, das sich den großen, mitnehmenden Entscheidungen immer versagt hatte. Übrigens schien sie selbst auf den Eindruck, den sie machte, keinerlei Wert zu legen, was sich schon darin äußerte, daß sie sich zwar nicht vernachlässigte, aber doch eigensinnig darauf bestand, sich nicht im geringsten zu schmücken. Sie trug an diesen Abenden meistens ihre alten hellen, sehr einfachen Mädchenkleider auf, von denen meine Großmutter behauptete, sie hätten schon, als sie noch neu gewesen, die Mode der letzten Jahre ein wenig nachgeschleppt, und heute wirkten sie fast wie ein historisches Kostüm. Ich begriff, daß sich meine Großmutter der Dürftigkeit ihrer Tochter schämte, denn sie selbst war bei diesen Gelegenheiten immer groß und festlich mit schwerer, schwarzer Seide und köstlichen Spitzen und Perlen angetan. Andrerseits aber konnte ich auch nicht umhin, zu finden, daß die altmodischen weißen Kleider einen gewissen Zauber besaßen und ihrer Besitzerin einen rührenden, etwas schwermütigen – und heute würde ich vielleicht hinzusetzen, »zeitlosen« – Reiz verliehen. Ich mochte sie gar nicht ungern darin ansehen, und einmal sagte ich das auch zu Jeanette. Diese schenkte nämlich, um dem ständigen Ärger wegen der Kleiderfrage ein Ende zu machen, ihrer Freundin eines Tages einen reizenden Stoff, für dessen Kauf sie wahrscheinlich lange im stillen gespart hatte.

»Darin wird ja aber die Tante Edel wie eine andere Dame aussehen«, meine ich bedauernd.

»Wunderliches Kind, wie sieht sie denn jetzt aus?« fragte Jeanette unruhig, denn sie fürchtete immer, daß ich meine Tante nicht genügend würdigte.

»Jetzt sieht sie wie ein verstoßener Engel aus«, sagte ich, ohne recht zu wissen, woher mir dieses Bild plötzlich kam.

In diesem Augenblick trat meine Tante Edel ein, die, ohne daß wir es wußten, im Nebenzimmer gewesen war. Sie hatte offenbar unser Gespräch gehört; man sah das an ihrem Gesicht, und Jeanette machte auch sogleich den Versuch, die Situation zu retten.

»Edel«, sagte sie so harmlos wie möglich, »hier sitzt

eine kleine Hellsichtige, welche meint, daß du wie ein Engel aussiehst – denke doch, Liebling, wie ein Engel!«

Aber meine Tante hatte natürlich nur das »Verstoßensein« gehört. Sie sah mich ganz erschrocken an, und ich dachte: Jetzt ist ihr, als ob sie sich einmal ausgesprochen hätte, und sie möchte es zurücknehmen!

Ich war überzeugt, sie werde sich nun sicherlich das neue Kleid machen lassen, nur weil sie fürchtete, das alte könne irgend etwas von ihrem Wesen verraten. So weit ging sie nun freilich nicht, aber die Tatsache, daß ich sie betrachtet und mir Gedanken über sie gemacht hatte, blieb lange Zeit in ihrem Bewußtsein lebendig; ich fühlte das deutlich an einer gewissen Befangenheit, die sie mir gegenüber zeigte, ja, es kam mir zuweilen sogar vor, als ob sie mir absichtlich aus dem Wege ginge. Ich war damit ganz zufrieden, denn so unwiderstehlich ich mich auch zuweilen getrieben fühlte, über ihre eigenartige Person nachzudenken, so wenig behaglich war mir doch zumute, wenn sie sich mit mir befaßte.

Meine Tante Edel war nämlich damals zuweilen sehr unfreundlich gegen mich, das heißt nicht direkt, wie andere Menschen unfreundlich sind, sondern auf eine, ich möchte fast sagen, unsichtbare Art, bei der man nie genau wußte, ob man sich nicht alles nur einbildete. Auch gegen Jeanette und die Dienstboten war meine Tante Edel damals unfreundlich. Nur gegen meine Großmutter blieb sie stets gleichmäßig freundlich und höflich; es kam mir aber zuweilen so vor, als ob sie gerade gegen diese am liebsten anders gewesen wäre, denn wenn wir allein waren, sprach sie oft von ihr in einer Weise, als benütze sie statt der Worte kleine spitze Nadeln, aber wiederum so, daß man bei näherem Fragen gar nicht begriff, wo eigentlich die Spitze gesessen hatte. Einmal, als ich ihr erzählte, meine Großmutter habe in der Villa Borghese einem armen Künstler eine herrliche Kopie von Tizians »Himmlischer und irdischer Liebe« abgekauft und aus purer Güte noch ein wenig über den geforderten Preis hinaus bezahlt, schwieg sie zuerst, teilte mir aber gleich darauf mit, sie habe heute morgen unserer zweiten Cameriera gekündigt und wünsche auch, keinen Ersatz zu suchen, denn es sei unbedingt nötig, daß wenigstens einer in unserem Hause an meine Zukunft denke. »Ich will aber gar nicht, daß man an meine Zukunft denkt; ich will viel lieber, daß Großmama schöne Bilder kauft und sich mit den Gästen freut«, erwiderte ich gereizt.

»Was meinst du damit?« fragte meine Tante Edel kühl, und ich mußte beschämt gestehen, daß in ihren Worten über meine Zukunft gar kein nachweisbarer Angriff gegen meine Großmutter gelegen hatte. Aber so war es oft; dennoch geriet ich alle Augenblicke in dieselbe Abwehrstellung.

Ich war damals wie verzaubert von meiner Großmutter, und wenn sie mich nicht mit ihrem kleinen, liebreichen Spott von Zeit zu Zeit fest auf die Erde gestellt hätte, wer weiß, wohin ich mich schließlich noch verstiegen hätte. Immerhin blieb genug der süßen Torheit übrig. So hatte ich zum Beispiel die Gewohnheit angenommen, wenn meine Großmutter ausgegangen war, mich in ihr schönes Zimmer zu schleichen, um dort einsam und schwelgerisch dem Bewußtsein nachzuhängen, zwar nicht bei ihr, aber doch wenigstens in der Nähe der von ihr geliebten Gegenstände zu sein. Einmal nun, als ich eben wieder dort saß, trat meine Tante Edel unerwartet ein und begann, ohne mich zu bemerken, hastig und lieblos unter den kleinen Kostbarkeiten zu kramen, welche die Kommoden und Etageren dieses Raumes schmückten. Ich glaubte zuerst, sie suche irgend etwas Verlorengegangenes, und das mochte wohl auch der Fall sein, aber daneben war doch deutlich erkennbar, daß sie bei dieser Gelegenheit einen rätselhaften Haß an den unschuldigen Dingen ausließ, die ihre Hände berührten, so daß ich zitternd erwartete, im nächsten Augenblick eine der feinen Vasen oder Skulpturen zu Boden geschmettert zu sehen.

Indem erschien Jeanette, die meiner Tante Edel offenbar in irgendeiner Besorgnis nachgegangen war, und erkundigte sich, ob »la petite« – sie nannte mich in Gegenwart der Befragten niemals »Spiegelchen« – hier sei. Ich wagte nicht, mich bemerkbar zu machen, denn ich hatte die Vorstellung, meine zarte Tante sei von irgendeinem Dämon überfallen, der sie zwingen werde, mich oder meine Seele ebenso zu mißhandeln wie die schönen Kunstwerke meiner Großmutter. So blieb ich denn regungslos in meinem Sessel kauern, während meine Tante Edelgart achselzuckend erwiderte, meine Großmutter habe mich vermutlich mit sich genommen. »Sie unterstützt Veronikas Überspanntheit beständig«, setzte sie hinzu, »und doch sollte man gerade bei diesem Kind vorsichtig sein: es besitzt von seiner Mutter her ein gefährliches Erbe.«

Jeanette war zuerst still, als überlege sie, ob es ratsam sei, eine falsche Meinung durch Widerspruch zu bestärken. Dann aber siegte doch die Tapferkeit ihrer Liebe, welche sich niemals damit zufriedengeben wollte, daß es unmöglich sei, jemand zurechtzuhelfen. »Ich glaube, du machst dir ganz unnötige Sorgen, meine Edel«, sagte sie, »deine Mutter versucht im Gegenteil, la petite von ihren kleinen Überschwenglichkeiten abzulenken. Mir scheint, sie handelt ganz planvoll und erreicht ziemlich viel. Was aber die Ähnlichkeit mit Gina betrifft, von der du sprichst, so ist doch bei la petite alles ins Zarte gewandelt. Ich meine, sie ist eine seelenhafte Natur wie du.«

»Um so schlimmer«, entgegnete meine Tante Edelgart, »denn wenn sie sich später einmal als Seele ebenso verliert, wie sich ihre Mutter als Frau verlor, so wird ihr Schicksal noch furchtbarer sein. Es kommt mir schon jetzt manchmal vor«, setzte sie hinzu, »als ob Veronika sich immer nur in etwas finden könne, was außerhalb ihres eigenen Wesens liegt; es ist fast, als wäre sie in sich selbst niemand.«

Jeanette meinte, sie fände das nicht so schlimm; wir

seien auch am Ende nicht für uns selbst geschaffen. Es komme immer nur darauf an, wohin man seine Seele schenke, und da wünsche sie nun freilich auch, daß man mich nicht so ganz ohne Christentum hätte erziehen müssen. Bei den letzten Worten brach sie plötzlich ab.

Meine Tante Edel sagte hastig: »Ich kann nichts dafür, wenn la petite ohne Glauben aufwächst. Mein Schwager hat dies bestimmt.« Dabei klang ihre Stimme so leblos, als spräche sie gar nicht mit ihrer eigenen, sondern mit irgendeiner ganz fremden Stimme.

Jeanette mußte das auch empfinden. »Aber Liebe«, sagte sie, »quäle dich nicht so furchtbar! Veronikas Schicksal liegt doch nicht in deines Schwagers schwachen Menschenhänden, sondern es liegt in Gottes Händen! Und dann liegt es freilich auch ein klein wenig in deiner Hand: o Edel, man kann vieles tun, wenn man gar nichts tun kann; man kann die Allmacht selbst einsetzen, wo man ganz hilflos ist – man kann eine Seele noch durch die Ewige Liebe erreichen, auch wenn sie einem völlig entzogen wurde. Glaubst du das nicht auch, meine Edel?«

Jeanette sagte das alles in einem großen und innigen Ton, den sie immer hatte, wenn sie von ihrem Glauben sprach. Die kleine, unscheinbare, hausbackene Jeanette, die so gern scherzte, konnte sich in solchen Augenblicken vollkommen verändern: es war dann als kniee sie vor einem Mysterium. Meine Großmutter pflegte in solchen Fällen immer zu sagen, daß der Geist über Jeanette komme. Das war aber nicht etwa scherzhaft gemeint, denn meine Großmutter hatte eine hohe Meinung von Jeanettes Frömmigkeit, ja, sie hatte sogar Respekt vor ihrem Gebet. Ich hörte sie mehrmals zu anderen sagen, durch Jeanette habe sie einsehen gelernt, daß Beten einen hohen geistigen Aufschwung des Menschen bedeute, ebenbürtig dem der großen Denker des Metaphysischen, ja in seinem völligen Verschmähen aller natürlichen Stützen und Anhaltspunkte vielleicht noch kühner und heroischer.

Auch ich fühlte mich in diesem Augenblick von Jeanettes Worten wunderbar bewegt, trotzdem ich ihren Sinn nicht ganz begriff. Ich wäre am liebsten Jeanette nachgegangen, um sie genauer zu befragen; indessen fürchtete ich, sie würde mich dann um etwas mehr Liebe für meine Tante Edelgart angehen, denn ich glaubte ganz naiv, diese sei auf meine Großmutter eifersüchtig. Zwar hatte ich wohl verstanden, daß sie sich um mein religiöses Leben Sorge machte, ich dachte aber, auch diese Sorge sei im Grunde nur der Ausdruck einer Abneigung, die sie gegen meine Zugehörigkeit zu meiner Großmutter und deren Welt fühlte; denn ich war jetzt schon daran gewöhnt, meine Tante Edel in ihrer Frömmigkeit nicht ganz voll zu nehmen. Allerdings entsinne ich mich, daß sie mir in ihrem Gespräch mit Jeanette nicht jenen abstoßenden Eindruck machte, den gewöhnlich Eifersucht in dem hervorzurufen pflegt, welchem sie gilt. Indessen, das war bei meiner Tante überhaupt so: auch die kleinen, häßlichen Züge ihres Wesens konnten einen niemals dazu bringen, sie wirklich für klein und häßlich zu halten; immer war es, als ob sich noch etwas anderes, Größeres dahinter verborgen hielte. Aber eben deshalb scheute ich die Bitte, die ich von Jeanette gewärtigte, doppelt: ich fühlte gerade im Bewußtsein ihrer Berechtigung eine Art Angriff auf die Freiheit meines Herzens, und so beschloß ich endlich doch, anstatt Jeanette zu beichten, mir das ganze Gespräch einfach aus dem Kopf zu schlagen. Es war indessen schon dafür gesorgt, daß ich mich seiner noch zuweilen erinnerte, und zwar auf eine Weise, die etwas bitterer schmeckte, als die Ermahnungen Jeanettes wahrscheinlich ausgefallen wären.

Nicht lange danach nämlich kam ein junger deutscher Dichter nach Rom, mit dessen verstorbenem Vater meine Großmutter innig befreundet gewesen war. Wir nannten ihn wegen seiner großen, blonden Haare, die er glatt zurückgestrichen und nicht ganz kurz geschnitten trug, scherzweise »König Enzio«. Ich fand aber, daß ihm dieser Name auch sonst gut zu Gesicht stand; jedenfalls erschien mir Enzios eigenwillige Gestalt immer die einzige in meiner Umgebung, die neben derjenigen meiner Großmutter so etwas wie ein fürstliches Prädikat verdienen konnte. Das hing wahrscheinlich mit der Selbstherrlichkeit von Enzios innerem Menschen zusammen; denn woran es sonst lag, hätte man nicht sagen können: Enzio war eher klein als groß und sehr zart gebaut; er hielt sich nachlässig, wenn auch nicht anmutlos, und sein Gesicht war weder schön noch eigentlich vornehm geschnitten, sondern nur ungewöhnlich. Ich sehe es noch deutlich vor mir: fein und nervös und etwas zu klug, aber nicht etwa altklug, sondern vielmehr durch und durch erfüllt von einer kühnen, geistvollen und etwas schroffen Jugendlichkeit, die es manchmal sehr anziehend machte, manchmal aber auch merkwürdig aufreizte. Enzios Bemerkungen nämlich waren immer irgendwie anders als die der übrigen Leute; sie fielen wie Stoßvögel in die feinen, gepflegten Unterhaltungen unserer Gäste, rupften ihnen die schönsten Federn aus und zersprengten sie. Den meisten in unserem Kreise war Enzio nicht sympathisch, und das war wohl zu verstehen, denn er konnte sehr rücksichtslos sein. Es kam ihm gar nicht darauf an zu sagen, man sei heutzutage »geistig etwas zu fett geworden« oder, wenn etwa ein Wort wie »Idealismus« fiel, man spräche »im großen Plakat- oder Etikettenstil«, und ähnliches mehr. Diese rücksichtslose Art hatte Enzio zumeist gegen ältere Leute, ja, es kam mir zuweilen vor, als ob er alle, die nicht mehr jung waren – Enzio mochte etwa zwanzig Jahre alt sein –, stark übersähe und in ihrem Denken und Reden fast verächtlich fände. Nur meine Großmutter verehrte er sehr, wenngleich er auch mit ihr keineswegs übereinstimmte. Aber er ließ sie gelten, ja, sie schien in seinen Augen der einzige Mensch unseres Kreises zu sein, den er für fähig und würdig hielt, sich ihm rückhaltlos mitzuteilen.

Was mich anbetraf, so mochte ich Enzio auch nicht leiden; dies kam aber daher, daß ich von Anfang an auf ihn eifersüchtig gewesen war. Ich konnte mich nämlich nicht entsinnen, meine Großmutter je über einen Besuch so erfreut gesehen zu haben wie über den seinen. Sie war ganz verjüngt in seiner Nähe und widmete sich seinem römischen Aufenthalt mit einer Ausschließlichkeit und einer Hingebung, vor der alles andere zurücktreten mußte. Auch für Enzios Dichtungen hatte meine Großmutter ein ganz ungewöhnliches Interesse, obwohl sie dem, was sie sonst auf diesem Gebiet schätzte, vollkommen unähnlich waren. Meine Großmutter liebte unter den neueren Dichtern besonders Stefan George, von dessen Versen sie sagte, man könne sie selbst im Angesicht des Pantheon oder auf dem Forum Romanum lesen oder sprechen; und dies war wohl das höchste Lob, was sie überhaupt zu spenden vermochte. Von älteren Dichtern standen ihr Goethe und Hölderlin am nächsten, aber auch Nietzsche liebte sie in seiner Lyrik sehr, wiewohl nicht ohne Vorbehalt, das heißt, sie sagte immer, sie sei nüchtern genug, um sich diesen unglaublichen Rausch leisten zu dürfen. Die Lektüre aller dieser Dichter begleitete meine Großmutter beständig; sie war nach ihren eigenen Worten ihre Form, in Rom an Deutschland zu denken und Deutschland zu lieben.

Was nun Enzios Dichtungen betraf, so war es mit ihnen genauso wie mit seinen sonstigen Äußerungen. Die Mehrzahl unserer Gäste – meine Großmutter veranlaßte ihren jungen Freund häufig, im größeren Kreis vorzulesen – fühlte in ihnen etwas Fremdes, ja Feindliches. Ich hörte mehr als einmal sagen, daß sie in ihrer Formlosigkeit geradezu gefährlich seien. Nur einige junge Leute begeisterten sich sehr dafür und behaupteten, diese Gedichte gehörten zum Anbruch einer großen, neuen, ganz innerlichen Kunst, die wachsame Ohren jetzt überall auftönen hörten. Meine Großmutter war unter den älteren Leuten die einzige, welche in Enzios Versen ein großes Versprechen und etwas überaus Geniales sah. Nur erschienen sie ihr noch nicht ganz reif, und ich glaube, daß sie sich damals der Hoffnung hingab, sie könne der Begabung ihres jungen Freundes sowohl zur Klärung wie zum Erfolg förderlich sein. Jedenfalls beschäftigten seine Entwürfe und Pläne sie beständig, und sie sah dabei immer so beglückt und beglänzt aus, als fiele eine große, strahlende Abendsonne auf ihr schönes altes Antlitz.

»Sie ist fast, als ob Enzios Vater noch lebte«, sagte Jeanette zu meiner Tante, während sie eine Schale mit Blumen neben die schöne Plastik eines feinen, geistreichen Männerkopfes stellte, die auf einem Postament neben dem Schreibtisch meiner Großmutter stand. Sie stand dort immer, aber ich hatte sie früher nicht weiter beachtet. Jeanette schmückte sie seit kurzem täglich mit frischen Blumen, und ich schloß daraus, daß sie wohl Enzios Vater vorstelle und daß Jeanette mit diesen Blumen unsere Gäste ehren wolle. Enzio war nämlich nicht allein gekommen, sondern er hatte ein große, behagliche, gut angezogene Mutter mitgebracht, die ihn sehr verwöhnte, aber gar nicht zu ihm paßte. Im Salon meiner Großmutter hatte man auch für sie einen Spitznamen, der sehr hübsch klang, wenn er auch nicht so hübsch gemeint war. Enzios Mutter hieß dort »Frau Wolke«, wobei man aber an eine Staubwolke dachte. Man behauptete nämlich, wenn sie fortgegangen sei, müsse Jeanette jedesmal die Möbel abwischen, weil alles voll Puderstaub liege. Meine Großmutter aber, der zwar selbst eine ziemlich kunstvolle Pflege ihrer Erscheinung Bedürfnis war, die aber Puder und Schminke, wie alles Unechte, geradezu verabscheute, sagte nachsichtig: »Die arme Frau Wolke! Sie ist so brav und im Grunde genommen so natürlich! Unter ihrem Puder ist wirklich alles ganz echt und einfach.«

Meine Großmutter nannte Enzios Mutter mit ihrem Vornamen Minna und duzte sich mit ihr. Sie zeigte überhaupt eine merkwürdige Zuneigung zu »Frau Wolke«, ja, sie legte ihr gegenüber geradezu so etwas wie ihre Krone nieder, indem sie sich zu allerlei Gesprächen herabließ, über die, wären sie ihr bei anderen begegnet, sie sicherlich die volle Schale ihres lichten Spottes ausgegossen hätte. Auch suchte sie »Frau Wolke« in den Augen ihrer Umgebung beständig zu heben, was nicht so einfach war; Enzios Mutter paßte nämlich in unseren Kreis und nach Rom ebensowenig wie zu ihrem Sohn und war auch treuherzig genug, gar kein Hehl daraus zu machen, daß sie nur Enzio zuliebe hergekommen sei. Ihr selbst, so sagte sie, falle dieses beständige Tête-à-tête mit der Weltgeschichte oder gar mit der Ewigkeit ein wenig beschwerlich. Ich wußte, daß man sie allgemein für ein wenig beschränkt hielt, und sie hätte unter unseren Gästen sicher eine ziemlich vernachlässigte Rolle gespielt, wenn ihr meine Großmutter nicht durch ihre Zuneigung immer wieder eine Stellung erzwungen hätte.

Was mich anbetraf, so fand ich mich an diesem Punkt in der seltenen Lage, nicht ganz mit meiner Großmutter übereinzustimmen. Jedenfalls wäre ich immer am liebsten davongelaufen, wenn »Frau Wolke« mir einen Kuß gab, denn ich hatte schreckliche Angst vor dem Staub, den sie machte. Vor allem aber war mir ihre Erscheinung zu groß und zu schwer; ich mußte, wenn ich sie sah, immer an ein Federbett denken, welches alles zudeckte. Sie deckte auch meine Großmutter zu, die doch wirklich stattlich genug von Gestalt war, und überragte sie beträchtlich, was mir geradezu ungehörig vorkam, so als ob damit ein verkehrtes Verhältnis der beiden zueinander symbolisch angedeutet sei.

Ich weiß nicht, ob Enzio das auch dachte; jedenfalls war er gegen seine eigene Mutter immer noch viel unartiger als gegen andere ältere Leute. Er wollte sie niemals mitnehmen, wenn wir zu den Sehenswürdigkeiten Roms gingen. Meine Großmutter machte zwar regelmäßig einen liebenswürdig-dringenden Versuch, ihn umzustimmen, der aber ebenso regelmäßig an seiner Selbstherrlichkeit und an »Frau Wolkes« Ergebenheit in den Willen ihres Sohnes scheiterte. Hernach freilich war meine Großmutter dann ganz zufrieden, wenn sie Enzio für sich allein hatte; sie wollte es nur in ihrer Vornehmheit und Gerechtigkeit nicht zugeben. Ich merkte es aber stets an dem inneren Tempo, das ihre Gespräche mit ihrem jungen Freund dann sofort annahmen und bei dem man sich die schwerfällig dahinsegelnde »Frau Wolke« kaum vorstellen konnte. Aber man konnte sich bei diesen Gesprächen eigentlich überhaupt keinen Dritten vorstellen. Die Leute nahmen denn auch meine Großmutter und Enzio immer ganz von selbst für eine natürliche Einheit: es war erstaunlich, wie oft die beiden auf unseren Ausflügen für Mutter und Sohn gehalten wurden. Ich beobachtete dann jedesmal, daß meine Großmutter dieses Mißverständnis gar nicht ungern hatte. Sie sah immer ganz eigentümlich glücklich dabei aus, so als mache es ihr wirklich Freude, sich vorzustellen, einen solchen Sohn ihr eigen zu nennen. Auch Enzio entging diese Freude nicht. Meine Großmutter wurde ein wenig verlegen. »Halten Sie mich nun für eine sehr eitle alte Frau, Enzio?« fragte sie.

»Ich halte Sie nicht für eitler als mich selbst«, entgegnete er. »Ich mag mir nämlich auch sehr gerne vorstellen, daß wir Mutter und Sohn wären. Ich habe nicht die geringsten Schwierigkeiten dabei zu überwinden wie zum Beispiel bei meiner eigenen Mutter.«

»O Enzio, Ihre liebe, vortreffliche Mutter!« rief meine Großmutter erschrocken.

Enzio verzog ein wenig den Mund. Dieser Mund war sonderbar: man wußte eigentlich nie recht, war er hart oder weich. »Vortrefflich – ja natürlich«, sagte er nachlässig. »Solide Bürgerlichkeit ist immer vortrefflich.«

»Bürgerlichkeit« war eines seiner Hauptworte, ich wußte das schon: dieses Wort bedeutete so ziemlich das Schimpflichste und Verächtlichste, was er sagen konnte. Er wandte es zuweilen auch auf seine Mutter an; ich fand ihn in solchen Augenblicken sehr häßlich, denn obwohl ich »Frau Wolke« nicht leiden mochte, so fühlte ich doch, daß ihr Sohn nicht so unfreundlich von ihr sprechen durfte. Wie kalt er ist, dachte ich, und wenn man seinen Gedichten zuhört, glaubt man immer, daß er mit allen Wesen und Dingen fühlen könne! Log er in seinen Gedichten, oder waren seine Gedichte eine Art Liebe? Liebten Dichter nur mit ihren Versen? Liebten sie mit ihnen, wie andere Menschen mit ihren Herzen liebten? Ich wußte das nicht zu entscheiden, aber es kam mir, wenn ich Enzio betrachtete, nicht ganz unwahrscheinlich vor.

Ich selbst spürte mit einer gewissen dunklen Deutlichkeit, daß Enzios Gedichte etwas überaus Großartiges waren, und dies ist mir später immer als ein Zeichen erschienen für die geheimnisvolle Übereinstimmung der Träger einer Generation untereinander. Denn nichts und niemand hatte in mir das Verhältnis zu diesen Dichtungen vorbereitet, und schon dem Stoff nach gab es für mich kaum Anhaltspunkte zum Verständnis. Es war in diesen Gedichten viel die Rede von großen Maschinen, welche wie riesenhafte künstliche Tiere die Seelen der Menschen grausam fräßen und zermalmten; es war die Rede von Geld, das sie hart und unempfindlich mache; von Verstand und Wissen, durch die der Geist klein, eng, unfruchtbar und ungläubig werde. Dann brachen Verwünschungen gegen große Städte los, Beschwörungen von Krieg, Schrecken und Seuche: Man sah es wie Gewitter von Eisen und Tod heraufdrohen; jauchzende Blitze schienen den Untergang einer verruchten Welt anzukündigen. Schließlich brach alles mit einem Aufschrei des Mitleids mit den gequälten Wesen der Erde zusammen.

In alledem tat sich für mich eine völlig fremde und sehr unheimliche Welt auf. Ich wußte im Grunde gar nichts über das Elend, von dem diese Verse schluchzten, stammelten und wetterten, aber ihre unerhörte Gewalt ergriff mich, die Leidenschaft ihrer Auflehnung riß mich fort, ich empfand Grauen, Neugier, Erschütterung und versäumte keine Gelegenheit, zuzuhören, wenn Enzio aus diesen Gedichten vorlas. Dabei setzte ich mich aber immer so, daß er mich nicht sehen konnte, denn Jeanette neckte mich zuweilen damit, daß mein Gesicht alles verriete, was ich dächte, und ich wollte Enzio die Befriedigung meiner Ergriffenheit durch seine Gedichte nicht gönnen, weil ich ihm wegen der Liebe meiner Großmutter beständig zürnte. Einmal nun, während eines Empfangstages meiner Großmutter, als ich wieder so in meiner Verborgenheit lauschend hinter Enzios Rücken saß, fühlte ich plötzlich ein Unbehagen, wie man es zuweilen empfindet, wenn man aufmerksam betrachtet wird. Ich hob den Kopf und erschrak. Es hing nämlich schräg gegenüber von dem Platz, wo ich mich verkrochen hatte, ein schöner alter Spiegel von derselben venezianischen Herkunft wie der Kronleuchter meiner Großmutter. In diesem Spiegel nun, eingerahmt von den blassen schimmernden Glasblumen, sah ich mein eigenes Gesicht und dasjenige Enzios dicht beieinander. Sie lagen dort in dem alten Glas wie unter der Wasserdecke eines Sees eigentümlich versunken, und ich weiß nicht, ob dadurch oder wodurch sonst: das meine sah ganz anders aus, als ich mich für gewöhnlich kannte. Enzio schien das gleiche zu denken, denn er starrte mein Spiegelbild unverwandt an, ja, es kam mir so vor, als ob er vor Überraschung in der Vorlesung stockte. Das alles währte wohl nur Sekunden, aber es erschien mir sehr lange.

Diese kleine Begegnung veranlaßte mich später, als ich allein war, noch einmal in den Spiegel zu blicken, um festzustellen, ob man denn wirklich so ganz anders darinnen aussähe als sonst. Aber ich begegnete jetzt nur meinem wohlbekannten Kindergesicht mit den beiden dikken braunen Zöpfen, die meine Tante Edelgart seit einiger Zeit rund um meinen Kopf herum zu einer Art Kranz aufsteckte, ohne daß ich dadurch merklich erwachsener wirkte als früher. Ich wurde auch nach wie vor von Fremden höchstens auf dreizehn Jahre geschätzt, während ich nun in Wirklichkeit schon bald sechzehn wurde. Meine Grußmutter aber sagte in solchen Fällen immer:

»Veronika hat ihr eigenes, persönliches Alter, das kann man überhaupt nicht mit einer glatten Zahl ausdrücken.«

Als Enzio und seine Mutter etwa drei Wochen in Rom waren, erklärte »Frau Wolke« plötzlich, daß sie allein an die Riviera zu reisen gedächte. Sie gab als Grund eben jenes »Tête-à-tête mit der Weltgeschichte und den ewigen Dingen« an, welches ihr auf die Dauer zu anstrengend werde; wir zweifelten aber nicht daran, daß der wirkliche Grund in Enzio zu suchen sei. Ob er ihr diese Abreise ganz offen nahegelegt hatte oder ob sie ihm aus Unterwürfigkeit und Klugheit mit ihrem Entschluß zuvorgekommen war, wußte man nicht genau. »Frau Wolke« war nämlich bei all ihrer Einfachheit gar nicht so ohne weiteres zu durchschauen; es lag dies an ihrem großen Phlegma, welches mir manchmal wie eine Schicht von Wolle vorkam, in die alles, was sie sagte und tat, so vollkommen eingewickelt und eingerollt war, daß man die eigentlichen Regungen, die sie leiteten, gar nicht mehr erkennen konnte.

Enzio zeigte sich mit dem Entschluß seiner Mutter so unverhohlen einverstanden, daß es ganz peinlich war. Er wurde geradezu höflich und beflissen gegen »Frau Wolke«, indem er ihr Fahrkarten, Gepäck und Hoteladressen besorgte. Meine Großmutter dagegen war unverkennbar bestürzt und versuchte, ebenso liebenswürdig wie dringend gegen diese Abreise zu protestieren. Es war fast, als ob sie sich für Enzio entschuldigen wollte, obwohl sie doch keinen Grund dazu hatte. Aber »Frau Wolke« ließ sich in ihren Reiseplänen nicht beirren.

»Mein Sohn kann mich hier in Rom nicht brauchen«, sagte sie zu meiner Großmutter. »Laß mich nur ruhig ein wenig beiseite gehen! Wenn er mich nötig hat, wird er mich schon wieder rufen.«

Sie sagte das ohne alle Empfindlichkeit in ihrer breiten, etwas nüchternen Aussprache, während sie ihre Kleider und Puderdöschen mit so liebevoller und ungeteilter Aufmerksamkeit einpackte, als sei ihr die Verstauung dieser Dinge wirklich zur Zeit das einzig Wichtige auf der Welt. Meine Großmutter drängte sie denn schließlich auch nicht mehr zum Bleiben, aber sie überhäufte sie mit Blumen und Konfekt und lud sie ein, bald nach Rom zurückzukommen, jedenfalls sofort, wenn sie sich einsam fühle. Sie ermahnte sie auch, fleißig zu schreiben, und versprach ihrerseits, dasselbe zu tun. »Frau Wolke« nahm alle Aufmerksamkeiten gelassen entgegen, aber sichtlich, ohne daß sie ihr besonderen Eindruck machten. Sie verlangte ihrerseits nur, man möge sie benachrichtigen, wenn ihr Sohn einmal krank sein sollte. Inzwischen müsse meine Großmutter darauf dringen, daß er zur Beruhigung seiner Nerven ein Präparat nehme, dessen Namen ich vergessen habe und das unbedingt für ihn nötig sei, solange er in Rom bleibe.

»Mama meint nämlich immer, man könne alles mit richtiger Körperpflege anpacken; sie will von anderen Leiden und Spannungen überhaupt nichts wissen«, sagte Enzio, der sich gegen diese Anweisung halb belustigt, halb empört wehrte. Aber darauf nahm nun »Frau Wolke« gar keine Rücksicht, sondern sie bestand mit eherner Energie darauf, daß meine Großmutter ihr das Gewünschte in die gepflegte und behagliche Hand hinein versprach.

Nun aber hatte »Frau Wolke« im Grunde gar nicht so unrecht. Enzio war nämlich wirklich in ganz ungewöhnlicher Weise von Rom ergriffen, ja, man konnte versucht sein zu sagen: an Rom erkrankt. Selbst meine Großmutter gestand, daß sich von ihren vielen Freunden, denen sie im Laufe der Jahre die Ewige Stadt gezeigt, nicht einer so wunderlich aufgeführt habe wie er. Es war kein Zweifel, daß Enzio sich gegen Rom wehrte und fast auflehnte. Dieses herrliche Rom meiner Großmutter, dieses erhabene Gefäß und Symbol aller Größe und Schönheit, diese unbezwingbare Hochburg der Jahrtausende schien sich für ihn in eine Art von Gewitter zu verwandeln, das drohend über seinem Geist hing. Dennoch gewann er keine

Ruhe, wenn meine Großmutter ihn nicht beständig umherführte; aber es war immer, als ginge er durch ein ganz anderes Rom als sie. Es war sehr merkwürdig, mit Enzio durch Rom zu gehen. Man hörte bei ihm nicht viel von historischen Erinnerungen, aber man fühlte deren Schatten; man fühlte Zusammenballungen, dunkel Emporschweigendes, Schauer, Gewalten, Ergossenheiten, das ruhelose Schweben dessen, was nicht mehr Gestalt ist. Man sah auch mit Enzio eigentlich keine Monumente, Statuen und Bilder an, sondern es war immer, als ob diese wie schöne, große Blumen auf der Oberfläche eines gewaltigen Meeres dahinschwämmen, und man blickte durch ihre glänzenden Kelche in dessen ungewisse Tiefe nieder.

Am meisten Reiz schien für Enzio das nächtliche Rom zu besitzen. Er konnte stundenlang durch die dunklen Straßen hinter dem Pantheon schweifen, die schweren, wogenden Schatten der barocken Kirchenfassaden und Fontänen betrachten und die sonderbar aufregende Nachtluft dieser Stadt einatmen, die meine Großmutter sonst ängstlich zu meiden pflegte, weil sie behauptete, man spüre es drinnen immer ein wenig wie den Leichengeruch der Tausende und aber Tausende von Toten, die hier in der Erde lagen. Bei den Einzelheiten hielt sich Enzio, wie gesagt, nicht lange auf; wir waren oft ganz betroffen, wie schnell er sich von den größten Kostbarkeiten, die wir ihm zeigten, losreißen konnte; es war fast, als flößten sie ihm Schmerz ein. Dann freilich konnte er auch Augenblicke von so überwältigender Ergriffenheit haben, daß mir die Bewunderung der anderen Menschen dagegen ganz blind und stumpf vorkam. Aber es war immer wie etwas wider Willen dabei; und wenn ihn meine Großmutter, während er mit flimmerndem Blick vor irgendeiner wundervollen Statue stand, beglückt fragte: »Nun, mein Freund, was sagen Sie?« so entgegnete er fast trotzig: »Ich sage gar nichts, denn ich bin hier viel zu weit von mir selbst und von meiner Zeit fort!«

»Oh«, entgegnete meine Großmutter dann freundlich, »in Rom wiegt die eigene Zeit nicht so schwer, daß man auf sie hören müßte! Und dann, Enzio – Sie lieben ja auch Ihre Zeit gar nicht?«

Enzio lachte. »Nein, gewiß nicht«, sagte er schnell und entschieden, »aber schließlich hat eben alles sein Doppelgesicht. Jedenfalls habe ich an die Aufgaben meiner Generation geglaubt, und nun – was ist in Rom eine Generation? Was ist hier meine Generation? Mir ist immer, als ob sie ebensogut schon vorüber sein könnte, und zu Hause dachte ich doch, sie finge erst an! Ich dachte auch, sie wäre wichtig, aber hier ist ja auch das, weshalb ich sie für wichtig hielt, schon im voraus der reine Spuk: es lohnt sich gar nicht mehr, anzufangen. Ich glaube, wenn ich noch lange in Rom bin, kann ich alles nur noch als Ruinen sehen! Nein, das ist kein Spaß: ich muß mir schon jetzt oft ganz zwangsläufig vorstellen, wie die Cancelleria oder das Capitol einmal aussehen werden, wenn es mit ihnen erst so weit ist wie mit den Caracallathermen!«

Enzio sagte solche Dinge immer sehr heftig. Ich kannte ihn nun schon in solchen Augenblicken; er hatte dann eine besondere Art, den Kopf zu bewegen, so daß ihm die großen, glatt zurückgestrichenen Haare nach vorne fielen und plötzlich tief in die Stirn hingen, die dadurch ganz dumpf und gedrückt schien, während seine hellen deutschen Augen fast feindlich unter den blonden Schatten hervorsprangen.

Meine Großmutter tröstete ihn dann jedesmal sehr liebevoll, zuweilen scherzend, zuweilen ernsthaft. Sie sagte, daß man Rom nicht kennenlerne wie andere Städte, sondern daß man es bestehen lerne und daß es hierzu viel Zeit brauche. Wer sich gleich anfangs in Rom wohl fühle, fasse seine Größe gar nicht. Es halte eben nicht alles stand, was man mitbringe. Auch die historische Schwermut mache im Anfang vielen zu schaffen, aber gerade das, was sie hervorrufe, gewährte später eine hohe Freiheit und Heiterkeit. Wenn man den Anblick der Jahrtausende erst ein wenig gewöhnt sei, so gebe er einem das Gefühl der Ewigkeit, und was man hier festzuhalten vermöge, das sei dann auch wirklich unverlierbarer Besitz.

Darauf meinte Enzio, es komme ziemlich auf dasselbe hinaus, ob man nun von der Vergänglichkeit oder von der Ewigkeit erschlagen werde, erschlagen werde man hier auf alle Fälle. Ich merkte wohl, er glaubte, daß meine Großmutter Rom zu harmlos nehme. Dieses Zu-harmlos war ein Eindruck, den ich auch sonst wohl hie und da aus Enzios Meinung über die Gedanken meiner Großmutter herauszufühlen glaubte. Hernach freilich küßte er ihr doch wieder sehr ehrerbietig die Hand und sagte, in ihrem Munde sei alles wahr, was für ihn sonst nicht mehr ganz wahr sei. Er sagte ihr auch noch andere schöne Dinge: sie sei wie eine der großen Frauen aus der Zeit Goethes oder nein, sie sei im Grunde aus gar keiner bestimmten Zeit, und so müsse man in Rom wohl auch sein. Oder: sie käme ihm wie eine Minerva vor, die auf den Trümmern des Forums ergraut sei. Einmal meinte er ganz naiv, er hätte nie geglaubt, daß ihm eine alte Dame so viel bedeuten könne. Das alles klang immer sonderbar rührend bei ihm, wahrscheinlich deshalb, weil er sonst so rücksichtslos und absprechend war. Er sagte es auch stets etwas stockend, wie über sich selbst verwundert, ja beinahe kindlich; man konnte in diesen Augenblicken fast nicht anders als ihm gut sein. Das hinderte aber nicht, daß mir solche Gespräche wie das voraufgehende doch immer einen Stich ins Herz gaben, denn ich verstand sie gut genug, um zu wissen, daß Enzios Art, Rom zu erleben, meine Großmutter eigentlich tief verletzen mußte, und durch nichts glaubte ich die große Zärtlichkeit, die sie für ihn fühlte, besser zu erkennen als durch die Langmut, die sie ihm gerade in dieser Hinsicht zeigte.

Meine eigene Eifersucht auf Enzio hatte damals einen sehr hohen Grad erreicht, und ich fürchte, daß ich zumeist sehr unfreundlich gegen ihn war, um so mehr, als er mir eigentlich immer aufmerksam und liebenswürdig begegnete. Er hatte im Anfang, wie alle andern über mein Alter getäuscht, du zu mir gesagt, mir dann aber, nachdem er erfahren, daß ich immerhin an der Grenze des Erwachsenseins stand, den Vorschlag gemacht, ich möge ihn ebenfalls duzen, da er sich nun doch unmöglich noch an das steife Sie gewöhnen könne. Meine Großmutter war über dieses Du zwischen uns sehr erfreut gewesen, wie sie denn überhaupt immer bestrebt war, Enzio und seiner Mutter eine geradezu verwandtschaftliche Stellung in unserem Hause zu geben. Ich selbst aber hatte mich über Enzios Vorschlag keineswegs gefreut, denn ich deutete ihn ebenso wie seine Freundlichkeit gegen mich dahin, daß er meine Abneigung gegen ihn gar nicht bemerkte, weil er mich im Grunde eben doch nicht für voll nahm. Diese Vorstellung war mir besonders empfindlich, weil sie meiner eigenen Meinung von mir selbst durchaus entsprach. Ich litt damals gleicherweise an meiner späten Kindlichkeit wie an meiner frühen Reife, denn diese machte mich fähig, jene zu erkennen. Ich sagte mir, daß ich meiner Großmutter in keiner Weise zu sein vermöchte, was Enzio ihr war: Ich konnte keine Gedichte schreiben noch geistvolle Gespräche wie er führen; ich war ihm an Jahren unterlegen, und ich war endlich kein Mann, sondern ein Mädchen. Daß dieser letzte, für mich hoffnungsloseste Umstand ein wichtiger war, hatte ich durch meine Großmutter selbst erfahren, als ich sie einmal in meiner Gegenwart zu Enzio sagen hörte, sie habe sich früher immer einen Sohn gewünscht; ihre Töchter hätten sie als Mutter nie ganz befriedigt. Dabei war ihr Blick allerdings so zärtlich zu mir herübergeflogen, als ob sie sagen wollte: Auf meine kleine Enkelin trifft das nicht zu. Aber es gab auch Augenblicke, wo sie überhaupt nicht an mich dachte.

Ich mußte damals häufig zu Hause bleiben, wenn meine Großmutter mit ihrem jungen Freund ausging, und obwohl ich ziemlich sicher war, daß von ihrer Seite nur Vergeßlichkeit dahintersteckte, so schmerzte es mich doch, ja, ich glaube, wenn sie mir gesagt hätte, sie könne mich jetzt nicht brauchen, so wäre mir das weniger schwergefallen, als einfach vergessen zu werden. Ich versuchte indessen niemals, sie an mich zu erinnern, ein Verhalten, dessen Stolz und Hingebung nur zuweilen durch Enzio gestört wurde, der im Gegensatz zu meiner Großmutter sehr oft daran dachte, daß man mich mitnehmen solle. Ich fühlte seine Erinnerungen an mich jedesmal als etwas sehr Demütigendes, denn ich wollte die Aufmerksamkeit meiner Großmutter lieber entbehren als sie ihm verdanken. Zuweilen versteckte ich mich geradezu, nur um ihm nicht Gelegenheit zu geben, an mich zu erinnern. Einmal war ich eben im Kreuzgang, als meine Großmutter mit ihm die Treppe herabkam. Ich duckte mich schnell in das Mauerpförtchen, das von dort nach Santa Maria sopra Minerva führte. Dabei hörte ich aus dem Innern der schönen Kirche den Klang der Orgel und fühlte die heftige Versuchung, wieder einmal dort einzutreten. Aber ich widerstand ihr tapfer, denn ich hatte es damals in der Schwärmerei für meine Großmutter bereits so weit gebracht, daß ich nicht das geringste besitzen oder genießen wollte, was sie selbst von den Bezirken ihres Lebens ausschied. Von der anderen Seite hörte ich, wie Enzio mehrmals laut meinen Namen rief. Meine Großmutter aber rief nicht nach mir, und so blieb ich denn lautlos stehen. Diese Augenblicke waren gleichzeitig voll Bitterkeit und Süße.

»Hat man dich wieder einmal zu Hause gelassen, mein Kind?« fragte meine Tante Edelgart, als ich später zum Vorschein kam. Sie hatte mich in letzter Zeit schon oft ähnlich gefragt. Auch war sie ein paarmal mit der Aufforderung zu mir gekommen, sie doch wieder zu den schönen Klosterfrauen zu begleiten; ich hatte das aber aus demselben Grund abgelehnt, aus dem ich nicht in Santa Maria sopra Minerva eingetreten war.

Damals kam es zwischen ihr und mir zuweilen zu kleinen Szenen, das heißt, eigentlich gewann ich um jene Zeit gerade die Überzeugung, daß man mit ihr keine wirkliche Szene haben könne, denn eine solche würde ja von beiden Seiten eine Äußerung vorausgesetzt haben. Bei meiner Tante Edel aber hieb man, wenn man sie angriff, immer nur in die Luft. Man wußte nicht einmal, ob man sie auch nur berührt hatte, ja, man war fast versucht zu sagen, sie sei an diesem Punkt Jeanette ähnlich, welche heftige Worte auch niemals widerlegte oder erwiderte. Aber während man sich dem Schweigen dieser gegenüber plötzlich ganz sanft und freundlich entwaffnet fühlte, fand man sich von dem Schweigen jener immer wie an die Wand gedrückt, hilflos, aber keineswegs überwunden.

Meine Tante Edel also fragte ich, ob man mich zu Hause gelassen habe. Ich fühlte, daß ich ihr leid tat und daß sie sich trotzdem freute. Sie war damals wieder weit sanfter zu mir und allen andern als früher. Ich glaubte, es hinge damit zusammen, daß ich nicht mehr so viel bei meiner Großmutter war, und das reizte mich unaussprechlich.

»Ich bin von selbst zu Hause geblieben, Tante Edelgart«, sagte ich.

»Aber wolltest du denn nicht mitgehen?« fragte sie unsicher. Sie sah dabei ein wenig zur Seite, denn sie war von Natur vor den Geheimnissen anderer scheu und zart und schämte sich, daß sie diese Frage nicht zu unterlassen vermochte.

Ich erwiderte: »Nein, ich wollte nicht mitgehen, denn Großmama ist am liebsten mit Enzio allein.« Dabei war mir zumute, als ob ich mir selbst den Dolch ins Herz stieße, aber mein Verlangen, meine Tante Edelgart in ihren Hoffnungen auf mich zu enttäuschen, war zu heftig: ich mußte ihr die ganze Unbedingtheit, mit der ich an meiner Großmutter hing, entgegenschleudern. »Und ich will auch, daß sie mit Enzio allein ist«, sagte ich noch einmal trotzig.

»So, du willst das«, erwiderte meine Tante. Dabei wich sie ein klein wenig vor mir zurück, als ob sie zwar vor dem Gefühl erschräke, das nun plötzlich in seiner ganzen Unbedingtheit vor ihr ausgebreitet lag, im übrigen aber war da wieder dieses sonderbare In-die-Luft-Hinein, so daß ich einen Augenblick fast an ihrer Eifersucht irre wurde.

Indessen gelang es mir mit dem Verstecken und Zuhausebleiben nicht immer. Zuweilen nämlich erinnerte sich meine Großmutter von selbst meiner, und dann wäre es mir wie ein Majestätsverbrechen erschienen, ihrer Einladung nicht Folge zu leisten. Es gereichte mir dies indessen auch nicht zur Freude, denn da die Gespräche, welche geführt wurden, doch alsbald immer wieder über mich hinweggingen, so lief schließlich alles nur auf eine andere Form meines kindlichen Martyriums hinaus.

Mir ist besonders noch eines dieser Gespräche in Erinnerung geblieben. Meine Großmutter ging damals jeden Morgen mit Enzio nach dem Forum Romanum, wohin er in seiner eigenwilligen Weise jetzt beständig Verlangen zeigte. Es schien fast, als ob die Ruinen einen ähnlichen Zauber auf ihn ausübten wie die römische Nachtluft; wenigstens war es ihm auch hier keineswegs um die Durchdringung der Einzelheiten zu tun, und meine Großmutter, die jeden Stein auf dem Forum kannte, hatte es denn auch längst aufgegeben, ihm irgend etwas genauer zu erklären. Wir gingen meistens nur, an den Gesamteindruck des großen Trümmerfeldes hingegeben, umher oder rasteten, in seinen Anblick versunken, auf einer Marmorschwelle.

An jenem Morgen saßen wir gegenüber den drei wundervollen Säulen des Kastortempels, die meine Großmutter immer »die drei Königstöchter« nannte. Sie liebte diese Säulen so sehr, daß ich oft gar nicht wagte, von ihnen zu sprechen, aus Sorge, ich könnte mich nicht schön und ehrfürchtig genug ausdrücken.

Es war ein zarter Vorfrühlingsmorgen. Die großen, feierlichen Trümmer ringsum lagen, von der Lieblichkeit des jungen Lichtes wie gebeugt, still und weiß da. Es war etwas ganz eigentümlich Gelöstes und Entrücktes an diesen großen, schweren Trümmern, etwas prachtvoll Entfremdetes und Entsunkenes, wie ein unendliches Geborgensein von allem Kampf und Vorüber und dort, wo die hingesilberten Konturen das Blau des Himmels berührten, etwas erschütternd Zartes. Gar nicht mehr ganz wie von Menschenhänden gemacht und menschlicher Vergängnis unterworfen sahen die drei Säulen des Kastortempels aus, sondern eingetaucht und wie verklärt in die zeitlose Schönheit des Lichtes und der eigenen Vollendung, hoben sie sich aus dem Schutt ihrer unermeßlichen Geschicke empor. Selige am Meer des Äthers, der Welt und der Zeit! So ungefähr sprach meine Großmutter über diese drei Säulen. Sie fragte uns dann, ob wir nicht auch die Vorstellung hätten, als seien alle diese stolzen, edlen Linien hier gar nicht von Zeit und Verfall, sondern nur vom Geschwebe des Lichtes unterbrochen, gleichsam »wundervolle Andeutungen einer unerschütterlichen Majestät«. Dies waren – ich entsinne mich dessen genau – ihre eigenen Worte. Sie sah dabei sehr hell und froh aus wie immer, wenn sie an dieser Stätte war. Ich hatte ihr eben an den Abhängen des Palatins den ersten Veilchenstrauß des Jahres gepflückt, und sie sog, während sie sprach, seinen süßen Hauch beglückt ein. Enzio dagegen fand diesen kleinen wilden Duft hier unter dem Schatten der einstigen Kaiserpaläste »erschütternder als Zypressen«. Ich sah schon wieder die blonde Wolke tief über seine trotzige junge Stirn hängen. »Majestät ja«, sagte er grollend. »Majestät noch im letzten zerbrochenen Stein.«

Meine Großmutter betrachtete ihn aufmerksam und ein wenig besorgt von der Seite. »Nun Enzio«, sagte sie voll Güte, »was gibt es denn wieder? Spüren Sie etwa, daß Scirocco in der Luft ist?«

»Ach«, entgegnete Enzio, »hier in Rom ist doch alles aufs Ganze verabredet! Scirocco heißt am Ende auch nur, daß selbst die Luft schwer und krank wird, wenn sie an diesen Ort kommt! Ich begreife nicht, wie es Menschen geben kann, die hier ruhig schlafen.«

»Aber Enzio«, erwiderte meine Großmutter mit ihrem reizenden kleinen Spott, »Sie können am Ende von den armen Italienern nicht verlangen, daß sie ihr ganzes Leben zu einer Ehrenwache für ihre Hauptstadt machen.«

»Nein«, sagte Enzio, »aber ich behaupte auch, die Italiener verstehen am allerwenigsten von Rom. Sie fühlen sich hier in ihrer Heimat, in ihrem großen Nationalmuseum oder, wenn das schöner klingt, in ihrem Nationalheiligtum, jedenfalls immer auf festem Boden. Um das, was Rom wirklich ist, wissen nur die Fremden. Ich glaube sicher, daß schon bei den Goten und Hohenstaufen ganz andere Dinge im Spiel waren als Beute- und Ländergier oder als sogar die Kaiserkrone!«

»Sie müssen am Ende über die Hohenstaufen Bescheid wissen, König Enzio«, sagte meine Großmutter. Es war etwas sehr Liebes und Zärtliches in ihrer Stimme, fast, als ob sie mit einem kranken Kinde spräche. »Was also war es denn?« fragte sie.

»Der Weltrausch war es«, erwiderte Enzio leise, »der Allrausch, der für einen großen Fürsten eben Imperium heißt und für eine handfeste Söldnerschar Sacco di Roma und für uns moderne Menschen – wenigstens geistig am Fieber sterben, durch alle Zeiten gewirbelt werden, in sich selbst entwurzeln –.«

Meine Großmutter bewegte die Augenbrauen. »Aber, mein Freund«, sagte sie, »das All ist doch kein Chaos, und Rom ist nicht der Schoß der Dinge, sondern das Haupt der Erde! Gewiß, hier ist die ganze Welt wie eine feurige Traube in den Kelch einer einzigen Stadt gepreßt, aber ihre Tropfen sind Gestalten geworden, und das vergessen Sie zuweilen; wir besitzen das Ganze immer nur in der Vollendung des Einzelnen.«

»Aber ich fühle nun einmal hier nichts einzelnes, sondern alles zugleich«, entgegnete Enzio mit blitzender Stimme, »und das allein nenne ich Rom fühlen! Große

Wunder der Kunst gibt es auch anderswo, aber hier ist das Zusammen aller Dinge! Das Einzelne mag noch so herrlich sein – was aber bedeutet nun dieses Ganze? Mein Gott, wie das hier aus allen Poren der Erde aufsteigt! Wie es an den Steinen klebt und wittert! Ich fühle auch im Vollendeten noch das Dahinter und Darunter, das Grausen der Tiefe und den Schwindel der Höhe, das Immer-wieder-Hinauf-und-Hinab! Ich fühle auch das Blut der Wölfin, und am Ende ist sie sogar die Nährmutter Ihrer drei Königstöchter! Wer will das leugnen? Ich weiß nur, daß auch die schönste Säule dieses unergründliche Sein nicht trägt und daß ich hier keine einzige Gestalt festhalten kann, nicht einmal meine eigene!«

»Aber, mein Freund«, sagte meine Großmutter ein wenig ratlos, »wenn Sie Ihren Stimmungen solche Bedeutung zumessen, was bleibt dann übrig?«

»Das Leben bleibt übrig«, entgegnete Enzio jetzt ganz gelassen, »dieses prachtvolle und schaurige Ding, welches alles aus sich emportreibt und alles in sich zurückschlingt.«

»Also die Wölfin«, sagte meine Großmutter kurz. Sie, die das Leben mit einer Inbrunst ohnegleichen umfing und bejahte, betonte doch andrerseits gern, daß es nicht »der Güter höchstes« sei, und wollte jedenfalls den Sinn, in welchem Enzio zuweilen von ihm sprach, durchaus nicht gelten lassen. Ich hatte das schon häufig beobachtet, denn »das Leben« tauchte in Enzios Gesprächen ziemlich oft auf. Es schien für ihn so etwas wie eine köstliche Perle zu bedeuten, die auf dem Grunde jedes Bechers lag, den er mit seinen unruhevollen Gedanken hinunterstürzte.

Enzio lachte. »Also meinethalben die Wölfin«, sagte er. »Rom wird schon wissen, weshalb es sie im Wappen führt – es ist sicher nicht zur Erinnerung an die Knäblein Romulus und Remus!«

Meine Großmutter zuckte jetzt nicht mehr mit den Brauen; sie sah sonderbar still geradeaus. »Gewiß«, sagte sie leise, »jede Gestalt ist einsam – jede.« Ich konnte gar nicht recht verstehen, in welchem Zusammenhang mit Enzios Worten sie das meinte, aber es war mir, als zöge sie sich plötzlich irgendwie erschauernd in sich selbst zurück. Wenn er doch aufhören wollte, dachte ich, sie mag solche Dinge nicht hören! Ich hatte schon die ganze Zeit über versucht, verstohlen ihre Hand zu fassen, und da mir das nicht gelang, schmiegte ich leise meinen Kopf gegen ihre Schulter: Ich wußte ihr nichts anderes zuliebe zu tun, während Enzio sie mit seinen Worten quälte. Dabei dachte ich unwillkürlich an ihren Unwillen damals auf dem Palatin, als mir zumute gewesen war, als ob wir uns von uns selbst ablösten und fortglitten, und wider Willen gestand ich, daß ich etwas in Enzios Gedanken dunkel nachfühlte.

Plötzlich wandte sich meine Großmutter nach mir um. »Sag einmal, warum stößt du mich immer mit deinem kleinen braunen Kopf gegen die Schulter?« sagte sie. »Du bist ja das reinste Böckchen! Was willst du eigentlich?« Sie sagte das nicht gerade unfreundlich, aber an der Art, wie sie sich nach mir umwandte, spürte ich doch ein Unbehagen, welches im Grunde nicht mir, sondern Enzio galt. Sie hat ihn so lieb, daß sie ihm nicht zeigen mag, was sie jedem anderen, der so zu ihr spräche, zeigen würde, dachte ich traurig, sie läßt es lieber an mir aus. Ein tiefes Erschrecken war in mir. Ich hatte nie zuvor gesehen, daß sie einem anderen das Recht gab, sie in ihrer schönen, heiteren Betrachtung der Dinge zu stören oder diesen einen ihr fremden Sinn zu geben. Daß es nun geschah, schien mir so erstaunlich und geradezu schrecklich, als ob da irgend etwas an meiner Großmutter zerbrochen worden wäre.

Plötzlich sagte Enzio: »Ich glaube, Veronika war nur unzufrieden mit mir – ist es nicht so, Veronika?«

Ich nickte verstockt. Meiner Großmutter gegenüber war ich wehrlos gewesen, aber vor Enzio begehrte ich auf. »Ja, denn ich will nicht, daß Großmama traurig wird«, erwiderte ich.

Meine Großmutter aber sagte jetzt unverhohlen ärgerlich: »Veronika, ich muß mich wirklich vor unserem Gast deiner schämen.« Ich konnte mich nicht entsinnen, daß sie je so strenge zu mir gesprochen hatte. Vor allem aber kränkte es mich, um Enzios willen und vor ihm gescholten zu werden. Er hat mir meine Großmutter gestohlen und weiß nicht einmal, wie lieb man sie haben muß, dachte ich zornig. Vor Bitterkeit und Eifersucht stiegen mir die Tränen in die Augen, und als meine Großmutter sich nun wieder zu Enzio wandte, stand ich leise auf und schlich mich unbemerkt von den beiden hinüber nach Santa Maria Antiqua. Dort setzte ich mich am Einang der großen Ruine nieder und vergrub meine Augen, die immer noch mit den Tränen kämpften, trotzig in den Anblick des Forums.

Es gingen jetzt ziemlich viele Menschen vorüber, und doch schien mir alles wie unsagbar verlassen. Die Sonne stand hoch am Himmel, aber es war mir, als ob ein unsichtbarer Schatten hinter allen Dingen lauerte. Ganz anders sahen sie aus, als ich sie je zuvor erblickt hatte. Zum ersten Male im Leben kam mir zum Bewußtsein, wie überwunden und hilflos diese schönen stolzen Trümmer waren, wie schwermütig die Pracht ihrer wundervollen Tore und die große Hoheit ihrer weißen, feierlichen Stirnen. Ja, selbst die Rosen- und Lorbeerzweige, welche sie mit lieblicher Ehrfurcht umdrängten, schienen mir plötzlich wie die schrecklich-schönen Arme der Natur, die sich diesen großen Untergehenden schon entgegenstreckten, um sie in den dunklen Schoß der Erde hinabzuziehen. War mir das alles sonst nie klargeworden, weil ich das Forum immer nur mit den Augen meiner Großmutter betrachtet hatte? War sie es, die den Dingen ihre Schwere genommen hatte, oder war am Ende auch das nur meine Einbildung gewesen? Tat sie es in Wirklichkeit gar nicht? Schien es nur so? Konnte sie es gar nicht? Von der Stelle aus, wo ich saß, vermochte ich ihre und Enzios Gestalten aus der Ferne zu erkennen. Sie hatte ihren Hut abgenommen; ihr schönes Haar glänzte in der Sonne perlgrau wie der greise Marmor des Antonintempels, auf dessen Schwelle sie saß. Wie lieb ich sie hatte! Enzio würde sie niemals so liebhaben! Ich sah auch ihn ganz deutlich: er stand aufrecht neben meiner Großmutter; der Schatten seiner kleinen herrischen Erscheinung fiel kurz und scharf, wie der mittägliche Schatten fällt, auf ihre sitzende Gestalt; er bedeckte sie nicht, sondern er durchschnitt sie etwa in Brusthöhe, dort, wo das Herz sitzt. Ich fühlte plötzlich einen heißen Schmerz um meine Großmutter, so als ob ihr durch Enzio dasselbe unerbittliche Leid drohe, das hier hinter allen Dingen lauerte. Diese Möglichkeit, daß meine stolze, heitere Großmutter leiden könne, erschütterte mich so sehr, daß ich gar nicht mehr wußte, ob ich eigentlich aus Eifersucht weinte oder um dieser Möglichkeit willen.

Unterdessen hatte man drüben mein Verschwinden doch bemerkt. Ich hörte, wie Enzio meinen Namen rief und sich nach mir umsah. Da ich mich wegen meiner verweinten Augen schämte hervorzukommen, stand ich auf und ging in das Innere der verfallenen Basilika.

In Santa Maria Antiqua war es kühl und dunkel, denn der mächtige Schatten des Palatin lag über dem offenen Dach. An den zersprungenen Wänden hing es wie Schimmel oder wie das mattbunte Gespinst einer großen fremdartigen Spinne. Erst nach einer Weile durchdrang der Blick die Dämmerung und den Verfall, und man erkannte die halberloschenen Fresken: hohe, schmale Gestalten mit Heiligenscheinen, die Glieder von strengen Gewändern verhüllt, die Augen wie mit schwarzen Tränen gefüllt. Ich wußte, daß diese Gestalten christliche Märtyrer waren und daß ein Märtyrer ein Mensch ist, der um seines Glaubens und seiner Liebe willen den Tod leidet. Ganz zuletzt erblickte ich auch noch ein Kreuz, an dessen Querbalken ein feierlicher Christus mit weit offenen Armen befestigt war. Dieses Kreuzesbild befand sich in einer tief zurückliegenden Nische, gleichsam eingegraben in den alten, stolzen Berg des Palatin, als bilde es sein innerstes Geheimnis. Ich ging von einer Wand zur anderen, indem ich angestrengt versuchte, mich in diese alten Malereien zu vertiefen, um meiner Tränen schneller Herr zu werden. Dabei wurde ich aber immer trauriger. Ich weinte aufs neue, doch so, als ob das, was ich meinte, weder mit meiner Eifersucht noch mit Enzio und meiner Großmutter zu schaffen habe, sondern als sei es überall, wohin ich mich wende, breit und stromhaft ergossen über die ganze Welt.

Plötzlich hörte ich auf dem antiken Pflaster der Basilika Schritte nahen, und als ich mich umwandte, stand Enzio vor mir.

»Hab' ich dich endlich, du Ausreißer«, rief er munter, meine Tränen beim schnellen Eintritt in die Dämmerung nicht bemerkend. »Deine Großmutter und ich –«, er brach plötzlich ab, denn nun hatte er entdeckt, wie es um meine Augen stand.

Auf einmal sagte er ganz unvermittelt: »Weißt du, Veronika, daß ich zuweilen sehr eifersüchtig auf dich bin wegen deiner Großmama?«

Ich fühlte, wie ich über und über rot wurde, denn nun war es doch wohl an dem, daß er meine eigene Eifersucht durchschaut hatte. »Aber Großmama liebt dich doch so sehr, Enzio«, stammelte ich verwirrt und ganz beherrscht von dem hilflosen Verlangen, ihn womöglich doch noch irrezuführen.

Er lächelte ein klein wenig, und ich hatte das dunkle Gefühl, daß ich ihn irgendwie mißverstand. Nach einer Weile sagte er: »Ja, aber sie hat mich doch in erster Linie nur um meines Vaters willen lieb. Nach mir allein würde sie wahrscheinlich viel weniger fragen, jedenfalls lange nicht so viel wie nach dir.« Ich muß ihn wohl sehr überrascht angeblickt haben, denn er erkundigte sich nun, ob ich denn von dem, was er da sage, gar nichts gewußt hätte.

Ich erwiderte: »Nein.« Darauf sah er aus, als wolle er

darüber sprechen, dann aber tat er es doch nicht. Es war jetzt etwas Weiches und fast Zaghaftes in seinem Gesicht. Er kam mir plötzlich viel jünger und ganz anders vor als sonst. Schließlich begann er wieder: »Sage mir bitte einmal, Veronika, weshalb du vorhin glaubtest, daß ich deine Großmama traurig machte?«

»Weil ich einmal ähnliche Gedanken hatte wie du«, erwiderte ich, »und weil Großmama sie damals nicht leiden mochte.«

Er sah mich sonderbar gespannt an, ernsthaft und erfreut und doch auch ein wenig staunend. »Ja«, sagte er, »so sahst du aus: als ob du gut wüßtest, was ich meinte. So siehst du auch aus, wenn ich vorlese. Es ist so wunderbar, aber doch auch wieder nicht – wir sind schließlich Kinder einer Zeit. Ich möchte wohl einmal mit dir darüber sprechen – aber jetzt müssen wir erst zu deiner Großmutter gehen.«

Seine letzten Worte verursachten in mir einen großen Schrecken, denn ich war mir bewußt, immer noch verweint auszusehen. »Ich kann nicht, Enzio, bitte geh doch allein!« stammelte ich. In der Angst, meine Großmutter aufs neue zu erzürnen, dachte ich gar nicht daran, daß ich nun eigentlich meinen Feind und Nebenbuhler um Beistand anging.

Er begriff sofort, was ich meinte. »Also gut«, sagte er hilfsbereit, »ich werde vorausgehen und deine Großmama beruhigen. Bleib nur so lange hier, wie du möchtest!« Dabei nickte er mir im Fortgehen so zu, als ob er dächte: So, nun sind wir Bundesgenossen, nun müssen wir auch Freunde werden.

Von diesem Tage an gerieten Enzio und ich in ein ganz eigentümliches Verhältnis zueinander. Ich wußte sehr wohl, er hatte mir in Santa Maria Antiqua den Eindruck nehmen wollen, meine Großmutter setze mich seinetwegen zurück. Auch war ich mir beschämend bewußt, daß ich damals im letzten Augenblick an seine Ritterlichkeit appelliert hatte, daß er für mich eingesprungen war und daß es jedenfalls nicht anging, ihn nun weiterhin mit völliger Nichtachtung zu behandeln. Trotzdem aber bestand meine Abneigung gegen ihn fort, wenn ich nämlich an meine Großmutter dachte. Sobald ich von ihr absah dagegen, hatte ich Enzio nicht ungern. Er selbst versuchte jetzt häufig, mit mir allein zu sprechen, und ich konnte nicht leugnen, daß wir uns dann eigentlich recht gut verstanden. Ja, es kam mir fast wie in der Ordnung vor, wenn wir zusammenhielten, da wir doch in unserem Hause schon durch unser Alter zueinander gehörten. Er mochte das wohl auch finden, denn er war mir gegenüber viel weniger schroff und anspruchsvoll als gegenüber den älteren Leuten; es war fast, als ob er mir meine Jugend zum Verdienst anrechne, um dessentwillen er mich besonders höflich behandeln müsse. Auch war er jetzt noch viel mehr als früher darauf bedacht, daß ich bei allen Unternehmungen dabeisein sollte. Zwar versuchte ich nach wie vor, mich zu verstecken, wenn man zum Aufbruch rüstete, aber Enzio kannte nun bereits die Schlupfwinkel, die etwa in unserem Hause in Frage kamen, und einmal, als ich eben wieder in das bekannte Mauerpförtchen schlüpfen wollte, stand er bereits darinnen und sagte lachend, er warte hier auf mich, denn dieses Pförtchen sei ja wohl der Ort, wo man mich um diese Stunde zu treffen pflege. Ich wurde etwas rot, denn obwohl er neckend und fast übermütig sprach, konnte ich doch den Gedanken nicht loswerden, daß er, der damals in Santa Maria Antiqua meine Tränen durchschaut hatte, nur aus einem feinen, ritterlichen Mitleid heraus handle. Er merkte offenbar, was ich dachte, denn er wurde plötzlich auch rot und so betreten, als gehe ihm auf, daß er seine Sache unzart angefangen habe. Von nun an steckte er sich nur noch hinter meine Großmutter, wenigstens argwöhnte ich es sofort, als sie plötzlich mit großer Entschiedenheit anfing, mich am Abend vorher oder spätestens beim Frühstück auf den Ausflugsplan des Tages festzulegen. Wie lieb sie ihn hat, dachte ich wieder, indem ich mir mit

Schmerz und Scham bewußt wurde, daß ich nun doch von Enzios Mitleid abhing.

Allmählich aber wurde mir etwas sehr Überraschendes klar, nämlich dieses, daß mir Enzio gar kein Mitleid erwies, sondern daß es ihm wirklich um mich zu tun war, daß er mich gerne mochte, ja daß ihm mindestens ebensoviel an meiner Begleitung zu liegen schien wie an der meiner Großmutter, die er doch so hoch verehrte. Ich konnte nicht genau sagen, woher ich es wußte, aber ich wußte es genau. Es änderte indessen nichts an meinem Verhältnis zu ihm, höchstens kränkte es mich ein wenig für meine Großmutter. Eine wirkliche Veränderung erfuhr mein Verhältnis zu Enzio erst durch ein ganz anderes Erlebnis.

Damals wurde die deutsche Kolonie in Rom durch einen sehr traurigen Vorfall erschüttert. Ein schönes junges Mädchen, das bei den Empfängen meiner Großmutter häufig zugegen war, nahm sich im See von Albano das Leben. Der Grund dazu war eine unglückliche Liebe zu einem verheirateten Mann, der Silvia – so hieß das Mädchen – zwar wiederliebte, sich aber doch nicht von seiner Frau trennen wollte. Die Tragödie dieser beiden hatte sich zum Teil in unserem Salon abgespielt. Beim nächsten Empfangstag meiner Großmutter bildete der aufsehenerregende Fall den Mittelpunkt aller Gespräche. Die Jugend und Schönheit der freiwillig aus dem Leben Geschiedenen rührten jedermann: Man beklagte einstimmig die Grausamkeit der Verhältnisse, welche Silvia zu ihrem verhängnisvollen Schritt getrieben hatten. Nur meine Großmutter wollte von der Grausamkeit der Verhältnisse nichts wissen, und das, obwohl sie das junge Mädchen besonders gern gehabt und sich oftmals seiner Schönheit erfreut hatte. Ja, ich wußte, ihre Teilnahme war so weit gegangen, daß sie versucht hatte, ungeachtet ihrer eigenen Abneigung gegen verworrene Schicksale, persönlich auf Silvia einzuwirken, als diese sich ihr eines Tages anvertraut hatte. Ich besinne mich noch genau darauf. Unsere

Gäste, unter ihnen auch der Mann, welcher der Gegenstand einer so unglücklichen Leidenschaft war, hatten uns schon verlassen. Silvia stand abgewandten Gesichtes am Fenster: Ihre schönen Haare zitterten in ihrem Nakken wie kleine Goldflocken – sie bezwang sich krampfhaft, dann aber, plötzlich die Fassung verlierend, warf sie sich meiner Großmutter in die Arme, die sie mütterlich auffing. Ich dachte damals: Nun ja, man wirft sich eben Großmama in die Arme, wenn man nicht mehr aus noch ein weiß; es ist einmal so, daß jeder fühlt, sie hat das Geheimnis dessen, wie alles gut und glücklich wird!

Damals hatten viele Menschen über Silvia gelästert, meine Großmutter aber hatte sie in Schutz genommen; heute indessen, wo jene in dem Mädchen fast eine Märtyrerin der Liebe sahen, war sie strenger als die andern.

»Dieses junge Leben«, so sagte sie mit großer Bestimmtheit, »ist nicht an dem Unglück seiner Liebe zerbrochen, sondern an der Unfähigkeit seiner Liebe. Es gibt ein dunkles Glück, und es gibt ein helles Glück, aber ein Mensch, der dem dunklen Glück nicht gewachsen ist, würde auch wahrscheinlich dem hellen nicht gewachsen sein.«

Über diesen Punkt entspann sich eine lebhafte Auseinandersetzung unter unseren Gästen, in welcher meine Großmutter ihre Meinung dann noch näher darlegte, indem sie sagte, daß schon der Begriff der unglücklichen Liebe ein ganz falscher sei. Sondern die Liebe sei wie das Leben selbst in jeder Gestalt groß und herrlich; sie könne alle Formen, die ihr das Schicksal darreichen, erfüllen und in jeder vollkommen glücklich werden; denn sie könne überhaupt nur glücklich werden. Mit alledem aber meinte meine Großmutter nicht etwa irgendeiner Freiheit von bestehenden Gesetzen das Wort zu reden, wie es die moderne Welt zu tun liebt, sondern sie meinte in dem Zusammenhang, in dem sie sprach, ohne Zweifel die Entsagung, nur daß man sie auf ihren Lippen nicht als solche fühlte. Man fühlte sie vielmehr als ein stolzes und sieghaftes Bekenntnis gerade zu Glück und Leben. Ich sehe meine Großmutter an diesem Abend noch deutlich vor mir: sie saß gerade unter dem brennenden Kronleuchter, und während ihre alten, jugendlichen Augen in dem zwiefachen Glanz des schimmernden Geschmeides und ihres eigenen Feuers erstrahlten, schien sie wie eine greise Königin auf dem Thron, welche die Weisheit und den Glanz ihres Lebens verspendet. Und so wurden ihre Worte wohl auch von unseren ehrfürchtig verstummenden Gästen empfunden. –

Ich weiß nicht, ob dieses Gespräch die Veranlassung zu dem gab, was ich jetzt erzählen muß, oder ob die Dinge bereits durch Enzios Aufenthalt bei uns in der Luft lagen. Jedenfalls erfuhr ich noch an demselben Abend, daß doch nicht alle Anwesenden aus Ehrfurcht vor meiner Großmutter geschwiegen hatten. Während des Aufbruchs nämlich, als unsere Gäste in einzelnen Gruppen aufgelöst umherstanden, unterhielten sich einige ältere Damen leise über die Büste von Enzios Vater, die neben dem Schreibtisch meiner Großmutter stand. Ich befand mich zufällig in ihrer nächsten Nähe, und ein Kind ist ja überall leicht vergessen oder übersehen. So hörte ich denn alles: sie sprachen davon, daß Enzios Vater die bekannte Leidenschaft meiner Großmutter gewesen sei, welche dereinst die römisch-deutsche Gesellschaft jahrelang beschäftigt habe. Zuletzt sprachen sie noch flüsternd darüber, ob Enzio der Sohn meiner Großmutter sei oder nicht.

Zum Glück für mein armes junges Herz bekam Jeanette, die ja immer alles wußte, was zu wissen gerade nötig war, auf irgendeine Weise von den Dingen Kenntnis – vielleicht las sie mir das Ergebnis vom Gesicht ab wie damals die Orange; vielleicht kannte sie auch nur die Damen, neben denen ich gestanden hatte. Denn, um die Wahrheit zu sagen, sie führten in unserem Kreise, wo nun einmal jeder seinen kleinen Spitznamen hatte, den der »kapitolinischen Gänse«. Jedenfalls nahm mich Jeanette hernach beiseite und ließ eine kleine Bemerkung fallen, auf die hin ich dann nur noch zu weinen brauchte.

Jeanette war sehr ungehalten über dieses Vorkommnis. Sie, von der meine Großmutter scherzend behauptete, sie halte für jeden, den niemand mehr zu loben wüßte, immer noch einen kleinen Orden oder ein Krönchen dritter Klasse unter der Schürze bereit, konnte sich über böse Nachrede ziemlich aufregen; ja, es war diese vielleicht überhaupt das einzige, wogegen sich ihre Sanftmut empörte, denn sie sah darinnen ein besonders schweres Verbrechen gegen die Liebe. Aber sogar der Unmut hinderte Jeanette nicht, sich selbst und mich zunächst durch einen kleinen Scherz aufzurichten. Sie sagte also jetzt, es gehe wirklich nicht an, den guten Namen der kapitolinischen Gänse für Klatschbasen zu mißbrauchen, denn diese wackeren Tiere hätten seinerzeit Rom gerettet, während jene es auf die unverantwortlichste Weise blamierten. Es sei wirklich eine Art Verrat an Rom, wenn man hier so einfältiges und niedriges Geschwätz breittrete.

Alsdann sagte Jeanette, daß große und seltene Menschen immer am ehesten Gefahr liefen, verleumdet zu werden, weil ihre Schicksale meistens ebenso ungewöhnlich seien wie sie selbst und weil auch ihre Haltung zum Schicksal oft nicht ohne weiteres dem entspreche, was jedermann mühelos einsehen könne. So sei es denn auch bei meiner Großmutter gewesen. Jeanette erzählte mir dann ihre Geschichte, weil sie mit Recht dachte, daß es besser sei, mir ganz reinen Wein einzuschenken, als mich dem dunklen Spiel meiner erschreckten Phantasie zu überlassen.

Es war also alles, wie jene Gänse getuschelt hatten, nur eben war alles ganz anders. Meine Großmutter und Enzios Vater hatten einander geliebt mit einer großen, reifen, leidenschaftlichen und unüberwindlichen Liebe. Meine Großmutter war Witwe, Enzios Vater aber bereits mit »Frau Wolke« verheiratet gewesen. »Diese Ehe bedeutete eine große Tragik, Spiegelchen«, sagte Jeanette,

»denn deine Großmutter und jener Mann waren füreinander geschaffen, wie ich nie zwei Menschen füreinander geschaffen sah. Sie waren von Gott und von der Natur her wie ein Mensch. Ihre Liebe bedeutete denn auch etwas unbeschreiblich Wunderbares und Herrliches: Wenn sie sich ansahen, so stürzten ihre Augen ineinander wie zwei Sonnen, die sich im Universum begegnen; und wenn sie zusammen sprachen, so war es, als könne man es kaum verstehen, denn sie brauchten sich ihre Gedanken nur anzudeuten, um alles voneinander zu wissen, ja, oft brauchten sie nicht einmal das. Und trotzdem, Spiegelchen, hat deine Großmutter nicht zugegeben, daß Enzios Vater sich von seiner Frau trennte, obwohl dies doch nach der Auffassung der Welt, aus der sie kam, keine Sünde gewesen wäre. Aber sie hat sich allerdings auch niemals von jenem Mann getrennt, sondern sie hat ihre große Leidenschaft in der Form einer großen, makellosen Freundschaft gelebt durch viele Jahre; denn sie war zu reich und zu stolz und zu vornehm für die gewöhnliche Wahl solcher Fälle, das Schicksal einer Schwächeren zu zertreten oder das eigene Schicksal an ihr zerbrechen zu lassen. Erinnerst du dich noch, wie sie vorhin sagte, es gebe gar keine unglückliche Liebe, denn die Liebe sei ja selbst der Inbegriff des Glückes und das Leben bedeute in jeder Gestalt etwas Großes und Herrliches? Sie hatte nicht nötig, eine bestimmte Form von ihm zu erzwingen: das Feuer ihrer Seele war stark genug, um jede umzuschmelzen, daß sie ihr Genüge tat. Ich bin überzeugt, sie hat wirklich – und nicht, wie die Menschen immer behauptet haben, nur aus Klugheit und zum Schein – das volle Maß ihrer Güte über die arme ›Frau Wolke‹ ausgegossen. Enzio ist dann in den Jahren geboren worden, in denen diese große Freundschaft seines Vaters mit deiner Großmutter bestand. Deine Großmutter selbst hat ihren Freund seiner Frau wieder zugeführt, der er sich schon völlig entfremdet hatte. Und nun, ma petite, wirst du auch begreifen, weshalb deine Großmutter Enzio so lieb hat: er ist nicht ihr Sohn, aber er ist der Sohn dessen, der zu ihr gehörte wie ihre eigene Seele, und vielleicht würde er nicht leben, wenn sie nicht gewesen wäre.« –

Diese Erzählung Jeanettes, vor allem aber ihre letzten Worte, machten mir einen ungeheuren Eindruck und verwandelten mein Verhältnis zu Enzio vollkommen. An diesem Abend faßte ich in meinem Zimmer unter heißen Tränen den stürmischen Entschluß, ihm, der mir nun fast wie ein Bruder vorkam, von Herzen gut zu werden. Ich begriff, daß meine Großmutter mit ihm durch ein einzigartiges Band von unendlicher Zartheit verbunden sein mußte und daß seine Liebe und Verehrung für sie die große Gerechtigkeit bedeutete, die ihr ein Schicksal schuldig geblieben war, an das ich nur mit tiefem Schmerz zu denken vermochte. Denn wenn auch Jeanette keine Worte gespart hatte, um mir dessen Glanz und Glück darzutun, so erschien es doch gerade meiner jugendlichen Vorstellung von diesen beiden als ein Schicksal, das nur durch die innere Kraft und Vornehmheit meiner Großmutter zu einem Glück verklärt worden war, das aber für mich darum durchaus nicht aufhören wollte, mir ihr Bild mit etwas Versagendem und Kreuzhaftem zu schmücken, gegen das ich mich auflehnte, so wie ich mich damals auf dem Forum gegen den Gedanken aufgelehnt hatte, es könne sie ein Leid ankommen wie andere Menschen. Die Erfahrung, daß es nicht nur geschehen könne, sondern nach meinem Gefühl längst geschehen war, entwaffnete meine Eifersucht völlig und warf sie geradezu nieder. Ich fühlte mich in meinem Schmerz um meine Großmutter fähig, alles zu lieben, was sie liebte, nur damit ich um ein kleines ähnlicher würde ihr, die selbst – auch das wußte ich nun – so hoch über jeder eifersüchtigen Regung stand. Mit Scham dachte ich daran, daß mein kindlicher Trotz gegen Enzio sie in ihrem späten, wehmütigen Glück gestört haben könnte: ich gelobte mir, daß dies nie wieder geschehen sollte. In dieser Stunde nahm ich Enzio mit geradezu feierlichem Entschluß ein für allemal gänzlich in die Liebe zu meiner Großmutter auf. Es war einer jener wunderbaren, unwiderruflichen Liebes- und Willensakte, durch die sich in einem einzigen Augenblick in uns etwas vollkommen verändern kann, so daß es nie wieder so wird, wie es vordem war. –

Ich drehte nun also wirklich, wie Jeanette sich ausgedrückt hätte, »das Spiegelchen um«: ich lief nicht mehr davon, wenn Enzio nach mir rief, ich erwiderte zutraulich seine Offenheit und Herzlichkeit gegen mich, ja, ich begann, meine Großmutter auf eine kindliche Weise darin zu unterstützen, ihn zu verwöhnen und sogar auf seine kleinen Sonderbarkeiten und Schrullen einzugehen. Wir wurden jetzt schnell wirklich sehr gute Freunde.

Enzio hatte seinen Schwerpunkt seit einiger Zeit nicht mehr auf dem Forum Romanum, sondern seitlich von ihm in den engen, wimmelnden Straßennetzen hinter dem Kapitol, welche, wie man weiß, die letzten verschütteten Reste der einstigen Kaiserfora bewahren. Er, der die Wissenschaft überhaupt nicht liebte, fand plötzlich, daß das Forum von ihr völlig verdorben sei: Ruinen dürften nicht aufgeräumt werden und alles, was von den Fingern der Archäologen abgetastet und hernach sozusagen »zur Verehrung ausgesetzt« sei, habe gar keinen Reiz mehr. Man müsse die Dinge in ihren »Katakomben« aufsuchen und hinnehmen, wie sie durch die Jahrtausende auf uns gekommen seien, direkt aus den Händen unaussprechlicher Geschicke.

Meine Großmutter liebte die Regionen der Kaiserfora nicht, ja, sie flößten ihr ein solches Unbehagen ein, daß wir das Forum Romanum eigentlich immer von der Seite des Kolosseums her betraten, um nur diese Straßen vermeiden zu können. Aber das störte Enzio nicht; denn so hoch er auch meine Großmutter verehrte, so wenig stand er doch an, sie ganz naiv zu tyrannisieren, wenn es ihm paßte, genauso, wie er es bei seiner eigenen Mutter gewohnt war zu tun.

Auch ich fühlte diese ganze Gegend immer als etwas

sehr Trauriges, denn in ihr erschien der Verfall nicht wie auf dem Palatin oder in der Campagna mit großer, gelöster Gebärde als ein wundervolles Stirn-an-Stirn von gewaltigen Mächten der Form, des Schicksals und der Natur, sondern hier war er drückend, unwürdig, erbärmlich, nicht als sei eine majestätische Kultur langsam und feierlich vom Thron der Welt herabgestiegen, sondern als habe man sie von ihm heruntergerissen, in Schmach und Schmutz erstickt und selbst ihren Sterbeseufzer noch grausam vermauert, verklebt, verkleistert mit den elendesten Nestern der täglichen Notdurft und Nützlichkeit! Da waren die schrecklichen nackten Säulenstümpfe des Trajansforums in ihrem offenen ruhelosen Grabe, greulich umsaust von den elektrischen Straßenbahnen und den einander wütend ankeifenden Autos. Da war das Augustusforum, vom Schatten seiner schwarzen Mauern wie von Todesschatten beschützt, die doch vor der Schmach des Lebens nicht standgehalten hatten. Da waren, ganz erniedrigt, ganz verlassen im Gewimmel, ganz ausgesetzt vom Leiden, die erschütternden, schauerlich fremd und stumpf gewordenen Säulen des Nervaforums, deren Kannelierung wie die Furchen nun auch längst versiegter Tränen wirkten. Da waren, tief in den Mauern der trostlosen Gebäude versteckt, unter den Schwellen vergraben, eingepfercht in stickige Höfe, Hunderte von namenlosen Resten der entwürdigten Herrlichkeit, so als liefen die geisterhaften Zeichen einer großen, dunklen, halberloschenen Schrift hier über alle Häuser und Straßen hin.

Meine Großmutter schüttelte den Kopf über Enzios sonderbare Leidenschaft für diese Regionen. »Sie kommen mir wie ein Kind vor, lieber Freund«, sagte sie, »denn von Kindern behauptet man ja wohl, daß sie altes und zerbrochenes Spielzeug manchmal dem schöneren vorziehen.« Sie glaubte offenbar, daß in Enzio nun doch noch die historische Phantasie erwacht sei. Immer wieder suchte sie ihn darauf hinzuweisen, daß sich an diesen kümmerlichen Resten keine Verbindung mehr mit der untergegangenen Herrlichkeit herstellen lasse.

»Aber darauf kommt es mir doch gar nicht an«, sagte Enzio erstaunt. »Ich glaube, die antike Stadt in ihrer harten, blendenden Glorie würde ich gar nicht ohne weiteres ertragen. Wenn ich sie mir überhaupt vorstelle, so tue ich es ganz instinktiv immer kurz vor dem Ende, damals als man schon anfing, das Forum des Augustus den ›Wundergarten‹ zu nennen. Oder noch später, in den sogenannten ›dunklen Jahrhunderten‹, da hätte ich Rom immerhin sehen mögen! Ich denke mir seine Tempel und Paläste blaßgrau oder vergilbt wie lauter große welkende Blumen unter dem wilden Gold der braunen Moose und den prachtvollen Laubgewinden und Opferkränzen des Unterganges! Es muß ein unerhörtes Schauspiel gewesen sein, dieses Ineinander von Kultur und Barbarei, von weißer Wildnis und grüner Wildnis.«

»Die Wildnis ist dir die Hauptsache, Enzio, nicht wahr?« fragte ich.

Er lachte ein wenig, aber ohne mich anzusehen und nur mit dem Mund. Seine Augen lachten nicht mit, sondern waren ernst und erfüllt von einem sonderbar flimmernden Schimmer. »Weißt du es wieder einmal, Spiegelchen?« sagte er.

Ich hatte mich jetzt schon so weit auf ihn eingerichtet, daß ich in der Tat sehr gut zu wissen glaubte, wie es ihm im Grunde gar nicht um die Erinnerungen ging, deren erschütternde Spuren uns hier umgaben. Ich fühlte dunkel, daß ihm diese schauerlichen Dinge in ihrer letzten Sichtbarkeit, bevor sie in den dunklen Schoß der Welt zurücktauchten, diesen selbst zu öffnen schienen. Zwar war es nicht so, daß ich dies genau hätte sagen können, aber ich spürte es wie eine geheimnisvolle Berührung unausdenkbarer Fernen oder wie das Vorübertreiben einer leisen, grauen gestaltlosen Musik. Sie schwoll bei bestimmten Bildern, wie bei dem des »Wundergartens«, ein wenig auf, aber sie blieb niemals stehen. Woher sie eigentlich kam, wußte ich nicht, ich wußte nur, daß sie keine Verbindung zu »untergegangener Herrlichkeit« war, wie meine Großmutter glaubte; diese Musik klang nicht von einem bestimmten Punkt kommend aus den dunklen Dingen; sie klang überhaupt nicht fernher, sondern sie klang eher fernfort.

»Sag es noch einmal, Spiegelchen«, bat Enzio, »wie klingt diese Musik?«

»Sie klingt fernfort«, erwiderte ich dann. Ich erwiderte es immer ganz ernsthaft, obwohl ich nicht zählen konnte, wie oft ich es schon gesagt hatte. Denn Enzio besaß für meine kleinen Bemerkungen damals eine große Vorliebe, so daß ich sie beständig wiederholen mußte.

Wir waren jetzt mit den eigentlichen Sehenswürdigkeiten dieser Regionen längst fertig. Aber Enzio konnte sich noch immer nicht von ihnen trennen. Er, der sich sonst nie bei Einzelheiten aufhielt, fand plötzlich einen unerschöpflichen Reiz darin, nun auch noch in die alten Höfe der Häuser hineinzukriechen und jeden einzelnen nach seinen Geheimnissen zu befragen. Ein paar schwarze Quadersteine, ein Stück graurötliches Ziegelnetzwerk, ein marmornes Akanthusblatt, das zwischen Geröll hervorquoll, konnte ihn unaussprechlich fesseln.

Ich war jetzt mit solchem Eifer bei diesen Entdeckungen dabei, daß meine Großmutter scherzend meinte, ich käme ihr wie eine kleine Fahne vor; sie sähe meinen weißen Mantel immer wie ein Wimpelchen in die Türen der Häuser hineinfliegen. »Ja, aber nur dort hinein, wo es etwas gibt«, sagte Enzio. Er behauptete damals zuweilen, ich sei ein Medium; wenn man die Kaiserfora einmal freilegen werde, so müsse man mich zu Rate ziehen, denn ich wüßte schon immer, ehe wir noch in ein Haus oder einen Hof einträten, ob etwas darinnen zu finden sei oder nicht. Und das war richtig: ich wußte das auch. Es war mir oft geradezu, als machten sich mir die alten Steine von selbst bemerkbar, als strömten sie irgendein Fluidum aus, eine Kraft, die durch Mauern und Mörtel hindurch spürbar würde, eine den Lärm der Straße gebieterisch überschweigende Stille, oder – was sonderbarerweise dasselbe war – eine Musik, ebenjene monotone ohne Anfang und Ende, nach der Enzio mich immer fragte. Heute kommt mir das nicht besonders merkwürdig vor, denn es ist doch nun einmal so, daß man, wo es einmal nur wirklich um einen Menschen zu tun ist, nicht nur um ihn, sondern auch um alle Dinge, die ihn angehen, ein ganz besonderes Wissen bekommt. Ich war damals wie eine kleine Uhr, die alles anzeigte, was Enzio am Herzen lag. Nur eins zeigte sie allerdings nicht an, denn sie war eben doch im Grunde noch eine Kinderuhr, und wenn sie für gewöhnlich etwas vorging, so ging sie zuweilen auch wieder nach, und daher bemerkte ich nicht, daß sich gerade durch meinen Eifer bei diesen Unternehmungen ihr Reiz für Enzio immer mehr und mehr verschob.

Einmal fragte er mich, ob ich das alles eigentlich aufspüre, weil mich diese alten Dinge so interessierten.

»Nein, weil sie dich interessieren, Enzio«, sagte ich ehrlich. Das schien ihn ganz außerordentlich zu befriedigen. Er sah mich mit so unverhohlener Freude an, daß sein junges, eigenwilliges Gesicht förmlich darin untersank; ich konnte es einen Augenblick lang gar nicht mehr wiedererkennen. –

Meine Großmutter beteiligte sich an unseren Entdekkungen in der Regel nicht, aber sie hatte sich mit dem Aufenthaltsort, zu dem Enzio sie zwang, abgefunden. Wenn man sie nicht sehr genau kannte, merkte man gar nicht mehr, welches Ungemach sie ertrug. Sie hatte, wie überall, so auch hier, bereits allerlei Freundschaften angeknüpft und scherzte, während wir unseren Funden nachgingen, mit kleinen brombeeräugigen Buben, die ihr dann später noch straßenlang nachliefen. Zuweilen auch, wenn Enzio sich gar nicht trennen konnte, ließ sie sich von einer freundlichen italienischen Hausfrau einen Stuhl auf einen hellen Fleck des Hofes tragen, den wir gerade durchstöberten, von wo aus sie dann, wie von einer sonnigen Insel her, lächelnd und nicht ohne Humor unserem Tun zuschaute. Ich merkte wohl, wie sehr sie sich an unserem guten Verhältnis freute, ja, sie freute sich so sehr daran, daß es ihr sogar über eine recht empfindliche Enttäuschung hinweghalf, die Enzio ihr eben damals bereitete. Meine Großmutter bemühte sich nämlich schon seit längerer Zeit, ihn anzuregen, etwas über die Ewige Stadt zu schreiben. Ich wußte, wie sie von Anfang an gehofft hatte, Rom werde ihn als Dichter befruchten. Es war diese Hoffnung sowohl eine Form ihrer Romliebe als ihrer Liebe zu Enzio. Er jedoch wollte von ihrem Wunsch durchaus nichts wissen. Er sagte, es gebe genug Leute, die harmlos genug seien, über Rom zu schreiben: lyrisch und episch, historisch und kunstgeschichtlich, wohl gar in der lächerlichen kleinen Ichform von Tagebüchern und Briefen. Er könne an alle diese Splitterhaftigkeiten nur mit Abscheu denken. Rom dürfe es überhaupt nicht als Buch, sondern höchstens als Symphonie geben.

Die Symphonie gefiel meiner Großmutter, aber sie meinte, man könne sie am Ende auch in Versen schreiben. Sie dachte dabei an eine große lyrische Dichtung mit wiederkehrenden Grundmotiven, in denen sich dann, wie in den Fluten und Ebben des Meeres, zugleich das Wandelhafte wie das Ewige dieser Stadt spiegeln werde. Zu herrschen gewohnt, wie sie nun einmal war, und ihre Gabe gleich einer anmutigen Kunst übend, fand sie immer neue Gelegenheiten, ihren jungen Freund auf die seiner harrende Aufgabe hinzuweisen. Sie bestrickte ihn mit der Anerkennung seines Talentes, fing ihn in seinen eigenen Worten und Ideen, in seinem Stolz, seiner Zuneigung zu ihr; Geist, Zärtlichkeit, Mütterlichkeit, alles mußte herbei, um ihn ihrem Willen zu unterwerfen, von dem sie freilich wohl überzeugt war, daß er im Grunde dem seinen entgegenkomme. Enzio aber widerstand ihr hartnäckig. Zum erstenmal gerieten die beiden so etwas wie aneinander.

Ich erinnere mich noch, wie sie ihn einmal in der Kirche San Pietro in Vincoli stellte. Wir hatten uns dort dem gewaltigen Eindruck der Mosesstatue des Michelangelo hingegeben und gingen nun – gewissermaßen zur Beschwichtigung – noch eine Weile unter den edlen dorischen Säulen dieser Basilika auf und nieder, wie es das unerläßliche Zeremoniell meiner Großmutter für den Besuch von San Pietro in Vincoli vorschrieb. Ich hatte sie, die das Menschliche doch zuletzt immer dem Übermenschlichen vorzog, zuweilen in Verdacht, daß ihr bei aller Ehrfurcht und Bewunderung dieser Moses doch im Grunde zu wild, zu animalisch furchtbar und urweltlich war, weil sie hernach stets so entschieden der Gelassenheit dieser wundervoll beruhigten Reihen zustrebte.

Enzio hatte den Moses in seiner Weise aufgenommen. Er behauptete, dieser Gigant sei geradewegs aus der Gruft des alten Jupiter heraufgestiegen; man brauche die Dinge gar nicht auszugraben. »Die Tiefe«, so sagte er, »gibt schließlich alles von selbst wieder!« Immer hatte er es nur mit dieser zu tun.

Ich wußte, meine Großmutter war über den Jupiter anderer Meinung; sie äußerte das aber jetzt nicht, sondern meinte, wieder geschickt auf ihr Lieblingsthema kommend, was Enzio da sage, lasse doch am Ende die Hoffnung zu, daß sich ihm aus dem Chaos noch einmal die Gestalt entschwingen werde. Ich glaube, sie dachte damals, er könne an einem Werk über Rom am ehesten von Rom genesen. Darauf sagte Enzio ein wenig ungnädig, wie immer bei diesem Kapitel, mit der »Genesung« eines Dichters sei es gewöhnlich eine recht fragwürdige Sache. Wo es scheine, daß er überwunden habe, da sei er vielleicht in Wirklichkeit nur die Beute seiner eigenen schönen Verse. Das ging meiner Großmutter in ihrer Klarheit und Folgerichtigkeit nicht ein; sie meinte, wenn sie ihn recht verstanden habe, so suche er doch gerade eine Kunst, die nicht mehr ein bloßer Raub der Eindrücke und Augenblicke sei, sondern die wirklich aus dem Innerlichen heraus gestalte.

Aber nun wurde Enzio unverhohlen böse. Er brach

förmlich los: »Ja«, sagte er, »so lautete unser Programm: wir haben uns zu Hause ziemlich viel eingebildet! Aber aus welcher Innerlichkeit heraus soll ich denn hier gestalten? Etwa aus meiner eigenen? Was heißt hier überhaupt ›innerlich‹? Heißt es nicht in Wirklichkeit nur ›obenhin‹ – wenn ich nämlich selbst nicht tief bin? Heißt es nicht im Grunde auch nur wieder Einfall oder Zufall? Oh, man kann gewiß viele Namen für dieses ›innerlich‹ finden: Man kann es auch die Turmuhr von Dingsda nennen, man kann es den Spatz oder den Frosch nennen, und zwar den aufgeblasenen.«

Meine Großmutter, zu deren Temperament es gehörte, sofort ruhig zu werden, wenn andere brausten, sagte lachend: »Aber, lieber Enzio, wollen Sie nicht wenigstens in Ihren Ausdrücken einige Rücksichten nehmen; ich glaube es würde Ihnen selbst wohl tun, mein Freund, und außerdem –«, sie machte eine kleine, scherzhaft unterstrichene Bewegung nach dem Moses hin, in dessen Nähe wir beim Aufundabwandeln gerade wieder geraten waren, es sah fast aus, als wolle sie ihren Freund bei ihm entschuldigen.

»Oh«, sagte Enzio patzig, »der kann ruhig zuhören! Er wird mit dem, was ich sage, ebenso einverstanden sein wie ich mit ihm. In Rom könnte es nur einen Expressionismus geben, wenn man das Geheimnis der Welt wüßte; und der da weiß es. Ich vermute wenigstens, daß die Welt auch von innen geradeso schrecklich aussieht wie er.« Es war im Grunde das alte Lied, das Enzio schon immer auf dem Forum gesungen hatte, nur daß er sich mit dessen Zornmut jetzt nicht sowohl gegen Rom als gegen sich selbst und die eigene Kunst zu richten begann. Er, der früher als Dichter durchaus nicht bescheiden gewesen war, schien plötzlich fast so etwas wie Verachtung für seine eigenen Verse zu fühlen; er wurde blaß, dunkeläugig und böse, sobald meine Großmutter nur davon zu sprechen anfing. Er sagte, er wolle überhaupt nichts mehr schreiben; was er gewollt habe, gebe es für die Heutigen nicht, sondern es gebe für sie nur immer dasselbe: gestern sei man der Raub eines Außen gewesen, heute werde man der eines Innen; geh man darüber hinaus, geriete man aus den Fugen; es komme dann keine Gestalt mehr, sondern höchstens eine Qualle zustande und so weiter. Meine Großmutter gingen diese Aussprüche schließlich so auf die Nerven, daß sie ihre vermeintliche Mission bei Enzio aufgab, das heißt, sie tat das, was sie immer tat, wenn sie sich überzeugt hatte, daß sie einer Sache nicht nach ihrem Wunsch Herr werden könne; sie gab sich dann vor sich selbst den Anschein, als ob alles in bester Ordnung erledigt sei, sprach gar nicht mehr davon und rückte in aller Stille ein wenig von ihr ab in die Sonne. Und das war eben in diesem Falle Enzios und meine Freundschaft.

Ich sehe meine Großmutter noch deutlich vor mir, wie sie uns mit ihren warmen, beglückten Augen folgte, wenn wir uns bei ihr verabschiedeten, um miteinander auszugehen. Wir gingen jetzt manchmal miteinander allein aus, ja, die Dinge ordneten sich immer häufiger geradezu umgekehrt wie im Anfange: meine Großmutter blieb zu Hause, während ich Enzio begleitete, nur daß sie darüber nicht, wie ich seinerzeit, Kummer, sondern sichtliche Zufriedenheit fühlte. »Ja, geht nur ein wenig ohne mich, meine lieben Kinder«, sagte sie, »es ist ganz recht, wenn ihr jungen Menschen zuweilen unter euch seid!« Zu mir sagte meine Großmutter noch unter vier Augen, ich möge doch zusehen, daß ich Enzio ein wenig ins Freie locke; sie fürchte sich förmlich, an »Frau Wolke« zu schreiben, wenn sie an die Luft der dumpfen Straßen dächte, in denen er sich jetzt immer so viel aufhalte.

Aber Endzio verlangte plötzlich gar nicht mehr nach den Kaiserfora. Es war, als ob es ihm ziemlich gleichgültig sei, was wir unternähmen. Er fragte mich meistens sehr höflich, wohin ich selbst am liebsten ginge. Ich schlug ihm dann oftmals den Weg nach der Porta San Sebastiano vor, denn dort in den weiten, sonnestillen Wiesen um die Caracallathermen herum gab es auch verwilderte und unberührte Ruinen genug, wie Enzio sie liebte. Manchmal fand ich in diesen Ruinen kleine blaue Mosaiksteinchen, die ich ihm schenkte. Auch stark duftende Blumen und Kräuter, die auf den alten Mauern wuchsen, pflückte ich ihm, denn ich meinte, auch aus ihnen müsse ihm – nur in Süße und Würze verwandelt – die Melodie jener ungeheuren Fernen aufsteigen, die er doch beständig suchte. Aber ich merkte bald, daß er jetzt gar nicht mehr danach fragte. Er roch an der Menthe und fand, sie röche nach Sonne, und mit den schönen blauen Steinchen spielte er. Ich dachte damals oft, daß es doch im Grunde zwei Enzios gäbe: den, welcher mit meiner Großmutter geistreiche Gespräche führte oder auch mit ihr stritt, an Rom krank war und sich vor seinen eigenen Versen fürchtete, und dann den Enzio, der mit mir vor dem allem davongelaufen war. Denn gerade diese Vorstellung, daß er davongelaufen sei, hatte ich damals tatsächlich, und einmal sagte ich es ihm auch.

Er nickte lachend, als ich ihn fragte, ob es so sei. »Ja«, sagte er übermütig, »aber sprich nur lieber gar nicht davon, sonst holen einen die verwünschten Verse doch noch ein – man redet nicht umsonst von ihren ›Füßen‹. Du glaubst nicht, wie sie den armen Dichtern nachlaufen.«

»Ist es sehr schwer, zu dichten, Enzio?« fragte ich mitleidig. Er sagte etwas hochnäsig: »Ach nein, schwer ist es gar nicht, im Gegenteil! Aber wenn man lebt, kann man nicht dichten, und wenn man dichtet, kann man fast nicht leben, das ist es.«

»Dichten ist eine Art Leben, nicht wahr Enzio?« fragte ich. Dabei erinnerte ich mich unwillkürlich daran, daß ich früher zuweilen gedacht hatte, er könne wohl mit seinen Versen lieben, wie andere mit ihren Herzen liebten. Ich sagte ihm das.

»Ja, dichten ist eine Art Leben«, wiederholte er nachdenklich, »ein ganz starkes, wildes Leben, und meinethalben ist es auch eine Art Liebe. Aber manchmal ist es gar nicht das Leben, das man gerade als Mensch leben und lieben möchte, und hier in Rom schon ganz gewiß nicht! Ja, hier müßte man als einzelner Mensch geradezu aufhören, wenn man anfangen wollte zu dichten. Ich will aber jetzt nicht aufhören, sondern ich will eben der sein, der ich bin, und nichts weiter.«

»Aber warum bist du denn immer zu den Kaiserfora gegangen, Enzio?« fragte ich.

Er erkundigte sich etwas betroffen, wie ich das meinte.

Ich erwiderte nach kurzem Nachdenken: »Ich hörte dort immer deine Gedichte, Enzio.« Dabei war ich ein wenig verwirrt, denn was ich sagte, überraschte mich jetzt selbst: Ich hatte bisher nie darüber nachgedacht, daß es so gewesen war.

Er fragte dann nochmals kurz und so dringend, daß es fast unfreundlich klang, was ich denn mit meinen Worten sagen wollte. Ich wußte nicht recht, was ich erwidern oder vielmehr wie ich mich ausdrücken sollte; denn was ich meinte, wußte ich sehr wohl. Er wußte es aber im Grunde genausogut wie ich, denn er unterbrach mich jetzt schon bei den ersten Sätzen. Er sagte: »Du bist zu merkwürdig, Spiegelchen! Wirklich, du bist sehr merkwürdig!« Dabei sah er mich mit seinen hellen deutschen Augen fast schwarz an, und es war nun plötzlich, als geriete ich ganz tief in ihn hinein, wie in einen großen dunklen Wald. Ich fürchtete mich jetzt ebenso vor seinen Versen wie er selbst.

»Höre nicht auf sie, wenn sie kommen, Enzio!« bat ich.

Er versuchte zu scherzen: »Ja, du hast gut reden«, sagte er. »Dir können sie am Ende nichts anhaben.«

Ich sagte: »Aber wenn sie dich stören, so stören sie mich doch auch – wir haben es jetzt so gut miteinander.«

Darauf meinte er: »Ja, bleibe nur bei mir, Spiegelchen, dann sollen sie mich auch nicht fangen.«

Enzio war jetzt so braun geworden wie eine Haselnuß. Das sah eigentlich nicht schön aus zu seinen blonden

Haaren, und auch seine Augen waren nun viel zu hell und zu grau für seine Hautfarbe. Aber trotzdem gefiel er mir gut so. Er sah nicht mehr ganz so überklug und auch nicht mehr ganz so herrisch aus wie vordem, sondern so, als hätte die warme italienische Sonne das alles ein wenig aufgesogen. Er war auch oft geradezu kindlich ausgelassen, hatte in den Ruinen Freude am Klettern und erzählte mir allerlei Klettergeschichten aus seiner Knabenzeit. Er freute sich, daß ich auch klettern konnte, und wir machten, uns gegenseitig überbietend und anfeuernd, oft die waghalsigsten Partien in diesen verlassenen Ruinen. Einmal stand ich hoch oben auf einem bedenklich schmalen Ziegelpfeiler. »Hör einmal, bist du eigentlich, wie deine Großmutter sagt, ein ›Fähnchen‹, das man dort aufgezogen hat?« rief er. »Oder bist du ein Vogel? Oder wie bist du sonst hinaufgekommen?«

Ich rief von oben zurück: »Ja, ich bin ein Vogel, und jetzt werde ich fliegen!« Damit sprang ich geradewegs in seine Arme hinab. Er empfing mich mit einem kleinen Aufschrei des Erschreckens, in den sich ein Unterton von Jubel mischte. Ich fühlte einen Augenblick lang sein Gesicht heiß und golden wie eine Frucht an dem meinen; dann lachten wir beide hell auf. Wir waren so jung miteinander, und es war so schön!

Wenn die Sonne höher stieg und wir müde wurden, lagen wir wie die Eidechsen auf den blühenden Mauern. Ringsum dufteten die Gräser und der Weihrauch der Blumen und Kräuter. Wir hörten die kleinen hellen Glocken der alten Kirche von Santa Balbina und Santa Saba; sie klangen so fein wie Kinderstimmen, die im Traum rufen. Wir selbst waren auch wie Kinder. Wir lagen unter einem Netz von Sonne und Traum. Durch seine zitternden Maschen hindurch sahen wir die schöne hochaufgeschwungene Linie der blauen, luftigen Berge von Albano. Wir sahen die rosa Mandelbäumchen und die weichen, violetten Schatten der Glyzinien, die überall wie zarte Sträuße oder Kränze über die großen, rötlichen Ruinenfelder hingestreut waren. Wir sahen auch die Figuren auf dem Dach der Lateranischen Basilika; sie standen dort wie eingeschmolzen in die Klarheit des Äthers, als wären sie gar nicht aus Steinen, sondern schäumendes Licht, oder als blühe dort oben der Himmel, weiß und selig wie die Bäume auf Erden. –

Enzio hatte jetzt keine Furcht mehr vor Rom. Ich fühlte es, aber wir sprachen nicht davon. Wir sprachen überhaupt nicht mehr von Rom, aber Rom sprach zu uns. Diese unergründliche Stadt, die so viele Sprachen spricht, sie sprach zu uns ihr zartestes, ihr lieblichstes, ihr rührendstes Wort: sie sprach das Wort von den Blumen und vom Frühling, das Wort von den silbernen Lüften und von den kleinen braunen und goldenen Faltern. Sie sprach es demütig, wie die letzte und unbekannteste ihrer jungen Schwestern draußen im Land. Sie, die Ewige und Einzige, die Greise, Majestätische, Unermeßliches Wissende, sie beugte das Antlitz ihrer geisterhaften Ruinen, sie beugte ihre großen, toten Jahrtausende unter das Ja eines seligen Vergessens und einer unendlichmal wiederkehrenden Hoffnung.

An alledem besaß meine Tante Edelgart fast gar keinen Anteil, und wenn ich sie nicht gerade vor mir hatte, dachte ich eigentlich nur selten an sie. Das große neue Erlebnis, einen jungen Freund zu haben, erfüllte mich gänzlich. Indessen entging es mir doch nicht, daß sie sich damals etwas veränderte. Sie wurde nämlich noch frömmer als früher und gleichzeitig ein wenig trauriger und unruhiger. Im übrigen blieb sie, wie sie war, das heißt, man wußte ja eigentlich nicht, wie sie war, und eben in dem, daß man dies nicht wußte, blieb sie unverändert.

Es begann damals wieder einmal die Zeit, wo in den Kirchen Roms die schönen Bilder verhängt werden und auf allen Altären statt des freudigen Purpurs ein schwermütiges Violett aufblüht. Wenn Enzio und ich, von unseren Ausflügen an der Porta San Sebastiano heimkehrend, noch für einige Augenblicke in eine der uralten kleinen Kirchen am Forum oder Palatin eintraten, so schlugen uns die traurigen Gebete der Kreuzwegandachten entgegen. Wir suchten diese alten Kirchen häufig auf, weil Enzio für die großen, überpersönlichen Gestalten ihrer Mosaiken eine besondere Vorliebe hatte. Sie schienen ihm viel näher zu stehen als alle anderen Kunstwerke. Besonders an Santi Cosma e Damiano kamen wir nie vorüber, ohne das Glitzern und Glühen der um diese Stunde vom Abendlicht geheimnisvoll entzündeten Apsis zu betrachten, wo die große finstere Christusgestalt so unzugänglich und rätselhaft-einsam über ihren Lämmern und Heiligen schwebt, »wie das Geheimnis des Geistes im Universum«. So sagte wenigstens Enzio.

Einmal nun, als wir in Santi Cosma e Damiano waren, trafen wir dort meine Tante Edelgart. Es wurde gerade wieder der Kreuzweg gebetet: Ein junger blasser Mönch ging in dem kleinen heidnischen Rundtempelchen, welches, wie man weiß, zu einer Art Nebenkapelle mit dieser Kirche verbunden ist, von einem Bild der Leidensstationen Christi zum anderen. Andächtiges Volk zog hinter ihm her und warf sich bei jedem Bild, wo der Mönch, ein hohes, nacktes Kreuz vor sich hertragend, stehenblieb, auf die Knie nieder: Wehklagend hallten die Stimmen an den Gewölben des kleinen dunklen Tempels wider. Man hätte sich vorstellen können, daß man hier, Schauer an Schauer mit dem Forum, die Geister der abgeschiedenen Heiden vernähme, die ihre Schuld am Tode Christi beweinten. Meine Tante Edelgart war unter den Knienden. Sie nahm dieselbe Haltung ein wie damals in Santa Maria sopra Minerva, und obwohl nicht hörbar betend, schien sie die Traurigste von allen zu sein.

Enzio zeigte sich damals von ihrem Anblick ebenso betroffen wie ich seinerzeit. Er fragte mich des näheren nach der Art ihrer Frömmigkeit und versuchte von da an öfter, mit ihr über religiöse Fragen zu sprechen, was schon an und für sich für meine Tante Edelgart ein ganz schreckliches Ansinnen bedeutete. Ich weiß nicht, ob sie sich selbst oder ihre Zuhörer nicht für würdig hielt, über solche heiligen Dinge zu sprechen, jedenfalls schien mir immer nicht nur ihre Verschlossenheit, sondern noch etwas Frommes und Zartes dabeizusein, wenn sie im Salon meiner Großmutter jedem derartigen Gespräch scheu auswich. Enzio gegenüber aber kam für sie noch hinzu, daß er der Kirche keineswegs die vornehme Gerechtigkeit bezeigte wie meine Großmutter und ihr Kreis. Zwar wünschte Enzio heftiger als jene, daß es Religion gäbe, sie sollte aber neu sein, aus der eigenen Zeit und deren Notwendigkeit heraus geboren. Freilich sprach er dann auch wieder von einem großen, überzeitlichen Mythos, in dem diese Religion ihren Ausdruck finden müsse – hier lagen offenbar noch ungeklärte Widersprüche in Enzio vor, die ich zurückschauend nicht ganz durchdringen kann. Ich weiß nur, daß er eine gewisse Abneigung gegen das Christentum und die Kirche hatte und daß er meine stille Tante mit diesen Gesprächen überaus erregte. Sie antwortete ihm immer nur so knapp wie möglich, und es kam dann sehr leicht jene sonderbare Brechung in ihre Stimme, die man bei einem härteren Organ vielleicht gar nicht bemerkt haben würde, die aber bei dem ihren wie eine Schramme auf einem feinen, matten Glas wirkte. Enzio sah sie dann auch oft ganz verdutzt an, freilich ohne sich gleichzeitig bewogen zu fühlen, das Thema, das ihn nun einmal an ihr fesselte, zu wechseln.

Meine Großmutter bot ihre ganze gesellschaftliche Geschicklichkeit auf, um diese Gegensätze nach Möglichkeit zu verschleiern. Ich sah staunend, wie sie Enzio zuliebe sogar ihre Heftigkeit zu bemeistern wußte, die sonst gerade meiner Tante gegenüber so leicht hervorbrach. Aber meine Großmutter war damals überhaupt ungewöhnlich nachsichtig gegen ihre Tochter, obwohl ihr diese jetzt viel eher Grund zur Klage gab als früher. Meine Tante Edelgart dehnte nämlich seit einiger Zeit ihre morgendlichen

Kirchenbesuche so lange aus, daß man auf den Gedanken verfiel, sie höre nicht eine, sondern mehrere Messen. Auch abends in der Kirche der schönen Nonnen verweilte sie viel länger als sonst, und obwohl sie in ihrem Pflichteifer immer bestrebt war, unseren Haushalt in keiner Weise zu vernachlässigen, so blieb es doch nicht aus, daß sich die Dienstboten ihre häufigen Abwesenheiten zunutze machten. Meine Großmutter, für die es sonst nichts Ärgerlicheres gab als Unordnung, übersah jetzt die Dinge merkwürdigerweise; eines Tages aber erschien »Monsieur Jeanette« bei ihr und machte ihr eine schwungvolle Szene, weil seine Frau bei uns mißbraucht wurde. Es war dies seine Art, sich über seinen Mangel an Ritterlichkeit und Pflichtgefühl gegenüber seiner kleinen Gattin hinwegzutäuschen und auf billige Weise in dem Bewußtsein zu schwelgen, ihr Beschützer zu sein. Jeanette nämlich, zu deren ganz wenigen kleinen Fehlern es gehörte, daß sie absolut nicht zu herrschen verstand, hatte sich, statt über die verlotterten Dienstboten ein Wetter zu verhängen, selbst an die zurückgebliebene Arbeit gemacht und war von ihrem Mann beim Scheuern des steinernen Fußbodens angetroffen worden. Meine Großmutter, die unter Umständen über einen schneidend aristokratischen Ton verfügte, warf natürlich zunächst »Monsieur Jeanette« hinaus; ich sah ihn mit hochrotem Gesicht und wehendem Schlips aus ihrem Zimmer stürzen. Dann aber ließ sie sich nicht etwa meine verantwortliche Tante kommen, sondern Jeanette und stellte diese zur Rede. Jeanette in ihrer Besorgnis, meiner Tante könnte ein Vorwurf gemacht werden, sagte ganz ernsthaft, sie habe sich immer gewünscht, Fußböden zu scheuern; ja sie setzte hinzu, sie glaube, daß diese Arbeit besonders gut für ihre Augen sei. Darauf sagte meine Großmutter kurz, Jeanette möge doch in Zukunft etwas weniger an ihre Augen denken, sondern lieber sorgen, daß noch eine Hilfe ins Haus käme; sie wünsche sich nicht, noch einmal »Monsieur Jeanettes« Besuch zu empfangen. Es war offenbar, meine

Großmutter wollte die Sache nicht weiterverfolgen, weil sie eine Auseinandersetzung mit meiner Tante Edelgart scheute. Das sah nun meiner Großmutter merkwürdig unähnlich, denn sie focht sonst stets mit offenem Visier. Jetzt aber war es zuweilen, als ob sie mit ihrer Meinung ganz unritterlich hinter dem Berge hielte: Ich bemerkte immer häufiger, wie sie alles vermied, was zum Anlaß einer Meinungsverschiedenheit oder einer Verstimmung zwischen ihr und ihrer Tochter werden konnte. Aber obwohl ich ihre Selbstbeherrschung sehr bewunderte, so schien mir doch, als ob sie dadurch meiner Tante Edel gegenüber etwas ins Hintertreffen käme und nicht mehr so unbeschränkt freie Herrin in unserem Hause sei wie früher. Auch für Enzio fühlte ich mich gekränkt. Ich selbst hatte nun schon völlig vergessen, daß ich ehedem auch nicht immer freundlich gegen ihn gewesen war, und nun ich einmal zu ihm ja gesagt hatte, verlangte ich auch, daß alle anderen es sagen sollten. Noch mehr aber ärgerte ich mich, als ich eines Tages zu bemerken glaubte, daß der eigentliche Grund, weshalb meine Großmutter mit ihrer Tochter so vorsichtig umging, wieder einmal an mir lag. Ich glaubte nämlich immer noch fest an die Eifersucht meiner Tante Edel, und es überraschte mich insofern nicht, wenn sich diese nun auch gegen Enzio zu richten begann, denn er gehörte ja meiner Großmutter zu. Ich empörte mich damals so sehr gegen meine Tante Edel, daß ich mit absichtlicher Schonungslosigkeit begann, ihr meine Freundschaft mit Enzio zu zeigen, genauso, wie ich ihr früher meine Hingegebenheit an meine Großmutter gezeigt hatte. Ich fing also an, Enzio vor ihr herauszustreichen und ihr in jeder Weise zu verstehen zu geben, daß ich ihm überaus zugetan sei. Ich lobte seine Gedichte, seinen Verstand, seine großen Haare, kurz alles, was mir einfiel: Meine Tante mußte denken, ich sei in ihn verliebt. Einmal sagte ich, ich wünschte, daß er immer bei uns bliebe, er sei mein bester Freund; ich möge gar nicht daran denken, daß er abreisen könne. Ja, ich war naiv genug, mich zu der Behauptung zu versteigen, ich wolle seine Frau werden.

Jeanette, die dabei war, lachte und sagte in ihrer drolligen Weise, so als hätte ich etwas renommieren wollen: »Ach, Spiegelchen, da nimmst du dir wirklich nichts Besonderes vor! Ich habe schon oft gehört, daß Menschen sich heiraten wollten; ja wirklich, dies soll gar nicht selten vorkommen.« Sie wollte auf diese Weise ihre Freundin ablenken und womöglich zum Lachen bringen, denn meine Tante Edel war über meine letzte Bemerkung sichtlich erschrocken. Ich weiß heute, daß sie damals der festen Überzeugung war, meine Großmutter knüpfe an meine kindliche Freundschaft mit Enzio einen bestimmten Plan für mich. Und das tat meine Großmutter auch. Sie hat ohne Zweifel damals gehofft, es könne sich – wenn auch erst in späterer Zukunft einmal – zwischen Enzio und mir etwas entwickeln, was sie selbst als das Fortblühen ihrer eigenen großen Liebe oder – um in ihrer Sprache zu reden – als deren »junge Ewigkeit« unaussprechlich beglückt haben würde, und diese Hoffnung war ja auch wirklich der Grund, weshalb sie damals meine Tante so rücksichtsvoll und nachsichtig zu behandeln pflegte.

Meine Großmutter trug sich bereits damals mit ernsten Sorgen um ihre Tochter. Sie war gütig genug, sich zu sagen, daß meine Freundschaft mit Enzio, die sie selbst so sehr beglückte, eine schwere Enttäuschung für meine Tante Edel bedeuten mußte. Denn wenn diese bisher noch immer hatte hoffen können, meine ausschließliche Hingegebenheit an meine Großmutter werde doch irgendwann einmal ihr Ende oder durch andere Eindrücke wenigstens ihre Beschränkung finden, so war es klar, daß Enzio diesen schwachen Trost sehr gefährdete. Meine Großmutter glaubte mit Recht, meine Tante Edel werde sich jetzt geradezu vor die Möglichkeit gestellt sehen, mich vielleicht für immer an eine ihr fremde Welt zu verlieren und jedenfalls zunächst noch inniger daran geknüpft zu finden als bisher. Es war deshalb das aufrichtige Bestreben meiner Großmutter, ihre Tochter nach jeder Richtung hin zu schonen und außerdem nicht nur zwischen ihr und Enzio, sondern auch zwischen ihr und mir zu vermitteln. Denn so heftig sich meine Großmutter auch oft über meine Tante Edel erzürnte, so war diese eben doch ihr sehr geliebtes Kind, dessen Rechte sie schützen und das sie nicht unglücklich und vereinsamt sehen wollte.

Inzwischen erlitt ich einen kleinen Unfall, der ihr bei diesen Berechnungen sehr zustatten kam, da er mich in seinen Folgen für einige Zeit ganz an meine Tante Edel fesselte. Um die Wahrheit zu gestehen: mein junger Freund und ich hatten damals die etwas unartige Gewohnheit angenommen, statt mittags nach Hause zu kommen, allein unter dem sonnendurchblitzten Weindach einer ländlichen Trattoria fuori le mura zu speisen, wo man in köstlichen, ölduftenden Carciofi schwelgte und sich endlos lange maisfarbige Spaghetti kunstvoll um die Gabel wickelte. Bei einem dieser Schmäuse nun, denen natürlich auch der rote Velletriwein nicht fehlen durfte, waren wir auf den kindisch-übermütigen Gedanken einer Wette verfallen, wer von uns beiden innerhalb einer bestimmten Zeit die meisten Orangen verzehren könne. Ich hatte diese Wette gewonnen. So lag ich denn vorderhand zu Bett, denn mein Triumph verwandelte sich alsbald in einen erbärmlichen Zustand, der sich in der Folge ziemlich lange hinzog.

Meine Tante Edelgart pflegte mich während dieser Wochen genauso eifrig und gewissenhaft, wie sie mich als Kind in meinen kleinen Krankheiten gepflegt hatte. Es waren dies immer die Zeiten gewesen, in denen sie noch am ehesten sozusagen Besitz von mir ergriffen hatte, und zwar nicht nur äußerlich, indem sie die Rechte ihrer stellvertretenden Mutterschaft geltend machte und dann überhaupt niemand an mich heranließ, sondern sie konnte in solchen Fällen auch wirklich sehr reizend sein. Denn meine Tante Edel liebte Kranke schon an und für sich; ich weiß nicht, ob mehr deshalb, weil sie sich ihrer eigenen Zartheit nicht so bedrohlich entgegenstellen konnten wie die zudringliche Kraft der Gesunden oder weil sie ihr Gelegenheit zu Hilfeleistung und Aufopferung gaben, wonach sie scheinbar immer ein heimliches Verlangen trug. Jedenfalls war sie Kranken gegenüber viel freier als sonst, und man war auch als Kranker ihr gegenüber freier; ihre Stille, ihre Kühle, alles, was für gewöhnlich an ihr ein wenig bedrückte, wurde dann plötzlich so angenehm; ihre peinliche Gewissenhaftigkeit flößte unwillkürlich Vertrauen auf Besserung und Genesung ein – kurz, man war gut bei meiner Tante Edel aufgehoben und wußte es.

Auch dieses Mal machte ich wieder dieselbe Erfahrung mit ihr wie immer. Wenn sie mit ihrem aufmerksamen Gesicht an meinem Bett saß und meinen Puls fühlte oder so leise wie ohne Schuhe hereinkam, um mich mit einem guten Tee oder mit der Wärmflasche ein wenig zu trösten, nahm sie mich doch immer wieder sehr für sich ein. Auch rührte es an meine Dankbarkeit, daß sie mir in meinem Elend gar keine Vorwürfe wegen der Orangenschlacht machte. Ich war ja jetzt so völlig von ihr abhängig, daß ich Speise und Trank, Arznei und jede denkbare Hilfeleistung wie ein kleines Kind von ihr entgegennahm. Dennoch waren ihre zarten, kühlen Hände bei alledem nicht eigentlich mütterliche Hände, sondern es schien fast etwas wie ein verborgener Fanatismus in ihnen. Erst viel später habe ich verstanden, daß mir meine Tante Edelgart damals für meine Krankheit geradezu dankbar war, weil sie ihr gleichsam im Leiblichen an mir zu tun gewährte, was sie mir im Geistigen schuldig blieb. Während meiner Krankheit freilich fühlte ich nur, daß sie sich in meiner Pflege gar nicht genugtun konnte; selbst bei Nacht wollte sie sich durchaus nicht mit Jeanette darin teilen, obwohl diese ihre Hilfe um so eifriger anbot, als meine Tante Edel in letzter Zeit immer sehr blaß und abgespannt gewesen war. Sie selbst freilich bestritt das, und in der Tat sah sie auch jetzt plötzlich weit besser aus, obwohl ich ihr nun doch so viel Mühe und Not verursachte. Sie hatte gleich am ersten Abend, an dem sich bei mir erhöhte Temperatur gezeigt, die Tür zwischen ihrem und meinem Schlafzimmer, die für gewöhnlich verschlossen war, öffnen lassen, damit ich jeden Augenblick nach ihr rufen könne, und ich muß gestehen, daß ich in der Unruhe meines fieberhaften Zustandes recht zufrieden mit dieser Anordnung war.

Aber auch bei Tage, wenn ich keine Temperatur hatte, mochte ich diese geöffnete Tür nicht ungern. In der Erschöpfung, in der mich das sinkende Fieber immer zurückließ, tat es mir eigentlich wohl, den Blick in das Zimmer meiner Tante Edelgart hineindämmern zu lassen. Es war dort so anders still als sonst in Zimmern, fast so, als ob sich das zurückhaltende Wesen seiner Besitzerin in alle Gegenstände des Raumes hineingeschwiegen und selbst die von der Straße empordringenden Geräusche abgewiesen oder gedämpft habe. Alles in diesem Zimmer war so angenehm verhalten, man wurde durch nichts angestrengt oder auch nur flüchtig gefesselt, kein Bild, kein Möbelstück erhob irgendeinen Anspruch auf Schönheit oder Kostbarkeit, sondern jedes schien nichts weiter sein zu wollen als die schlichte Bekundung irdischer Notwendigkeit und Belanglosigkeit. Die einzige Ausnahme hiervon bildete das über dem Bett meiner Tante Edelgart hängende Kruzifix. Es war dies ein altes edles Schnitzwerk aus spätgotischer deutscher Schule, in sich groß und ausdrucksmächtig, aber für meine an der antiken und italienischen Schönheit gebildeten Augen sehr quälend. Auch erweckte der Gegenstand der Darstellung mir schon an und für sich immer einige Unruhe, besonders seit jenem Aufenthalt in Santa Maria Antiqua, wo mir der Anblick des Gekreuzigten so große Angst und Trauer verursacht hatte. Und doch war das halberloschene Bild dort unter dem verfallenen Dach des Palatins nur wie ein großer Schatten gewesen, der sich mir undeutlich über alle Dinge hingebreitet hatte. Hier im Zimmer meiner Tante Edelgart aber war der Gekreuzigte nicht nur der ferne Schatten über allen Dingen, sondern er litt so bitterlich nah und gegenwärtig, daß ich meine hilflosen Augen am liebsten ganz von ihm abgewandt hätte, und nur einzig durch die wunderbare Haltung meiner Tante Edel, die vor diesem Kreuz ihre Andachten zu verrichten pflegte, wurde ich immer wieder dazu getrieben, ihn anzublikken. Dabei dachte ich aber stets, wenn ich selbst eine Christin wäre, so würde ich den Heiland lieber in der schimmernden Hostie der goldumstrahlten Monstranz anbeten als in diesem blutigen Kreuzeszeichen. Wie hielt es meine Tante Edel nur in seiner beständigen Nähe aus? Diese Frage quälte mich bis in meine Fieberträume hinein. In den ersten Nächten, in denen ich am kränksten gewesen war, hatte ich zuweilen die beängstigende Vorstellung gehabt, es fiele von diesem Kruzifix von Zeit zu Zeit ein schwerer, roter Blutstropfen auf das Bett meiner Tante Edelgart nieder wie auf einen Hügel von Schnee oder eigentlich wie auf einen verschneiten Grabhügel. Denn meine Tante Edel ruhte immer so still wie unter einem solchen: man hörte ihre Atemzüge nicht wie die anderer Schlafender – ich konnte mir bei Nacht wirklich denken, daß sie gestorben wäre. Und das erklärte mir dann auch – immer noch von meinen Fieberträumen umfangen –, weshalb sie die Gegenwart dieses Kruzifixes ertragen konnte. Aber wenn ich dann, von dieser Vorstellung ganz erschrocken, unwillkürlich ihren Namen rief und sie schon im nächsten Augenblick so besorgt und hilfreich an meinem Bett stand, fühlte ich mich plötzlich von der entgegengesetzten Vorstellung durchdrungen; es war mir nun, als ob meine Tante Edel in Wirklichkeit immer wach gewesen wäre. Und auch diese Meinung verband sich wiederum mit dem Gedanken an das Kruzifix über ihrem Bett – seine Nähe, die herabfallenden Blutstropfen, so glaubte ich, ließen sie nicht schlafen!

Als es mir dann etwas besser ging, merkte ich freilich, wie meine Tante Edel, während ich träumte, sie läge gestorben oder schlaflos in ihrem Bett, in Wahrheit noch gar nicht zur Ruhe gegangen war. Ich sah in dem kleinen glühenden Schein der Nachtlampe, daß ihre Gestalt nebenan sich nicht von ihrem Lager, sondern von den Knien erhob, wenn ich rief, und daß sie dann immer noch angekleidet war wie bei Tage. Zuweilen kam auch Jeanette noch tief in der Nacht auf Strümpfen herüber und ermahnte sie, sich doch endlich niederzulegen. Ich konnte durch die offene Tür ihre flüsternden Gespräche deutlich hören – sie drehten sich zu meinem Erstaunen immer um meinen Vater, von dem wir gerade damals sehr lange nichts gehört hatten. Es schien, meine Tante Edel sorgte sich darum, die Expedition, der er sich angeschlossen hatte, könne verunglückt sein. Ich gewann die Überzeugung, daß sie für das Leben meines Vaters gebetet habe.

Damals kam mir zum erstenmal der Gedanke, ihre Eifersucht auf mich könne vielleicht einen ähnlichen Grund haben wie die Liebe meiner Großmutter zu Enzio. Ich wußte durch diese nun schon ein wenig darum, daß alles, was man gemeinhin Vergangenheit nennt, im Grunde nur eine leiser und dunkler gewordene Art von Gegenwart ist, und ich wußte auch, daß meine Tante Edel mit meinem Vater verlobt gewesen war, bevor er meine Mutter geheiratet hatte. Zwar sah es meiner Tante Edelgart keineswegs ähnlich, an diesem Punkt wie meine Großmutter zu fühlen – ich hatte sie mir ja niemals mit einem Menschen wirklich innig verbunden vorzustellen vermocht –, aber vielleicht war sie in ihrer Jugend ganz anders gewesen und hatte dies noch nicht völlig vergessen können. Ich beschloß, mich doch deswegen einmal an Jeanette zu wenden. Diese leistete mir morgens, wenn ihre Freundin in der Kirche war, immer ein wenig Gesellschaft, und so fragte ich sie denn an einem der nächsten Tage, ob wohl meine Tante Edel während ihrer Brautzeit meinen Vater wirklich liebgehabt habe.

Jeanette, welche damals im stummen Einverständnis mit meiner Großmutter noch mehr als sonst bestrebt war, mich freundlich auf meine Tante Edel hinzuweisen, wo immer sich dazu Gelegenheit bot, dachte ein wenig nach; dann meinte sie, daß sie wohl glaube, meine Tante habe meinen Vater auch liebgehabt.

»Aber weshalb hat sie denn ihre Verlobung mit ihm gelöst?« fragte ich.

Jeanette erwiderte, meine Tante Edel habe diese Verlobung gar nicht gelöst, sondern mein Vater habe sie gelöst, weil ihm klargeworden sei, er könne seiner Braut nicht Genüge tun.

Das verstand ich nun gar nicht, denn ich meinte, wenn man jemand liebhabe, so tue er einem doch immer weit mehr als bloß »Genüge«.

Darauf erwiderte Jeanette: »Deine Tante Edel hatte eben Gott zu lieb.«

Diese Antwort Jeanettes warf nun doch einen sehr großen Schein auf meine Tante Edelgart und zog mit einem Schlag meinem Gedanken an ihre Eifersucht, statt diese zu erklären, überhaupt den Boden unter den Füßen fort. Gott lieben, Gott so lieben, daß einem selbst der Mann, den man doch heiraten wollte, nicht mehr »Genüge tat«, das war offenbar etwas ganz anderes, als nur fromm zu sein und zur Kirche zu gehen! Wenn man Gott so liebte, was konnten einem dann noch andere Menschen bedeuten? Auf keinen Fall einen Gegenstand des Verlangens oder gar des Neides, wie ich mir das bei meiner Tante Edelgart vorgestellt hatte, sondern alles, wodurch diese Vorstellung in mir erweckt worden war, mußte ganz andere Gründe oder vielmehr, es konnte nur einen einzigen Grund haben. Ich begann damals sehr aufmerksam auf die Gespräche zu achten, welche zuweilen, wenn Jeanette noch spät abends herüberkam, im Nebenzimmer geführt wurden, und allmählich gelangte ich zu der Überzeugung, daß meine Tante Edel nicht nur für meinen Vater betete, sondern auch für mich. Sie betete nämlich für uns beide darum, daß wir doch noch einmal die Wahrheiten und Segnungen des christlichen Glaubens teilhaftig werden möchten. Denn nicht etwa der Gedanke an sich, mein Vater könne in fernen Ländern versterben, schien meiner Tante Edel die größte Not zu bereiten, sondern sie sorgte sich vielmehr um ihn, weil er meine Unterweisung in der christlichen Religion verboten hatte und nun vielleicht diese glaubensfeindliche Haltung in die Ewigkeit hinübernehmen würde.

Das machte mir nun abermals einen starken Eindruck. Zwar fand ich es ein wenig beklemmend, daß meine Tante Edel da, ohne mich zu fragen, Nacht für Nacht in ihrem stillen Zimmer mein Schicksal sozusagen dem großen, traurigen Kreuzesbild über ihrem Bett zu Füßen legte. Ja, es war mir fast so, als hätte ich nun selbst – wenn auch unbewußt und unfreiwillig – jene große Traurigkeit angebetet. Ich fühlte bei dieser Vorstellung ein entschiedenes Wehren, aber gleichzeitig erschütterte es mich doch, nun ganz sicher zu wissen, daß meine Tante Edelgart nicht für sich selbst nach meinem Besitz strebte, sondern sie strebte nach ihm für Gott, den sie liebte. Das war nun freilich etwas ganz anderes, als ich immer geglaubt hatte; es war – daran zweifelte ich nicht – etwas unendlich viel Zarteres und Höheres. Und gleichzeitig war es der Grund, warum meine Tante Edel, sooft sie mich auch durch ihre vermeintliche Eifersucht beengt und gereizt hatte, mir doch nie ganz klein und häßlich darinnen erschienen war. Die Erinnerung daran stand jetzt so lebendig vor meiner Seele, daß ich gar nicht mehr begriff, wie ich ihr trotzdem immer so unrecht hatte tun können.

Ich schämte mich jetzt meines schlechten Betragens um so mehr, als ich auf meinem Krankenlager ohnehin angefangen hatte, etwas in mich zu gehen. Seitdem ich von meiner Tante Edel aus dem Ärgsten herausgepflegt war, bedrückten mich ihre unermüdlichen Hilfeleistungen doch ein wenig, wenn ich an die vielen Unfreundlichkeiten und Abweisungen dachte, die sie so oft von mir erfahren hatte. Ja, es schien mir in meiner Reue geradezu, als ob sich alles in meiner Umgebung vereinigen wollte, um mir die Erkenntnis meines Unrechts zum Bewußtsein zu bringen.

Man trug mir jetzt oftmals zur Zerstreuung die beiden grauseidenen Katzen ans Bett, die inzwischen von mir sehr vernachlässigt waren. Meine Tante Edel aber hatte sich ihrer angenommen, denn sie liebte Tiere in ähnlicher Weise, wie sie Kranke liebte. Zwar liebte sie die Katzen damals noch nicht so, wie meine arme Mutter sie geliebt hatte und wie sie selbst sie späterhin noch lieben sollte, sondern nur so, wie sie allem, was für sich allein nicht ganz aufkommen und einstehen konnte, ihren Beistand und ihre Sorgfalt schenkte. Die schönen Tiere hatten sich denn auch ihrerseits sehr an sie angeschlossen: sie schnurrten beim bloßen Anblick meiner Tante Edel so heftig, als ob sie die hunderttausend grauen Seidenfädchen, aus denen ihre weichen Felle bestanden, selbst spinnen müßten. Dagegen verhielten sie sich mir gegenüber ziemlich stumm und träge – es kam mir fast so vor, als ob sie für meine Tante Edel Partei ergriffen und mir zeigen wollten, wie gut jene doch eigentlich sei und wie schmählich ungerecht ich in letzter Zeit alles behandelt hatte, was nicht unmittelbar mit meiner Großmutter oder Enzio zusammenhing. Ich gab mir jetzt wieder Mühe um die Katzen, und allmählich reifte in mir – gleichsam von allen Seiten her – der Entschluß, meine Tante Edelgart um Verzeihung zu bitten.

Ich legte mir vorher meine Worte sozusagen auf dem Kopfkissen genau zurecht. Zunächst dachte ich meiner treuen Pflegerin, wenn sie mir das nächste Mal den Tee brächte, die Hand zu küssen und ihr zu sagen, daß sie sehr gut zu mir sei und daß ich alles, was sie an mir täte, gar nicht um sie verdient hätte. Außerdem wollte ich sie dann noch fragen, ob ich sie nicht doch einmal wieder zu den schönen Klosterfrauen nach Santa Maria in Lucchesi begleiten dürfe. Zwar dachte ich hiermit nicht etwa ihren geheimen Wünschen, die ich ja kannte, entgegenzukommen, sondern ich war mir sogar bewußt, daß meine Bitte gerade im Hinblick auf jene Wünsche ein wenig bedenklich erschien. Trotzdem war ich entschlossen, sie auszusprechen, ja, ich legte sogar darauf besonderes Gewicht, denn ich fühlte nun wirklich den aufrichtigen Wunsch, meiner Tante Edel gerade hinsichtlich ihrer Frömmigkeit, die ich so schmählich mißverstanden hatte, etwas Freundliches und Ehrfürchtiges zu erweisen. Von allen Unarten gegen sie bedrückte mich jetzt fast am meisten, daß ich ihr damals den Besuch bei den schönen Nonnen ohne jeden Grund abgeschlagen hatte; denn wenn ich ganz ehrlich war, konnte ich doch die Behauptung nicht aufrechterhalten, die Treue gegen meine Großmutter habe diese Schroffheit von mir gefordert, sondern meiner gütigen und gerechten Großmutter entsprach sicher mein heutiger Vorsatz viel eher. Es sollte indessen mit ihm ganz anders kommen, als ich dachte.

Ich litt während der ganzen Zeit meiner Krankheit nicht nur an dieser, sondern auch noch an einem Kummer, der mir um so empfindlicher wurde, je weiter meine körperliche Genesung fortschritt. Enzio nämlich war mir nach dem verhängnisvollen Sieg, den ich über ihn errungen hatte, meiner Meinung nach nicht ganz so ritterlich begegnet wie sonst. Er hatte auf dem Heimweg von der Osteria, als es bereits anfing, mir recht elend zu werden, die, wie mir schien, geradezu herzlose Bemerkung gemacht, es sei eine unverzeihliche Stillosigkeit gewesen, daß ich diese Wette gewonnen habe. Jemand, der wie eine kleine Fahne oder wie ein Vogel fliegen könne, jemand, der »Spiegelchen« heiße und die Harmonien der Welttiefe und der ungeschriebenen Gedichte auffange, dürfe sich einfach nicht überessen, sondern er habe gewisse Erwartungen mit seiner Person zu decken, und falls er sie enttäusche, geschehe es ihm ganz recht, wenn er büßen müsse. Diese Bemerkung hatte mich doppelt gekränkt, weil ich im Grunde nur Enzio zu Gefallen und von ihm angespornt auf diesen Wettkampf eingegangen war; und da ich mich, wie gesagt, bereits recht elend gefühlt, war ich gegen ihn ziemlich ungnädig geworden. Später hatte mir dann meine Großmutter, die über das Betragen junger Mädchen noch sehr bestimmte Vorstellungen besaß, eine Ermahnung zukommen lassen, die in mir die Vermutung befestigte, daß ich mich mit dieser Orangenschlacht blamiert habe. Ich hatte mich daraufhin zunächst noch einmal erst recht über meinen Freund erzürnt, allmählich aber war mein Groll in Schmerz und Verlassenheit umgeschlagen; denn Enzio – und das war mein eigentlicher Kummer – besuchte mich während meiner Krankheit kein einziges Mal, ja, ich sah und hörte so gut wie gar nichts von ihm. Nur meine Großmutter bestellte mir jeden Tag, wenn sie mich besuchte, einen kurzen Gruß von ihm, der mich nicht befriedigte und der auch in der beiläufigen Art, mit der er vorgebracht wurde, Enzio gar nicht besonders ähnlich sah. Schließlich blieb selbst dieser karge Bissen für mich aus, als meine Großmutter mit ihrem jungen Freund einen mehrtägigen Ausflug nach Neapel machte. Ich rätselte nun unaufhörlich daran, was wohl Enzio bewogen haben könnte, mich so völlig zu vernachlässigen. Es war mir nicht mehr deutlich erinnerlich, was ich eigentlich bei unserem letzten Beisammensein zu ihm gesagt hatte – vielleicht war es in meinem elenden Zustand schlimmer ausgefallen, als ich beabsichtigt hatte, und Enzio fühlte sich tatsächlich beleidigt. Ich quälte mich mit dieser Vorstellung um so mehr, als ich aus Stolz mit niemand darüber sprechen mochte. Dabei war ich aber ziemlich sicher, daß meine Tante Edel um meinen Kummer wisse, denn sie stieß jeden Morgen, wenn sie mein Zimmer ordnete, mit ihrer hübschen spitzen Hand ein wenig nach Enzios Gedichten, deren schmales Bändchen immer vor meinem Bette lag. Sie tat es stets nur ganz schnell und fast verstohlen, aber doch ein wenig so, wie sie ehedem die schönen Sachen auf den Kommoden und Etageren meiner Großmutter gestoßen hatte, damals, als ich noch glaubte, sie wäre eifersüchtig. Ich nahm ihr diesen Stoß jetzt nicht weiter übel, denn ich glaubte ja nicht mehr an ihre Eifersucht, sondern dachte nur, sie sei wohl etwas ungehalten über meinen Kummer. Eines Tages aber machte ich eine unerhörte Entdeckung.

In Wirklichkeit nämlich hatte Enzio täglich und heftig gewünscht, mich zu besuchen, war aber immer von meiner Tante Edelgart abgewiesen worden unter dem Vorgeben, ich sei noch zu angegriffen, um Besuch zu empfangen. Diese Kämpfe – es waren wirklich Kämpfe gewesen – hatten sich außerhalb meiner Blickweite abgespielt; nun aber gewann ich von ihnen Kenntnis. Enzio nämlich, nicht gewohnt, sich Vorschriften machen zu lassen, deren Notwendigkeit ihm nicht einleuchteten, klopfte eines Tages direkt an meine Tür, und zwar war es gerade der Tag, an dem ich mich entschlossen hatte, nun wirklich meinen Frieden mit meiner Tante Edelgart zu machen. Enzio hat mir späterhin erzählt, er sei zwar damals ziemlich sicher gewesen, man werde ihn wiederum abweisen, aber er habe mir wenigstens einmal zeigen wollen, daß es nicht an ihm liege, wenn ich gar nichts von ihm sähe und hörte.

Meine Tante Edelgart ging auf das Klopfen hin zur Tür und öffnete sie. Ich sah durch die Spalte einen Augenblick lang Enzios blonden Schopf und vernahm seine eigenwillige Stimme. Er bat in einem Ton, der keinen Zweifel darüber ließ, daß er bereits oft so gebeten hatte, man möge ihm doch endlich erlauben, sich einmal persönlich nach meinem Befinden zu erkundigen. Ich hörte dieses »endlich« genau. Gleichzeitig fiel mir das Buch ein, das meine Tante jeden Morgen gestoßen hatte. Noch einen Jubelschrei lang hielt ich die Empörung über sie nieder; stürmisch rief ich Enzios Namen.

Ich kann nun nicht sagen, wie meine Tante Edel sich angesichts dieser Überrumpelung entschieden hätte, wäre ihr die Entscheidung überhaupt zugefallen. Sie fiel ihr ebensowenig zu, wie sie die ganze Lage herbeigeführt hatte, sondern dies hatte meine Großmutter getan. Sie, die sich damals mit ihrer ganzen Klugheit und Umsicht dafür einsetzte, daß die Spannungen zwischen Enzio und meiner Tante sich nicht verschärfen möchten, hatte es für gut befunden zu verhindern, daß sich diese beiden etwa täglich an meinem Krankenbett begegneten. Sie wollte ihrer Tochter damals ungestört Gelegenheit geben, sich wieder etwas näher mit mir zusammenzufinden. Außerdem hatte sie in ihrer selbstherrlichen Weise den kleinen pädagogischen Nebenzweck verfolgt, mir in meinem reichlich ungenierten Verkehr mit Enzio durch diese kleine Trennung etwas zum Rückzug zu blasen. Sie hatte dies auch Enzio gegenüber sehr energisch getan, ja, sie hatte ihm, der sich natürlich nicht fügen wollte, schließlich geradezu verboten, meine Tante Edel mit seinen Wünschen zu bestürmen. Zufällig trat sie bei seinem Überfall gerade aus der Tür ihres gegenüberliegenden Zimmers und ertappte ihn bei seinem Ungehorsam. Ich habe später von ihm erfahren, wie dieser Zusammenstoß ausfiel.

Inzwischen wußte ich von alledem nichts. Meine Tante Edel schloß die Tür und kehrte zu mir zurück – ich glaubte sie für die Abweisung Enzios verantwortlich. Nie in meinem Leben hatte ich gegen sie einen ähnlichen Zorn gefühlt. Ich war so aufgebracht, daß alle Reue, zu der ich mich ihr gegenüber während meiner Krankheit durchgerungen hatte, einfach wie ausgelöscht, ja wie überhaupt niemals dagewesen war. Und nun gab es zum erstenmal zwischen ihr und mir wirklich eine Szene, in der ich nicht die bloße Luft traf. Ich warf ihr damals genau das Gegenteil von dem vor die Füße, was ich ihr noch eben hatte sagen wollen: ich sagte ihr also, daß sie nicht gut und liebreich, sondern daß sie kalt, hinterlistig und mitleidlos sei, daß sie mich verraten und gequält habe und daß ich auch sehr wohl wisse, weshalb: sie sei eifersüchtig auf Enzio, weil er zu meiner Großmutter gehöre, und sie verfolge ihn in meinem Herzen ebenso, wie sie jene immer darinnen verfolgt habe. Meine Tante Edel stand bei all diesen schmählichen Angriffen genauso unzugänglich da wie immer, wenn ich sie wegen meiner Großmutter angegriffen hatte; ich sah sie durch meinen roten Zorn hindurch zart, blaß und zugeschlossen wie ein feines elfenbeinernes Türmchen etwa auf einem Schachbrett. Und nun stieg plötzlich etwas ganz Böses, Wildes in mir auf: ich richtete mich geradewegs gegen ihre Frömmigkeit, die mich, wie ich glaubte, so schmählich irregeführt hatte. »Tante Edelgart«, sagte ich ganz unvermittelt, »du wirst mich nie zu deinem Glauben bekehren, ja, ich hasse, ich verabscheue deinen Glauben! Und wenn du noch soviel für mich betest, so will ich doch immer nur glauben, was Großmama und Enzio glauben! Und daran sind nicht jene beiden schuld, sondern du ganz allein! Du bist schuld, wenn ich keine Christin werde, und niemand sonst!«

Alles Voraufgehende hatte ich im Bewußtsein meines guten Rechtes und hilflosen Verratenseins stürmisch und wogend mit dem Gefühl unbeschreiblicher Erleichterung und Befreiung hervorgestürzt; mir war gewesen, als könne ich mich gar nicht rückhaltlos und endgültig genug von meiner Tante lossagen. Bei den letzten Worten aber hielt ich erschrocken inne. Kaum daß ich sie hervorgestoßen hatte, so wußte ich auch schon, daß sie unwahr, ja, daß sie geradezu irrsinnig waren; denn ich hatte doch im Gegenteil durch meine Tante Edel gelernt, die Welt der christlichen Frömmigkeit anziehend, nein wunderbar, geheimnisvoll, unvergleichlich zu finden. Und trotzdem war es nun, als träten wir durch diese Unwahrheit in eine unerbittliche Wahrhaftigkeit ein wie in eine andere Welt.

Ich fühlte jetzt in meinem Innern einen sonderbar hellen und scharfen Schmerz. Ich fühlte ihn an einer Stelle, wo mir sonst nie etwas weh tat. Es war ein ganz fremder Schmerz. Er war mir so unbekannt, als ob er gar nicht mein eigener Schmerz sei oder als stieße jemand in mir noch ein anderes Herz auf. Aber auch mit meiner Tante Edel war etwas vorgegangen. Zwar hatte sie mir noch immer nicht geantwortet, aber sie hatte ihre großen wassergrauen Augen ein wenig weiter aufgeschlagen als sonst, so als flüchte ihre Verschlossenheit in höchster Not aufs offene Meer. Es war etwas wie ein unfaßliches Geständnis in diesem großen grauen Blick, ein unbegreifliches Ja zu meiner sinnlosen Beschuldigung, fast eine Auslieferung an sie und gleichzeitig ein Schmerz ohne jede Hülle und Hoffnung, ohne Zuflucht und Zukunft, ein Schmerz, der in seiner Unbedingtheit etwas Erschrekkendes, ja fast etwas Gottwidriges hatte, so als wolle er trotz aller seiner Qual doch nichts anderes sein als er selbst. Dieser Schmerz aber – der Schmerz meiner Tante Edelgart –, er war, nur bei ihr in unendliche Steigerung und qualvollste Bewußtheit erhoben, mein eigener Schmerz, den ich soeben zum erstenmal gefühlt hatte.

Ich fand mich ganz betäubt von dieser Erkenntnis. Was war geschehen? Ich hatte mit meinen zornigen Kinderhänden eine Kluft aufgewühlt – es war gleichsam Erde geflogen –, und nun lag da plötzlich in der Tiefe, wo ich einen Abgrund glaubte, vielmehr eine unterirdische Brücke bloß, ein geheimnisvolles Zusammen und Füreinander, ja Ineinander, undeutlich wie ein längst Vergangenes und doch alles Gegenwärtige und Zukünftige überspannend, ja geradezu, als müsse ich nun mit meiner Tante Edelgart in alle Ewigkeit hinein an diesem einen, übergroßen, unendlichen Schmerz tragen, dem nichts auf Erden gleichen und der vor nichts weichen konnte.

Das alles dauerte wohl nur ganz kurz und war etwas sehr Dunkles und Merkwürdiges. Nach wenigen Augenblicken schien es, als ob es überhaupt nicht gewesen wäre: meine Tante Edelgart sagte wie meilenweit fern von dem, was wir eben erlebt hatten, ich möge mich doch wegen Enzios ausbleibenden Besuchen nicht mit ihr, sondern mit meiner Großmutter auseinandersetzen, die alles, was mich so errege, ausdrücklich angeordnet habe. Dann brachte sie mir ein Glas Wasser, welches ich beschämt und verwirrt herunterstürzte.

Am nächsten Tag teilte mir dann meine Großmutter, die über Enzios strikten Ungehorsam sehr ungehalten war, selbst mit, daß sie es gewesen sei, welche die Besuche meines jungen Freundes verboten habe. Ich vermochte also nicht daran zu zweifeln, meiner Tante Edel noch aus einem anderen Grund als aus dem, welchen ich bereits kannte, sehr unrecht getan zu haben. Es wäre nun eigentlich doppelt notwendig gewesen, die unterbliebene Bitte um Verzeihung noch nachzuholen; ich konnte mich aber nicht dazu entschließen, denn so unglaublich mir auch hinterher alles erschien, was ich mit meiner Tante Edelgart zuletzt erlebt hatte, so blieb doch immerfort eine große Scheu vor ihr in meinem Innern. Ich hatte ihr gegenüber beständig ein Gefühl wie dieses: Du mußt dich vor ihr in acht nehmen, denn sonst wirst du ihr unversehens doch noch einmal zufallen! Dieses Gefühl glaubte ich mir dann freilich selbst nicht, ich handelte indessen danach; das mag sehr widerspruchsvoll klingen, es war aber auch widerspruchsvoll und gerade so, wie ich sage. Erleichtert wurde mir diese Zurückhaltung übrigens durch meine Tante Edel selbst, denn wenn mich nicht alles täuschte, so hatte sie dieselbe Scheu vor mir, wie ich sie vor ihr hatte. Sie hielt sich jetzt immer ein wenig von mir entfernt, ähnlich wie damals, als ich zu Jeanette gesagt hatte, sie sehe wie ein verstoßener Engel aus, nur vielleicht noch etwas mehr als damals. Namentlich vermied sie jedes Alleinsein mit mir; ich hatte wirklich den Eindruck, als ob sie sich geradezu fürchte, ich könne noch einmal auf unsere Szene zurückkommen und sie etwa um Verzeihung bitten. Wir kamen nun eigentlich ganz auseinander. Sie hatte auch gleich am ersten Abend nach jenem Auftritt die Tür zwischen ihrem und meinem Schlafzimmer wieder zugemacht, was allerdings schon lange sehr gut hätte geschehen können, denn ich war nun fast wieder gesund. Meine Tante Edel hatte es aber bisher nie tun wollen, sondern sie war in keinem Stück davon abzubringen gewesen, alles ganz so beizubehalten, als ob ich noch immer krank sei, und das, wiewohl sie selbst, seit es mir besser ging, wieder viel blasser und angegriffener erschien. Es war wirklich fast, als ob es ihr Not gemacht habe, daß ich bald gesund wurde.

Übrigens hörte ich trotz der geschlossenen Tür in der ersten Nacht ganz deutlich, was meine Tante Edelgart mit Jeanette verhandelte, denn sie war bei dieser Unterredung sehr aufgeregt. Beide hatten offenbar das Vorgefallene besprochen. Jeanette suchte ihre Freundin zu trösten. »Liebe, Gute«, sagte sie zu ihr, »wie kannst du nur einem so sinnlosen Vorwurf Glauben schenken?«

»Aber ich glaube doch gar nicht daran«, erwiderte meine Tante Edel ablehnend.

Daran aber schien nun wieder Jeanette nicht zu glauben. Sie lobte zwar meine Tante Edel zuerst wegen ihrer tapferen Antwort, dann aber drang sie liebevoll in sie, ihr doch zu sagen, was sie bekümmere. Schließlich gestand ihr meine Tante, sie habe bei meinen Vorwürfen daran gedacht, wie mein Vater gegen ihre persönliche Frömmigkeit einen so großen Haß getragen und wie dadurch wohl sein ganzes ferneres Verhalten auch hinsichtlich meiner Erziehung bestimmt worden sei.

Jeanette fragte sie dann sehr liebreich, ob sie sich etwa vorstellen könne, daß Gott meine unschuldige Seele verlassen werde, weil ihre eigene ihm treu gewesen sei?

Hierauf gab meine Tante Edelgart keine direkte Antwort, aber sie schien jetzt immer unruhiger zu werden. Ich hatte sie noch nie so erregt sprechen hören. Sie sagte mit fliegender Stimme, ich sei eben für sie immer eine Gabe des Zornes und des Hasses gewesen; auch meine Mutter habe mich ihr nicht etwa aus Liebe übergeben, sondern nur, um meinen Vater damit um so empfindlicher zu treffen. Aus solch bösen Wurzeln einer Beziehung könne natürlicherweise nie etwas Gutes sprießen.

»Natürlicherweise nein«, erwiderte Jeanette, »aber die Herrlichkeit des Glaubens ist doch eben die, daß Gott jeden Augenblick hervorbrechen und geschehen lassen kann, was für unsere Augen ganz anders vorbereitet erschien.« Jeanette setzte dann noch hinzu, ihrer eigenen Meinung nach sei ich wohl selbst gar nicht von meinen bösen Worten überzeugt gewesen, denn ich besäße, wenn man meine völlige Unbelehrtheit in den Dingen der Frömmigkeit erwäge, einen ungewöhnlich feinen und empfänglichen Sinn für die Geheimnisse des Glaubens. Sie habe dies schon oft geradezu mit Staunen bemerkt und sei fest überzeugt, es fänden sich in meiner Natur keine Widerstände, die man fürchten müsse.

»So meinst du also auch, daß alles nur an mir liegt!« rief meine Tante Edel ganz unvermittelt. Es klang, als ob in ihrem stillen Zimmer ein geschreckter Vogel aufschwirre.

»Aber Kind, ich meine doch genau das Gegenteil«, erwiderte Jeanette. »Ich meine, daß du sehr wohl Veronikas Engel sein kannst und es wahrscheinlch schon gewesen bist, auch wenn du ihr – menschlich gesprochen – von einem bösen Willen zugesellt wurdest. Auch darfst du nicht glauben, die Werkzeuge Gottes müßten sich bei denen, welchen sie helfen sollen, immer einer besonderen Liebe erfreuen. Das ist gar nicht so unbedingt der Fall, wenigstens im Anfang nicht. Sondern Gott geht zwar nicht gegen die Natur, aber er geht oft sehr weit über die Natur hinaus, und wo seine Gnade ist, da ist auch immer sein großes Wunder.« Jeanette sagte das alles sehr schön und innig – es war wieder einmal die Stunde, die meine Großmutter immer damit bezeichnete, daß der Geist über Jeanette käme. Über meine Tante Edel aber kam er entschieden nicht, denn sie unterbrach ihre Freundin jetzt geradezu böse.

»Ja, ja«, sagte sie, Jeanettes Ton feindlich nachahmend, »du siehst immer und überall Wunder, weil du eben die Wirklichkeit der menschlichen Art nicht erkennst!« Dann fing sie an, wie sie schon früher einmal getan hatte, über meine bloße Eindrucksfähigkeit zu sprechen, durch welche Jeanette sich täuschen lasse. Jeanette sagte, gerade von dieser habe sie gedacht, daß Gott sie erleuchten werde, denn seine Liebe scheue sich vor keinem Tor, welches unsere Seele ihm darbiete. Sie stritten dann noch eine Weile hin und her; ich merkte, daß meine Tante sich schließlich wohl trösten lassen wollte, daß sie aber im Grunde ohne Trost war. Es wundert mich dies heute nicht, denn die dunklen Gewalten der menschlichen Herzen beugten sich zwar vor Jeanette, aber doch nur in ihrer eigenen Seele, der es vorbehalten blieb, ihnen ihren Stachel durch Liebe und Erbarmen zu entwinden. In den Menschen selbst aber beugten sie sich ihr für gewöhnlich nicht. Sie hat mir später oftmals gesagt, daß sie über meine Tante Edelgart immer ebensowenig vermocht habe wie über ihren eigenen Gatten. –

Wenige Tage nach dieser Unterredung durfte ich wieder aufstehen, und wir kehrten alle zur gewohnten Ordnung der Dinge zurück. Ich feierte das ersehnte Wiedersehen mit Enzio, und meine Tante Edel gab sich aufs neue und in gesteigerter Form ihren frommen Übungen hin. Ich nahm mir damals vor, diese gar nicht weiter zu beachten, aber diese gewannen nun sehr bald Formen, die sich nicht übersehen ließen. Meine Tante Edel begann zum Beispiel das Fastengebot in voller Strenge zu halten, was sie bisher nie getan hatte. Einmal behauptete Enzio, er habe sie am Lateran auf der Scala Santa knien sehen, und wirklich kam sie auch an diesem Tage sehr spät und erschöpft nach Hause; wir wagten aber nicht, sie zu fragen, wo sie gewesen sei, denn sie brachte jetzt von ihren Andachten und Kirchgängen gar keine Freudigkeit mehr mit, wie dies früher doch wenigstens zuweilen der Fall gewesen war, sondern es schien vielmehr, als ob sie gerade von ihnen eine sich beständig steigernde Unruhe empfinge, geheimnisvoll eingeschwiegen in die feine, dichte Form ihrer leisen Person. Trotzdem wiederholte sie alle diese Übungen beständig, ja, sie fügte deren immer neue hinzu. Dann wieder stürzte sie sich ganz in den Haushalt und suchte sichtlich durch verdoppelten Fleiß alles gutzumachen, was sie etwa durch ihre Abwesenheit dort versäumt haben konnte. Aber was sie auch angriff, es war jetzt immer, als täte es ihr heimlich weh. Man hätte sich vorstellen können, sie sei in einen unsichtbaren Wald von Dornen geraten, an denen sie sich bei jeder Berührung verletzte und an denen man sich auch verletzen müßte, wenn man ihr nahe käme.

Meine Großmutter begann damals ihre Taktik in bezug auf ihre Tochter zu ändern. Ich wußte nicht, daß ich auch hieran wiederum großen Anteil besaß, denn es war mir unbekannt, welche Hoffnungen sie auf mein Zusammensein mit meiner Tante Edelgart gesetzt hatte. Auch blieben die Enttäuschungen meiner Großmutter stets Geheimnisse, und ihre Rückzüge waren nicht nur gleich denen der großen Strategen meisterhaft verschleiert, sondern sie hatten oft etwas geradezu Pompöses, so als ginge jemand mit verschwenderisch wogender Schleppe von einem Zimmer ins andere. Ich kann mich nicht entsinnen, daß meine Großmutter nach jenem Fehlschlag an meinem Krankenbett fortgefahren hätte, zwischen ihrer Tochter und mir etwas bessern zu wollen, aber sie versuchte jetzt geradezu, Jeanette zu bestimmen, darauf hinzuwirken, daß meine Tante Edel sich endlich zur Konversion entschlösse, um darin einen Trost über den Verlust meines Herzens zu suchen.

Ich weiß nicht, ob ich schon erwähnt habe, daß mein Zimmerchen, welches auf der einen Seite an das Schlafgemach meiner Tante Edel grenzte, auf der anderen an das meiner Großmutter stieß, denn wir schliefen alle drei nach dem Hof hinaus. Ich konnte also von beiden Seiten her hören, was dort abends noch vorging. Zwar gab es sonst bei meiner Großmutter keine flüsternden Gespräche wie im Zimmer meiner Tante Edel, Jeanette kam wohl auch dort noch einmal herein und brachte einen Tee ans Bett; gesprochen wurde aber dabei immer nur ganz wenig, und sobald Jeanette wieder hinausgeschlüpft war, schaltete meine Großmutter das Licht aus. Ich vernahm dann immer sehr bald ihre tiefen, regelmäßigen Atemzüge. In letzter Zeit aber hielt sie Jeanette oft noch lange fest. Dabei kam es zwischen den beiden häufig zu kleinen Gefechten; denn Jeanette widerstand der ihr zugedachten Mission ebenso entschieden, wie sie früher, als meine Großmutter noch anderer Meinung gewesen war, die Konversion meiner Tante Edel zu fördern gesucht hatte. Darauf konnte ich mich nun freilich nicht mehr besinnen; die beiden aber besannen sich noch sehr deutlich darauf. Ihre Zuneigung zueinander und ihre gemeinsame Liebe zur Heiterkeit gab sich oft mitten in ihren schweren Auseinandersetzungen durch kleine Scherze kund, wie wunderlich sie doch die Rollen vertauscht hätten, und zuweilen schwang sich das Temperament meiner Großmutter unversehens zu einem Lachen über sich selbst auf, wenn Jeanette ihr sagte, sie sei ein sehr beredter Anwalt der Kirche geworden, oder wenn sie selbst Jeanette vorhielt, daß diese ihre Pflichten als Katholikin vernachlässige: das tat nämlich meine Großmutter allen Ernstes. »Ich habe den Bekehrungseifer Ihrer Kirche stets geachtet«, sagte sie, »denn wenn ich überzeugt bin, das Heil zu besitzen, so habe ich auch die Aufgabe, es anderen mitzuteilen. Bekenntnisse, die sich etwas darauf zugute tun, jeden nach seiner Fasson selig werden zu lassen, sind eben in ihrer Überzeugungskraft gebrochen. Und außerdem müssen Sie doch selbst sehen, daß meine Tochter nur noch zu retten ist, wenn endlich eine unwiderrufliche Entscheidung und Konsequenz in ihr Leben kommt. Andernfalls geht sie an sich selbst und an den Enttäuschungen ihres Lebens zugrunde; und dies gefällt mir, offen gestanden, noch am besten an ihr, so schmerzlich es mir auch als Mutter ist.«

Jeanette widersprach nicht, aber sie weigerte sich trotzdem, auf meine Tante Edel einzuwirken. Sie sagte, sie habe früher oft mit ihr über eine Konversion gesprochen, es aber dann gänzlich aufgegeben. Auch die Geistlichen, welche sie nach ihrer Ansicht gefragt, hätten ihr geraten zu warten; denn man könne eben nicht, um den Ausdruck meiner Großmutter zu gebrauchen, aus bloßer Konsequenz katholisch werden, sondern dieser Schritt bedeute seinem innersten Wesen nach eine ganz große, neue Hingabe an die Liebe des Heilandes; nur in dieser leuchte der Seele die letzte Gewißheit über die Kirche auf. Man könne zwar über sie durch Belehrung und Aussprache im Anfang manches klären, dann aber komme immer der Augenblick, wo nur einzig diese Liebe entscheide. Um sie aber vermöge man, nachdem man alles andere getan habe, nur zu beten, und das tue sie. Auch zweifle sie nicht daran, daß meine Tante Edel nach dem Stand ihrer Erkenntnis vollkommen treu sei und daß Gott ihren großen Eifer zu seiner Zeit noch vollkommener erleuchten werde. Bei dieser Überzeugung blieb Jeanette unerschütterlich stehen, ja, ihr sanfter und sonst so biegsamer Wille wurde schließlich geradezu starr. Meine Großmutter sagte ihr denn auch rundheraus, sie sei eigensinnig. Jeanette gab dies zu, lachte und erwiderte, sie wolle eben auch einmal wie alle anderen ihren Kopf durchsetzen.

So und ähnlich sprachen die beiden häufig miteinander. Jeanette hat mir späterhin einige Vorhaltungen gemacht, weil ich, wie sie sagte, diese Unterhaltungen immer so mäuschenstill belauscht hätte. Sie meinte, es sei doch in solchen Fällen schicklich, daß man sein Wachsein durch Räuspern oder Klopfen bemerkbar mache. In Wirklichkeit hatte ich diese Gespräche aber gar nicht belauscht, sondern ich hatte sie nur nicht überhören können, was mir selbst sehr unangenehm gewesen war, denn sie flößten mir schon durch ihren Gegenstand ein großes Unbehagen ein. Ich wollte sie viel lieber nicht hören, und zwar weniger deshalb, weil meine Gedanken mit Enzio beschäftigt waren, sondern auch noch aus einem anderen Grunde. Zwar hatte ich jetzt immer sehr viel über Enzio nachzudenken. Zwischen ihm und mir war in der Zeit meiner Krankheit eine Veränderung eingetreten. Ich hatte das gleich bei unserer ersten Begrüßung gemerkt, die von seiner Seite nicht ganz so unbefangen herzlich ausgefallen war, wie ich erwartet hatte. Enzio wußte das auch selbst, denn er entschuldigte sich hernach damit, ich sei ihm so groß und erwachsen vorgekommen, daß er mich gar nicht mehr erkannt habe. Ich glaubte ihm das aber nicht als Grund, obwohl seine Behauptung an sich richtig war; denn ich stand damals in einem Alter, in dem man sozusagen nur ganz wenige Tage zu überschlafen braucht, um beim Aufstehen nicht mehr recht in seine Kinderschuhe zu passen. Auch war ich im Verhältnis zu dem, was ich durchgemacht hatte, ganz ungewöhnlich schmal und blaß geworden, wodurch ich größer und älter erscheinen mochte. Selbst meine Großmutter, die mir den Grund meiner Krankheit noch immer nicht ganz verziehen hatte, fühlte sich gerührt, als ich zum erstenmal wieder in meinem weit und lose gewordenen Kleidchen vor ihr stand. Sie flüsterte mir freundlich ins Ohr, ich könne wirklich ganz beruhigt sein: kein Mensch werde mir mehr den Grund meiner Krankheit ansehen. Ich nahm das als eine Art von Wiederherstellung meiner Ehre auf; im übrigen aber machte mir mein verändertes Äußeres einigen Kummer, denn Enzio schien sich gar nicht daran gewöhnen zu können.

Überhaupt kam es mir zuerst immer so vor, als seien wir uns in der Zeit meiner Krankheit ein wenig entfremdet worden; dann freilich merkte ich, daß es vielmehr umgekehrt war und daß ich ihn irgendwie näher anging als früher. Aber gerade dies schien ihn zu stören. Es war jetzt oftmals, als ob er von unserem Beisammensein viel weniger befriedigt wäre als ehedem; und besonders, wenn wir miteinander allein waren, kam er mir eigentlich immer fast enttäuscht vor, so als warte er auf etwas, was ich sagen oder tun sollte, und ich wußte doch nicht, was er meinte. Trotzdem strebte er hernach immer wieder danach, daß wir miteinander allein blieben, und war gar nicht damit zufrieden, wenn meine Großmutter im Hinblick auf meine Gesundung zunächst noch nichts von der

Wiederaufnahme unserer gemeinsamen Streifzüge wissen wollte, sondern behauptete ungeduldig, ich würde mich gerade im Freien am besten erholen. Ich war über sein Drängen etwas verwundert, denn ich hatte mir ohne weiteres vorgestellt, Enzio werde nach dem Auftritt, den er doch meinethalben mit meiner Großmutter gehabt hatte, an diesem Punkte etwas kleiner sein. Er schien dies aber keineswegs, denn jener Anprall war ganz anders ausgefallen, als ich glaubte. Enzio muß meiner Großmutter damals, als sie ihn zu schelten versuchte, zum erstenmal die Grenzen seiner Verehrungsfähigkeit gezeigt haben, die ihr starkes und ihm gegenüber doch so weiches Herz später noch viel schmerzlicher kennenlernen sollte.

Vorerst freilich wußte ich das nicht und machte mir nur um meine eigene Freundschaft zu Enzio Gedanken. Ich konnte mir die Veränderung seines Benehmens gar nicht erklären; denn bei aller scheinbaren Entfremdung gewann ich ihn doch immer lieber, und es war mir auch, als ob er mich eigentlich immer lieber hätte. Manchmal dachte ich, er sei vielleicht während meiner Krankheit wieder von der alten schweren Rombedrängnis überfallen worden oder es hätten ihn, wie ich das nannte, seine Gedichte irgendwo »eingeholt«. Er sah jetzt oft so merkwürdig nachdenklich aus. Dann wieder beunruhigte mich die Vorstellung, ich könnte ihn doch damals nach jenem Wettkampf durch meinen Zornausbruch gekränkt haben, und einmal fragte ich ihn auch danach. Aber nun sah er mich ganz verdutzt an und erwiderte fast unfreundlich: »Manchmal bist du doch ein ganz blindes und dummes Spiegelchen.«

Das traf mich nun viel tiefer, als Enzio wahrscheinlich beabsichtigt hatte. Ich wußte nämlich selbst, daß mit meinem Spiegelchen damals nicht alles in Ordnung war. Ja, es hatte wirklich in dieser Hinsicht den Anschein, als ob jene kleine, lächerliche Krankheit so etwas wie den Anspruch erheben wolle, einen Abschnitt in meinem Leben zu bedeuten, wie ich denn auch später im Rückblick tatsächlich sehr wichtige Dinge immer bis dort und von dort an gesehen habe. Denn das wirkliche Leben baut ja unseren tiefen und eigentlichen Wandlungen äußerlich keine großartigen und feierlichen Pforten, sondern es nimmt dazu bescheiden und gütig unsere kleinen Freuden, Leiden und Schwächen an.

Mit meinem Spiegelchen also hatte es damals folgendes auf sich. Es war, als sei es in aller Stille und ohne daß ich dessen recht gewahr geworden, in zwei Teile zerbrochen und jeder von ihnen gebe nun die Dinge nicht mehr rund und klar wie ehedem, sondern, einer anders als der andere, ganz wunderlich gegensätzlich wieder.

Das galt vor allem gegenüber meiner Tante Edelgart. Ich hatte jetzt so gut wie gar nichts mit ihr zu tun; wir wichen einander noch immer aus, wo wir nur konnten, und meine Tante wich mir sogar aus, wo sie eigentlich nicht konnte. Es mehrten sich nänmlich damals die Anzeichen dafür, daß die Expedition, welcher sich mein Vater angeschlossen hatte, wirklich verunglückt sei, und meine Großmutter drang in ihre Tochter, sich zu meiner Vormünderin erklären zu lassen, wie dies zwar nicht mein Vater, aber meine verstorbene Mutter früher einmal für den Fall, daß ich Waise werden würde, gewünscht hatte. Meine Tante Edel wollte aber diesen Antrag durchaus nicht stellen lassen, obwohl es wegen der Verwaltung meines mütterlichen Vermögens dringend nötig gewesen wäre. Sie, welche früher im Hinblick auf das Leben meines Vaters viel schwärzer gesehen hatte als meine durch bloße Gerüchte niemals beunruhigte Großmutter, gab jetzt vor, nicht an jene traurigen Nachrichten glauben zu können, und wich jedem Gespräch darüber scheu aus. Wäre sie dabei nur etwas froher gewesen, so hätte ich wirklich gemeint, ihre Zuversicht sei die Frucht ihrer vielen Gebete für meinen Vater; so aber konnte ich mir nur vorstellen, daß sie eben nicht meine Vormünderin sein wollte. Mir war das ganz recht, denn ich mochte ja auch mit ihr nichts zu tun haben.

Dennoch begaben sich zwischen uns jetzt manchmal sehr merkwürdige Dinge. Ich konnte nämlich jenen sonderbaren fremden Schmerz, der mich damals ihr gegenüber befallen hatte, durchaus nicht vergessen. Zwar machte er mir für gewöhnlich nicht viel zu schaffen; ich dachte bei Tag nur selten daran, bei Nacht aber gewann er oft eine beunruhigend große Macht über mich; und dies war auch der Grund, weshalb ich die Gespräche, welche meine Großmutter und Jeanette abends miteinander führten, viel lieber nicht gehört hätte. Ich schlief seit einiger Zeit nicht mehr so ruhig und strikt vom Abend bis zum Morgen durch wie früher, sondern wachte zuweilen ganz plötzlich auf, und es war dann immer die Vorstellung in mir, meine Tante Edelgart habe mich geweckt; aber nicht etwa durch ihre Gespräche mit Jeanette – es war dafür schon viel zu tief in der Nacht–, auch nicht durch irgendein Geräusch, sondern es war vielmehr, als weckte sie mich durch ihre Gedanken, durch ihre schweigende Nähe, durch die lautlose Ruhe ihres Zimmers – vielleicht durch ihre Gebete. Ich hatte dann auch immer – noch halb vom Schlaf umfangen – die Einbildung, als sei die Wand neben meinem Bett ganz dünn geworden und könne jeden Augenblick umfallen: Meine Tante Edelgart könne durch sie hindurch sich meiner bemächtigen, meine Großmutter und Enzio verdrängen und mich überhaupt vollkommen verwandeln. All diese Vorstellungen hinterließen später in mir den Eindruck, als seien sie die letzten versiegenden Ausläufe eines Traumes gewesen, schon halb gemischt mit erwachtem Bewußtsein und gleichzeitig dieser Vermischung wie etwas Feindlichem ängstlich widerstrebend. Von diesen Träumen selbst habe ich die Erinnerung behalten, daß sie keineswegs beängstigend waren, sondern die Beängstigung fing immer erst an, wenn ich wach war. Ich kann aber diese Träume durchaus nicht erzählen, denn sie verfärbten sich immer so überaus schnell, daß es unmöglich war, sie auch nur im geringsten festzuhalten. Nur einen einzigen von ihnen habe ich niemals vergessen können, weil mit ihm eine ganz eigentümliche Bewußtheit meiner selbst verbunden war.

Mir träumte nämlich, daß in der Wand – derselben, die mir immer so dünn vorkam – ein Gesicht erschiene. Es lag zunächst nur wie ein matter scheinhafter Umriß über meinem Bett, dann aber drang es schnell und schneller hervor. Ich glaubte zunächst, es sei das Gesicht meiner Tante Edelgart, bald aber sah ich, daß es eines Engels Gesicht war. Und nun erkannte ich ihn auch voll Staunen: es war einer der großen Jubelengel des Melozzo da Forli aus der Sakristei des Sankt-Peter-Domes, und zwar jener wunderbarste und überschwenglichste von allen: der mit dem Tamburin und den brausenden Gewändern, auf dessen brennendem, wie im Entzücken der Liebe zurückgeworfenem Antlitz der Widerschein der Herrlichkeit Gottes selbst zu liegen scheint.

Ich hatte bisher nie gewußt, daß dieser feurige, jauchzende Engel meiner blassen, traurigen Tante Edelgart gleichen könne; und doch war es nun der Fall. Woran das lag, kann ich nicht sagen; aber ich fühlte eine wunderbare, tiefe und leuchtende Liebe zu meiner Tante Edel, wie ich sie nie zuvor zu einem Menschen gefühlt hatte. Dieses alles ging im Schlaf vor sich. Dann aber wachte ich auf. Über meinem Bett stand weiß und antlitzlos das helle Mondlicht; im Zimmer war nichts wie die sanfte Kühle der römischen Nacht und über ihre Stille hingegossen der rauschende Tropfenschwall des Brunnens drunten im Hof.

Ich hatte jetzt nicht die Vorstellung, meine Tante Edelgart habe mich geweckt, sondern das Erwachen hatte mich vielmehr von ihr gerissen. In meinem Innern war noch deutlich ihr Bild erkennbar und zugleich ein tiefes, sehnsüchtiges Verlangen nach ihm. Auch die Liebe zu meiner Tante Edel war noch einen Augenblick lang da; aber ich fühlte sie bereits wie etwas Fremdes, so als sei sie die lichtere Schwester jenes sonderbaren Schmerzes, den ich damals angesichts der offenen Augen meiner Tante Edelgart gefühlt hatte, und als habe mir wiederum jemand gewaltsam ein fremdes Herz in der Brust gegen sie geöffnet. Trotzdem wußte ich aber noch, daß diese Liebe selbst nichts Gewaltsames, sondern im Gegenteil etwas Sanftes und Beglückendes gewesen war. Nun freilich wich sie immer mehr vor dem Erschrecken zurück, welches ich wachend bei der Möglichkeit fühlte, meine Tante Edel könne sich meines Herzens bemächtigen, welches doch mit seiner ganzen Kraft an meiner Großmutter und Enzio hing. Kaum aber hatte ich an diese beiden gedacht, als ich mich auch schon wieder beruhigt fühlte. Ich sagte mir, daß meine Tante Edelgart ja gar nichts mit diesem schönen, jauchzenden Engel des Melozzo da Forli zu tun habe, sondern viel eher mit meiner Großmutter, die ihn doch so liebte: mir fiel die Kopie ein, die drüben in ihrem prächtigen Zimmer hing, und ich glaubte nun immer mehr zu begreifen, daß auch die Liebe, welche ich gefühlt hatte, gar nicht meiner Tante Edel gegolten haben könne. Dieser Gedanken tröstete mich nach und nach so weit, daß ich wieder einschlief. Ich behielt aber von diesem Traum her immer die beunruhigende Vorstellung, daß andere Träume, die ich nur nicht festzuhalten vermochte, ihm ähnlich seien und daß in meinem Innern, dort, wo ich gemeint hatte, daß ich selbst sei, noch ein unbekanntes anderes wohne, was mich jeden Augenblick überwältigen und zu fremdem Schmerz und fremder Liebe hinreißen könne. Es war dies ein ähnliches Gefühl des Unsicher- und Fraghaftwerdens meiner selbst wie damals auf dem Palatin, als sich meine Großmutter so über mich erschrocken hatte; und doch war es auch wiederum völlig anders. Hatte ich damals gemeint, unversehens ganz von mir fortzugleiten, so war es jetzt vielmehr, als ob ich plötzlich zu einem anderen, geheimnisvollen Selbst gelangen könne, was wohl mein eigenes, aber mir gleichzeitig so fremd und unbekannt war, als wäre es gar nicht meines. Diese Träume hörten dann ganz plötzlich wieder auf, und zwar wie ich glaube damals, als Jeanette ihre Meinung über meine Tante Edel änderte und diese dann aufhörte, für mich zu beten.

Mit Jeanettes Kenntnis anderer Menschen nämlich war es eine merkwürdige Sache. Sogar nach Ansicht meiner Großmutter besaß die Urteilskraft unserer Freundin an diesem Punkt eine empfindliche Schranke in der allzu unerschütterlich guten Meinung, die sie jedermann entgegenbrachte. Dennoch konnte sie zuweilen einen erstaunlichen Scharfsinn zeigen – es ging in solchen Augenblikken eine ebenso auffällige Veränderung mit ihrer Menschenkenntnis vor wie zuweilen mit ihren Worten. Jeanette wuchs dann plötzlich ganz aus sich heraus und hatte nicht nur in die guten Eigenschaften eines Menschen, sondern auch in seine Fehler und Gefahren einen ganz tiefen und klaren Einblick.

Ich selbst besinne mich noch ziemlich deutlich auf unseren Besuch in San Clemente, wo Jeanettes Urteil eine jener Wandlungen erfuhr. Meine Großmutter nämlich, in ihrer mütterlichen Liebe, begnügte sich damals nicht damit, nachsichtig und duldsam gegen ihre Tochter zu sein, sondern sie suchte auch nach Möglichkeit, sie ihrer Einsamkeit und Abseitigkeit zu entreißen, indem sie ihr vorschlug, uns zu begleiten, wenn wir etwa eine Katakombe oder Kirche ansahen oder sonst etwas, wovon sie glaubte, es könne das Interesse meiner Tante Edelgart erwecken.

Man kennt jene vielleicht merkwürdigste aller Kirchen Roms, die gleichsam wie mit großen unterirdischen Raumwurzeln bis tief in die toten Jahrtausende christlicher und heidnischer Geschichte hinabreicht, welche im Schoße der Ewigen Stadt schlafen: oben im Licht des Tages eine uralte Basilika mit Chorschranken und Ambonen, unter ihr die riesenhafte leere Gruft einer zweiten; noch tiefer, eingeschlossen in die Tuffsteinquader republikanischer und kaiserlicher Zeit, die Versteinerung einer Mithrasgrotte, an deren Eingang man die finsteren Gewässer des Erdinnern rauschen hört.

Ich weiß noch, wie wir in der Sakristei, von der aus man in die Unterwelt hinabsteigt, auf Enzio und meine Tante Edelgart warteten, die sich noch nicht von der oberen Kirche trennen konnten, Enzio, weil er sich wieder einmal in den Goldnetzen der Mosaiken gefangen hatte, meine Tante Edel, weil sie die Anwesenheit in einer Kirche zu einer Andacht benutzte, deren Länge meine Großmutter mit Ungeduld erfüllte.

Mir selbst wurde damals nicht gestattet, mit in die kalte Unterkirche hinabzusteigen, weil ich noch immer nicht ganz auf dem Posten war. Ich blieb also in der sonnigen Sakristei zurück, während die andern über eine breite, verdunkelte Marmortreppe abwärts stiegen.

Was nun eigentlich dort unten mit meiner Tante Edelgart geschehen ist, weiß ich nicht. Es scheint, daß diese ungeheure, schwarze Tiefe unmittelbar unter dem Altar, vor dem sie selbst noch eben gebetet hatte, ihr irgendwie zur Anschauung einer unaussprechlich beängstigenden Möglichkeit geworden ist. Der Eindruck dieser gänzlichen Verödung eines Heiligtums, seine Unterwölbung mit der finsteren Mithrasgrotte, das Herauflecken der blinden Erdgewässer – das alles muß sich ihr ganz plötzlich als Symbol einer unerhörten Gefahr zusammengefaßt haben, die sie so fassungslos machte, daß sich Jeanette entschloß, mit ihr heraufzusteigen.

Ich glaubte zuerst, als ich die beiden allein zurückkommen sah, meine Tante Edel habe gefroren, denn sie sah so blaß aus, als stiege sie aus einem Grabe empor. Dann aber bemerkte ich voll Staunen, daß etwas außerordentlich Verstörtes und Ungefaßtes in ihr war. Jeanette winkte mir auch gleich zu, sie nicht anzublicken, ich sah aber doch noch, daß sie heftig zitterte. Jeanette sprach indessen freundlich auf sie ein: Sie sagte ihr, sie möge sich doch vorstellen, daß jener große, dunkle Raum, der sie so erschreckt habe, immer noch ein Gott geheiligter Raum sei, an dem die unauslöschbaren Gebete derer hingen, welche nun längst in der Ewigkeit wohnten.

Meine Tante Edel erholte sich dann ziemlich schnell und wollte nun offenbar allein sein. Sie sagte, daß sie ein wenig an die Luft gehen werde, es brauche sie dabei niemand zu begleiten.

Inzwischen kamen meine Großmutter und Enzio mit dem Pater, der sie geführt hatte, zurück. Meine Großmutter ließ sich nicht merken, daß sie in Unruhe war, sondern fragte nur leichthin, ob es meiner Tante Edel besser gehe. Dies war aber nur eine Rücksichtnahme auf die Gegenwart ihres jungen Freundes, vor dem sie ihre Tochter nicht bloßstellen wollte.

Zu Hause angekommen, als Enzio in sein Zimmer gegangen war, blieb sie plötzlich mitten im Gang vor Jeanette stehen und fragte sie, was sie eigentlich von dem Vorfall in San Clemente hielte? Dabei zuckte ihr kleiner, kraftvoller Mund so energisch, als müsse sie ihm große Gewalt antun, diese Frage ruhig auszusprechen.

Jeanette machte keine weiteren Angaben, sondern sagte nur ganz schlicht, meine Tante Edel habe sich eben in der schaurigen Unterkirche erschrocken. Dabei schien sie selbst keineswegs beunruhigt wie meine Großmutter, nur wich sie damals ganz plötzlich von ihrem Grundsatz ab, ihre Freundin nicht im geringsten beeinflussen zu wollen. Ich hörte, wie sie an demselben Abend zu ihr sagte, man müsse sich eben doch zuweilen prüfen, ob nicht etwas zwischen Gott und der Seele stehe, das vom Menschen aus hinwegzuräumen sei. Darauf begann meine Tante Edelgart unvermittelt zu weinen. Ich war sehr bestürzt darüber, denn sie weinte sonst nie in Gegenwart anderer. Ich hätte fast nicht geglaubt, daß sie überhaupt weinen könne. Oh, wie wird es Jeanette ergehen, wenn die Tante Edel wieder ruhig ist, dachte ich angstvoll, denn ich meinte, diese zürne ihr doch sicherlich schon wegen San Clemente. Aber Jeanette schien sich auch vor den Tränen ihrer Freundin nicht zu fürchten. Sie sprach jetzt mit ihrer eindringlichen, für ihre kleine, unscheinbare Person merkwürdig tiefen und vollen Stimme leise auf sie ein.

»Du bist hart mit mir, Jeanette«, erwiderte meine Tante Edel. Es war weniger, als ob sie spräche; es war, als ob ihre Tränen irgendwie zu Worten würden.

»Aber du selbst bis vielleicht noch härter mit dir«, entgegnete Jeanette; »Liebe, wir sind immer hart mit uns selbst, wenn wir Gott etwas versagen.«

Die Antwort entging mir.

»Und weshalb tust du es eigentlich nicht?« fragte Jeanette liebreich.

Meine Tante Edelgart gab jetzt keine Antwort, aber es schwieg etwas aus ihr herauf.

»Edel«, sagte Jeanette fast feierlich, »die Gnade verlangt nichts, was sie nicht fordert; was sie aber fordert, das verlangt sie auch. Gibst du ihr, was sie fordert, oder tust du es nicht?«

Meine Tante Edel hatte jetzt aufgehört zu weinen. Die Stille nebenan schluchzte nicht mehr, sondern es war, als spanne etwas in völliger Lautlosigkeit seine Kraft an und wüchse von Raum zu Raum atembeklemmend, hoch und geheimnisvoll, als würden unsichtbare Mauern gezogen: die Stimme, die Gestalt, die Seele meiner Tante Edelgart, alles schien dicht und dichter von diesen Mauern umschlossen zu werden. Ich konnte sie mir nur noch wie ein kleines fernes Licht in einem unzugänglichen Gefängnis vorstellen.

Plötzlich sagte Jeanette: »Edel, ich möchte dir etwas von mir selbst erzählen, und dann will ich gehen. Die Einheit derer, die bestimmt sind, einander auf dem Weg zu Gott zu helfen, ist tief und geheimnisvoll wie nichts anderes auf Erden. Ich habe eine liebe Freundin, die mir viel Kummer gemacht hat, weil ich mir lange Zeit einbildete, ich sei dazu bestimmt, sie zu bekehren und ihre Seele zu retten. Eines Tages aber ist mir klargeworden, daß es vielmehr umgekehrt sein sollte. Denn wenn uns jemand geschenkt wird, von dem wir glauben, daß wir sehr viel für ihn tun müßten, so heißt das auch immer zugleich und an erster Stelle, daß wir die eigene Seele noch viel rückhaltloser an Gott hingeben sollen. Nun, von dem Augenblick an, wo ich das erkannt habe, nämlich daß meine Freundin zuerst das Werkzeug Gottes an mir sein sollte und nicht umgekehrt, von jenem Augenblick an also habe ich auch Ruhe um ihre Seele gefunden, denn das, was ich durch sie gelernt habe, ist so groß, daß mir scheint, sie muß schon um dessentwillen beständig von Gott gesegnet werden.«

»Und was meinst du mit alledem?« fragte meine Tante Edelgart. Sie fragte, aber es war, als schöbe sie in Wahrheit die Antwort weit von sich fort.

Jeanette schwieg einen Augenblick betroffen. Dann sagte sie ohne jede Empfindlichkeit, aber unerschrocken: »Ich meine, Edelgart, daß es ein junges Wesen gibt, welches das Werkzeug Gottes an dir sein soll, nicht umgekehrt.«

Ich glaubte dann noch wahrzunehmen, wie Jeanette meine Tante Edelgart küßte. Ich bin sicher, sie küßte sie nicht auf den Mund oder auf die Stirn, sondern auf die Hand. Denn dieses war Jeanettes Art, wenn sie aus Liebe und Wahrhaftigkeit jemand ein sehr bitteres Wort sagen mußte: sie beugte sich dann gleichzeitig vor demselben Menschen auf eine scheinbar unbegreifliche Weise. Erst viel später habe ich verstehen gelernt, daß sie gerade in solchen Augenblicken immer eine unaussprechliche Ergriffenheit und Ehrfurcht vor der Seele dessen fühlte, zu dem sie sprach, und daß ihre bitteren Worte im Grunde nichts anderes waren als eben jene Ehrfurcht. – Nach dieser Unterredung hörte ich Jeanette abends nicht mehr kommen, und auch meine Träume von meiner Tante Edelgart rissen dann, wie ich schon sagte, vollkommen ab. –

Es begann jetzt eine Zeit, in der ich mich immer mehr und mehr durch Enzio erfüllt fand. Was soll ich nun von ihm und mir sagen? Welchen Namen soll ich dem geben, was zwischen uns war? Ich weiß ihn und weiß ihn nicht. Meine Kindheit, schon zum Abschied bereit, stand damals noch einen letzten zögernden Augenblick auf der Schwelle meines Lebens und hielt meinen Blick in ihren brunnenstillen Augen gebannt, indessen auf meiner Stirn bereits der Widerschein der nahenden Jugend glomm. Er brach wie ein fremdartiger, unfaßlicher Glanz aus Enzios Antlitz; ich fühlte ihn wie eine zarte und doch stürmische Woge bis zu meinen Füßen niederfallen; er lag dort wie eine Schwelle, die ich aber niemals überschritt. Und doch war diese Schwelle nicht alles, was zwischen uns lag.

Die Dinge wuchsen damals wild und wunderlich über Kreuz. Wir hatten jetzt wieder unsere alten Streifzüge aufgenommen und dehnten sie oft bis weit in die Campagna hinein aus, wo Enzio während meiner Krankheit sein Hauptquartier aufgeschlagen hatte. In dem weiten, wogenden Weideland zwischen den beiden Appischen Straßen gab es noch viel mehr Blumen und Sonne als in den Wiesen um die Caracallathermen. Wir waren dort ganz allein, abgeschnitten von aller Welt durch die ruhevollen Gräberstraßen und die stillen Kreise der weidenden Herden. Nur mit den Augen konnte man noch zur Welt fahren, hin durch die Lüfte, die so blau und golden über den fernen Bergen lagen, auf denen die alten Städte und Kastelle wie graue und weiße Perlenkronen schimmerten. Es war so unbeschreiblich schön hier draußen! Aus allen Trümmern und Gräsern sangen die Zikaden hervor, und über den großen, feierlichen Brücken der Aquädukte schwebten die Winde mit ihren silbernen Harfen auf und nieder. Aber es war nun immer, als wären wir eigentlich zu jung für die Campagna.

»Enzio«. sagte ich einmal, »hier sind schon die Kinder der Goten und Franken herumgestreift, geradeso wie wir.«

Er nickte: »Ja, aber im Grunde sind wir immer dieselben.«

Ich wußte, was er meinte, und doch war noch etwas anderes dabei. »Wer sind wir, Enzio?« fragte ich.

Er sah mich stumm an, so, als versetze ihm etwas den

Atem. Plötzlich war mir, als wäre ich schon einmal mit ihm hier gewesen – etwas Fernes, Süßes und zugleich Banges durchdrang mich –, ich wollte es halten, aber es entschwand wieder, wie hinweggerafft von einem anderen, das gleicherweise aus diesen großen, stillen Fernen aufstieg. So war es zwischen uns viele Male.

Wenn wir uns ausruhten, wollte Enzio meistens, daß ich dicht neben ihm säße. »Es ist alles so weit und groß hier«, sagte er, »wir müssen beisammen bleiben.« Aber ich setzte mich doch immer ein wenig von ihm abseits – ich wußte selbst nicht, warum. Manchmal wollte er auch meine Hand nehmen, aber das mochte ich noch weniger. Ich hatte seine Hand so lieb, ich fühlte ihren Druck so gerne beim morgendlichen und abendlichen Gruß, aber wenn er die meine so plötzlich ohne Grund ergriff, erschrak ich immer. Später merkte ich dann stets, daß er traurig geworden war. Ich war auch traurig: Es schien dann alles wieder so fern und fremd zwischen uns beiden. Wir saßen hernach oft ganz stumm da und blickten in die Ferne. Die war jetzt nicht mehr so blau wie am Morgen, sondern fast weiß. Rom lag wie ein großes, graues Schiff darinnen, still im Mittag verankert. Die Kuppel von Sankt Peter schwebte wie eine zarte Wolke darüber. Manchmal sah es aus, als ob die Wolke sich auflösen und das Schiff langsam in der ungeheuren Stille versinken wolle. Dann fuhr ich oft ganz erschrocken auf. Und nun hätte ich plötzlich doch Enzios Hand ergreifen, ja, mich ganz dicht an ihn anlehnen mögen. Er saß so merkwürdig abgewandt da, ich kannte ihn gar nicht wieder. In mir war eine große zärtliche Angst um ihn, fast als könne er plötzlich auch entgleiten, überwogt werden von all dieser Stille, untertauchen in den weiten, grünen Unendlichkeiten, hinabgezogen wie das große graue Schiff am Horizont.

Einmal stellte ich mich ganz unwillkürlich zwischen ihn und die ferne Stadt, zu der er hinüberblickte.

»Was tust du?« fragte er erstaunt.

Ich stand auf einem kleinen Steinhaufen dicht vor ihm. Der Wind hing in meinen Haaren und in meinen Kleidern. »Ich will wieder fliegen!« sagte ich. Aber da blitzte es so sonderbar in seinen Augen auf, und ich blieb stehen. Ich wußte nicht, daß ich nun wirklich wie eine kleine Wand dort stand, wo er mich in seinem Innern beständig sah.

Er blickte mich unverwandt an, und langsam stieg in seinen Augen etwas anderes Zartes empor. »Ja, bleib stehen!« sagte er ganz leise. Und dann, wie ehedem so oft, nur sonderbar verwirrt: »Spiegelchen, wie bist du merkwürdig!« Ich wollte den alten, vertrauten Klang festhalten: »Wie bin ich denn?« fragte ich übermütig. Er sagte: »Jetzt bist du fast wie ich.« Einen Augenblick lang schwebte es über uns beiden wie eine große, stille, körperliche Zärtlichkeit, dann erhob sich aus ihr, wie aus einem Kelch, eine tiefe, fraglose Gewißheit – es war mir plötzlich, als gäbe ich einer Stimme in ihm nach, die er selbst noch gar nicht vernahm.

»Ich kann nicht stehenbleiben«, sagte ich.

Dabei fühlte ich eine mir unverständliche Trauer, so als sei irgendein unbekannter Wunsch in meinem Herzen zerbrochen worden oder als müsse jemand, der mir lieb sei, vor der Zeit sterben. – –

Wenige Tage später bat Enzio meine Großmutter, mir zu erlauben, abends mit ihm ins Kolosseum zu gehen, über dem in dieser Nacht der Vollmond stehen sollte.

Während der Fahrt waren wir eigentlich so fröhlich wie seit lange nicht. Enzio zeigte wieder einmal die Plötzlichkeiten seiner Stimmungen. Er war in einer so übermütigen Laune, daß er wie ein ausgelassener Junge Späße über Dinge machte, die ihm sonst nichts weniger als Spaß bedeuteten. Als wir über die Piazza Venezia fuhren, winkte er dem häßlichen Nationaldenkmal der Italiener zu und rief: »Warte nur, du armer Koloß, in zweitausend Jahren wirst du eine wunderschöne, edle Ruine sein!« Dann fragte er mich, ob ich nicht zugeben müsse, daß er sich jetzt ausgezeichnet auf Rom einzustellen wisse: Die Jahrtausende machten ihm, wie ich sähe, nicht die mindesten Schwierigkeiten mehr. Ich fand seine Lustigkeit fast etwas krampfhaft, aber ich lachte doch mit. So erreichten wir miteinander das Kolosseum. Der ungeheure Bau sah in der Dunkelheit wie ein Gebirge aus, über dem weißes und schwarzes Mondlicht geisterte. Enzio und ich blieben einige Augenblicke vor den Arkaden stehen, bevor wir eintraten. »Fürchtest du dich?« fragte er. Dann, noch bevor ich antworten konnte, setzte er schnell hinzu: »Ich habe mich auch gefürchtet. Denke dir, ich habe bisher noch nie gewagt, ins Kolosseum zu gehen – findest du das sehr schwächlich?«

Ich begriff jetzt, warum er vorhin so ausgelassen gewesen war. »Aber du bist doch ein Dichter, Enzio«, sagte ich.

»Nicht wahr«, erwiderte er schnell, »ein Dichter darf sich fürchten, ohne schwächlich zu erscheinen, denn er muß schließlich in jedes Ding hinein, an dem die anderen nur vorbeispazieren! Und doch fürchtet sich im Grunde nicht der Dichter, sondern immer nur der Mensch. Der Dichter hat keinen Kampf und keine Einsamkeit mehr, denn er ist ja von vornherein mit allem verwandt; selbst im Schrecklichsten ist er noch daheim.«

Wir traten nun auf die Arena hinaus, die, selbst einer leuchtenden Mondscheibe gleich, in dem gewaltigen Geschweif der zerrissenen Mauern lag wie herabgesunken in die Tiefe eines ausgebrannten Kraters. Der wirkliche Mond stand eisig weiß und fern darüber – es war, als grüßten einander die Gekreise zweier Himmelskörper: kalt, unerbittlich, zeitlos einer wie der andere.

Enzio und ich waren ganz stumm; aber von den anderen Menschen, die gleich uns gekommen waren, das Kolosseum bei Mondschein zu sehen, sprachen viele.

»Laß uns ein wenig beiseite gehen«, bat Enzio, »diese Leute stören so; sie sind so entsetzlich unbefangen – wohl ihnen!«

Wir tasteten uns nun seitwärts an den übertrümmerten Rändern der Arena hin; dort war niemand. Enzio warf das mitgebrachte Plaid über eine Stufe, und wir kauerten uns nieder wie zwei kleine Eulen oder Dohlen, dicht beieinander. Auf einmal mußte ich an die Campagna denken – ich verstand plötzlich gar nicht mehr, warum ich dort nie hatte neben Enzio sitzen wollen.

Wir waren zuerst ganz still. Endlich sagte er: »Wie schauerlich ist das Antlitz Roms, denn dieses ist es. Hier in diesem schönen, schrecklichen Koloß hat es sich selbst dargestellt: Gesetz und Stein, Stein und Gesetz, geradeso ist diese Welt! Und wir stecken darinnen wie die, welche man einst in der Arena den wilden Tieren vorgeworfen hat. Mein Gott, wie verlassen ist der Mensch im Universum!«

Wir sprachen dann über die Spiele, die hier stattgefunden hatten. »Enzio«, sagte ich, »viel schrecklicher als diese Mauern und die wilden Tiere müssen die vielen erbarmungslosen Augen gewesen sein, diese tausend und aber tausend Augen.«

Er zuckte die Achseln. »Mein Gott, ja, im Grunde waren sie eben auch von Stein – Travertin ist Travertin, und Welt ist Welt –, es gibt nichts, was herausfällt. Und doch, dieses Verlassenheitsgefühl ist so merkwürdig – woher haben wir es nur?«

Es näherten sich uns jetzt zwei Priester, deutlich erkennbar an ihren langen schwarzen, vom Mondlicht umrissenen Togen. Sie sprachen eifrig miteinander; ich vernahm die abgerissenen Worte: »Das Rom der Welt und das Rom der Gnade.« Dann, gerade vor uns stehenbleibend, deutete der eine mit der Hand in die Arena: »Dort drüben«, sagte er, »hat früher das Kreuz gestanden.«

Enzio hatte es ebenfalls gehört. »Die wollen sich auch auf ihre Weise vor diesem Eindruck hier retten«, sagte er. »Ja, wenn man an die Seele glauben könnte wie die Christen, die hier einst gestorben sind!«

Plötzlich fing er an, von meiner Tante Edelgart zu reden. Er sagte, in solchem Angstanfall, wie sie ihn neulich in San Clemente erlitten habe, kämen doch viel tiefere Dinge heraus als bloße Nervenschwäche.

Es gebe eben heute viele Menschen, die ihrer Person nicht mehr ganz gewiß seien, es habe ihn nur interessiert, daß sie sich sogar unter den Frommen fänden. Übrigens sei er auch mit meiner Großmutter darauf zu sprechen gekommen, das heißt nicht auf meine Tante Edel – so viel Taktlosigkeit besitze er denn doch nicht –, aber auf die Sache.

»Und was hat Großmama dazu gemeint?« fragte ich.

Er erwiderte lachend, sie hätte im Descartes entgegengehalten. »Du weißt doch«, sagte er, »ich denke, darum bin ich.« Jeanette sei auch dabeigewesen und habe sich zu der Abwandlung bekannt: »Ich bete an, darum bin ich.« Er habe das theoretisch viel gescheiter gefunden als Descartes' Ausspruch. Freilich, helfen könne es ihm ebensowenig, wie es offenbar meiner Tante Edelgart helfe.

Er sagte das alles mit spröder dunkler Stimme, so als käme ihr Ton gar nicht von seinen Lippen, sondern irgendwo aus dem Gestein hervor. Und wieder mußte ich an die Campagna denken, wo ich mich so gefürchtet hatte, die Gräser könnten über ihm zusammenschlagen. Ich sah ihn an: jeder Zug seines kleinen kühnen Gesichtes war scharf vom Mondlicht herausgemeißelt, starr, jung, grau, schien es wie eingesteinert in den gleichfalls vom Mond beschienenen Travertinpfeiler, aber voll von einem eigentümlich schwingenden Schmerz, so als sei da ein lebendiges Antlitz im Gestein vermauert und dränge mit Gewalt aus ihm hervor.

»Enzio«, fragte ich angstvoll, »glaubst du wirklich nicht an unsere Seelen – glaubst du, daß wir im Grunde gar nicht da sind?«

Es war einen Augenblick still, dann, wie um mich zu trösten, sagte er wieder: »Mein Gott, ja, dieses Verlassenheitsgefühl ist merkwürdig.«

Ich fühlte, daß eine unaussprechliche Not in ihm war.

Etwas Undenkbares und Unfaßbares schien vorzugehen – es war nun, als ob er mir im nächsten Augenblick wirklich für immer entschwinden werde.

»Enzio«, flüsterte ich ganz fassungslos, »du sollst aber dasein; ich will es, ich habe dich so lieb!«

Er bewegte sich nicht, aber die Silhouette seiner kleinen herrischen Gestalt an meiner Seite bekam etwas Hilfloses; er war jetzt nicht mehr wie aus Stein, sondern eher wie ein junger Baum in der Campagna, durch den die Gewalt eines lautlosen Sturmes bebt. Plötzlich, wie unter diesem zusammenbrechend, warf er den Kopf in meinen Schoß. Ich fühlte das Pochen seiner Schläfe, den Krampf seiner Hände, seiner ganzen Gestalt. »Enzio, lieber Enzio!« schluchzte ich. Mir war, als müßte ich meine eigene Seele wie ein kleines Licht in die Hand nehmen, damit er an die seine glauben könne, aber ich war nun plötzlich auch wie ausgelöscht, erfaßt von den dunklen gebrochenen Flügeln seines Geistes. Etwas Großes und Ohnmächtiges schien über mir zusammenzuschlagen. Immer hilfloser werdend, wie er, beugte ich mich nieder und küßte seine feuchte Stirne. Er gab den Kuß meiner Kinderlippen stumm und sanft wieder; dann legte er den Kopf in meinen Schoß zurück. So verharrten wir lange regungslos, von der gleichen Trostlosigkeit umschlungen.

Es drang jetzt kein Laut mehr aus der Arena herauf; die Menschen drunten mußten längst fort sein. Nur manchmal brach irgendwo im Getrümmer ein Stein los und klang wie im Nichts unter. Auch große Eulen schwammen auf und tauchten wieder hinab. Wie lange das alles dauerte, weiß ich nicht. – – –

Als wir endlich aus den Arkaden des Kolosseums heraustraten, war unser Auto verschwunden. Auch ein anderes Gefährt konnten wir nirgends erblicken – die Nacht war offenbar schon weit vorgerückt. Wir mußten uns also zu Fuß auf den Weg machen. Ich war wie taumelnd von Müdigkeit und gleichzeitig von dem Gefühl einer sonderbaren Entfremdung meiner selbst, so als ginge ich mit den Füßen eines anderen. Dunkel ist mir, als hätte Enzio zuerst meinen Arm genommen; später muß er ihn dann losgelassen haben – ich weiß das alles nicht mehr. Ich weiß nur, daß ich in dieser Nacht mitten durch Enzios Rom gegangen bin und mitten durch seine Welt und mitten durch seine Dichtung.

Ich sagte schon, daß ich von Müdigkeit wie betäubt war. Ich ging fast schlafend. Schließlich aber weckte mich ebenjene Müdigkeit dadurch, daß sie plötzlich größer wurde. Das muß damals gewesen sein, als Enzio meinen Arm losließ. Aufblickend sah ich meinen Begleiter eine kleine Strecke von mir entfernt ziemlich schnell gehen; ich rief ihn an, aber er beachtete mich nicht. Gleichzeitig wurde ich mir bewußt, daß wir schon sehr lange gingen und wohl längst daheim sein sollten. Ich sah mich um. Wir befanden uns in einer Gasse, wie es in den älteren Stadtteilen Roms viele gibt. Die Häuser standen eng und hoch einander gegenüber; ihre Fenster waren vergittert. Die ganze Straße erschien so schwarz, als wäre sie ins Innere der Erde hineingegraben. Nur hoch oben, an den flach abschneidenden Dächern hin, floß wie eine schmale scheinhafte Helle die blaugrüne Nacht. Ich kannte die Straße nicht. »Enzio, ich glaube, wir gehen falsch!« rief ich, ihm nacheilend, und da er immer noch nicht antwortete, faßte ich, meine Worte wiederholend, unwillkürlich nach seiner Hand. Er ergriff mit leichtem, wie unbewußtem Druck die meine und hielt sie fest. Und nun geschah etwas sehr Merkwürdiges; es war – ich kann dies nicht anders beschreiben –, als verlöre ich mich selbst ziemlich schnell, aber doch nicht ohne noch das entgleitende Bewußtsein davon zu haben, vollkommen aus den Augen, überwältigt von einer Schau, die im Grunde nicht die meine, sondern die meines Begleiters war und zu der mich der leise zuckende Druck seiner Hand hinwegzuführen schien wie durch das offene Tor seiner Seele. Ich hatte die Vorstellung, als ob wir tief auf den Grund eines unermeßlichen Meeres hinabsänken, über dem hoch aufgefunkelt die gestirnte Nacht stand. Alles um uns her schien erfüllt und überspült von dem lautlosen Strömen zahlloser aufgelöster Wesenheiten und Geschehnisse, deren dunkle Bestandteile, in ein einziges Ganzes verschollen, alles wie mit Flut füllten. Wir gingen tief im Geschweige dieser stillen schwarzen Materie. Von Zeit zu Zeit tauchten, phantastischen Riffen oder Gewächsen gleich, großartige Paläste und Kirchen auf, Portale von schwerer und zugleich überfließender Pracht, wie zusammengerauscht aus dieser dunklen, wogenden Weltmasse. Ich erkannte halb im Traum die majestätischen Fassaden von San Ignazio, San Luigi dei Francesi, den Palazzo Madama und das bizarre Haupt der Sapienza. Gleich großen, mattfarbenen Seesternen schwammen die schönen, mondbeglänzten Plätze an uns vorüber, einsam wie Tote, besprüht vom nächtlichen Schwall der Fontänen, als entflössen sie in das unergründliche Ganze. Alles schien seiner Augenblicklichkeit schon halb entkleidet und wie eingetaucht in eine fremde Ungewißheit, als sei es bloße Spiegelung eines unverkennbaren Dahinter. Zuweilen wurde diese Ungewißheit so zauberhaft, daß es war, als würden die Gebäude, an denen wir vorübergingen, lautlos abgebrochen oder aufgeschoben; Hintergründe öffneten sich, als hingen da in den sichtbaren Mauern gleichzeitig viele andere Mauern schleierhaft übereinander: Erscheinungen von Gebäuden, zart, grau, wie Häute, eine über die andere gezogen und eine von der anderen ablösbar; immer feiner, immer dämmriger, immer unsichtbarer werdend, schienen sie wie in der Unerkennbarkeit eines Anfanglosen zu zerschweben, um dann plötzlich doch wieder zu neuen Formen zusammenzufließen.

Das alles war in keiner Weise spukhaft, nur vollkommen abgelöst vom Gegenwärtigen, vom Menschlichen und vom Einzelnen. Selbst die Grüfte unter unseren Füßen schienen sich ihres Inhalts nicht mehr zu entsinnen. All das dunkle Aufströmen des in der Erde Liegenden, das die Nächte Roms so oft fühlbar durchschauert, war wie von jeder leichenhaften Verbindung gelöst und nur noch gleich einem kühlen Hauch aus tief aufgebrochenem unpersönlichem Gestein. Die Welt war mit sich alleine; ein einziges grandioses Spiel der Wildnis in sich selber durch immer neue Verwandlungen. Und auch wir waren von unserem Einzelsein gelöst, nicht nur von unseren Körpern, sondern auch von unseren Seelen, bloßen Witterungen gleich, zusammengeflossen mit dem großen, dumpfen Bewußtsein oder Unterbewußtsein dieser schönen, wilden, schauerlichen Welttiefe.

Aber plötzlich war es, als würde das dunkle Geström, in das wir verspült waren, von einem Pfeil durchbohrt und stünde still: Etwas Strahlenhaftes drang in meine Augen. Eine Monstranz von unbegreiflicher Größe stand wie die Vision eines riesigen Sternes, mitten aus der Nacht emporgestiegen vor uns. Mit feierlicher Ruhe drang ihr Licht nach allen Seiten in die Finsternis ein, die vor ihm zurückzuweichen schien: Ich sah es noch halb im Traum, aber mit meinen eigenen Augen. Dann erkannte ich, daß der ungeheure Umfang der Monstranz durch einen Altar gebildet wurde, der, mit Hunderten von Kerzen ihre Umstrahlung fortsetzend, wie ein Feuerherd in einer großen, einsamen Kirche brannte. Ihre Gewölbe schwangen sich ins Unermeßliche empor, schattenerfüllt, aber voll Festigkeit und Gewißheit. Plötzlich erkannte ich den Baldachin Sankt Peters. In diesem Augenblick blitzte ein Gefühl in mir auf, als wäre ich durch die ganze Welt gegangen und stünde nun vor ihrem innersten Herzen.

Als wir nach Hause kamen, wartete meine Tante Edelgart auf der Treppe unserer Wohnung. Sie sah aus, als ob sie dort schon viele Stunden gewartet hätte – es war drei Uhr nachts. Ohne Enzio eines Wortes zu würdigen, ergriff sie mich bei der Hand und führte mich in mein Schlafzimmer. Ich hatte bisher nicht gewußt, daß ich fror, aber als die Hände meiner Tante Edelgart mich berührten, schlugen meine Zähne wie Eis aneinander, denn diese Hände waren viel kälter als die meinen. Gleich darauf kam meine Großmutter und schloß mich in ihre Arme, als sei ich eine vom Tode Erstandene.

Auch Jeanette eilte herbei; sie brachte mir einen warmen Trank, den sie hernach auch meiner Tante anbot; diese wies ihn aber wie eine verständnislose Zumutung zurück. Ich hörte, wie Jeanette zu meiner Großmutter sagte: »Das ist ja fast nicht mehr unser Spiegelchen, das ist ein kleines fremdes Gesicht von Glas.«

»Kind wo warst du und wo bist du noch immer?« fragte meine Großmutter, indem sie meinen Kopf in ihre Hände nahm; aber sie ließ ihn sogleich wieder los, als sähe sie selbst ein, daß ich keine Antwort mehr geben konnte. Ich fühlte dunkel, wie alle ganz außer sich vor Sorge waren; sie taten mir so leid, und ich hätte sie gerne getröstet und beruhigt. Ich glaubte das auch zu können, denn ich selbst fühlte mich wunderbar glücklich und gerettet, ohne indessen noch deutlich zu wissen, warum. Es war, als ob irgendeine ganz große Freude gleichsam in mir eingeschlafen wäre. Dann aber, als man mich zu Bett gebracht hatte, war es auch wieder, als ob dieselbe Freude den Schlaf nicht ganz aufkommen ließ. Ich lag unter ihm wie unter einer Decke, die schwer, aber nicht vollkommen dicht war. Durch sie hindurch spürte ich es an den Rändern meines Bewußtseins wie eine feine und starke Unruhe, so als sei die Besorgnis derer, die nun doch alle hinausgegangen waren, immer noch um mich geblieben. Zuweilen drückte etwas Körperloses und doch Gewichtiges auf mich herab; dann wieder schien es sich zu erheben, emporzusteigen und endlich, wie von seiner eigenen Schwere gezogen, aufs neue niederzusinken. Einmal schreckte ich auch von einem leisen Geräusch dicht neben meinem Bett auf. Ich wollte mich erheben, aber schon wischte mir der Schlaf den Eindruck von der Stirn. Dann wieder weckte mich mein alter Freund, der Brunnen drunten im Hof, der mich sonst niemals störte. Es kam mir so vor, als ströme er rauschender dahin als sonst; ich konnte gar nicht verstehen, woher der zarte Strahl diese Gewalt nahm. Manchmal klang es, als woge die Schale, in der er sich ergoß, über; dann wieder schien er in Fernen zu entwallen wie ich selbst. So ging es lange Zeit.

Auf einmal aber war es, als bräche das Rauschen drunten im Hof mitten durch mein Herz. Ich öffnete – aber immer noch nicht vollkommen wach – die Augen. Das Zimmer war jetzt voll von dem zarten Grau der geheimnisvollen Stunde, welche gleichsam zeitlos zwischen Nacht und Tag schwebt. Der Raum schien seine Grenzen noch nicht vollkommen zu kennen. Alle Dinge standen so träumerisch wie seiner noch gar nicht gewiß darinnen und doch gleichzeitig so sicher und ruhig, als würden sie von einer unsichtbaren Hand festgehalten. Der dunkle Rahmen des geöffneten Fensters mit den zurückgeschlagenen, leicht atmenden Vorhängen; das wohlbekannte Himmelsgewölbe darinnen, blaßschwarz mit dem morgendlich weißen Stern; die noch ganz vom nächtlichen Schatten erfüllten Arkaden auf der gegenüberliegenden Seite des Palastes und in der Tiefe des Hofes der unbeirrt aufflügelnde duftige Wasserstrahl: alles dies, der ganze tausendmal gesehene und fast schon nicht mehr gesehene kleine Ausschnitt meiner nächsten Umgebung, schien mir von einer so wunderbaren, ja ergreifenden Wirklichkeit, von einer geradezu geheimnisvollen Gewißheit, so als ob das Kleinste wie das Größte, ich selbst und die ganze Welt von einer unaussprechlich tiefen Liebe bedacht, bestätigt und durch die beständige Gegenwart dieser Liebe gesegnet wäre. Und nun entsann ich mich auch wieder der Begegnung mit dieser Liebe. Ich sah sie in ihrer stillen, weißen Majestät unter dem Baldachin Sankt Peters, wie sie sich den blinden Wogen der Nacht entgegengestellt und mich an sich gerissen hatte. Die große, in mir eingeschlafene Freude öffnete wieder die Augen.

Und plötzlich – ganz unvermittelt – war es abermals, als täte mir jemand das Herz gegen meine Tante Edelgart auf. Ich hatte sie lieb, tief, leuchtend und dankbar wie damals im Traum, aber nicht mit einem fremden Herzen, sondern mit meinem eigenen, nur wunderbar verwandelten, und so, als wäre sie mir der nächste Mensch auf Erden. Ich richtete mich auf, da sah ich, wie sie am Fußende meines Bettes kniete, die Stirn fest gegen seinen hölzernen Pfosten gedrückt, unbeweglich, wie niedergebeugt von derselben unsichtbaren Hand, die jedes Ding an seinem Platz festhielt.

Ich weiß nicht, ob sie meinen Blick fühlte, aber sie flog plötzlich auf und stand nun in ihrem Nachtkleid dicht vor mir, schmal, scheinhaft wie eine weiße, unentzündete Kerze im Grau der Dämmerung – mir war, als sähen wir uns plötzlich im Zwielicht dieser und einer anderen Welt. »Warum schläfst du denn nicht?« stammelte sie – ihre Stimme hatte etwas Fliehendes, aber sie selbst blieb stehen.

Ich griff nach ihrer Hand und hielt sie fest. »Geh nicht fort«, bat ich leise, »bete doch wieder für mich!«

Sie stand wie verstarrt. Überfallen und willenlos ließ sie sich zu mir herabziehen. Ich schlang die Arme um ihren Hals, der zuerst dagegen aufzuckte, dann aber wie atemlos sich mir zuneigte. Und nun flüsterte ich ihr wie ein Kind seiner Mutter alles ins Ohr, was mir widerfahren war. Ich flüsterte Unsagbares, aber sie verstand. Sie verstand nicht nur durch meine Worte: Ich fühlte, wie sich ihre Dunkelheit an meiner Seele gleich einem Schleier hob, wie ihre Seele sich in den Tiefen ihres Schweigens bewegte, erschüttert durch die Gleichartigkeit ein und desselben Erlebens – mit jähem Erschauern durchdrang mich die Ahnung ihrer Schuld. Aber zugleich faßte ich auch erst die ganze Gnadenhaftigkeit dessen, was geschehen war.

Sie erkannte die Größe dieser Gnadenhaftigkeit gleich mir und wehrte sich zuerst wie eine Verzweifelte. »Nein, nicht durch mich, nicht durch mich!« wiederholte sie immer aufs neue.

Aber ich beharrte: »Doch, es war dein Gebet.«

Sie sagte: »Ich habe ja seit Wochen nicht mehr für dich gebetet!« (Sie hatte das nicht mehr vermocht seit jener Unterredung mit Jeanette, ihre Worte waren eine letzte Flucht.)

Ich erwiderte: »Dann warst du bereits damals erhört.«

Sie rang leise die Hände, gedemütigt, überwunden, einer Mutter gleich, die ihr Kind empfangen und getragen hat und der dieses Kind nun für sein Dasein dankt. Immer höher, ja fast erbarmungslos hoch schien die Gnade über ihr emporzusteigen.

»O mein Gott«, hauchte sie, »diese Jahre, diese vielen verlorenen Jahre –!«

Es ging jetzt blitzhaft zwischen ihren Worten hindurch: wie eine schmale, gerade Straße sah ich mein junges Leben mitten aus ihren verlorenen Jahren hervor auf diese eine Nacht zueilen. Bild um Bild brach vor meiner Erinnerung auf, so als riefe eine pfeilschnell an den Rändern dieser Straße hinfliegende Stimme immer wieder den einen Namen.

»Du hast mich von früh an aufgezogen, auf dich habe ich viele Male geblickt, wenn du es nicht wußtest.« Dann – es war fast, als hätte ich schon dieses nicht mehr sagen dürfen – hatte ich das Gefühl, als ob ich sie zerstören würde, wenn ich noch ein einziges Wort spräche.

Sie hatte jetzt jeden Widerstand aufgegeben; langsam, wehrlos, wie schwer von Demut, Glück, Schuld, glitt sie aus meinen Armen herab am Rande des Bettes nieder.

Ganz stumm, die Hände gefaltet, das Gesicht wie vorher gegen den Pfosten meiner Bettstatt gedrückt, verharrte sie, bis der Morgen hereinbrach. Dann ging sie lautlos hinaus. Und nun erst schlief ich wirklich ein. –

Als ich am nächsten Morgen ziemlich spät erwachte, war die ganze Wohnung wie ausgestorben. Ich glaubte, es schliefen wohl alle noch die unruhvolle Nacht aus, dann aber sagte mir die Cameriera, meine Tande Edel und Jeanette seien schon auf und hinüber nach Santa Maria sopra Minerva zur Messe gegangen. Ich beschloß sogleich, ihnen zu folgen, ja, ich fand dies so selbstverständlich und überaus richtig, daß ich gar nicht mehr daran dachte, wir mir doch der Besuch der Kirche während der Zeit der Messe verboten sei. Selbst die Möglichkeit, meine Großmutter könne inzwischen aufstehen und mich vermissen, machte mir keinerlei Bedenken, obwohl mir jetzt, wenn ich die vergangene Nacht im hellen Licht des Tages überdachte, eigentlich erst ganz klar wurde, welche große Angst und Aufregung ich den Meinen verursacht hatte. Ich wußte, daß ich auf allerlei Fragen, vielleicht auf Vorwürfe, ja auf eine strenge Zurechtweisung meiner Großmutter gefaßt sein mußte, aber merkwürdigerweise rührte mich das alles nur ganz von fern. In mir war immer noch dieselbe Freude, so als sei da in meiner Seele ein Stern der vergangenen Nacht hängengeblieben, der nie mehr untergehen könnte. Ich vermochte eigentlich nichts zu denken und zu tun, als mich immer wieder dieser einen großen Freude hinzugeben. Dabei krampfte sich mein Herz – übermüdet von der nahezu schlaflosen Nacht – von Zeit zu Zeit leicht zusammen, als täte es vor Glück einen Sprung. Dieses zu fühlen war angstvoll und schön zugleich.

Als ich die Treppe hinabstieg, fiel mir wieder ein, wie ich früher zuweilen meiner Tante Edel in die Kirche Santa Maria sopra Minerva gefolgt war. Besonders der Tag, an dem mich nachher meine Großmutter im Pantheon gefunden hatte, stand noch lebendig vor mir. Damals war ich durch das kleine Pförtchen im Kreuzgang verstohlen in die Kirche geschlüpft, heute aber wollte ich nicht durch dieses, sondern durch das große, schöne Portal eintreten, durch welches die Betenden gehen. Ich würde auch nicht wie damals in der Ferne stehenbleiben, sondern ich würde an den Altar herantreten, niederknien und die Hände falten. Was ich beten wollte, wußte ich nicht, ich wußte überhaupt nichts; ich wußte nur, daß ich einer großen allmächtigen und beseligenden Liebe, die mich rief, liebend antwortete.

Ich werde niemals diesen kleinen morgendlichen Gang von unserer Wohnung hinüber nach Santa Maria sopra Minerva vergessen, aber ich werde ihn auch nie wieder beschreiben können. Es war nun wieder wie heute früh in der Dämmerung, als ob alle Dinge ganz anders aussähen als sonst: wunderbar geliebt und beschützt, wunderbar beseelt und wunderbar mir zugehörig, so als freuten sie sich alle mit mir zugleich. An keinem Tag meines Lebens war der feine, kleine Platz von Santa Maria sopra Minerva so schön gewesen; an keinem hatte die Besonnung der strahlenden Frühe etwas so Verklärtes, die duftige Tiefe der Schatten etwas so Verheißungsvolles gehabt! Nie hatte der kleine Elefant des Bernini seinen Rüssel so fröhlich geschwungen und seinen schweren Obelisk so spielend leicht getragen; nie hatte die steile, verschlossene Stirn der Kirche selbst einem Menschenkind so freundlich zugelächelt.

In der Tür streckte mir eine arme Frau die Hand entgegen, und das kam mir nun fast wie ein Willkommenheißen vor. Ich hatte kein Geld bei mir, aber ich schüttelte so treuherzig die dargebotene Hand, daß die arme Alte gar keine Enttäuschung zu fühlen schien, denn sie sagte mir ein so feines und freundliches »Grazie, Signorina«, als ob ich ihr das größte Geschenk gemacht hätte.

Im Innern der Kirche Santa Maria sopra Minerva war es dämmerig und zugleich licht, wie es dort immer um die Stunden des Vormittags ist; dabei fast leer, denn die Zeit der Messen war nahezu vorüber. Der Duft des verspendeten Weihrauchs zog noch wie kleine Wolken unter den blauen gestirnten Gewölben dahin oder hing wie leichte Gewebe in den noch leichteren der Sonne, welche ehrfürchtig gedämpft durch die hohen farbigen Fenster hinter dem Hochaltar hereinfiel. An diesem wurde eine letzte stille Messe gelesen, genau wie damals, als ich meiner Tante Edelgart hierher gefolgt war. Und sie selbst kniete auch fast an derselben Stelle. Ich sah niemand außer ihr und Jeanette; es hatte fast den Anschein, als würde diese

Messe ganz allein für jene beiden gelesen. Ich trat leise neben sie und kniete mich nieder. Meine Tante Edelgart war so versunken, daß sie meine Anwesenheit gar nicht bemerkte, und auch Jeanette sah nur ganz flüchtig auf. Gleich darauf erhob der Priester die Hostie. Das machte mich wieder unaussprechlich glücklich, denn gerade um dieses Augenblickes willen war ich gekommen. Ich verstand noch immer nichts von dem, was eigentlich vorging, und es schien mir daher nicht, daß ich zu spät, sondern vielmehr gerade zur rechten Zeit gekommen sei.

Als die Messe zu Ende war und der Priester sich entfernt hatte, kam Jeanette zu mir und sagte, ich möge ein wenig bei meiner Tante Edel bleiben, indessen sie in der Sakristei etwas zu fragen habe. Ich merkte gleich, daß meine Tante sehr hingenommen war: Sie wunderte sich gar nicht, mich hier zu sehen; es schien mir dies aber eher ein Zeichen von Aufregung als eine Erinnerung an unser nächtliches Gespräch zu sein. Dennoch war auch diese Erinnerung deutlich in ihrem Antlitz erkennbar, welches bei meinem Anblick eine leichte Röte überflog. Ich fand, daß meine Tante Edel sehr schön aussah und auch ungewohnt froh, obwohl man an ihren Augen erkannte, daß sie in der Nacht viel geweint hatte.

Jeanette verschwand dann, und ich ging indessen mit meiner Tante Edel in den Seitenschiffen der Kirche auf und nieder. Wir sprachen nicht von der vergangenen Nacht; nur einmal sagte sie, ohne mich anzublicken, wiewohl sehr liebreich: »Ich habe vorhin in der Messe daran gedacht, daß ich für dich beten soll.« Ich wollte darauf ihre Hand küssen, aber sie zog sie mit einer Bewegung fort, welche demütig, aber doch zugleich scheu war. Sie schien mir überhaupt wieder viel mehr als sonst, nicht eben zugeschlossen, aber doch sehr unberührbar. Es tat mir ein wenig leid, aber gerade jetzt nach der Messe war ich ihr wieder so überaus dankbar; ich kam mir wie ein Kind vor, das eine noch junge, aber doch schon gebrechliche Mutter stützen muß. Dabei fühlte ich, daß meine

Nähe ihr wohl tat, sie irgendwie festigte und tröstete: Sie schien mir bange und glücklich zugleich. Wenn irgendwo ein Schritt in den jetzt ganz einsamen Hallen der Kirche aufklang, schrak sie ein wenig zusammen, so als ob Jeanettes Rückkehr ihr Unruhe verursachte. Ich versuchte ihre Aufmerksamkeit auf die schönen Bilder und Grabmäler zu lenken, welche die Kapellen der Seitenschiffe von Santa Maria sopra Minerva schmücken. Meine Tante Edel sah alles freundlich an, sie beruhigte sich auch ein wenig dabei, aber nicht vollkommen. Nur bei dem wundervollen Fresko des Filippino Lippi, welches die Himmelfahrt der Mutter des Heilandes darstellt, schien sie einen Augenblick lang froh zu werden. Wir blieben dort ziemlich lange. Hernach gingen wir noch einmal zum Hochaltar zurück, um die Statue der heiligen Katharina von Siena zu betrachten. Meine Tante Edelgart sagte: »Diese Heilige mußt du sehr verehren, sie war sicher diese Nacht bei dir, denn sie ist die Schutzheilige von Rom.« An diesem Wort merkte ich zum zweiten Male, wie meine Tante Edel doch immer wieder an die Geschehnisse der heutigen Nacht dachte.

Endlich kam Jeanette zurück. Sie sah so glücklich aus, daß ich ganz betroffen war, denn Jeanette sah doch eigentlich immer glücklich aus; es mußte schon etwas ganz Ungewöhnliches vorgehen, wenn man überhaupt noch eine Steigerung wahrnahm.

Wir gingen dann hinüber nach der Sakristei, vor deren Tür uns derselbe Priester erwartete, welcher vorhin die Messe gelesen hatte. Er trug jetzt das schwarzweiße Ordensgewand der Dominikaner; seine Gestalt war groß und knochig, sein Gesicht hager und ein wenig asketisch. Ich hatte diesen Pater schon zuweilen auf der Straße oder in der Kirche gesehen, und er war mir dann immer wie sehr strenge erschienen; jetzt aber dachte ich, daß er es sicherlich nur mit sich selbst sei, im übrigen aber aussehe, als ob er wohl mit der ganzen Welt Geduld haben könne.

Als er meine Tante begrüßte, sagte er zu ihr: »Ihre

Freundin hat mir von Ihnen gesprochen. Ich bin gerne bereit, Ihnen auf alles zu antworten, was Sie etwa fragen möchten. Wenn es Ihnen recht ist, können wir gleich hier in die Sakristei eintreten, es ist um diese Stunde niemand darinnen.«

Der Pater sagte diese Worte sehr freundlich, aber meine Tante Edelgart schien sich vor ihm zu fürchten. »Ich habe ja gar nichts zu fragen«, sagte sie, »ich weiß ja alles schon seit Jahren.« Dabei sah sie aus, als würde sie am liebsten umkehren.

Der Pater blickte sie an, als ob er sie wohl auf eine besondere Weise liebhätte. Und auch, als ob er sie sehr wohl verstünde, sah er aus. Ich hatte diese Art Liebe noch nie in einem Gesicht gesehen, und sie ergriff mich sonderbar.

»Sie haben es sehr schwer«, sagte der Pater zu meiner Tante Edel, »aber es wird leichter werden, sobald dieses hier vorbei ist. Sie werden eine große Hilfe durch den Empfang des Sakramentes haben. Denken Sie jetzt an nichts anderes als an die Liebe Gottes!«

Seine Worte, so milde sie waren, enthielten doch etwas, was mir den Atem versetzte. Ich fühlte, daß er meine Tante Edel vor eine Entscheidung stellte, die alle seine Güte nicht fähig oder nicht willens war, ihr abzunehmen, und ich zitterte plötzlich vor dieser Entscheidung. Jeanette, welche aussah, als ob sie meine Tante am liebsten über die Schwelle der Sakristei getragen hätte, kam mir plötzlich auch irgendwie von Angst bewegt vor. Ich hatte jetzt das Gefühl, daß über meiner Tante Edelgart etwas stünde, was man nicht sah. Ich wagte nicht mehr, sie anzublicken. Es war so still, daß man das Rinnen der Sekunden zu hören glaubte – mir schien, sie fielen geradewegs in die Ewigkeit hinein. Niemand sprach mehr. Ich glaubte, sowohl der Pater wie Jeanette beteten – unwillkürlich faltete ich die Hände und schloß die Augen. Dieses alles dauerte wohl nur ganz kurz, aber es erschien mir sehr lange.

Dann wechselte der Pater einige Worte mit Jeanette: Ich blickte auf und sah, daß meine Tante Edelgart bereits in der Sakristei stand. Es war jetzt so, als ob sie überhaupt nicht gezögert oder widerstrebt habe, und ich fühlte fast Scham über meinen ersten Eindruck. Erst viel später sollte ich wieder auf ihn zurückkommen.

Jeanette ging dann mit mir durch das Schiff der Kirche nach Hause zurück. »O ma petite«, sagte sie, »ich kann nicht mit dir reden, ich bin zu glücklich! Es ist heute ein so großer Tag für meine Edel!«

Ich hätte sie gerne gefragt, ob meine Tante nun wirklich in die Kirche aufgenommen werde, aber ich brachte es nicht über die Lippen – es war, als ob mich die stille, zaubervolle Heiligkeit dessen, was ich mit meiner Tante Edel erlebt hatte, davon abhielt. –

Von diesem Tag an gingen meine Tante Edel und Jeanette jeden Morgen gemeinsam nach Santa Maria sopra Minerva zur Messe. Jeanette kehrte dann nach einiger Zeit allein zurück, und ich dachte, meine Tante Edel sei wohl wieder bei dem Pater geblieben. Etwa eine Stunde später kam sie dann meistens mit ungewohnt bewegtem, heißem Gesicht nach. Ich richtete es immer so ein, daß ich ihr irgendwo im Kreuzgang oder Hausflur begegnete, wo ich ihr, in der Regel ohne zu sprechen, still die Hand küßte. Sie hatte sich jetzt schon dareingefunden und duldete es ohne Einspruch. Ich glaubte dann auch immer, wie damals in Santa Maria sopra Minerva zu spüren, wie sie meine Gegenwart als etwas Tröstliches und Stärkendes empfand. Auch wußte ich, daß sie Trost und Stärkung nötig hatte, und jetzt, wo ich sie liebte, trug ich ihr keinerlei Schwäche nach; ich ängstigte mich nur zuweilen ein wenig, denn es kamen immer wieder Tage, wo sie sehr bange aussah, wenn sie von dem Pater zurückkehrte. Bei alledem aber war doch eine ganz neue Harmonie in ihr, die man deutlich wahrnahm; sie kam mir manchmal vor wie ein Lied, welches man früher immer ein wenig falsch gesungen hatte und das nun, auf den rechten Ton gestimmt, erst seine Schönheit offenbaren kann. Sogar äußerlich veränderte sie sich damals ein wenig. Ich bin noch heute sehr froh um jene Zeit, denn durch sie allein habe ich ein Bild von dem, was meine Tante Edel einst gewesen sein muß, damals, als mein Vater sie so sehr geliebt hatte. Sie, welche jetzt bereits in einem Alter stand, in dem eine Frau nur noch auf frauenhafte Weise schön zu sein vermag, und deren äußere Mädchenhaftigkeit schon anfing, ihre Erscheinung leicht zu beeinträchtigen, blühte damals noch einmal gerade in ihrer Mädchenhaftigkeit auf und glich nun fast wieder ihrer eigenen Jugend, so wie sich zuweilen ein schon herbstlicher Tag durch seine Zartheit zurückzuschwingen scheint in den ersten nahenden Frühling. Ich mußte damals oft denken, sie sähe wie eine halb glückliche, halb bange Braut aus, ja, ich konnte es nicht lassen, in meinem Innern Kranz und Schleier über ihren blonden Scheitel zu breiten. Dabei fiel mir dann wieder der Chorschleier der schönen Nonnen in der Via Lucchesi ein, unter dem ich mir meine Tante Edel früher so gerne vorgestellt hatte; und nun war mir, als habe das erste Bild nur dargetan, daß es auf jeden Fall ein Schleier sein müsse. Heute freilich scheint mir, daß in alledem noch ein anderer Sinn gewesen sei und daß die Bilder, welche hier vor meiner Erinnerung aufsteigen, im Grunde nur beweisen, wie man meine Tante Edelgart immer und immer wieder nur von außen zu sehen und zu denken vermochte.

Jeanette umgab ihre Freundin damals mit einer rührenden Zärtlichkeit. Sie war beständig für sie da und sah auch immer so strahlend aus wie eine kleine Sonne. Ja, ihr ältliches, verschrumpeltes Gesichtchen konnte in seiner Freude manchmal fast dem eines Kindes gleichen, das um irgendeine schöne Heimlichkeit weiß. Meine Großmutter, welche von alldem, was vorging, genau unterrichtet war, schöpfte damals einen großen Trost aus Jeanettes Anblick, denn nach der Meinung, die sie selbst von ihrer Tochter hegte, hielt sie deren Konversion keineswegs für gesichert, weil man glaubte, sie vorzubereiten. Sie suchte daher auch Jeanette im Haushalt soviel wie irgend möglich zu entlasten, damit sie meiner Tante stets Beistand leisten könne, und tat überhaupt alles, was in ihren Kräften stand, um jede Störung aus dem Wege zu räumen. Auch mich zog sie damals noch mehr als sonst in ihre Nähe und war so eifrig betrebt, mich von ihrer Tochter fernzuhalten, daß jene kurzen Begegnungen auf dem Hausflur eigentlich die einzigen ungestörten waren, die es noch zwischen meiner Tante Edel und mir gab. Hierbei dachte meine Großmutter aber nur an das schlechte Verhältnis, welches in der ganzen letzten Zeit zwischen ihrer Tochter und mir bestanden hatte, denn sie wußte ja nichts von dem, was inzwischen geschehen war. Ich fühlte mich nicht imstande, mit irgend jemand außer meiner Tante Edel darüber zu sprechen, ja, es schien mir, als müsse mit diesem Schweigen geradezu eine heilige Pflicht oder Bestimmung erfüllen, an der ich nicht einmal Jeanette gegenüber etwas zu ändern wagte.

Indessen war mir der Gedanke, vor meiner Großmutter dieses Geheimnis zu tragen und bewußt zu hüten, doch recht schmerzlich. Ich glaubte genau zu wissen, daß sie, welche zwar die Konversion ihrer Tochter billigte, meinem Erlebnis darum noch keineswegs geneigt sein werde, ja, ich fürchtete, sie könne es als eine Veränderung meines Verhältnisses zu ihr auffassen. Ich war mir bewußt, wie sie zwar nie danach gestrebt hatte, mein Herz ausschließlich an sich zu fesseln, wohl aber immer danach, ihren Geist und alles, was sie selbst als Wahrheit erkannte und bejahte, in meiner Liebe abzubilden. Auch erwartete ich, daß sie es sich gerade im Hinblick auf die bevorstehende Konversion meiner Tante Edel doppelt zur Pflicht machen würde, an die Bestimmungen meines Vaters über mich zu denken. Indessen überwand ich diese Sorgen immer wieder ziemlich schnell. Ich stand fortdauernd unter der nachzitternden Berührung mit einer beseligenden Wirklichkeit, in welcher es keine Hindernisse und Unüberwindlichkeiten gab, und war überzeugt, das Gebet meiner Tante Edelgart könne sowohl das Herz meines Vaters – sollte er wirklich noch am Leben sein – wie die Wünsche und Grundsätze meiner Großmutter umstimmen. In der Regel aber dachte ich gar nicht weiter an die Zukunft. Ich lebte aus dem unmittelbaren Glück der Liebe. Mit diesem aber war es so beschaffen, wie es mit dem Glück jeder Liebe ist: im Anfang seines Erwachens gleicht es einem wunderbaren Schweben oder Geschwebtwerden in einer beständigen, stillen, unveränderlichen Vollkommenheit, der scheinbar nichts mehr hinzugefügt werden kann. Jede Bewegung, selbst die zu noch größerem Glück hin, erscheint fast wie Undank, und jeder Wunsch ist bereits erfüllt, weil er sich noch gar nicht regt. Ich trug mich damals auch mit keinerlei Ungeduld, irgend etwas über die Kirche zu erfragen oder zu ergründen. Auch hätte das ja nur bei meiner Tante Edel geschehen können, und diese – darin stimmte ich mit meiner Großmutter überein – mußte ja von jedem Anspruch befreit bleiben. Ich fühlte immer eine große kindliche Sorge um sie, aber gleichzeitig hing auch an ihr ein nicht minder großer Teil meiner Zuversicht. Sie hatte mir gesagt, sie werde »später« – das hieß nach ihrer Konversion – vieles mit mir besprechen. Aber weit mehr als hierauf baute ich auf das, was an meiner Tante Edel selbst geschehen würde. Ich wußte mich in meinem innersten Schicksal so tief an sie gebunden, daß mir immer war, als müsse aus ihrer vollen Vereinigung mit der Liebe Gottes ein wunderbarer Segen auf mich überströmen und als trüge sie mich, wie in ihren Gebeten, auch in ihrem Bekenntnis und in ihrer Hingebung mit zum Altar. Dabei bekümmerte es mich nur zuweilen, daß ich selbst so wenig für sie tun konnte, denn ich war nicht gelehrt worden zu beten. Indessen hatte ich bald gefunden, was dem Gebet wohl sehr nahe kam. Es war dies gleichsam ein Ausbreiten der Arme meiner Seele, das ich nicht näher beschreiben kann. Ich übte diese Ausbreitung der Seele besonders abends und morgens, wobei ich mich der vielen Altäre der Stadt erinnerte, dann aber auch bei Tag, wenn ich an einer Kirche vorbeigehen mußte. In eine solche einzutreten war mir in der Regel versagt, denn ich befand mich dann meistens in Gesellschaft meiner Großmutter, die mich, wie schon erwähnt, gerade damals kaum von ihrer Seite ließ. Diese Unmöglichkeit, öfter eine Kirche aufzusuchen, war eigentlich der einzige wirkliche Kummer, den es in jener Zeit für mich gab.

Indessen empfing ich gerade in dieser Hinsicht damals eine Unterstützung von einer Seite, der ich es am wenigsten zugetraut hätte, nämlich von seiten Enzios, der plötzlich ebenso entschieden wie überraschend anfing, seine Aufmerksamkeit den römischen Kirchen und ihrem Zeremoniell zuzuwenden. Es entsprang dies aber nicht etwa einer Teilnahme seiner Freundschaft für mich – er wußte ja gar nicht um meine Wünsche –, noch weniger aber einer auch nur annähernd gleichartigen Ergriffenheit, sondern das, was damals in ihm und mir vorging, war wie zwei Ströme, welche ihren Weg nach ganz verschiedenen Richtungen nahmen.

Ich habe damals nicht mehr mit Enzio über jenen merkwürdigen Gang durch das nächtliche Rom gesprochen. Zunächst bestand wegen jenes Abenteuers von seiten meiner Großmutter eine berechtigte Verstimmung, und man mied das Thema. Dann aber fing Enzio auch gleich nach jener Nacht an, ganz durch seine Gedichte gefesselt zu werden; ich meine durch jene nachmals so berühmt gewordenen »Römischen Oden«, deren Geburtsstunde ja in ebenjener Nacht liegt. Ich zweifle nicht daran, daß auch sein plötzliches Interesse für die Kirche den gleichen Ursprung hatte, aber ich kann dies allerdings nicht mehr sozusagen aus eigener Anschauung bezeugen. Denn ebenso gewiß, wie ich weiß, daß ich das Antlitz seines Roms – dieses antlitzlose – erblickte, noch ehe er es in seine Verse bannte, ebenso gewiß weiß ich, daß ich den nächtlichen Feuerherd des Sankt Peter zwar mit ihm zugleich, aber nicht mehr in der geheimnisvollen Verbindung mit seiner Schau erblickte, sondern der Augenblick, welcher die chaotischen Gewebe jener merkwürdigen Stunde zerriß, löste mich auch von ihm. Wie Enzio den Eindruck des nächtlichen Sankt Peter aufnahm, habe ich nur erfahren, wie alle anderen ihn später erfahren sollten: durch seine Dichtung, die ihn dann in der ganzen folgenden Zeit so ausschließlich hinnahm, daß unsere Freundschaft dadurch ganz in den Hintergrund trat.

Ich sehe heute die scheinbare Entfremdung, wie sie damals zwischen ihm und mir eintrat, überaus klar. Enzio hat an seiner Dichtung, vor der er – wohl wissend, warum – so lange geflohen war, nicht leicht getragen, denn er war als Mensch oder vielmehr als Natur seinem Talent nicht gewachsen. Er konnte nur der Mund seiner eigenen Stimme werden um den Preis einer außerordentlich strengen Askese. Ich glaube, daß er damals alle Menschen geradezu gewaltsam von sich stieß, ja fast in sich erdrückte, seinen eigenen Menschen voll mit eingerechnet. Bei mir wurde ihm das am schwersten, und darum tat er es am entschiedensten. Aber diese gerade seiner Anlage so unerträgliche Askese rächte sich dann auch wieder empfindlich. Seine Nerven hielten weder ihr noch dem Ansturm seiner Gedichte stand. Jede Spannung des Dichters löste sich in einer menschlichen Disharmonie, während die Beseligungen seines Schöpfertums im Werke selbst untersanken und sich uns nicht in Enzios Stimmungen mitteilten. Ja, man konnte getrost sagen: Je großartiger sich seine Dichtung entfaltete, desto unleidlicher wurde er selbst.

Meine Großmutter litt damals offensichtlich unter ihm, obgleich sich doch mit dieser Dichtung ein schon halb aufgegebener Herzenswunsch von ihr erfüllte. Sie, für deren Begriff der Dichter, auf den Höhen der Menschheit wandelnd, ruhig und gelöst von aller Verworrenheit, ja fast priesterlich die Inspiration wie einen Stern in seinem

Schoß empfängt, verstand Enzio überhaupt nicht mehr. Zwar war sie als mütterlich empfindende Frau bestrebt, ihm, ähnlich wie meiner Tante, alle Störungen fernzuhalten, aber es blieb doch, ebenso wie jener gegenüber, immer etwas in ihr zurück, worüber sie mit ihren eigenen guten Nerven nicht ganz hinwegkam. Wenn Enzio nicht anwesend war, lief ihre Ungeduld zuweilen über, und sie konnte dann Bemerkungen fallenlassen wie diese, daß die modernen Nervenmenschen alle unter eine Glasglocke gehörten; ja, einmal sprach sie sogar von gewissen »schweißbedeckten« Gedichten, womit sie Enzios Versen sehr unrecht tat, denn jene schossen mit wahrhaft tropischer Schnelligkeit empor, und gerade dies war ja eine der Hauptursachen seiner Zusammenbrüche. Im Grunde freilich krankte meine Großmutter weniger an ihnen als an seiner damaligen Verschlossenheit ihr gegenüber, von der sie ahnen mochte, daß sie nicht nur der Empfindlichkeit seiner Nerven entsprang. Hatte er sie früher oft als seine »liebe greise Muse« bezeichnet und seine Pläne und Entwürfe mit ihr besprochen, so sah sie sich jetzt bei seinen Arbeiten nahezu ausgeschaltet; und wenn er sich wirklich einmal herbeiließ, ihr etwas vorzulesen, so geschah es immer in einer Weise, von der sie sagte, er hätte ebensogut dem kleinen Elefanten des Bernini drunten auf der Piazza vor unseren Fenstern vorlesen können. Er ertrug nicht die geringste Kritik, allerdings ebensowenig die geringste Anerkennung, wiewohl nicht deshalb, weil er sein Werk über beide erhaben dünkte, sondern im Gegenteil, weil er es ihnen nicht ohne Gefahr auszusetzen vermochte. Enzio, der sonst so selbstbewußt und verstandesmäßig Klare, glich damals einem Schlafwandelnden, der durch jeden Anruf sofort beirrt wird; und meine Großmutter konnte ihn beirren. Denn nicht nur seine Art während des Dichtens, sondern auch seine Dichtung selbst enthielt für sie fast unüberwindliche Schwierigkeiten.

Ich sehe sie noch vor mir, wie sie, in den prächtigen

alten Sessel mit dem Barberini-Wappen zurückgelehnt, sich gleichsam fröstelnd in den langbefransten römischen Seidenschal einhüllte, während Enzios Gedichte, großen monotonen Meereswogen gleich, durch ihren schönen, behaglichen Salon hindurchrauschten, als bräche über diesen eine Art von Überschwemmung herein. Es trat jetzt deutlich zutage, daß sie vieles, was im Grunde zu Enzios Wesen und zum Wesen seiner Zeit gehörte, nur für seine eigene Jugendlichkeit, um nicht Unreife zu sagen, jedenfalls für eine ganz persönliche Übergangserscheinung gehalten hatte. Sie war nicht nur der Hoffnung, sondern auch des festen Glaubens gewesen, ihr Rom werde allmählich das seine und damit ihn selbst klären. Nun stellten sie diese Gedichte, deren meisterhafte Vollendung innerhalb ihrer Art sie durchaus nicht verkannte, vor die Einsicht, daß – wie sie selbst sich ausdrückte – »jeder sein Romerlebnis im Grunde schon mitbrachte«. Aber das wollte Enzio nun auch wieder nicht wahrhaben, denn er glaubte nicht etwa sein Rom, er glaubte Rom, er glaubte die Welt zu dichten und war sich bewußt, mit diesem Werk einen heroischen Akt der Selbsthingabe zu vollziehen. Und so war es auch ohne Zweifel. Enzio hatte sich und das, was er seine Generation nannte, in diesen Gedichten weithin überwunden, aber er hatte diese Überwindung doch nur vollziehen können, eben in den Formen seines Ich und seiner Generation, und das verstand meine Großmutter nicht ganz.

Aber mit alledem greife ich ein wenig vor. Es ist hier nicht der Platz, über Enzios Dichtung zu reden, denn sie war damals nur in ihren ersten Anfängen zugänglich; auch meine Großmutter kannte lediglich diese. Enzio hatte seine größten Möglichkeiten noch gar nicht erschöpft, aber er hatte sie bereits ins Auge gefaßt.

Wir standen jetzt unmittelbar vor der Karwoche, und es war früher zuweilen davon die Rede gewesen, daß Enzio die berühmten kirchlichen Zeremonien in Augenschein nehmen müsse, die doch einmal mit zu den bedeutenden Eindrücken Roms gehören. Er hatte sich bisher nie besonders für diesen Vorschlag interessiert, jetzt aber zeigte er sich plötzlich so dafür eingenommen, daß man das ursprüngliche Programm wesentlich erweitern mußte. Meine Großmutter war ganz einverstanden, nur wollte sie selbst nicht gerne mitgehen, denn sie vertrat den Standpunkt, man sei zwar als Außenstehender berechtigt, diese großartigen Zeremonien einmal auf sich wirken zu lassen, hernach aber erscheine es ihr unstatthaft, sie zum bloßen Gegenstand der Schaulust herabzuwürdigen. Sie können sich, so sagte sie oft, nichts Ungehörigeres denken als die vielen gaffenden Fremden in Sankt Peter. Am liebsten hätte sie Jeanette mit Enzios Führung während der Karwoche betraut, und nur weil es ihr damals so sehr am Herzen lag, ihre Tochter nicht der Freundin zu berauben, erklärte sie schließlich doch, daß sie selbst in Gemeinschaft mit mir Enzio begleiten würde, eine Anordnung, die mich mit unbeschreiblicher Freude erfüllte. Zwar zu guter Letzt wäre ich doch fast um meine Erwartungen betrogen worden. Es gab nämlich damals noch eine weitere Spannung zwischen meiner Großmutter und Enzio, die vielleicht – denn meine Großmutter war in dieser Hinsicht eine echte Frau – die schwerste von allen bedeutete. Um es kurz zu sagen: es machte ihr Kummer, daß Enzio sich plötzlich so sichtlich von mir zurückzog, denn an dieser unserer Freundschaft hing doch am Ende ein großer mütterlicher Herzenswunsch ihres Alters. Sie legte Enzios damaligem Verhalten etwas zuviel Gewicht bei, denn sie verstand dessen Beweggründe nicht ganz; und dann stammte sie selbst noch aus einer Zeit, die vielleicht nicht ritterlicher, aber doch kavaliermäßiger gewesen war als die seine. Dabei machte seine mangelnde Aufmerksamkeit gegen mich ihr um so mehr zu schaffen, als sie viel zuviel Familienstolz besaß, um sich an diesem Punkt das geringste merken zu lassen. Dennoch spürte Enzio mit der verfeinerten Empfindlichkeit seines überreizten Zustandes genau, wie meine Großmutter über ihn und mich dachte, und war daher gerade in ihrer Gegenwart mir gegenüber viel nervöser als sonst. Es kränkte ihn, daß man ihm zutraute, er möge mich nicht mehr leiden, und schroff und eigensinnig, wie er war, gab er nun erst recht kein Zeichen von Zuneigung von sich. Auch damals, als meine Großmutter, um ihn ein wenig zu erziehen und zu strafen, Miene machte, mich nicht mit in den Sankt Peter zu nehmen, zeigte er sich gar nicht besonders enttäuscht. Dagegen war ich so unverhohlen unglücklich und bat so inständig, mitkommen zu dürfen, daß meine Großmutter das ohnehin wirkungslose Strafverfahren einstellte.

Ich selbst machte mir wegen Enzios verändertem Benehmen keine besonderen Gedanken. Zwar sah ich so gut wie meine Großmutter, daß ich gegenwärtig viel lieber mit ihm zusammen war als er mit mir, aber mein Spiegelchen schien jetzt wieder durchaus in Ordnung, ja, es war geradezu wie neu zusammengesetzt: Man sah keinen Sprung und Widerspruch mehr darinnen, nur erschienen alle Dinge in ihm ein wenig glänzender als sonst, so als gäbe es sie in einer beständigen leichten Überstrahlung von Freude und Zuversicht wieder. Ich begriff Enzio recht gut, das heißt, ich wußte, daß ich nun nicht mehr zwischen ihm und Rom stand, sondern jetzt stand Rom zwischen ihm und mir – von ihm aus. Von mir aus stand nichts zwischen uns: Mein eigenes großes Erlebnis hatte an meinem Verhalten zu den Meinen nichts verändert, als daß ich alle noch ein wenig mehr liebte als vordem.

Ich spürte also damals noch keine Enttäuschung, wohl aber spürte Enzio eine solche. Er hielt die Gelassenheit, mit der ich seine Vernachlässigung ertrug, für Gleichgültigkeit, ja, es geschah damals wirklich das Merkwürdige und Widerspruchsvolle, daß er, der es doch mir gegenüber so gründlich fehlen ließ, nun furchtbar enttäuscht war, weil ich ihm dieses Fehlenlassen so leicht machte.

Er war denn auch auf dem Weg zum Sankt Peter wieder ziemlich ungnädig, obwohl meine Großmutter jetzt auf das liebenswürdigste darüber hinwegsah. Nun sie einmal zu dieser Unternehmung ja gesagt und ihre Führung übernommen hatte, wollte sie auch, daß alles von unserer Seite in würdiger Stimmung aufgenommen werde. Sie hatte versprochen, uns unterwegs noch kurz auf die Eindrücke, die uns erwarteten, vorzubereiten, denn sie selbst hatte seinerzeit diese Zeremonien mit gewohnter Gründlichkeit studiert und kannte sie nicht nur, wie die meisten Fernstehenden, ihrer prächtigen Außenseite nach, sondern sie war auch durchaus imstande, über ihre innere Bedeutung Auskunft zu geben. Leider aber stießen wir beim Verlassen unserer Wohnung mit einem alten Bekannten meiner Großmutter aus Deutschland zusammen, der seit Jahren nicht mehr in Rom gewesen war und uns dann in der Freude des Wiedersehens begleitete. Er verließ uns zwar an der Treppe des Sankt-Peters-Doms, aber nun war für die Erklärungen meiner Großmutter keine Zeit mehr. Auf diese Weise kam ich gänzlich unvorbereitet zu der Zeremonie, die unser harrte. In meiner völligen Unkenntnis der Dinge hatte ich eine besonders feierliche Segensandacht erwartet: Mein Herz schlug der ausgesetzten Monstranz entgegen. Statt ihrer empfingen mich die düsteren Schatten der Trauermette.

Wir hatten durch Vermittlung einer befreundeten Botschaft Plätze in einer der vordersten Reihen der Tribüne erhalten, aber Enzio erklärte plötzlich, wir müßten seitlich unter der Kuppel bleiben. Er habe gehört, die Musik klinge von dort aus am schönsten und auch was es etwa zu sehen gäbe, wirke bildhafter aus der Entfernung. Meine Großmutter gab schließlich nach, ließ sich aber von mir ein Hockerchen besorgen, denn so meinte sie, Enzio verstände zwar einiges von Akustik, von ihren alten Füßen aber verstände er schlechterdings nichts. Ich kauerte mich neben sie auf eine Altarstufe nahe der Statue der heiligen Veronika nieder, welche Enzio uns als Standort bestimmt hatte.

Wir waren dort sehr nahe dem päpstlichen Altar, unter dessen Baldachin ich damals in der Nacht das Allerheiligste während des Vierzigstündigen Gebets erblickt hatte. Heute war der Altar nackt und kahl; mit verhülltem Kruzifix, ohne Kerzen und Monstranz glich er einem erloschenen und trostlosen Heiligtum. Ich vermochte ihn nicht ohne Schmerz anzublicken.

An uns vorüber ging ein großer purpurner Kardinal, dessen majestätische Haltung meine Großmutter und Enzio entzückte. Auch violette Monsignori, prächtig verbrämt mit weißen und grauen Pelzen, tauchten in der Menge auf und wurden bewundert. Mir schien das alles ganz gleichgültig; ich mußte nur immerfort auf den verlassenen päpstlichen Altar unter dem Baldachin blicken. Auch die Zeremonie, welche sich weiterhin in der Tiefe des Domes am Hochaltar begab, verstärkte meine Traurigkeit immer mehr. Man vernahm eintönige Gebete, unterbrochen von den klagenden Gesängen des Chores. Von Zeit zu Zeit löschte einer der Kleriker eine brennende Kerze an einem vielarmigen Kandelaber, der zur Seite des Hochaltars stand. Dieses langsame Auslöschen eines Lichtes nach dem anderen hatte etwas unaussprechlich Trauriges. Nach einer Weile verstummten die Gebete und Chöre. Eine zarte, unendlich rührende Melodie, nur von einer einzigen Stimme getragen, schwang sich durch die ungeheuren Räume der Kirche. Es war, als ob jeder Mund sich geschlossen hätte, weil die Seele selbst anfinge zu singen. Unsichtbar, wie ein kleiner Vogel im dunklen Weltraum, stieg sie mit dem eintönigen Flügelschlag eines unendlichen Schmerzes von Einsamkeit zu Einsamkeit empor bis in die höchsten Fernen der Kuppel und blieb dort gleichsam mit weitausgebreiteten Flügeln schweben.

»Jerusalem, Jerusalem, convertere ad Dominum Deum tuum.«

Es war etwas Namenloses, ganz Unfaßbares in dieser einfachen, monotonen Melodie. Unendliche Verlassenheit, weinte sie über den Gewölben des Domes hin wie an Felsen, klagte sie wie über unermeßlichen Meeren:

sanft vor Schmerz, unabwendbar und unendlich, ganz unstillbar, in ihrer Größe fast lieblich.

Ich sah, wie sogar meine Großmutter bei diesem Gesang flüchtig das Gesicht mit den Händen bedeckte. Ich selbst fühlte, wie mir die Tränen in die Augen stiegen: Ich hatte bisher nicht gewußt, daß es ein so trauriges Lied zu geben vermochte! Wie lange ich auch lebte, nie, nie würde ich dieses unsagbare »Jerusalem, Jersualem« vergessen können! Und plötzlich war es mir, als würde zwischen der großen Freude und Liebe, welche mich diese ganze Zeit erfüllt hatte, etwas aufgerichtet – etwas Unscheinbares und doch sehr Mächtiges, unbestimmt Dunkles. Ich konnte es nicht genau in meinem Innern erkennen, aber ich glaubte zu wissen, es würde nun immer und immer dort stehen und ich könnte nie wieder zu der Beseligung der göttlichen Liebe gelangen, außer durch die Schatten dieses unerkennbaren Dunkels. –

Indessen rannen die Stunden dahin. Enzio richtete von Zeit zu Zeit eine Frage an meine Großmutter. Er schien alles mit großer Aufmerksamkeit zu verfolgen. Meine Großmutter antwortete ihm; sonst sprachen wir nichts. Ich sah, wie er ein paarmal den Blick erstaunt auf mich richtete, fast so wie damals auf mein Spiegelbild, nur fremder und schließlich sogar fast unwillig. Aber das alles bewegte mich nur wie im Traum.

Die Feierlichkeit gewann jetzt einen immer düstereren Charakter. Es brannte keine einzige Kerze des Kandelabers mehr; man schickte sich an, auch die Lichter auf dem Hochalter zu löschen. Der große, majestätische Kardinal hatte seinen Platz verlassen und kniete vor dem Altar. Auch die anderen Geistlichen knieten in ihren Stühlen. Ihre Gebete wechselten immer noch mit den Gesängen des Chores ab, aber Gesänge und Gebete schienen wie verfolgt – es war, als näherten wir uns einem furchtbaren Verhängnis. Die Lichter des Altares waren nun auch bis auf ein einziges erloschen; alles umher verblich, vergraute, veraschte. Die ganze Kirche hatte jetzt etwas geradezu

Trostloses. Der marmorne Schmuck ihrer Wände, die Gräber ihrer Päpste, die Statuen ihrer Heiligen, alles lag erstorben; nur noch die nackte Großheit der Gewölbe reckte sich empor – wir waren Schmerz gewesen und nun wurden wir Staub! Die Schauer des nächtlichen Kolosseums faßten mich an. Ich hätte jetzt fliehen mögen; ich fühlte eine furchtbare, bange, fast feindliche Abwendung von diesem Ort, so als hätte mich die göttliche Liebe betrogen, als sei sie, die mir hier als unendliche Freude und Allmacht erschienen, in Wahrheit unendlicher Schmerz, ja als liege sie selbst viel tiefer gebunden als alle anderen unter der Verlassenheit der Welt.

Ich weiß nicht, ob ich geweint oder geseufzt habe, denn plötzlich bog sich meine Großmutter zu mir herab. »Kind«, fragte sie, »soll ich mit dir hinausgehen?«

Sie hatte mir später gesagt, sie habe auf einmal daran denken müssen, wie ich ihr damals auf dem Palatin entglitten sei.

Ich wollte aufstehen, aber nun war es wieder, als könne ich nicht fort von dieser Stätte, als würde ich festgehalten von jener unfaßlichen Stimme, die ihren Gesang in meiner eigenen Seele wiederholte: leibreich, schmerzreich, sterbend:

»Jerusalem, Jerusalem, convertere ad Dominum Deum tuuum.«

Indem rissen drüben die geängstigten Gebete jäh ab, und gleich darauf erhob sich ein so schreckliches Getöse, als ob der Hochaltar zusammenstürzte. Die Pfeiler der Kirche schienen zu wanken, als wollten sie sich nun wirklich in die gigantischen Ruinen des Kolosseums verwandeln oder als nahe sich der Untergang der Welt.

Meine Großmutter hat später behauptet, es sei der Trost des unvermutet hervorbrechenden Lichtes gewesen, der mich auf die Knie geworfen habe. Aber dem war nicht so. Zwar fühlte ich mit allen anderen dieses jetzt aus der Höhe niederströmende Licht wie etwas fast Rettendes; ich hörte von dem Balkon über uns Geläut und sah dort oben das weiße Leuchten priesterlicher Gewänder; ein geheimnisvoller Gegenstand wurde erhoben: Ich erkannte nichts, aber ich fühlte dieselbe unaussprechliche Ergriffenheit wie damals beim Anblick der Monstranz, ja, ich glaubte sie zu sehen, nicht mit meinen Augen, sondern mit meiner Liebe.

»Aber was tust du denn, Veronika?« fragte meine Großmutter und beugte sich zu mir herab. Ich lag wie alle anderen auf den Knien, nicht wissend, daß ich es tat, hingezogen und zuerst den Anruf gar nicht vernehmend.

»Steh auf«, sagte meine Großmutter fast strenge, »es ist selbst der Ehrfrucht nicht erlaubt zu knien, wenn sie nicht weiß, wovor.« Sie reichte mir die Hand und zog mich mit Entschlossenheit empor; dabei fiel mein Blick auf Enzio, der mich mit sonderbar kalten Augen unbeweglich ansah.

Droben auf dem Balkon verschwanden jetzt die Priester.

Die Menschen bewegten sich wieder; alles schien vorüber.

Plötzlich sagte Enzio: »Ihr habt dieses Kind nicht mit Unrecht Veronika genannt. Ich vermute wenigstens, daß jene Heilige die Schutzpatronin der Eindrucksfähigkeit ist, und von Veronika weiß man schließlich auch nichts anderes.«

Er sagte dies nicht gut, er sagte es fast böse. Ich fühlte einen undeutlichen Schmerz, aber er kann noch nicht ganz an mich heran. Erst als meine Großmutter Enzio antwortete, begriff ich, daß er mich in diesem Augenblick wirklich verleugnen wollte, und zwar gerade in dem, worin er mich sonst am meisten geliebt hatte. Aber merkwürdigerweise erschien mir das ganz natürlich.

Meine Großmutter hielt indessen immer noch meine Hand fest, als fürchte sie, ich könne unversehens wieder niederknien. Ich sah, wie sehr ich sie bestürzt hatte. Es tat mir weh um sie, aber auch das war wiederum, als müsse es so sein.

Während wir langsam durch das matterleuchtete Schiff der gigantischen Kirche dem Ausgang zuschritten, erklärte uns meine Großmutter dann nachträglich den Sinn der Feier. Auch über die Reliquie der heiligen Veronika und ihre hohe Bedeutung am Schluß des Miserere sprach sie, ja sogar besonders schön: so als wolle sie mit ihren Worten den peinlichen Eindruck von Enzios Ausspruch aus der Welt schaffen. Sie ahnte nicht, daß ich mir dabei bewußt wurde, zum erstenmal das Bildnis des Dornengekrönten liebend gegrüßt zu haben. – – –

Es war nun in den folgenden Tagen immer wieder, als frage mich die große selige Freude, die ich während der ganzen letzten Zeit in meinem Herzen getragen hatte, leise und liebreich: Könntest du auch traurig sein? Und ich war traurig – ich sollte allmählich immer trauriger werden und fühlte dies ganz deutlich. –

Wir hatten eigentlich erwartet, Enzio werde bald nach Ostern abreisen, denn seine Mutter drängte bereits seit geraumer Zeit in ihren Briefen zum Aufbruch, da sie anfing, der Riviera überdrüssig zu werden und heimzuverlangen. Ich war daher besonders schmerzlich betroffen, daß er mir den Vorfall in Sankt Peter so ernstlich und offensichtlich nachtrug; auch merkte ich wohl, es stand jetzt etwas ganz anderes zwischen ihm und mir als nur seine Arbeit. Meine Großmutter hatte noch an demselben Abend die Bemerkung gemacht, es scheine ihr eigentlich, als ob er in seiner Weise nicht weniger von der Feier hingenommen gewesen sei als ich. Er hatte darauf geantwortet: »Daran dachte doch aber Veronika nicht!« Meine Großmutter war über diese Antwort irgendwie erfreut gewesen, vielleicht weil sie in ihr ein Zeichen sah, daß ihr junger Freund mich im Grunde doch noch immer ausschließlich für sich beanspruche. Ich selbst hatte mich nicht freuen können, und Enzio hat mir ja auch wirklich später gesagt, es sei ihm damals unerträglich gewesen, mich knien zu sehen, und er habe diesen Anblick nie wieder vergessen können.

Aber auch meine Großmutter zeigte mir seit jenem Abend eine Unruhe, deren Dauer mich bedrückte. Sie ließ am folgenden Tag Enzio allein in die Kirche gehen, und ich glaubte zu wissen, daß die Bedenken trug, mich den Eindrücken jener Zeremonien nochmals auszusetzen. Wie nachdrücklich sie sich mit meinem unerwarteten Niederknien in Sankt Peter beschäftigt hatte, wurde mir dann noch durch eine kleine Ermahnung klar, die sie mir am anderen Morgen unter vier Augen zuteil werden ließ und deren Ernst ich nicht verkannte, obwohl sie ihn in eine so reizende Form kleidete, daß er eigentlich viel eher einem Trost als einer Zurechtweisung glich. Sie knüpfte nämlich noch einmal an Enzios unfreundliche Bemerkung an, indem sie mir erzählte, mein Vater, der gelehrte Naturforscher, habe früher gerne darüber gescherzt, wie passend er es doch fände, daß sein Töchterchen einen botanischen Namen trage, denn bekanntlich sei Veronika die lateinische Bezeichnung für das kleine wilde Blumenkraut des Ehrenpreis. Ihr selbst aber, so fuhr meine Großmutter fort, sei gleich damals, als man mich benannt habe, die Gestalt der christlichen Legende eingefallen, über welche sie genau das Gegenteil denke wie Enzio. Sie sehe in ihr das verehrungswürdige und rührende Vorbild einer unwandelbaren Tiefe und Treue, welche, restlos gesammelt auf die eine große Wahrheit ihres Lebens, das Bild ihres Herrn und Meisters unerschütterlich festhalte und bekenne. Jeder Mensch, so schloß meine Großmutter, fange sozusagen als eine kleine wilde Pflanze an und als solche sei es auch mir lange hingegangen, mich Sonne oder Wind, wie sie mir eben begegneten, blindlings zu neigen. Jetzt aber werde es hohe Zeit, mit diesem ersten Sinn meines Namens zu brechen und sich auf seinen höheren zu besinnen, welcher eine große Verpflichtung bedeute.

Nach dieser kleinen Rede küßte mich meine Großmutter, ohne irgendeine Antwort meinerseits abzuwarten, was in ihrer zärtlich-herrischen Sprache soviel hieß, als daß es hier keinen Einwand gebe und der Fall endgültig erledigt sei.

Ich fühlte bei diesem Kuß einen großen Schmerz, so als empfinge ich ihn zu Unrecht; ja, er lag den ganzen Tag über so schwer auf meinen Lippen, als hätte ich diese, indem ich jenen Kuß schweigend erwiderte, zu einer Unwahrheit gegen meine geliebte Großmutter mißbraucht. Dennoch wußte ich nicht, wie ich ihr hätte sagen sollen, was es in Wahrheit um mein Niederknien in Sankt Peter gewesen war.

Diese schmerzliche Ratlosigkeit ihr gegenüber verstärkte sich dann noch am folgenden Tag, als sie in ihrer schönen aufrichtigen Art auch noch mit der Tat bewies, daß sie mir wieder volles Vertrauen schenke und keine Bedenken mehr trage, mich doch noch einmal zu den bevorstehenden Feierlichkeiten mitzunehmen.

Enzio nämlich, der inzwischen einsam und verstockt – das heißt mir gegenüber – in den Kirchen umhergeschweift war, und zwar so ausgiebig, daß man ihn kaum noch gesehen hatte, erschien am Karfreitagabend geradezu erbittert bei meiner Großmutter und erklärte, es sei ihm nun leid, fortwährend Veranstaltungen beizuwohnen, bei welchem man zwar angeblich lateinisch, in Wirklichkeit aber ein ihm unbekanntes Metaphysisch spreche. Dabei sah er indessen keineswegs aus, als ob ihm dieses Zuhören wirklich leid sei, auch bat er meine Großmutter gleich danach geradezu knabenhaft stürmisch, ihn doch am Karsamstag wieder zu begleiten, und ihre Güte willigte denn auch alsbald ein, unter der Bedingung, daß man nicht, wie Enzio wollte, in den Sankt Peter, sondern in die Lateranische Basilika gehe, welche, wie sie sagte, als »Mutter und Haupt aller Kirchen« an diesem Tage nach uraltem Herkommen den Vorrang beanspruche. Sie bezeichnete dann die morgigen Feierlichkeiten als mit die schönsten des römischen Kirchenjahres und gleichzeitig auch als mit der freudigsten. Bei dieser Verheißung schwang deutlich eine leise Zärtlichkeit von ihr zu mir herüber, so als sei es ihr nicht nur darum zu tun, mir wieder ihr volles Vertrauen zu zeigen, sondern auch in meiner Erinnerung die Schatten des düsteren Miserere zu bannen, dessen Spuren sie wohl immer noch in meinem Gesicht zu erkennen glaubte. Aber gerade diese ihre rührende Zärtlichkeit verstärkte abermals meinen Schmerz um sie. Auch fühlte ich, wie Enzio, der mir keineswegs zu trauen schien, nicht einverstanden war, daß ich mit in den Lateran ging. Er sagte dies nicht geradeheraus, aber man spürte es eben, und es war nur gut, daß meine Großmutter jetzt plötzlich die Sache zwischen ihm und mir von einer anderen Seite nahm. Ich selbst, so hatte ich mir in diesen Tagen vorgenommen, wollte schon seinetwegen eine Weile traurig sein. –

Unterwegs erklärte meine Großmutter uns die bevorstehenden Feierlichkeiten. Es ist mir späterhin immer als eine sehr wehmütige und tiefsinnige Fügung erschienen, daß ich jenen ersten Hinweis auf die christliche Osterfreude meiner heidnischen Großmutter verdanke, ihr, von deren erstarrrten Lippen ich dann später auch zum erstenmal in meinem jungen Leben die stumme Verkündigung dessen vernehmen sollte, was es um die furchtbare Wirklichkeit des Todes ist. Damals, an jenem Karsamstag in der Lateranischen Basilika, wußte ich noch nicht um den Tod oder doch nur so, wie man um das Dasein eines sehr fernen Landes weiß, von dem man im Grunde nicht glauben kann, man selbst oder einer der Seinen werde es je betreten. Aber ein Hauch jenes Landes streifte damals meine Stirn. Es war sehr seltsam: obwohl ich mich nun doch auf alles vorbereitet glaubte, überfiel mich die Freude dieses Ostermorgens, wie vordem die Schatten des Sankt Peter, fast ebenso geheimnisvoll anders als meine Erwartungen.

Über San Giovanni in Laterano lag bei unserem Eintritt eine gruftartige Kühle und Stille, welche die morgendlichen Kirchen sonst nicht haben, auch wenn sie noch der ersten Messe harren. Die Basilika kam mir in dieser Stille feierlich, fremdartig und eigentümlich jung vor, dabei aber doch nicht erwartungsvoll wie ich selbst, sondern eher schlummernd. Man ging leise, ohne es zu wissen. Es war fast noch niemand da, nur in einem der Seitenschiffe standen in langen Reihen junge, weißgekleidete Kleriker aufgestellt, welche hernach die Weihen empfangen sollten. Sie kamen mir in der Dämmerung und Entfernung wie große weiße Blumen vor, welche eine unsichtbare Bahre schmückten.

Dann trug man den zarten Keim eines zuerst ganz kleinen Lichtes herein, über dem sich der geheimnisvolle dreimalige Aufklang des »Lumen Christi« strahlengleich emporschwang. Aber immer noch, so schien mir, wollte sich die tiefe, traumhafte Verzauberung ringsum nicht lösen. Doch nun brach jener unbeschreibliche Lobgesang aus, welcher die Entzündung der Osterkerze begleitet, jener herrliche und über alles wunderbare, erhabene Hymnus, in welchem nicht die Engel den Menschen, sondern der vom Tode erlöste Mensch die Engel zum Jubelsturm ohnegleichen durch alle Himmel fortreißt:

> Exsultet iam Angelica turba caelorum:
> exsultent divina mysteria!

Ein noch jugendlicher Diakon sang dieses Jubellied von einer kleinen Kanzel neben dem Altar herab in die Kirche – nein, in die Welt hinein mit einer Stimme, als läge auf seinen Lippen der Sieg der Morgenröte. War dies dieselbe Kirche, vor deren düsteren Gesängen ich unlängst gebebt hatte? Welche Freude! Ich glaubte, niemals den Laut einer ähnlichen vernommen zu haben; und doch wußte ich eigentlich noch immer nicht, was sie bedeutete.

Während man am Hochaltar die Prophetien las, gingen wir ein wenig im Hintergrund der Basilika auf und nieder. Meine Großmutter war noch ganz erfüllt von dem Exsultet. Sie sagte, es sei der gewaltigste Lebenshymnus, der je gesungen worden; er habe sie auch früher schon tief bewegt, aber noch niemals so wie heute.

Enzio, immer widerspenstig, wenn er seine eigene Ergriffenheit fürchtete, entgegnete, dieser Hymnus sei schon sehr großartig als Poesie, aber sein Gedanke erscheine ihm fragwürdig. Er könne sich ein ewiges Leben für sich selbst weder denken noch wünschen, ja, es widerstreite dies geradezu seinen nur auf das Ganze gerichteten Lebensinstinkt.

»Mein Freund, Sie sind noch sehr jung, und das eigene Leben ist unaussprechlich schön«, sagte meine Großmutter. Sie sprach die ersten Worte schnell und feurig, wie es ihre Art war, wenn sie lebhaft wurde; dann aber zuckte plötzlich eine sonderbare Wehmut durch ihre Stimme, so als überfiele sie bei ihren eigenen Worten ein Gedanke, der ihr eigentlich ganz fernlag – es war ein Ton, den ich noch nie von ihr vernommen hatte.

Man entzündete jetzt auf allen Altären Kerzen und Lampen: Das schöne Licht der Osterkerze brach gleichsam in Hunderten von Flammen aus. Und doch war es nun plötzlich, als ob in all diesem Leuchten und Schimmern, in all diesem Überschwang der Freude noch etwas anderes enthalten sei, was mir niemand gesagt hatte, etwas Leises und Schauerndes, ein Nolimetangere, ein Weißes und Jenseitiges, das gar nicht hier und jetzt, sondern erst weit drüben über den dunklen Abhängen der Erde und der Nacht zu leuchten schien. Ich mußte plötzlich doch wieder an den Sankt-Peters-Dom denken, so als wäre all dieser Jubel ein Sieg hinter dunklen Pforten, zu denen mir ebenjene leise Stimme hinwinkte, die mich diese ganzen Tage über gefragt hatte: Kannst du auch traurig sein? Aber da strahlte am Hochaltar, wo man inzwischen die Messe begonnen hatte, das Gloria auf; die Glocken läuteten, die Orgel erbrauste, dann überjubelte das Alleluja sie alle. Immer wieder und immer wieder brach es hervor, gleich einer Woge des Dankes und der Liebe die ganze Kirche überströmend. Es war nun wirklich, als ob alle Schatten zu Herrlichkeit würden, als ob die schwarze Erde selbst sich in Licht verwandle und alle ihre Steine in Flügel. Ich fühlte jetzt das geradezu stürmische Verlangen, diesem unvergleichlichen Jubel gänzlich anzugehören, aber gleichzeitig auch die zarte Schranke, die mich von ihm trennte und die mir ein eigentümliches Bangen verursachte. Selbst als man während der Messe das Allerheiligste erhob, schien mir, als läge es heute über ihm wie eine leise Entrückung; oder war es nur jenes Bangen meines Herzens, das plötzlich tiefer, näher zu ihm hinstrebte? –

Wir gingen dann später noch nach San Giovanni in fonte hinüber, wo man zuvor die Weihe des Taufwassers vollzogen hatte. Der Raum des kleinen Baptisteriums war zu eng gewesen, um die Fülle der Menschen zu fassen, und man hatte uns nicht mehr eingelassen. Jetzt war es dort leer, nur ein leiser, süßer Duft erfüllte noch den Raum: Blumen lagen über den steinernen Boden gestreut, über den Stufen des offenen Taufbeckens und der antiken Basaltwanne, die in seiner Teife stand. Plötzlich kam mir der Gedanke, meine Großmutter zu fragen, ob ich eigentlich getauft sei. Sie sah zuerst etwas erstaunt aus, dann aber nahm sie die naheliegende Erklärung meiner Frage arglos an. Sie sagte, nein, ich sei eine kleine Heidin, und zwar der Form nach die einzige der Familie. Sie selbst habe ihre Töchter noch nach altem Herkommen taufen lassen, mein Vater aber, aus jeder kirchlichen Gemeinschaft ausgeschieden, sei dann seinem Kind gegenüber von diesem Brauch abgewichen.

Während wir das sprachen, hatte sich Enzio von uns entfernt – ich weiß nicht, ob er sich durch meine Frage wieder gekränkt fühlte. Ich hörte ihn auf der anderen Seite des Raumes mit dem alten Kustoden über die berühmte Bronzetür aus den Caracallathermen verhandeln, die man in dieser Taufkapelle aufbewahrt und die bekanntlich beim Öffnen und Schließen wunderlich melodisch in der Oktav summt. Meine Großmutter folgte ihm, indessen ich allein an den Stufen des Taufbrunnens zurückblieb. Eine unbeschreibliche Lieblichkeit schien mir plötzlich über dieses kleine, stille, uralte Baptisterium ausgebreitet, ein Friede und eine Freude ohnegleichen, so als sollte für mich die Osterkerze erst hier entzündet werden. Ich nahm einige Blumen vom Rande des Brunnens auf, um sie meiner Tante Edelgart mitzubringen. Dabei fühlte ich eine so große Liebe zu ihr wie nie zuvor. Ich dachte an ihre Konversion, die nun, wie ich glaubte, ganz unmittelbar bevorstand.

Indem hatte der Kustode drüben die alte Bronzetür geöffnet und ließ sie langsam in ihre Angeln zurückfallen. Ich hörte, wie der tief hingezogene Ton halb grollend, halb klagend leise und fast schauerlich über den offenen Taufbrunnen hinbebte. Dann sagte der Kustode, einen Scherz wiederholend, den er wahrscheinlich schon oft gemacht hatte: »Diese Tür erhebt immer noch gegen das heilige Wasser Einspruch.« – –

Nachdem die beiden Ostertage vorüber waren, zog sich Enzio, anstatt seine Koffer zu packen, wieder auf sein Zimmer zurück und vergrub sich gänzlich in seine Dichtung. Er telegraphierte an seine Mutter, er habe einen neuen Einfall und denke gar nicht an Abreise. Hierauf antwortete »Frau Wolke« überhaupt nicht; sie wußte offenbar besser als wir, was es bedeutete, wenn ihr Sohn dichtete, und hielt selbst den Ausdruck ihres Einverständnisses für unangebracht. Enzio fragte dann auch gar nicht, ob seine Mutter zugestimmt habe – es bestanden hier sichtlich schon von beiden Seiten her Erfahrungen. Übrigens gestaltete sich für uns dieses Mal seine Schaffensperiode leichter insofern, als wir ihn in der nächsten Zeit überhaupt nicht mehr sahen. Er ging allein spazieren und geruhte auch, uns wissen zu lassen, daß er die Mahlzeiten auf seinem Zimmer einnehmen möchte; Jeanette erbot sich, ihm diese zu bringen, und wir waren darüber außerordentlich froh, denn unsere Freundin besaß in ihrer Kleinheit und Leichtigkeit nahezu die Fähigkeit des Schwebens, so daß ihr Ein- und Ausgehen Enzio unmöglich stören konnte. Sie kam denn wirklich damals von uns allen am besten mit ihm aus, ja, es schien, daß er sich ihr auf seine Art sogar dankbar zeigte, denn sie erzählte uns, er sei eigentlich »recht lieb« in seiner Abgeschiedenheit und auch irgendwie zufrieden, so daß man wohl auf den guten Fortgang seiner Arbeit hoffen dürfe. Nur über die Autos, so meinte sie, die an unserem Hause vorübertobten, schelte er in ganz schrecklicher Weise; sie habe ihn schon sagen hören, jede technische Erfindung müsse heutzutage mit einer gesetzlichen Strafe belegt werden, aber für den Erfinder des Autos hätte seinerzeit die Todesstrafe gehört. Meine Großmutter erwiderte lachend, sie sehe Enzio nichtsdestoweniger alle Tage mit einem Auto fortfahren und hernach wiederkommen; im übrigen kümmerte sie sich damals so wenig um ihn wie noch nie, denn ihre Gedanken waren, gleich den meinen, vor allem auf meine Tante Edelgart gerichtet. Wir erwarteten nun täglich das Ereignis ihrer vollzogenen Konversion, und meiner Großmutter mochte es nicht unlieb sein, ihren jungen Freund gerade jetzt in seiner selbstgewählten Klausur zu wissen. Ich hatte auch früher schon zuweilen bemerkt, daß sie ein wenig darum besorgt war, er könne sich des näheren mit ihrer Tochter beschäftigen. Es hing dies, wie ich glaubte, mit einer Vorliebe Enzios für gewisse psychologische Theorien zusammen, welche meine Großmutter, für die so ziemlich alle Psychologie bloße Spitzfindigkeit war, unangenehm berührten. Dabei fürchtete sie vielleicht unbewußt, daß Enzio im stillen etwas von meiner Tante Edelgart verstehen könne, was keineswegs unwahrscheinlich war; denn obwohl Enzio immer nach dem einfachen Menschen verlangte, dem Menschen mit der großen, klaren, allgemeinen Linie, dem »Nur-Menschen«, wie er sagte, so begriff er doch im Leben gewöhnlich am ehesten den komplizierten und problematischen Menschen, denn er stand seiner eigenen Natur am nächsten.

Ich selbst dachte damals beständig an meine Tante Edel und ließ keinen Tag vorübergehen, ohne vor der göttlichen Liebe ihrer Konversion zu denken. Oft, wenn sie von dem Pater zurückkam und ich drunten im Kreuzgang auf sie wartete, um ihr im Vorübergehen die Hand zu küssen, lag es mir auf der Zunge zu fragen: Wann? Aber ich unterdrückte mein Verlangen immer wieder aus Liebe zu ihrer Zartheit und Scheu. Ich wollte geduldig warten, bis sie mir von selbst sagen würde: Heute.

Doch dieses »Heute« kam nicht. Eines Tages hörten die gemeinsamen Gänge Jeanettes und meiner Tante Edelgart zur Kirche Santa Maria sopra Minerva ganz plötzlich auf. Meine Tante Edel blieb in ihrem Zimmer eingeschlossen, und Jeanette ging mit einem wahrhaft trostlosen Gesicht herum. Sie schien einem verstörten Vögelchen zu gleichen, das sich die Schwingen verletzt hat und nun am Boden traurig hin und her flattert. Ich hätte nie geglaubt, daß die allezeit fröhliche kleine Jeanette so aussehen könne! Meine Großmutter fragte sie, was geschehen sei. Jeanette zuckte ratlos mit den armen, schwachen Schultern; sie war so fassungslos, daß sie nicht einmal den Mut fand, meiner Großmutter zu antworten: Aber diese schien auch ohne Antwort zu begreifen: sie ließ ein Wort fallen, welches ich nicht verstand. Jeanette erwiderte: »O nein, das sind Mächte!« »Ich kenne nur solche Mächte, über die man als sittlicher und vernünftiger Mensch Herr wird«, entgegnete meine Großmutter, »es sei denn – doch ich habe Sie schon einmal danach gefragt.«

Jeanette faßte sich jetzt so weit, daß sie sagen konnte, meine Großmutter wisse noch nicht, um was es sich handle. Tatsächlich war denn auch etwas geschehen, was diese wohl kaum in Erwägung gezogen hatte. Sie glaubte, ihre Tochter sei wieder im letzten Augenblick vor dem Schritt in die Kirche zurückgeschreckt, meine Tante Edel hatte diesen Schritt aber getan in der entscheidenden Form, welche die Kirche für solche Fälle vorschreibt; dann aber war sie in einem ganz plötzlichen, völlig unerwarteten Zusammenbruch vor den Sakramenten zurückgewichen.

Meine Großmutter dachte zunächst an die Beichte; sie glaubte, daß gerade in ihr große Schwierigkeiten für ihre Tochter liegen möchten. Jeanette erwiderte zögernd, das Sakrament der Buße sei doch schon das Sicherschließen der Seele für das Sakrament der Liebe – ich fühlte, daß es in ihren Augen bereits um dieses selbst gegangen war. Das Nähere kann ich nicht sagen. Jeanette wagte nicht, davon zu sprechen; auch vor mir hat sie später über diese ganzen Vorgänge unverbrüchliches Schweigen beobachtet. Aber nach dem ganzen wenigen, was sie nicht umhinkonnte, meiner Großmutter damals auf ihre dringenden Fragen als Mutter hin anzudeuten, und fast noch mehr nach der unbeschreiblichen Scheu, die sie selbst bei ihren Andeutungen zu empfinden schien, muß der Vorgang etwas Geheimnisvolles, für Jeanette geradezu Schauerliches gehabt haben. Man glaubte, bei diesen Andeutungen das zarte, mimosenhafte Gesicht meiner Tante Edelgart im Zwielicht von hilfloser Angst und feierlicher Auflehnung zu erblicken, alle Verschlossenheit und Zurückhaltung darinnen gleichsam aus sich selbst herausgedrängt und zu einem stummen furchtbaren Kampf entschlossen, in dem sich das Wesen dieser beiden völlig verzerrte und zugleich – seinen letzten Möglichkeiten nach – enthüllte.

Meine Großmutter unterbrach Jeanettes stammelnde Antworten mit einer stummen Geste: Es war, als schöbe sie eine unerträgliche Vorstellung weit von sich fort. Beide schwiegen jetzt wohl eine halbe Minute lang vollkommen. Dieses Schweigen hatte etwas sehr Banges. Endlich sagte meine Großmutter: »Um zu verstehen, wie Sie die Haltung meiner Tochter deuten, muß man den Sakramentsglauben Ihrer Kirche teilen.«

»Ja«, erwiderte Jeanette immer mit derselben unaussprechlichen Scheu, »Edel hat ein großes, aber schreckliches Zeugnis abgelegt.«

Die Hand meiner Großmutter schien abermals etwas

Unerträgliches beiseite zu schieben. Plötzlich rief sie in hochaufbrausender Heftigkeit: »Gerechter Himmel, welch ein Aufbausch! Meine arme, blasse Edel! Der letzte kleine Landarzt wäre mit diesen Dingen fertig geworden!«

Jeanette begann jetzt hoffnungslos zu weinen. Meine Großmutter, welche Tränen überhaupt nicht sehen mochte, wandte sich zornbebend ab und ging zur Tür. Im Hinausgehen fiel ihr Auge auf mich. Ich saß in einen Sessel gekauert – unmöglich, meine Empfindungen zu beschreiben! Sie sah es: ihre Stirn, überflügelt von den beiden Schwingen ihrer Brauen und blaß vor Zorn, erschien mir in diesem Augenblick wirklich wie ein sturmweißes Meer.

»Und war ist mit dir?« fragte sie mit wogender Stimme. »Bist du schon wieder im Begriff, dich zu verlieren? Oder geht dich der Zusammenbruch deiner Tante auch nur das mindeste an?« Dann aber, als käme ihr plötzlich die Erklärung, überbreitete ihren Zorn jene sonderbare Wehmut wie damals im Lateran. »Armes Kind«, sagte sie, »kleines, liebevolles Herz, nein, das wird nicht geschehen! Hierfür werde ich sorgen!«

Ihre Worte waren mir völlig unverständlich, ich fühlte mich aber auch außerstande, darüber nachzudenken. Später habe ich erfahren, daß sie sich damals bei meinem Anblick zum erstenmal die Möglichkeit vor Augen gestellt hat, sie könne mich eines Tages allein an der Seite ihrer Tochter zurücklassen müssen, für die sie in dieser Stunde die letzte Hoffnung zu begraben glaubte, in ihr noch einmal einen vollen, lebendigen Menschen zu sehen.

Die nächsten Tage waren für uns alle ganz schrecklich, außer für Enzio, welcher hinter seinen Manuskripten verschanzt auf seinem Zimmer saß und, während sich jeder von uns in seiner Weise unerträglich quälte, die schönsten seiner Gedichte schrieb. Von meiner Tante Edelgart sah und hörte man nichts, sie blieb nach wie vor auf ihrem Zimmer eingeschlossen; meine Großmutter ging ruhelos in dem ihren auf ab, und Jeanette hatten die schweren seelischen Erschütterungen derart niedergeworfen, daß sie zu Bett lag. Am unglücklichsten von uns aber war ohne Zweifel ich selbst. Denn meine Seele war in ihrer ersten zarten Hinwendung zu Gott noch viel zu jung, viel zu verletzbar und vor allem viel zu sehr von ihrem eigenen Erlebnis abhängig, um hier nicht zuerst etwas wie ein ungeheures Verratensein zu fühlen. In mir war eine so schreckliche Enttäuschung und Ernüchterung, daß es mir schien, als wäre alles, was zu meiner verborgenen Liebe und Seligkeit gehörte, durch den Fall meiner armen Tante Edelgart grausam verwandelt, entstellt und entzaubert. Die wunderbaren Fügungen, in welche mein Gnadenerlebnis eingekleidet gewesen; die Gebetserhörungen meiner Tante Edel, ihre eigene Wandlung durch das, was mir widerfahren war; die Hoffnungen und Gewißheiten, die ich selbst auf ihre Konversion gesetzt hatte: alles dies brach nun lautlos und mit erschreckender Unbarmherzigkeit zusammen, ja, es entwirklichte sich schließlich zu einer Art Traum, der, wie mir schien, außerhalb meiner eigenen Seele gar keine Gültigkeit besessen hatte und nun auch in dieser selbst, einem verblaßten Stern gleich, untergehen müsse. Mein Herz war wie ein kleines zerstampftes Feld, und – ich kann das wirklich nicht anders ausdrücken – ich stampfte es selbst immer mehr nieder. In meiner grenzenlosen Verwirrung kam ich gar nicht darauf, mir zu sagen, daß doch da draußen die vielen hundert Kirchen des großen, heiligen Rom völlig unerschüttert aufrecht standen, daß die göttliche Liebe darinnen unbeirrbar treu allen Verleugnungen und Beleidigungen gegenüber standhielt, sondern eben diese Liebe schien mir nun als die hoffnungslos Unterlegene, und ich tat in meiner Not und Verzweiflung das Allerschlimmste, was ich tun konnte: ich unterdrückte jeden Gedanken an sie, weil er mich zu schmerzlich an meine vermeintliche Enttäuschung erinnerte. Ich dachte nicht mehr an die zarte Frage: Kannst du auch traurig sein? Vielmehr eilte ich an ihr wie an allen anderen Erinnerungen stürmisch und kopflos vorüber. Zumeist aber vermied ich jeden Gedanken an meine Tante Edelgart. Und hier war es nun ganz schrecklich, daß ich von allen in unserem Hause ihre Nähe am wenigsten vermeiden konnte. Wenn ich abends in mein Zimmer trat, in dem ich jenes unvergeßliche Gespräch mit ihr gehabt hatte, regte mich das in unbeschreiblicher Weise auf. Die Tür, durch deren Rahmen ich sie während meiner Krankheit hatte knien sehen; die Wand, auf der ich sie im Traumbild eines Engels erblickt, der Pfosten meines Bettes, an den sie ihr tränenbeströmtes Gesicht gepreßt hatte, war mir so unerträglich, daß ich am liebsten meine Großmutter gebeten hätte, mir ein anderes Zimmer anzuweisen. Aber ich befürchtete die Beantwortung der Frage, und so hielt ich denn lieber das Schreckliche aus.

In der ersten Nacht rief meine Tante Edelgart dreimal nach mir. Ich glaubte zuerst, es seien ihre Gedanken, welche ich so oft durch die Wand hindurch vernommen hatte; dann aber merkte ich wohl, daß es wirklich ihre Stimme war: Sie rief leise, rauh, wie von einer großen inneren Qual entstellt, meinen Namen. Ich habe heute die Überzeugung, daß dieser Ruf die erste jener geheimnisvollen Auspressungen war, die ich späterhin so oft von den Lippen meiner Tante Edel vernehmen sollte, und vielleicht lag es daran, daß ich keinen Augenblick auch nur überlegte, ob ich Folge leisten solle. Tief in meine Kissen gewühlt, verharrte ich regungslos, die ganze Nacht von wahrer Todesangst erfüllt, daß auch nur ein Atemzug aus dem Nebenzimmer mich erreichen könne. – –

So verbrachten wir alle und jeder völlig einsam einige qualvolle Tage, höchstens einmal durch Enzio abgelenkt, der, wie wir anderen Jeanettes Fürsorge und die Hand meiner Tante Edelgart im Haushalt vermissend, von Zeit zu Zeit stürmisch bei uns erschien, um sich über die geräuschvollen Schritte der Cameriera und überhaupt über die allgemeine Unordnung zu beklagen, worauf er wieder in seine Klausur zurückschlüpfte.

Meine Großmutter raffte sich schließlich von uns dreien zuerst auf, indem sie entschlossen in die Tat flüchtete. Sie verfaßte einen langen Brief an meinen Vater, indem sie ihm den Zustand ihrer Tochter eingehend darlegte und ihn vor die unabweisbare Pflicht stellte, für die Zeit seiner Abwesenheit wie für den Fall seines Todes eine vertrauenswürdige Persönlichkeit zu meinem Vormund ernennen zu lassen, damit nicht eines Tages unversehens der Fall eintrete, daß ich meiner Tante Edel allein überantwortet bliebe. Sie selbst – meine Großmutter – sei am Ende eine alte Frau, und auf die Gefahren, welche seinem eigenen Leben drohten, habe er sie bei seiner Abreise hinlänglich vorbereitet.

Meine Großmutter hatte diesen Brief eigenhändig mehrere Male abgeschrieben. Es sollte nun versucht werden, die einzelnen Exemplare durch verschiedene Konsulate gleichzeitig zu befördern, um so hoffen zu dürfen, daß wenigstens einer dieser Briefe sein Ziel erreiche. Dabei würde sich dann, so glaubte meine Großmutter, auch endlich herausstellen, ob mein Vater noch am Leben sei, andernfalls wollte sie selbst Sorge tragen, einen Vormund für mich ernennen zu lassen.

Unterdessen hatte sich Jeanette noch immer nicht zurechtgefunden. Sie lag nach wie vor zu Bett, und man konnte sie nicht einmal besuchen, denn sie war beständig verweint und schämte sich, in diesem Zustand gesehen zu werden. Wie elend es ihr ging, sah man daraus, daß sie ihre häuslichen Pflichten völlig vergessen hatte und es sogar am Sonntag nicht über sich vermochte aufzustehen, um nach Santa Maria sopra Minerva zur Messe zu gehen. Dagegen kann der Dominikanerpater, mit dem meine Tante Edel dort so oft gesprochen hatte, eines Tages unerwartet zu uns, und dieses war, so weit ich zu denken vermag, das erstemal, daß ein Geistlicher unsere Wohnung betrat. Zufällig ging meine Großmutter gerade mit mir durch den Kreuzgang, als er in seinem schönen, ausdrucksvollen Ordenskleid plötzlich vor uns stand. Sie stutzte flüchtig, und auch der Pater, der es bemerkte, zögerte ein wenig – beide mochten wohl durch Jeanette voneinander wissen. Dann sagte meine Großmutter mit der bezaubernden Liebenswürdigkeit, welche sie für die willkommensten Gäste bereitzuhalten pflegte: »Sie sind im Begriff, meine Tochter aufzusuchen, nicht wahr, Herr Pater?«

Der Dominikaner erwiderte, er habe sich eigentlich nur nach Jeanette erkundigen wollen.

Meine Großmutter sah enttäuscht aus, aber sie war bestrebt, es sich nicht merken zu lassen. »Nun, seien Sie mir trotzdem freundlich willkommen hier im schönen alten Kreuzgang Ihres einstigen Klosters«, sagte sie. »Ich freue mich, Sie an diesem Ort zu sehen, dann wir Weltleute nehmen uns hier eigentlich abscheulich stillos aus.«

Der Pater, mit einem Blick auf die Fresken der Gewölbe, meinte lächelnd, er könne das nicht einmal unbedingt finden. Man scherzte dann gemeinsam über den unbekümmerten Maler und die munteren Vögelchen seiner puttenartigen kleinen Engel, die so lustig zwischen den Medaillonbildern der ernsten Ordensleute herumflattern. Ich merkte aber wohl, daß meine Großmutter nicht ganz bei der Sache war.

Plötzlich sagte sie unvermittelt – sie konnte sich das leisten, ohne plump zu wirken –: »Herr Pater, man hat mir davon gesprochen, daß Sie eine seltene Macht über die Seele besitzen.« Es klang leichthin, unauffällig-liebenswürdig, wie große Damen der alten Schule manchmal zu sprechen pflegen; es war, als wolle sie dem Pater nur etwas Verbindliches sagen, und doch fühlte er so gut wie ich, daß es die schwere Bitte einer geängstigten Mutter war.

Er bedeckte die schönen, milden Augen flüchtig mit den Lidern. »Gnädige Frau«, sagte er, »Gott zwingt keine Seele zu sich – verstehen Sie, daß darin für uns eine

Bindung liegt, auch wenn wir wirklich eine solche Macht besitzen sollten, wie Sie annehmen?«

Meine Großmutter sah wiederum enttäuscht aus. Aber sie erwiderte tapfer: »Ja, ich verstehe es. Auch ich bin der Meinung, daß der Mensch in seinen Handlungen frei ist und als frei betrachtet werden soll. Aber gibt es nicht Ausnahmen, Fälle von so schwerer und seltener Art?«

Der Pater blickte schnell auf: klug, gütig, sehr mitleidig. »Das ist kein seltener Fall, gnädige Frau«, sagte er. »Was Ihre Tochter tat, tun viele, nur in anderer Form. Der Widerstand der Welt gegen die Liebe Christi ist groß und reicht sehr weit. Seine Grade sind mannigfach, sein Wesen ist immer dasselbe: immer ist es jenes geheimnisvolle Nein gegen die vollkommene Hingabe.« Er sagte das äußerlich gelassen, nur sein Gesicht veränderte sich beim Sprechen zuerst ein wenig und dann immer mehr: Es war, als würde unter der strengen Bewahrung seiner großen gesammelten Züge noch ein anderes Gesicht erkennbar, ein Gesicht von so tiefer, erschütternder Durchdrungenheit aller Dinge, daß man plötzlich glaubte, es könne gar nicht das Gesicht eines einzelnen Menschen sein, sondern es erschienen darinnen die Gesichter vieler anderer, deren Anfechtungen und Auflehnungen in seinen milden Augen begraben lagen wie in einem grenzenlosen Erbarmen.

Meine Großmutter kämpfte einen Augenblick lang mit einer Versuchung, die mich tief erschütterte. Sie, welche ihr ganzes Leben hindurch nichts so schmerzlich gehaßt hatte wie Mittelmäßigkeit, schien jetzt plötzlich – es war wohl unter dem Eindruck von Jeanettes Entsetzen – Erleichterung darin zu finden, daß ihre Tochter nun zu ebenjener gehören sollte. Gleich darauf aber wallte ihre stolze Seele wie in Scham auf. »Herr Pater, Sie müssen eine himmlische Geduld haben«, sagte sie, »können Sie mir nicht verraten, was Ihnen zu solcher verhilft?«

Er fühlte wohl, was hinter ihrem Zorn stand. »In diesem Augenblick«, sagte er warm, »die Liebe einer Mutter, welche niemals aufhören kann, für ihr Kind, wo immer es sei, eine höchste Vollkommenheit zu beanspruchen; und diese Liebe ist es, welche auf Erden der Unwandelbarkeit der göttlichen Treue am nächsten kommt.«

Bei diesen Worten traten ihr die Tränen in die Augen – es war dies das einzige Mal, daß ich solche in ihrem schönen Antlitz erblickte. Sie ging dann noch eine Weile mit dem Pater im Kreuzgang auf und nieder. Da man mich aber nicht einlud mitzukommen, blieb ich an der Stelle zurück, wo wir uns getroffen hatten. Ich weiß nicht, was noch gesprochen wurde.

Ehe der Pater sich verabschiedete, sagte er noch, er werde augenblicklich dasein, wenn meine Tante Edel nach ihm verlange, nur vorher könne er nicht kommen; sie habe doch wohl noch nach niemand gerufen? Bei dieser Frage – es war vielleicht Zufall – sah er mich an.

Ich erwiderte, sie habe in der ersten Nacht gerufen.

Er fragte merkwürdigerweise nicht, nach wem, sondern sagte nur freundlich: »Wenn sie wieder ruft, müssen Sie zu ihr gehen.« Dieses war das erstemal, daß ein Vertreter der Kirche direkt zu mir sprach: Es war ein schlichter Auftrag, den er mir gab, aber er gefiel mir nicht, und ich war sehr froh, ihn nicht ausführen zu brauchen, denn meine Tante Edel rief damals nicht wieder. –

Nach dem Besuch des Paters war Jeanette wieder die alte; das heißt, sie war eigentlich noch fröhlicher und demütiger als sonst, so als hätte sie nun jeden Kummer und jede Sorge ein für allemal abgeworfen. Wären ihre Hoffnungen in Erfüllung gegangen, anstatt zu scheitern, so hätte sie auch nicht froher und getrösteter erscheinen können. Sie nahm sich unser aller nun doppelt eifrig an und tat uns zuliebe, was sie uns nur an den Augen absehen konnte. Der Haushalt gewann sein früheres Ansehen zurück, meine Großmutter hatte wieder frische Blumen in ihren Vasen; Enzio wurde von den lästig hörbaren Schritten der Cameriera befreit, und mir gegenüber hieß es alle Augenblicke: »Spiegelchen, ich kenne dich«, was immer Jeanettes Einleitung zur Erfüllung meiner kleinen Wünsche bildete. Sogar die Katzen, die, während meine Tante Edel unsichtbar blieb, ziemlich verlassen gewesen waren, erhielten ihre Mahlzeiten nachserviert, und ihre Pelzchen wurden gründlich ausgebürstet. Am freundlichsten und aufmerksamsten aber war Jeanette zu meiner Tante Edel. Denn auch diese kam nun wieder zum Vorschein, und zwar, was uns alle sehr erstaunte, zunächst ganz unverändert und jedenfalls gar nicht so, wie wir gefürchtet hatten. Sie sah weder krank noch verstört aus, sie war für ihre Verhältnisse ungewöhnlich zugänglich und übernahm die Führung des Haushalts nach alter Weise. Niemand von uns sprach über ihr Verschwundensein, sie selbst tat es auch nicht, ja, man war fast versucht zu glauben, daß jenes Geschehnis, welches uns so große Not verursacht hatte, überhaupt nicht gewesen oder doch wenigstens höchst unwahrscheinlich sei. Meine Großmutter schien durch diese Überraschung sichtlich erleichtert und befriedigt; auf mich aber wirkte sie nur noch mehr verwirrend, so als ob nun alles, was ich mit meiner Tante Edel erlebt hatte, immer traumhafter und unwirklicher würde.

Sehr bald aber merkten wir alle, daß meine Tante Edel sich noch verändert hatte. Sie ging nämlich jetzt überhaupt nicht mehr zur Kirche; man wußte das nur nicht sogleich, weil sie selbst bestrebt war, es zu verbergen oder uns wenigstens darüber im Ungewissen zu lassen. Aber wir begriffen es doch sehr bald, denn ihre ganze Atmosphäre veränderte sich dadurch. Es war, als ob etwas Unvollendet-Schönes, Knospenhaft-Verborgenes an Liebe und Seele, was sie doch durch alle ihre Verschlossenheit hindurch spürbar besessen hatte, nun plötzlich von ihr genommen sei. Sie schien auch selbst eine gewissen Leere zu fühlen. Vor allem war ein ganz neues merkwürdiges Verlangen nach Menschen in ihr; so als könne sie, die früher fast beständig allein gewesen war, jetzt überhaupt nicht mehr allein sein. Sie nahm an der Geselligkeit meiner Großmutter viel mehr Anteil als früher, unterhielt sich mit den Gästen, die sie ehedem am liebsten nur mit Tee versorgt hatte, ja, sie stand ihnen sogar auf religiöse und kirchliche Fragen Rede, was sie früher – wie mir schien, aus einer zarten und frommen Scheu heraus – im Salon meiner Großmutter nie vermocht hatte. Ich konnte das gar nicht verstehen; es wäre mir natürlicher erschienen, wenn sie jetzt eine große Bangigkeit gezeigt hätte, über diese Fragen zu reden. Sie tat das aber gar nicht, sondern es war fast, als ob sie eine rätselhafte Neigung dazu trüge, immer wieder im Geiste zu dem zurückzukehren, wovon sie sich doch nun im Leben ganz abgekehrt hatte. Schließlich legte ich mir die Dinge dahin zurecht, daß sie sich wohl nur der Gesellschaft entgegenkommend zeigen wollte. Denn da unser Kreis sich fast ausschließlich aus Menschen zusammensetzte, welche dem Christentum jeder Form ziemlich fernstanden, sich aber nun doch, nachdem sie einmal in Rom waren, mindestens mit der Erscheinung der Kirche beschäftigen mußten, so bildeten die Erfahrungen und Kenntnisse meiner Tante Edel auf diesem Gebiet wirklich einen Punkt, der ihr vielfache Aufmerksamkeit sicherte. Nicht daß sie sich dadurch irgendwie in den Mittelpunkt zu stellen suchte, dazu war sie immer noch viel zu zurückhaltend und auch zu vornehm; aber sie ergriff wohl in ihrem Verlangen nach Menschen jede Gelegenheit, um ihnen näherzukommen.

Einzig mit mir war der Verkehr fast ganz abgeschnitten, indessen nicht so wie früher schon einmal, als wir uns beide aus dem Wege gegangen waren, sondern nur deshalb, weil ich selbst eine unüberwindliche Scheu hatte, mit ihr zu sprechen, ja auch nur in ihrer Nähe zu sein. Sie selbst hatte diese Scheu aber nicht, sondern es war damit genau wie mit den Gesprächen im Salon meiner Großmutter: ein rätselhafter Hang schien sie beständig gerade zu dem hinzuziehen, von dem man hätte denken sollen, sie würde es lieber vermeiden. Zuweilen, wenn ich sie auf der Treppe traf, wo ich ihr ehedem so oft stumm die Hand geküßt hatte und wo ihr Anblick mir noch viel mehr als anderswo geradezu unerträglich war, hielt sie mich ohne jeden Grund mit ganz nichtigen Sachen auf; und nur weil ich selbst dann mit der knappsten Antwort fortstürzte, konnte ich vermeiden, daß wir uns dort länger gegenüberstanden.

Allmählich aber kam ich dazu, dieses rätselhafte Verhalten meiner Tante Edel völlig anders zu deuten, das heißt, es schauerte mir da, mir selbst nicht ganz verständlich, eine Deutung auf, die ich dann erst meinerseits wieder deuten mußte. Denn so furchtbar mir auch die Gegenwart meiner Tante Edel war, so konnte ich andererseits doch nicht lassen, auf sie zu achten; ich blieb, sobald sie anwesend war, nie ohne das Bewußtsein ihrer Nähe, wenn auch mit tiefster Abneigung. Es wurde mir also klar – so glaubte ich wenigstens –, daß sie einiges, wovon ich gemeint hatte, sie tue es freiwillig, gar nicht freiwillig tat, sondern unter einem geheimen Zwang, ja fast, als unterliege sie einer fremden Gewalt, die sie gerade zu dem nötige, was ihr im Grunde am schrecklichsten war. Ich mußte plötzlich daran denken, wie Jeanette zu meiner Großmutter gesagt hatte: Das sind Mächte. Dann fiel mir ein, daß mir schon früher einmal die Vorstellung gekommen war, meine Tante Edel sei in den Händen eines bösen Geistes. Das war damals gewesen, als sie so zornig in den Schubfächern meiner Großmutter gekramt hatte. Heute war meine Tante Edelgart nicht mehr zornig, sondern ruhig und gelassen; aber diese Ruhe und Gelassenheit kamen mir viel schrecklicher vor als ihr früherer Zorn; sie kamen mir vor wie eine Ergebung in etwas Geheimnisvoll-Böses, gegen das sie sich früher in ihrem Zorn und mit diesem Zorn noch gewehrt hatte.

Es begann jetzt jene kurze merkwürdige Periode, in welcher sie sich sogar mit Enzio zusammenfand. Dieser ging eben damals als letzter der freiwilligen Gefangenen unseres Hauses aus seiner Klausur hervor und gesellte sich uns wieder zu. Mit verdunkelten Augen und leicht gezerrten Mundwinkeln, noch etwas abwesend und überanstrengt, saß er in unserer Mitte. Er war noch immer ein wenig schwierig zu behandeln, dabei aber doch, wie Jeanette ganz richtig gesagt hatte, durch alle schlechte Laune hindurch spürbar zufriedener und entspannter als früher, obwohl sein Gedicht keineswegs zum Abschluß gekommen war, sondern nur bis zu jener merkwürdigen Stelle, wo es einen Augenblick lang den Anschein hat, als wolle dieses chaotische Romerlebnis in einen religiösen Akkord ausklingen.

Man hat später viel über jene unerwartete Wendung geschrieben; sie ist nach Erscheinen des Buches der Gegenstand schwerer Angriffe geworden, und selbst diejenigen, welche ihre hohe dichterische Schönheit lieben, haben ihr den Vorwurf nicht ersparen können, daß sie zumindest im Zwielicht jener letzten Unwirklichkeit aller Dinge steht, die Enzios Werk so erschütternd bekennt. Denn das all seinen römischen Gedichten Gemeinsame ist dieses, daß nirgends die Erscheinung über sich selbst hinausdeutet, aber auch keine in sich Seligkeit oder nur Ruhe hat. Sie steigen als bezaubernde Schönheit der Kunst oder der Natur, als unerhörte Gebilde des Willens, der Macht oder der Idee einförmig aus dem Schoß des Lebens empor und sinken in diesen zurück, Träume eines gleicherweise unerkennbaren wie unerschöpfbaren Dranges, mit denen einen Augeblick lang die Kinderhand des Lichtes spielt.

Aber allen diesen Erscheinungen haftet ein rätselhaftes Bewußtsein ihrer eigenen Unwirklichkeit an, ein bei ihrer Phantomhaftigkeit unerklärliches Erschauern vor dem dunklen Zurück zu ihrer Herkunft. Es hängt an ihnen ein geheimnisvolles Geliebtsein, das sich oft in der zärtlichen Umschlingung eines Reims offenbart, der ganz plötzlich, wie unwiderstehlich hervorbrechend, die stumpfen Rhythmen leidenschaftlich zueinanderbiegt, so als erschauere in ihrem Aufklang der Weltschoß selbst vor dieser unendlichen Zurücknahme seiner Gebilde, ja als wohne ihm unbewußt doch eine letzte verschollene Sehnsucht inne und treibe Vergeblichkeit um Vergeblichkeit empor, um endlich das Unvergebliche zu erschwingen. Und dieses Unvergebliche nun hat Enzio einen Augenblick lang geträumt – er hat es geträumt in eben der Form, die ihm Rom darbot. Es entsprang dies der bedingungslosen Hingebung an seinen Gegenstand, dann aber auch dem starken Eindruck der gewaltigen Formsprache der Kirche, deren außerordentliche Möglichkeiten für den Dichter er in demselben Augenblick erkannte, in dem er sie zum erstenmal in ihrer vollen Größe vernahm. Er hat mir später gesagt, daß ihm nach den ergreifenden Zeremonien der Karwoche alle religiösen Neubildungen seiner eigenen Zeit, die er früher meiner Tante Edel gegenüber so oft ausgespielt hatte, völlig belanglos erschienen seien, weil sie dem Dichter nicht die geringste Symbol- und Gestaltungsmöglichkeit darböten.

Und in der Tat: hier ist Enzios dichterischer Blick unfehlbar gewesen. Es hat ja dann auch niemand die außerordentliche Genialität verkannt, mit der in diesen Versen eine rein dichterische Intuition oft bis nahe an die tiefsten Bedeutungen des religiösen Mysteriums herandringt. Sind doch zum Beispiel diese Verse die einzigen des ganzen Werkes, in denen überhaupt die menschliche Gestalt sichtbar wird. Enzios Rom hat keinen Raum für den Einzelnen, nicht einmal für den Größten. Man ahnt ihn im Wirbelschauer der aufgelösten Materie ganzer Völker, welcher durch die Campagna jagt, oder im dumpfen Druck der unermeßlichen Geschicke, die in den Straßen Roms, wie schwere, jahrhundertealte Gewitter festgefahren, lautlos aneinanderdröhnen. Den einzelnen, den großen Menschen, ihn, diese vergänglichste, fragwürdigste aller Erscheinungen, gibt es nicht oder es gibt ihn nur in den großen, überpersönlichen Schatten seiner Werke, welche ihn nicht bestätigen, sondern verschlingen. Die nächtliche Treppe von Santa Maria in Aracoeli, wie eine riesenhafte schwarze Leiter steil in die Nacht emporgestellt; das Forum Romanum, vom Capitol herab gesehen als eine zerrissene Totenmaske, die über der Tiefe schwebt; eine himmlisch schöne Statue im Gestein vermauert, durch dieses hindurchschimmernd und dann langsam wieder in seiner dichten Formlosigkeit erlöschend; der scheußliche Hupenschrei der Gegenwart, bereits erstarrend vor dem unermeßlichen Schweigen einer geisterhaften Ruine – das ist Enzios Rom! Es ist nicht das tragische Antlitz der Menschheit, es ist das Antlitz der Spukhaftigkeit des gesamten Seins, welches er mit dem unerhörten Antlitz dieser Stadt immer wieder und wieder beschwört.

Nur an einer einzigen Stelle, eben in jener Vision des heiligen Rom, verändert sich der unerbittliche Charakter dieses Antlitzes, als hätte ihr Dichter geahnt, daß die menschliche Seele nur Raum haben kann in einer göttlichen Welt. Dennoch ist die Kluft, welche auch die tiefste künsterlische Ergriffenheit von der eigentlich religiösen Ergriffenheit trennt, außerordentlich stark spürbar. Enzio selbst hat sie von Anfang an gefühlt, und dies war es offenbar, was damals sein Schaffen lähmend unterbrach. Er sah sich an der Grenze, wo die dichterische Intuition zuletzt eben doch nicht mehr ausreicht.

Ich erinnere mich noch, wie er damals von einem Kloster zum anderen lief. Er stelle sich den Benediktinern auf dem Aventin vor und begeisterte sich für ihr Chorgebet; er suchte die Jesuiten im Collegio Germanico auf und die deutschen Geistlichen von Santa Maria dell' Anima. Schließlich aber kehrte er doch immer wieder zu meiner Tante Edelgart zurück, und dies war sicherlich überaus bezeichnend für das, was er suchte. Denn obgleich weder meine Großmutter noch Jeanette jemals mit ihm über die zerbrochene Konversion gesprochen hatten, so war ihm diese bei der Nähe unseres Zusammenlebens doch nicht verborgen geblieben, und ich glaube, daß er in ihr eine gewisse Sicherung fühlte, wenn er mit meiner Tante Edel sprach. Zwischen ihr und ihm entspannen sich jetzt häufig so lange Unterredungen, daß man wirklich denken konnte, sie wolle alle früher von ihr abgebrochenen eifrig nachholen. Dabei zeigte es sich, wie unterrichtet sie auf den Gebieten war, über die sie früher immer so hartnäkkig zu schweigen pflegte. Auch im Disputieren war sie keineswegs ungewandt, und die Gründe, welche sie vorbrachte, wirkten um so eindringlicher, als sie alles immer vollkommen ruhig sagte; man hatte fast den Eindruck, als gingen die Dinge sie gar nichts mehr an.

Es wurde damals unter Enzios Einfluß in unserem Salon Mode, über religiöse und theologische Fragen zu diskutieren, genauso, wie man früher über Kunst und Philosophie dort diskutiert hatte. Die Gesellschaft, welche vielfach noch unter dem Eindruck der großen Zeremonien der Kar- und Osterwoche stand, empfand das Thema als naheliegend und abwechslungsreich. Man erging sich in der ästhetischen Würdigung der Kultakte und in der historischen des Papsttums; man stellte geistvolle Theorien über den Sinn der kirchlichen Dogmen auf und prüfte ihre Haltbarkeit innerhalb der modernen Welt. Einige machten auch Reformvorschläge, kurz, jedermann beteiligte sich, so gut oder schlecht er vermochte, außer meiner Großmutter, welche bei diesen Gesprächen scheinbar etwas Ähnliches fühlte wie angesichts der schaulustigen Fremden im Sankt-Peters-Dom.

Einmal, als man sie fragte, ob sie, die doch so lange in Rom lebe, nicht auch ihre Erfahrungen abgeben wolle, erwiderte sie: Das Beste, was sie hier zu sagen wisse, habe ihr Jeanette beigebracht, und sie könne ihren Gästen eigentlich nur den Rat geben, sich einmal eine wirkliche Christin anzusehen.

Enzio, der noch von seiner Klausur her mit Jeanette, die ihn damals versorgt hatte, in einem scherzhaft-innigen Verhältnis stand, meinte, er schätze wahrhaftig diesen guten, freundlichen kleinen Hausgeist, aber es sei ihm noch nie aufgefallen, daß er etwa Neues über die Kirche gesagt habe.

»Und weshalb sollte Jeanette dies tun?« fragte meine Großmutter mit leichter Ironie. »Sie kann es, wie man sieht, getrost den Außenstehenden überlassen, denn diese machen das ganz vortrefflich und wenigstens für ihre eigenen Bedürfnisse weit interessanter als die Gläubigen.«

Ich konnte die Gefühle, welche aus der Antwort meiner Großmutter sprachen, nachempfinden, und zwar einmal an und für sich, dann aber auch, weil ich damals noch jede Erinnerung an meine eigene große seelische Enttäuschung mied, ja, ich wäre am liebsten immer sofort hinausgegangen, sobald diese Gespräche anfingen. Sehr bald aber merkte ich wohl, daß ich sie recht gut anhören konnte, ohne im mindesten durch sie erinnert oder ergriffen zu werden. Denn nichts auf Erden macht ja die Seele so stumpf und schadet ihr so schnell und so sicher, als wenn sie sieht und erfährt, daß alle Dinge, die man nur auf den Knien und mit voller Hingebung seiner selbst aussprechen darf, auch ohne Hingebung und ohne Knien beständig ausgesprochen werden können. Dennoch waren, wie ich sehr bald sehen sollte, meine Erinnerungen keineswegs überwunden, sondern diese Gefahr trat erst durch etwas ganz anderes ein.

Es kam eben damals noch einmal eine Zeit, in der sich meine Großmutter mit ihrem jungen Freund zu einer wenigstens von ihrer Seite großen Herzlichkeit zusammenfand, deren leisen Untergrund von Resignation er wahrscheinlich nicht spürte und sie sich bewußt nicht eingestand. Sie hatte damals wieder einmal ihren Frieden mit den Tatsachen gemacht, wie es ihrer Lebenshaltung entsprach und vielleicht auch ein wenig ihrer damaligen Lage, welche nach den schmerzlichen Aufregungen um meine Tante Edel doppelt Beruhigung und Freude an anderer Stelle verlangte. Dazu kam, daß ihres jungen Freundes Werk, das nur auf weite Strecken hin vorlag, doch einen außerordentlich großartigen Charakter zeigte.

Enzio hatte alle Übersteigerungen seiner Generation, alle jene Vermeintlichkeiten des bloßen Augenblicks, mit deren Ansprüchen und Maßstäben er nach Rom gekommen war, völlig verlassen. Seine Schmerzen und Auflehnungen gegenüber dieser unendlich demütig machenden Stadt waren restlos in seiner Dichtung untergesunken. Aber auch die Verwünschungen der Gegenwart, die seine früheren Verse so stürmisch kennzeichneten, waren verstummt: Enzio hatte eingesehen, daß der Kampf gegen die eigene Zeit im Grunde auch nur Zeit ist. Es war bei aller Leidenschaft eine große, edle Gelassenheit, eine geradezu feierliche Ruhe in seinem Werk, so als habe sich der Nachen seiner Muse nun wirklich aus dem kleinen kosmischen Meerbusen, wo er bisher gekreuzt, in die Gewässer des Ewigen eingeschifft. Das zeigte sich vor allem an der Sprache, die restlos gereinigt war von jenen »Mätzchen und Schwänzchen«, wie meine Großmutter gewisse Gespreiztheiten, Verrenktheiten und Verschrienheiten zu bezeichnen pflegte, mit denen Enzio seine schöne, ausdrucksmächtige Sprache so oft gemartert hatte. Seine großen, freiwogenden Rhythmen waren durch eine sich von Gedicht zu Gedicht steigernde innere Strenge gebändigt, die jeden vorlauten Eigenwillen, jedes ichsüchtig-vermessene Überschäumen der bloßen Kraft unmöglich macht. Diese Sprache hatte in der Tat etwas von dem erhaben-gleichmütigen Wogenschlag des unendlichen Lebens selbst.

Meine Großmutter entzog sich, wie gesagt, jetzt nicht mehr dem Eindruck dieses Werkes. Zwar täuschte sie sich nicht über die Kluft, welche zwischen der Dichtung ihres Freundes und ihrer eigenen Überzeugung und Romliebe unvermindert fortbestand, aber die edle Weite und lebendige Güte ihrer eigenen Kunstgesinnung machten es ihr zuletzt doch immer möglich, auch das ganz Fremde, wofern es nur in sich groß und echt war, selbstlos anzuerkennen. Auch fühlte sie sich überrascht und gerührt durch die Demut und Zucht, welche Enzio in seinem Werk bewiesen hatte, und nun sie einmal mit der Illusion fertig war, zu glauben, sie könne seinen Geist und sein Talent in andere Bahnen lenken, ging ihr Streben nur noch dahin, seiner Dichtung, wie sie nun einmal war, zur Anerkennung zu verhelfen.

Sie veranstaltete damals in ihrem Salon einen Abend, an welchem Enzio in einem eigens dazu eingeladenen Kreis seine Dichtung vorlesen sollte, und betrieb die Vorbereitungen dazu mit dem ganzen Eifer ihrer Freude an geselligen und schöngeistigen Vereinigungen, indem sie nach allen Seiten hin für ihren jungen Freund Stimmung zu machen suchte. Es traf sich günstig, daß diejenigen unserer Gäste, welche er ehedem so oft brüskiert hatte, inzwischen abgereist waren; man kam daher Enzio ohne Vorurteil entgegen, und er selbst gab sich jetzt weit liebenswürdiger und sogar gegen die älteren Leute ehrerbietiger als sonst; man hätte fast glauben können, er habe die Verwandlung seiner Person als Dichter auch als Mensch mitgemacht; doch dieses war ganz und gar nicht der Fall. Aber er fühlte, wenn auch nicht gegen die Gäste, so doch gegen seine Gedichte Verpflichtungen, denn er liebte diese mit einer fast kindlichen Zärtlichkeit, die eigentlich nichts Eitles, sondern etwas Rührendes und Schönes hatte. Ich dachte damals oft, daß seine Verse sozusagen die einzigen »Wesen« seien, an denen sein Herz sichtlich hing. Bei dieser Erkenntnis erfüllte mich jedesmal eine große Traurigkeit, wie ich sie sonst ihm gegenüber nicht gekannt hatte. Ich litt jetzt viel mehr als früher unter der Entfremdung von ihm; das kam daher, weil meine Seele nicht mehr von jener himmlischen Freude und Liebe erfüllt war, unter denen alle Dinge etwas so wunderbar Geklärtes, Richtiges und Getröstetes gehabt hatten, daß auch die größten Unstimmigkeiten sie kaum zu berühren vermochten. Ich fühlte mich Enzios viel bedürftiger als früher, ja, ich fühlte mich seiner so sehr bedürftig, daß ich sogar die Bitterkeit um ihn mit einer gewissen Begier trank, wiewohl in tiefster Heimlichkeit. Ich war jetzt kein Kind mehr; es regte sich gegenüber der Gleichgültigkeit meines Freundes oft etwas wie Stolz und Scheu in mir, welche aber meine Zärtlichkeit für ihn keinen Eintrag taten und die ich auch um meiner Großmutter willen nicht zeigte. Sie, zu deren Frieden mit den Tatsachen, es unter anderem gehörte, daß sie meinen Anspruch auf seine Freundschaft völlig vergessen zu haben schien, verlangte von mir, stillschweigend das gleiche zu tun, nur damit wenigstens an dieser einen Stelle in unserem Hause die Sonne unverhüllt leuchtete. Sie hatte sich damals ausgedacht, daß ich Enzio nach der Vorlesung seiner Verse im Namen der Anwesenden einen Strauß von römischen Lorbeerzweigen überreichen sollte. Es war dies eine kleine pathetische Ovation, wie sie solche bei ähnlichen Gelegenheiten Künstlern zu bereiten liebte. Ich hätte die schönen Zweige dieses Mal gerne von anderen Händen überreicht gesehen, aber ich vermochte meiner Großmutter jetzt weniger als je etwas abzuschlagen, denn auch sie liebte ich damals mit einer Zärtlichkeit, welche durch die Leere meiner Seele etwas Hilfloses hatte.

Während der Vorlesung saß ich an derselben Stelle, wo ich vor Monaten gesessen hatte, als ich Enzios Auge in dem alten venezianischen Spiegel begegnet war. Damals hatte ich mich dorthin zurückgezogen, um nicht von ihm gesehen zu werden, jetzt wollte ich ihn selbst ungestört betrachten, denn auch er hatte ungefähr denselben Platz wie damals. Auf einem kleinen, mit Blattpflanzen umkleideten Podium stehend, las er mit natürlicher Anmut und Begabung; seine schöne, große, etwas dunkle Stimme paßte sich den mächtigen Rhythmen seiner Dichtung wundervoll an. Sein Gesicht, wieder wie ehedem von dem mattbunten Glasblumenkranz des Spiegels umschlossen und dort dicht neben dem meinen, war wie eingetaucht in den Klang seiner Stimme und seiner Worte, ja, selbst seine Gestalt, die ganze Eigenwilligkeit seiner Erscheinung schien zu einer Hingebung fortgerissen, die sie völlig veränderte. Es war etwas ganz sonderbar Herausgehobenes an ihm, aus allem was er sonst war, aber auch aus allem, was wir waren; er erschien mir fern und allein in einem uns anderen unerreichbaren, ja nicht einmal ganz verständlichen Glück, welches gar nichts mit dem zu tun hatte, was wir ihm an Teilnahme oder Bewunderung schenken konnten, ja, ich vermochte mir vorzustellen, daß er völlig unberührt bleiben würde, auch wenn wir ihm jetzt keine Bewunderung oder Teilnahme zeigten. Dieser Eindruck war so stark, daß ich plötzlich gar nicht mehr begriff, weshalb wir eigentlich hier um ihn versammelt waren, denn mit den Absichten meiner Großmutter vertraut, hatte ich bisher ganz naiv geglaubt, daß es seinetwegen sei. Unwillkürlich dachte ich an den Namen »König Enzio«, den wir ihm gegeben hatten, und es fiel mir ein, wie er mir manchmal in seinen Schmerzen, Verzweiflungen und Empörungen vorgekommen war, als sei er wirklich ein gefangener König. Heute war er kein gefangener König mehr, sondern er war nur König: Niemand brauchte ihn zu trösten, niemand ihn zu befreien, niemand ihn zu bejubeln; er kam mir wie ein Herr über alle Dinge vor in einer edlen und feurigen Unabhängigkeit von uns, von sich selbst, ja sogar von Rom: Es war ein ganz ungewohnter Liebeslaut in seiner Stimme, wenn er den Namen der Ewigen Stadt aussprach, ein Laut voll unbeschreiblicher Zärtlichkeit und Bewunderung, wie ich ihn auf seinen Lippen nie für möglich gehalten hatte. Ich dachte daran, daß ich mich früher so oft gefragt hatte, ob er wohl mit seinen Versen lieben könne, wie andere mit ihren Herzen lieben; aber heute schien mir, es war noch etwas anderes: er liebte nicht mit seinen Versen, sondern er liebte in ihnen. Sie waren die Luft, in welche er diese erschütternde Stadt erst eintauchen mußte, um sie an sich reißen zu können, sie, deren Erhabenheit, Furchtbarkeit und Schönheit ihn im Leben erdrückt und gedemütigt hatte und vor der er immer wieder fließend oder sich auflehnend zurückgewichen war. Jetzt liebte er sie heißer und hingerissener als wir alle! Denn er liebte sie ja nicht, wie meine Großmutter sie liebte, verklärt und ihrer Schwere entkleidet, als das wundervolle Symbol irdischer Größe und Ewigkeit, als die Zusammenfassung der Menschheit und die Erhöherin der eigenen Person, sondern genauso, wie er sie immer gesehen hatte mit all ihren Abgründen und Rätseln, mit all ihren Überwindungen seiner selbst; er liebte sie mit jener wunderbaren, leidlosen Liebe, welche – ich fühlte es wohl – von allen Wesen dieser Erde einzig dem Dichter vorbehalten ist zu lieben, ihm, welchem kein Mensch zu helfen vermag, weil seine tiefsten Schicksale sich gar nicht im Menschlichen vollziehen, sondern in dem Königreich seiner Dichtung, dort, wo sie gelöst sind von der furchtbaren Bedrängnis des wirklichen Lebens, wo alle Verwirrung und Qual, ja die ungeheuerste Tragik nichts sind als grenzenlose Klarheit, Unberührbarkeit und flügelndes Glück! –

Das alles machte mich wieder ganz eigentümlich traurig; aber gleichzeitig erfüllte es mich auch mit einem völlig neuen, gesteigerten Gefühl Enzio gegenüber. Ich hatte ihn bisher liebgehabt wie einen Bruder und Freund, manchmal auch nur wie einen Kameraden, jedenfalls immer wie gleich zu gleich; heute aber riß er mich hin. Es war etwas Großes, Begeisterndes, ihn selbst Überragendes an ihm, und doch erfüllte es nicht etwa nur sein Werk, sondern gerade auch ihn selbst mit einer Höhe und Lebensglut, die früher nicht von ihm ausgegangen waren. Dieser Eindruck, welchen seine Person auf mich machte, war so stark, daß er mich weit über die Vorlesung hinaus ergriff.

Inzwischen hatte sich diese jenem merkwürdigen Wendepunkt genähert, in welchem, wohl allen damaligen Zuhörern ganz unerwartet, die Dichtung plötzlich den religiösen Gedanken in sich aufnimmt. Vision auf Vision lösten einander in immer schneller werdender Folge ab, bis schließlich in phantastisch schöner Niederstrahlung ihrer aller die Vision des heiligen Rom aufsteigt. Es ist der nächtliche Sankt Peter, um den diese Gedichte kreisen, aber nicht wie Enzio und ich ihn gemeinsam erblickt hatten, sondern der Phantastik des Werkes entsprechend erscheint hier der ganze Dom als eine einzige vor der dunkel wogenden chaotischen Welthaftigkeit Roms feierlich ausgesetzte Monstranz. Doch diese Entgegensetzung dauert nur einen Augenblick, dann strahlt das geheimnisvolle Zentrum der Monstranz über, und nun wird langsam, aber unwiderstehlich von seinem Licht aus alles ergriffen. Ein anderes Prinzip scheint in die Welt eingetreten, eine geheimnisvolle Wirklichkeit ihre bloße Phantomhaftigkeit zu durchdringen, zu verfestigen, zu verklären: Rom selbst wird zur gewaltigen äußeren Umstrahlung der riesenhaften Dom-Monstranz Sankt Peters.

Die folgenden Gedichte nehmen dann dieses Schlußmotiv der ersten auf: Rom ist die vor dem ganzen Erdkreis feierlich ausgesetzte Weltmonstranz. Eine wunderbare Schau beginnt: Licht antwortet dem Licht und schwingt um das Lichtzentrum. Das Blut der Märtyrer im Erdinnern glüht auf, die Verzückungen der Heiligen spiegeln sich im All wider. Myriaden von Gebeten kreisen wie Sonnenfunken um das zentrale Licht. Unirdische Liebe aus Millionen von Herzen, die diamantene Bogen eines unzerbrechlichen Glaubens, die Hände der Barmherzigen, die segnend erhobenen Hände der Kirche: alle diese Widerscheine eines ins Irdische ergossenen Göttlichen brechen lichthaft hervor: Rom glüht wie eine mystische Rose! Die chaotischen Ränder ihres Kelches werden in das auskreisende, Raum um Raum verschlingende Licht hineingerissen; es ist, als liefe eine Flamme durch die millionenfachen Maschen eines Meernetzes. Die elfenbeinernen Trümmer der Antike, die unvergleichlichen Bezauberungen der Kunst, der gleichnishafte Schimmer irdischer Ewigkeit; alles, alles an dieser Stadt scheint plötzlich zu einem einzigen, überwältigenden Zusammenhang verbunden. Selbst die wildesten Arabesken der Weltgeschichte, alle diese Aufbietungen der Leidenschaften, dieses Ineinandergeschichtete, Übereinandergetürmte, Gewogte, Getrümmerte von Schicksal und Zeit, Geist und Gewalt, Adel und Verbrechen; die purpurnen Fetzen der großen Kriege und Völkerwanderungen, Menschliches und Untermenschliches – nichts, nichts mehr als eine einzige, ungeheure Umrahmung, bestimmt, seine Abgründe der Überstrahlung des Heiligen darzubieten als aller Dinge letzter und einziger Sinn. Einen Augenblick lang steht die Welt in einer nicht mehr ausdrückbaren Gleichzeitigkeit aller Dinge wie zu einem einzigen, allmächtigen Lichtknoten verschlungen in einer ungeheueren Verstrahlung. Dann versinkt sie – es gibt keine Strahlung mehr, es gibt auch kein Auge mehr; es gibt nur das eine in die Unendlichkeit ausbrausende, ungeblendete Licht!

In den folgenden Oden tritt dann die Vision langsam zurück, zuerst nur an den äußeren Rändern wie ein leichtes Abwelken des Lichtes spürbar. Sekundenlang erscheint abermals die Verstrahlung, aber schon splittern ihre einzelnen Pfeile mit unheimlicher Schnelligkeit ab. Die Motive der Karwoche schauern auf. Eine Schmerzenskrone von unermeßlicher Schwere scheint sich auf die Welt herabzusenken – diese gibt unter ihr nach: Die Phantome, in der Überblendung des Heiligen ihres eigenen Glanzes völlig beraubt, stürzen in ein wahrhaft abgründiges Dunkel. Selbst der Dom Sankt Peter scheint wie das Gehäuse riesenhaft hereinbrechender Schatten, die voll fürchterlicher Schwere das letzte Fünkchen des Göttlichen zurückdrängen, das wie aus unendlichen Fernen gegen sie ankämpft. Eine unaussprechlich rührende Klage wird hörbar – dann bricht die Dichtung ganz plötzlich ab. – Ich saß indessen, meinen Lorbeerstrauß im Schoß, bewegungslos da. Der starke und kühle Duft der Zweige stieg mir ins Antlitz, aber er erinnerte mich nicht an die Mission, die mir mit ihm zugedacht war. Enzios Gedicht hatte mein eigenstes Erlebnis gestreift, aber ich wußte dies kaum, oder ich wußte dies wohl, aber so als würde diesem Erlebnis das eigentliche Herz herausgenommen und nun auch der letzte Schmerz der Erinnerung daran gelöscht, gleichsam als führe er, eingefüllt in den prachtvollen Mantel dieser Dichtung, langsam und feierlich in eine Tiefe hinab, wo alle Tränen aufhörten, weil ja die Wirklichkeit aufhörte. Ich fühlte ganz deutlich dieses leise Verfallen des Schmerzes, ich fühlte es an einem eigentümlich tiefen, zärtlichen Aufgelöstwerden durch die hinreißende Schönheit des Gedichtes. Regungslos, von der Bezauberung der Sprache wie gelähmt, blieb ich sitzen. Es war der erste Augenblick völliger Schmerzlosigkeit, den ich seit dem Zusammenbruch meiner Tante Edel erlebte.

Der Wink meiner Großmutter riß mich endlich aus meiner Bezauberung und erinnerte mich an meine Aufgabe. Und nun erschien mir diese über alle Maßen beglükkend. Es war, als strömten die Kräfte meiner Seele, welche so lange durch meinen Kummer gelähmt gewesen, ganz plötzlich in dem Gefühl für den über, der sie befreit hatte. Mein Herz pochte hörbar, als ich auf Enzio zuschritt; in diesem Augenblick erfüllte er es gänzlich.

Man umdrängte meinen Freund jetzt von allen Seiten, aber ich sah eigentlich kaum, daß er zu irgend jemand sprach. Stumm und doch wie rauschend von Glück stand er da in seiner schlanken Jugend, das kluge, kühne Gesicht sonderbar weich, zuckend und immer noch durchglüht von jenem Überschwang, der ihn während des Lesens getragen hatte. Er nahm den Strauß aus meinen Händen entgegen, aber ich glaube nicht, daß er sich bewußt war, wer ihn darreichte. Dann drückte er das Gesicht tief in die dunklen Zweige; ich fühlte noch einmal ihren kühlen, strengen, fast bitteren Hauch zu mir herüberschlagen. »Ah«, sagte er – und wieder war jenes unglaubliche Entzücken in seiner Stimme, als er den Namen der Ewigen Stadt nannte –, »ah, das ist der Duft von Rom!«

»Nein, von deinem Königreich«, erwiderte ich.

Er blickte aus dem Strauß auf, erst jetzt bemerkend, wer vor ihm stand; in seinen hellen deutschen Augen sprang der bekannte dunkle Glanz auf. Er sah mich an wie damals vor Monaten im Spiegel, nur tiefer, rückhaltloser, ohne Spiegel, Auge in Auge. Und plötzlich war es, als ob ich ganz allein mit ihm unter all den Menschen wäre, die den Salon meiner Großmutter füllten, oder nein, als ob ich überhaupt nicht unter ihnen und hier wäre, sondern mitten in seinem Königreich, mitten in seinem Glück, dort, wohin ihm keiner zu folgen vermochte und wohin ich ihm nun doch gefolgt war, ich alleine von allen, entronnen, leidlos, selig wie er selbst!

Unterdessen hatte sich der Beifallssturm der Gesellschaft etwas gelegt; man unterhielt sich über die Einzelheiten und den Sinn der Dichtung, und wie es immer geht, wenn eine Anzahl Menschen gewohnt ist, einem Lieblingsthema zu huldigen, so auch hier: die Gesellschaft benutzte die Gelegenheit und steuerte auf das Ihre zu. Der Ausklang der letzten Ode hatte abermals überrascht; man war sich offenbar nicht klar, stand man in ihr dem christlichen Gedanken der Passion des Göttlichen gegenüber oder dem Anbruch des Versinkens auch dieser Vision gleich dem aller früheren. Da die Entscheidung aus der unvollendeten Dichtung selbst nicht gewonnen werden konnte, so nahm die Diskussion bald einen von ihr selbständigen Charakter an. Ich kann ihren Gedankengang im einzelnen nicht wiedergeben, denn ich war noch immer wie bezaubert von dem eben Erlebten.

Plötzlich hörte ich, wie jemand den Namen meiner Tante Edelgart nannte, deren Anwesenheit ich völlig vergessen hatte. Ihr Name traf mein Glück wie ein ganz leiser Stich – fast wider Willen sah ich mich nach ihr um. Sie saß in geringer Entfernung von mir in einem alten grünlichen Gobelinstuhl; fein, geistig, in sich zusammengefaßt, hob sich ihr Gesicht von dem matten Gewebe der hohen Lehne ab. Sie unterhielt sich mit einigen Herren, deren intelligente Köpfe neben dem ihren merkwürdig banal wirkten. Plötzlich verstummte sie; es schien, daß einer ihrer Nachbarn eine Frage an sie gerichtet hatte, über die sie nachdachte. Dabei schob sich ihr weiches

Kinn eigentümlich spitz vor. Indessen hatte der Sprecher von vorhin seine Frage wiederholt, und dieses Mal verstand ich sie auch. Sie drehte sich, um es kurz und schlicht zu sagen, um die »Wirklichkeit des religiösen Objekts« – dieses war der tote und geschmacklose Ausdruck, der gebraucht wurde und der an diesem Abend noch mehrmals fiel.

Meine Tante Edelgart zuckte jetzt auf. »Aber der Heiland leidet doch stündlich«, sagte sie. Das Wort »der Heiland« klang fremdartig in diesem Kreise – man hatte immer nur von dem unpersönlich »Göttlichen« gesprochen. Einen Augenblick lang trat Schweigen ein – auch die übrigen Gruppen verstummten flüchtig. Dann ergriff wieder der Sprecher von vorhin das Wort.

»Sie meinen also, das Leiden in der Welt sei eine Art christlicher Gottesbeweis?« fragte er.

Ich fühlte mich plötzlich gezwungen, meine Tante Edel mit angehaltenem Atem zu betrachten. Sie war eine Weile ganz still, dann sagte sie: »Ich meine den Ungehorsam.« Ihre Worte klangen stockend, aber doch bestimmt, sehr leise, ja geheimnisvoll. Sie sah dabei höchst merkwürdig aus, fast maskenhaft; es war als spräche sie gar nicht freiwillig, sondern als risse ihr jemand die Worte langsam aus dem Munde. Sonderbarerweise aber machten sie auf niemand einen besonderen Eindruck, sondern man wußte offenbar nicht, was man mit ihnen anfangen sollte, und das Gespräch glitt alsbald darüber hinweg.

Später, als die anderen fort waren, sagte meine Großmutter: »Jeanette, steht nicht irgendwo in den Evangelien, daß Christus gesagt hat: Ich nehme kein Zeugnis von Menschen?«

Jeanette bejahte das. Meine Großmutter meinte nachdenklich: »Ich dachte daran, als Edelgart vorhin über den Ungehorsam sprach – es verstand sie niemand.«

»Das war kein menschliches Zeugnis«, schoß es in mir auf – ich wußte selbst nicht, woher. Dabei fühlte ich ein unsagbares Erschrecken, so als griffe mitten in Enzios

Königreich eine schwarze Hand nach der meinen und führte mich an der Nachtseite einer großen, unsichtbaren Wirklichkeit hin.

An diesem Abend mußte ich plötzlich wieder daran denken, wie ich ehemals während meiner Krankheit immer die Vorstellung gehabt hatte, es fiele im Nebenzimmer von dem großen, traurigen Kreuzesbild über dem Bett meiner Tante Edel von Zeit zu Zeit ein schwerer, roter Blutstropfen nieder. Ich glaubte jetzt seinen Fall ganz deutlich zu vernehmen; regelmäßig, leise wie das einförmige Ticken einer Uhr, schien er den unendlichen Schmerz dessen anzuzeigen, von dem meine Tante Edel gesagt hatte: »Er leidet doch stündlich.«

In der Folgezeit vermochte ich es nicht zu unterlassen, die, welche ich doch eigentlich völlig übersehen wollte, mit einer Aufmerksamkeit zu beobachten, durch welche ich mir selbst großes Unbehagen verursachte, denn ich hoffte dabei immer, jenen eigentümlichen Eindruck von meiner Tante Edel widerlegt zu finden. Statt dessen wurde er aber fortwährend bestätigt, und ich konnte schließlich nicht anders, als mit einem Gemisch von Grauen und Ehrfurcht auf diese Bestätigungen hinzublicken, so als tue sich darinnen die furchtbare Gesetzmäßigkeit einer anderen Welt auf. Dabei war das, was vorging, von erstaunlicher Monotonie, höchst unscheinbar, immer hart an der Grenze, überhaupt nicht von mir bemerkt zu werden, dennoch unerhört geheimnisvoll, fast unheimlich. Was ich beobachtete, war kurz dieses: in die theologischen und religiösen Gespräche meiner Tante Edel war immer ein Kern eingeschlossen, um welchen alles, was sie sonst sagte, nur wie leichte, lose Schleier herumgelegt schien. Dieses andere war zwanglos hingeplaudert, allgemein verständlich, wahrscheinlich auch interessant; meine Tante Edel unterhielt sich dabei und suchte die Gelegenheit, so zu sprechen, selbst herbeizuführen. Dann aber trat regelmäßig durch einen mir nicht ganz durchsichtigen Zusammenhang eine vollkommene Veränderung ein; sie, deren Rede zuvor ruhig, zurückhaltend, aber doch sicher und für ihre Verhältnisse angeregt-lebhaft dahingeflossen war, sprach nur noch stockend, leise mysteriös, wie in innerem Zurückweichen vor ihren eigenen Worten, dabei aber doch widerstandslos, fast wie unerbittlich ergeben, daß sie dies sagen müsse. Und auch der maskenhafte Anblick, den sie in diesen Augenblikken gewährte, wiederholte sich jedesmal in genau derselben Weise. Er war dann, als ob alles, was sie sagte, die rätselhafte Auspressung eines Bekenntnisses sei, welches sie unter der dumpfen Qual eines Unerkennbaren ablegte. Dabei drängte sie aber immer selbst zu diesen Gesprächen hin, von denen sie nun doch wissen mußte, wie gefährlich sie ihr werden konnten, und so kamen mir schließlich auch die harmlosen Anfänge dieser Unterhaltungen unheimlich vor. Ich mußte oft ganz erschrocken die anderen anblicken, aber auch sie boten jedesmal genau dasselbe Bild; niemand schien etwas zu bemerken. Man hätte fast meinen können, es bestehe eine stillschweigende Verabredung, diese Augenblicke nicht zu beachten, oder auch – da meine Tante Edel so leise, gleichsam wie beiseite sprach –, es entgingen den Zuhörern ihre Bemerkungen auf ganz natürliche Weise. Indessen, das stimmte nicht ganz, denn die Anwesenden griffen zuweilen doch ihre Worte auf, so daß man sah, sie hatten sie sehr wohl gehört. Aber sie ließen sie immer sogleich wieder fallen, als hätten sie den Inhalt staunend und ein wenig enttäuscht vergeblich abgetastet. Mir kam zuweilen die ganze Gesellschaft vor, als ob sie, ohne es zu wissen, ein geistiges Blindekuhspiel triebe oder eine Art von Rätselraten, bei dem man sich aber nicht darüber klar war, was eigentlich geraten werden sollte.

Selbst Enzio bildete hierbei, trotz seiner eifrigen Anteilnahme, keine Ausnahme von den übrigen. Es war ganz merkwürdig, gehörte aber offenbar auch zur Sache, daß er durch diese Gespräche mit meiner Tante Edel eigentlich immer weiter von dem Gegenstand entfernt wurde, den er darinnen suchte.

Die einzige, welche das Verhalten der anderen nicht teilte, war meine Großmutter. Sie, die von Anfang an mit diesen theologischen Kursen in ihrem Salon nicht einverstanden gewesen war, nahm jetzt manchmal ganz unumwunden dagegen Stellung; ja, ihre Abneigung ging so weit, daß sie sogar zuweilen ihr neubegründetes herzliches Verhältnis zu Enzio gefährdete. Dieser war damals sehr für meine Tante Edel eingenommen. Ich erinnere mich noch, wie er einmal zu meiner Großmutter sagte, er bewundere es in hohem Maße, wie sie bei ihren katholischen Neigungen doch ihre Unabhängigkeit von der Kirche gewahrt habe. Sie sei ihm früher immer als eine beängstigend zarte, ja geradezu gefährdete Persönlichkeit erschienen, und nun habe sie eine derartige Kraft und Geschlossenheit bewiesen.

»Und ich«, erwiderte meine Großmutter, »bin der Meinung, daß nur kraftvolle und geschlossene Persönlichkeiten es wagen können, sich völlig hinzugeben. Zum wirklichen Gehorsam gehört eine große, innerlich freie Seele. Subalterne Naturen suchen immer durchzuschlüpfen, aber die starken wissen, daß sie ihr Bestes nie verlieren können.«

»Ihre Tochter ist keine subalterne Natur«, erwiderte Enzio vorwurfsvoll.

»Nein, gewiß nicht«, sagte meine Großmutter schnell, »aber eben deshalb ist auch alles, was sie zu euch sagt, eine fruchtbare Selbstverurteilung. Ihr merkt es nur nicht.«

Diese letzte Wendung meiner Großmutter schien mir höchst merkwürdig. Damals kam es mir immer öfter so vor, als ob durch ihre klare, ruhige Diesseitigkeit ganz plötzlich eine Erinnerung an jene Worte Jeanettes schauere, an die sie doch nicht glaubte. Und in der Tat, dieser Punkt ist ja auch für Jeanette eine Zeitlang geradezu ein Anlaß zur Sorge gewesen. Sie hat mir später gestanden, daß gewisse blitzhafte Erkenntnisse meiner Großmutter ihr zuweilen die Möglichkeit naheglegt hätten, meine Großmutter könne an ihrer eigenen Seele schuldhaft werden. Aber sie hat dann doch immer wieder die Überzeugung ausgesprochen, meine Großmutter, so weit auch ihr Verständnis gegangen, sei gleicherweise von der Erkenntnis des Über- wie des Unternatürlichen getrennt geblieben; es habe hier nichts anderes vorgelegen als die tiefe Einsicht in jene Dinge, welche eben der schlichten Festigkeit des Charakters klarer sind als der Intelligenz und der künstlerischen Intuition.

Dies trat sehr deutlich zutage, als es dann mit meiner Tante Edel zur Katastrophe kam und die dichte Form ihres Selbst, die zu Beginn der Auflösung äußerlich noch eine Weile standgehalten hatte, sichtbar zersprang. Ich meine den Augenblick, in welchem sie die Nachricht vom Tode meines Vaters erhielt. Diese traf eben damals durch das Telegramm eines außereuropäischen Konsulats ein, welches meldete, mein Vater sei auf einer benediktinischen Missionsstation im Innern des Landes bereits vor einiger Zeit verschieden. Seine hinterlassenen Papiere hätten die Patres soeben an die Küste gelangen lassen; das nächste Schiff würde sie nach Europa bringen.

Meine Großmutter, an die das Telegramm gerichtet war, hatte seinen Inhalt ihrer Tochter mitgeteilt. Ich weiß heute, daß es eine ähnlich tiefe Erschütterung in meiner Tante Edel wachrief wie damals mein Bekenntnis nach jenem Erlebnis im Sankt Peter. Denn wenn zwar die Mitteilung, daß mein Vater auf einer benediktinischen Missionsstation gestorben war, noch keineswegs darauf hindeutete, daß er auch als Christ gestorben war, so mußte doch für meine Tante Edel eine sehr wunderbare Fügung darin liegen, daß diese Seele, für die so viel gebetet hatte, wenn auch nur in einem fernen Sinne in den Armen der Kirche verhaucht war; daß sicherlich ein Vaterunser die letzten Worte gewesen, die das Leben über ihren einstigen Verlobten gesprochen hatte und daß seine irdische

Hülle im Zeichen des Kreuzes ruhen würde. Eine derartige Fügung aber konnte in ihrer damaligen Verfassung nur noch ein Gericht über sie selbst bedeuten.

Für mich sind alle diese Zusammenhänge erst später durchsichtig geworden. Ich wußte zunächst gar nicht, was geschehen war; und als meine Großmutter mich rufen ließ, um es mir unter vier Augen mitzuteilen, ging ich ohne jede Ahnung. Während ich über den Flur schritt, hörte ich im Zimmer meiner Tante Edelgart ein Gelächter. Wir hatten damals eine junge Cameriera, deren Lachen oft durch das Haus scholl. Ich glaubte sie im Zimmer meiner Tante beschäftigt, und da ich ihr etwas sagen wollte, öffnete ich die Tür. Da stand meine Tante Edelgart zu Füßen des Kruzifixes steil und aufgereckt, wie sie sonst niemals stand. Sie war ganz allein; ich sah keinen Menschen, der hier gelacht haben konnte, und das bestürzte mich sehr. Sie fragte mich dann, was ich wollte. Ich sagte, ich sei der Meinung gewesen, Giulietta habe hier eben gelacht; dabei sah ich mich noch immer in den Ecken des Zimmers um; seine Leere war mir so erstaunlich, als ob ich irgendwo ins Dunkle geraten sei. Plötzlich fühlte ich, wie mir ein Licht kam: Ich sah etwas Glitzerndes unter dem Blick meiner Tante Edelgart hervorbrechen, so als zerrissen ihre Augen und aus den Fetzen ihrer sanften Schleier drängte etwas Tödliches auf mich ein. Es war wie eine blitzschnelle Berührung ihrer Seele mit der meinen, nach Wochen des Vorüberhastens, Vorüberschweigens, die erste wirkliche Berührung! Und nun – ich fragte nicht mehr, wer hier gelacht hatte: Fluch, Gelächter, Haß, sie alle konnten hier wohnen, und sie alle wohnten hier! Zuerst war ich wie gelähmt; dann glaubte ich zu wissen: jetzt wird sie dir oder diesem Kreuz hier ein Leid antun. –

Ich weiß noch, daß ich dann in meinem Entsetzen durch alle Stockwerke des Palazzos bis hinab in den Kreuzgang geflohen bin und dort drunten erst mich erinnert habe, wie ich doch eben zu meiner Großmutter kommen sollte. Aber selbst die Mitteilung, welche mir diese dann gleich darauf zärtlich und schonend machte, vermochte zunächst gar nicht ganz in mich einzudringen. Und das lag nicht etwa daran, daß mir mein armer Vater ja doch lebenslang ein persönlich Fremder geblieben war, denn meine Großmutter stellte während unserer Unterredung sein Bild so edel, klar und verehrungswürdig vor meine Augen hin, daß dieses Fremdgebliebensein im Grunde nur meine Schmerzen hätte steigern müssen. Und so habe ich ja späterhin immer im Gedanken an meinen toten Vater empfunden.

In der nächsten Nacht hörte ich das Fallen der Blutstropfen nicht mehr; und als am folgenden Morgen die muntere Giulietta wirklich aus dem Zimmer meiner Tantel Edel kam, sagte sie: »Wo hat nur die Signorina das schöne Kreuz gelassen, das über ihrem Bette hing?«

Von diesem Tage an suchte ich das Zimmer meiner Tante Edelgart nie mehr auf, ja, es war mir unangenehm, nur an seiner Tür vorüberzugehen. Seit ich mich in meiner Kindheit gefürchtet hatte, einen dunklen Raum zu betreten, war kein ähnliches Grauen in mir gewesen. Ich glaubte, es hätte mich nicht weiter überrascht, wenn mir eines Tages begegnet wäre, den Schatten meiner Tante Edelgart auf der verkehrten Seite zu sehen und dadurch zu begreifen, daß es gar nicht ihr eigener Schatten sein könne. Übrigens ließ ich mir diese Gedanken vor niemand merken, denn ich hatte das dunkle Gefühl, daß sie mir noch schrecklicher werden könnten, wenn ich sie ausspräche. Jeanette aber kam schließlich doch hinter meine heimliche Furchtsamkeit, denn sie war immer bereit, mich zu begleiten, wenn ich wieder einmal zögerte, etwa abends allein über den Gang zu gehen. Und eines Tages hängte sie mir eine kleine Medaille um den Hals, auf welcher die Muttergottes von Lourdes abgebildet war.

»Ich gehe jetzt mit dir, ma petite«, sagte sie, »aber für den Fall, daß ich einmal nicht da wäre, wenn du dich fürchtest, sollst du diese kleine Medaille fest an dich drücken. Der liebe Gott zwar und dein Schutzengel haben sie nicht nötig um dich zu behüten, aber du hast sie nötig, um es besser zu wissen. Du brauchst die Medaille auch nicht vor deiner Großmutter zu verstecken; sage ihr nur, daß ich sie dir gegeben hätte.«

Meine Großmutter indessen machte gar keinen Versuch, die Medaille zu beanstanden, sondern sie schien es ganz angemessen zu finden, daß ich ihr, da Jeanette sie mir geschenkt hatte, den Platz an meinem Halse gab, für den sie bestimmt war. Vielleicht hing diese Duldsamkeit mit dem Abscheu vor etwas anderem zusammen, was ihr gerade damals große Not machte. Meine Großmutter hatte nämlich eines Tages durch Zufall das Kruzifix, welches von Giulietta über dem Bett meiner Tante vermißt worden war, in einem abgelegenen Winkel des Hofes gefunden. Es lag, auf rätselhafte Weise dorthin gekommen, unter einem Haufen von Steinen, aus dem spielende Kinder es, vielfach beschädigt, gerade in dem Augenblick hervorzogen, als meine Großmutter vorbeiging. Sie nahm es sofort an sich und eilte damit zu Jeanette.

»Edelgart muß dieses ehrwürdige Symbol selbst dort versteckt haben«, sagte sie äußerst erregt, »denn von sich aus kann es unmöglich dorthin gekommen sein.«

Jeanette erwiderte nicht viel. Sie versuchte, meine Großmutter zu beruhigen. Diese sagte nur »Hysterie«.

»Ach«, sagte Jeanette, »das ist doch auch nur ein anderer Name.«

»Ich bin entschlossen, diese Dinge nicht länger zu dulden«, entgegnete meine Großmutter. »Wir brauchen uns nicht über ihren Ursprung zu einigen, Jeanette, aber in dem Entschluß, daß etwas geschehen muß, werden Sie mir zustimmen.«

Am folgenden Morgen war das Kruzifix, welches die Nacht auf einer schönen Truhe im Zimmer meiner Großmutter zugebracht hatte, abermals verschwunden, und meine Großmutter schickte nach einem Arzt, und zwar nach einem Psychiater. Es war dies ein Schritt, den ich von ihr nie für möglich gehalten hätte, denn so hoch sie im allgemeinen die ärztliche Wissenschaft verehrte, so tief war ihre Abneigung gegen das Spezialgebiet der Psychiatrie. Enzio, welcher im Gegenteil an dieser Stelle Sympathie und Interesse fühlte, hatte denn auch einmal zu ihr gesagt, er glaube, sie trage es den armen Psychiatern nach, daß es Kranke gebe, die ihrer bedürften. Das war aber doch nicht ganz richtig, denn meine Großmutter fühlte an erster Stelle Abneigung gegen die Theorien jener Seelenärzte, welche sowohl ihren Glauben an die Würde wie an die Einheit der menschlichen Persönlichkeit verletzen. Ich erinnere mich noch, mit welcher Ungeduld sie einmal sagte, sie gebe nicht einen roten Soldo auf die Psychiater, denn diese hätten die ganzen Augen voll Seelenstaub, so daß sie überhaupt keine rechte und ganze Person mehr erkennen könnten. Wenn sie sich nun doch keinen anderen Rat wußte, als eben einen jener Verachteten zu rufen, so kann dies von ihrer Seite fast einer Demütigung gleich, die jeden, der sie kannte, tief bestürzen mußte. –

Der Psychiater, ein feiner, kühler, wohlwollender Mann, wurde nun also meiner Tante Edelgart auf möglichst unauffällige Weise präsentiert, und zu unser aller Staunen gewann er sofort ihr Vertrauen. Er hatte von nun an fast täglich längere Zusammenkünfte mit ihr, über die ich nichts Näheres zu sagen vermag, die sich aber wohl in der üblichen Weise des psychoanalytischen Verfahrens abgespielt haben werden. Im Verlauf dieser Behandlungen wurde meine Tante Edel sehr bald mit sich und aller Welt merkwürdig zufrieden, ja, damals veränderte sie sich wirklich vollkommen, und zwar nicht nur in ihrem Wesen, sondern auch in ihrem Äußeren. Der Arzt, ein Deutscher, welcher später in seine Heimat zurückkehrte, hinterließ ihr einen Menge Gesundheitsvorschriften, die sie alle mit peinlicher Gewissenhaftigkeit befolgte. Man sagte allgemein, daß sie sich sehr erholt habe und daß ihre Nerven besser geworden seien. Sie wurde etwas stärker, ihre Bewegungen verloren das Verschleierte, das sie ehedem gehabt hatten, und gewannen Sicherheit; sie aß auch mehr als früher, ja zuweilen so viel, daß Jeanette sie damit neckte. Sie selbst sagte dann immer, der Arzt verlange es so; er habe ihr dargetan, daß man sich sehr wohl zum Essen zwingen könne. Hiergegen war nichts einzuwenden, und meine Großmutter begrüßte das Aufblühen ihrer Tochter mit Freude. Indessen zeigte es sich bald, daß der Arzt meiner Tante Edel auch auf ganz anderen Gebieten Autorität geworden war. Sie ging jetzt zuweilen wieder in eine späte Messe, denn diesen Kirchenbesuch hatte ihr der Psychiater »verordnet«, weil er, wie meine Großmutter erzählte, gefürchtet hatte, es möge sich an diesem Punkt sonst ein »Komplex bilden«. Er habe zu ihr, so sagte sie, geäußert, daß er eine »gesunde« Frömmigkeit an seinen Patienten durchaus begrüße, denn sie fördere die Ruhe des Seelenlebens und der Nerven und stehe im Einklang mit dem, was große Denker und Dichter zu allen Zeiten gemeint hätten. Da der Psychiater auch Zerstreuung angeraten hatte, nahm meine Tante Edel die sich bietenden Gelegenheiten dazu wahr, indessen nicht mehr so wie vordem, als sie überhaupt nicht mehr allein sein wollte, sondern auch diese Frage schien, wie alle übrigen, nach einem nützlichen und bekömmlichen Maß geordnet. Unheimlich war jetzt gar nichts mehr an meiner Tante Edel, im Gegenteil! Es war höchstens noch ein wenig sonderbar an ihr, daß plötzlich so viel von ihrer Gesundheit die Rede ging und daß sie, die Unzugängliche und Eigenwillige, nun so vollständig in die Abhängigkeit dieses fremden und in keiner Weise hervorstechenden Arztes geriet. Aber selbst das hatte eigentlich nur den Charakter des halb Komischen. Sogar meine Großmutter, die doch diese ganze Entwicklung eingeleitet hatte, empfand sie zuweilen als allzugut gelungen. Ich hörte, wie ihr einmal halb ärgerlich, halb wider Willen anerkennend, der Ausruf entfuhr: »Daß doch die Ärzte, wenn sie solche Fälle heilen, immer nur Philister aus den Menschen machen können!« – – –

Meine Tante Edelgart war nun also verstummt: Der stille, geheimnisvolle Weg, den ich an ihrer Seite zurückgelegt hatte, lag verschüttet und verlor sich in derselben Unerkennbarkeit wie ihre Gestalt. Sie, die sich immer so ängstlich festgehalten hatte, sie war nun gleichsam wie entschwunden, sichtbar nur noch ihrer äußeren Erscheinung nach, aber aufgelöst in dem, was ihr eigentliches Selbst gewesen war: in ihrer tiefen und zuletzt so schrecklichen Innerlichkeit. Es war jetzt nichts mehr von dieser vorhanden als der kleine, verschüchterte, windbewegte und halb erloschene Funke in meiner eigenen Seele, angezündet an dem allzu trüben Licht des ihren, aber angezündet nicht kraft seiner, sondern kraft der Erbarmung der Ewigen Liebe, für die auch das armseligste und schwächste Werkzeug nicht zu gering ist.

Ich muß jetzt erzählen, wie sich die schönen Tore meiner frühen Jugend schlossen und die Nächte des Schicksals und des Todes heraufzogen, in denen dieses verwehte Fünkchen meiner Seele wieder sichtbar wurde gleich einem Stern, der erst in der Dunkelheit zu leuchten vermag. Denn wie es nicht selten im Leben zu geschehen pflegt, wenn aus einem engverschlungenen Kreise einer gegangen ist – und meine Tante Edelgart war doch gegangen –, so geschah es auch hier: es folgten nun auch sehr bald die anderen.

Zunächst und als erster ging Enzio von uns. Das war im Grunde lange zu erwarten gewesen, aber ich hatte es eben doch nicht erwartet; und gerade damals glaubte ich weniger als je, daß er uns wirklich verlassen könne. Zwischen ihm und mir lag immer noch der Rausch jener Stunde, in der er mich so unbeschreiblich hingerissen hatte. Zwar konnte ich jetzt nicht mehr an die selige Leidlosigkeit seines Königreiches glauben, denn ich empfand ja wieder Schmerz – ich hatte so viel Schmerz um meine Tante Edelgart empfunden seit dem Anhören jener schönen Verse! Auch Schrecken und Grauen hatte ich empfunden! Wenn ich jetzt jene Verse für mich allein las, so erweckten sie in mir nur eine große Sehnsucht, und sie taten dies gerade durch ihre hohe Schönheit, durch die Herrlichkeit ihrer Sprache und ihrer Bilder, kurz, durch die ganze wunderbare Bezauberung, die mich damals einen Augenblick lang mir selbst so unbegreiflich entrückt hatte. Dennoch hing von mir aus immer noch eine große Meinung an diesen Gedichten: ich hielt sie für die schönsten der Welt und meinen Freund für den größten Dichter aller Zeiten. Im Grunde stand ich immer noch mit meinem Lorbeerstrauß vor ihm, ja, dieser Strauß wuchs gleichsam in meinem Innern; er wurde ein Baum, er wurde ein Wald; ich konnte Enzio, wie ich ihn ehedem gesehen hatte, gar nicht mehr darin erkennen, sondern sah ihn beständig in der Glorie seiner Verse.

Aber auch er hatte nicht vergessen, daß ich ihm einmal, so völlig beglänzt und bezwungen von seinem Geist, jene Zweige überreicht hatte. Ich spürte das deutlich. Wir sprachen nie davon, aber gerade dieses Schweigen schien den unsichtbaren Lorbeerzweigen zu bekommen; sie gediehen darinnen wie nur immer schöne empfindliche Pflanzen unter Glas. Dabei wußte ich jetzt nicht einmal genau, ob sie ihm eigentlich lieb oder leid waren. Er kam mir manchmal bedrückt vor. Dann wieder erschien etwas an ihm wie damals, als wir noch miteinander durch die Campagna geschweift waren: etwas Verwirrendes, fast Atemloses. Zuweilen, wenn wir uns die Hand gaben, hielt er die meine wieder so sonderbar lange fest – es war dann immer, als müsse nun gleich irgend etwas Großes und Beglückendes geschehen, und diese Erwartung – auch das glaubte ich zu wissen – war der Grund, weshalb er seine Abreise von Tag zu Tag verschob, so daß ich wirklich kaum noch an sie glaubte.

Meine Großmutter ließ uns plötzlich gar nicht mehr allein miteinander. Hatte sie sich vordem schon darein gefunden, die Hoffnungen, welche sie auf unsere kindliche Freundschaft setzte, begraben zu müssen, so, glaube ich, fürchtete sie jetzt, daß diese Hoffnungen durch Enzio eine verfrühte Erfüllung finden möchten, die sie für meine immer noch nicht vollen sechzehn Jahre keineswegs angemessen fand.

Sie kämpfte damals wieder einmal mit ihrem jungen Freund einen stillen, aber hartnäckigen Kampf. Dieser war indessen nicht der einzige Grund, weshalb sie wünschte, Enzio möge nun wirklich abreisen. Wir standen jetzt im Juni, und es war außerordentlich heiß geworden. »Frau Wolke« hatte, wie sie schrieb, bereits den Kamm der Apenninen erklommen, um in einem kleinen Gebirgsort Zuflucht vor der unerträglichen Glut zu suchen, und in der Tat, wenn man sich die schwere, des italienischen Klimas ungewohnte Frau vorstellte, so konnte man nur noch mit Mitleid an sie denken. Meine Großmutter ermahnte denn auch Enzio, dies zu tun, und ebenso deutete sie ihm an, sie selbst sei gewohnt, um diese Jahreszeit den Haushalt zu schließen und Rom für einige Monate zu verlassen, wobei sie ihn aber jedesmal auf das herzlichste für den nächsten Winter, ja überhaupt ein für allemal für jeden Winter einlud.

Aber Enzio wollte nicht abreisen. Taub und blind überhörte und übersah er diese mehr oder weniger deutlichen Winke und fand beständig Vorwände, um noch bleiben zu können. Vor allem mußte seine Dichtung immer wieder herhalten, obwohl sie nun wirklich als vollendet gelten durfte. Enzio hatte ihr einen reizvoll-fragmentarischen Abschluß gegeben in jener Handvoll duftiger Verse, welche so wunderlich-unvermittelt neben den ergreifenden Visionen des Sankt Peter stehen, als stürze ein majestätischer Fels in eine Blumenwildnis nieder.

Es sind im Grunde die Motive der Kaiserfora, mit denen dieses Werk, wie es mit ihnen anhebt, so auch endet, nur in unendlich lieblicher Abwandlung. Verfall und Untergang, der schreckliche Eindruck der bloßen Phantomhaftigkeit alles Geschehens erscheinen hier als freundlicher Reigen der irdischen Jahreszeiten und deren heitere Unabänderlichkeit. Ein gewaltiger Krampf löst sich: Das

Auge, welches sich in der Vision geschlossen hatte, öffnet sich wieder dem irdischen Licht; der Fuß versinkt nicht mehr in der Nacktheit des nächtlichen Universums, sondern schreitet auf schwellenden Gräsern und Moosen; und wie ehedem in den Gesängen um den Sankt Peter die menschliche Gestalt, so erscheinen hier die Umrisse der weidenden Herden: stille Tiere mit frommen, zeitlosen Augen, unbewußt glücklichen Geschöpfen der Urwelt gleich, ziehen vorüber. Man glaubt in der lichtbetäubten mittäglichen Campagna die Flöte des Pan zu hören und in den Grotten des rauschenden Tivoli den Gesang der Nymphe. Alle diese Gedichte sind eingetaucht in einen Rausch von Sonne und Süße, Rosen, Wein und römischem Sommer, aus dem nur zuweilen ganz leise, fast selig das schauerliche Bekenntnis zum Nichts auftönt.

Enzio fühlte sich jetzt nicht mehr von Kirchen und Klöstern gefesselt, noch ging es ihm darum, religiöse Gespräche zu führen, sondern er hatte offenbar mit seinen Versen jenen Sprung getan, welchen alle tun, die der unbedingten Forderung des Geistes ausweichen: den Sprung in die bewußtlose Natur. Wann sich diese Wendung in ihm vollzogen hatte, kann ich nicht sagen; vielleicht bedeutete sie von ihm aus gar keine eigentliche Veränderung, sondern nur das letzte Zurückschwingen der Kreislinie, welche seine Dichtung in der Ewigen Stadt durchlaufen sollte.

Wir hatten in der ganzen letzten Zeit alle jene Orte aufgesucht, deren Namen wie zarte Umrisse über diesen Versen schweben. Enzio brachte seine liedhaften Gebilde von unseren gemeinsamen Wanderungen gleich Kränzen mit; es hing deren schon eine stattliche Zahl über den Ausgangspforten seines Werkes: Veilchenkränze aus der Villa Adriana, Ginsterkränze von Tusculum, Kränze von kleinen, wilden, felsigen Kastellen, Schwalbenkränze vom blauen See von Bracciano. Schließlich verlangte er noch einen Kranz aus der vollen Wildnis; er wollte nach dem sumpfversunkenen Ninfa oder dem efeubefestigten

Santa Maria di Galera; er wollte Veji oder die Pontinischen Sümpfe sehen. Nun aber begann meine Großmutter sich zu weigern. Sie erklärte, für diese Unternehmungen sei die Jahreszeit schon zu weit vorgerückt; man laufe Gefahr, sich das Fieber zu holen, und die Hitze werde keinen Genuß aufkommen lassen. Ich merkte wohl, sie fing jetzt an, ernstlich ungeduldig zu werden, und schließlich griff sie zu einer kleinen List.

Wir hatten eben damals wieder eine Zeit, in der Monsieur Jeanette bei uns unangenehm in Erscheinung trat. Er war von dem Kapellmeister seines Orchesters an die Luft gesetzt worden, und da seine Lebensführung nicht, wie er immer behauptete, sein Künstlertum gesteigert, sondern es vielmehr völlig auf den Hund gebracht hatte, so war es jetzt für ihn schwer, eine neue Stellung zu finden, und alle geschwollenen Redensarten hinderten ihn nicht, dieses Mal außer der moralischen Kraft von Jeanettes Zuspruch auch noch ihren Geldbeutel in Anspruch zu nehmen. Meine Großmutter war so empört hierüber, daß Jeanette, um sie zu beschwichtigen, ihren Gatten veranlaßte, allerlei kleine Dienstleistungen für unser Haus zu übernehmen, das heißt, sich den Anschein zu geben, als ob er ihr selbst hülfe. Er machte Besorgungen, holte Theaterbillets ab; man sah ihn in Jeanettes kleinem ordentlichen Zimmer Pakete packen und mit seiner windigen Handschrift Adressen schreiben und dergleichen mehr. Meine Großmutter, einmal weil es sie befriedigte, wenigstens den völligen Müßiggang dieses Taugenichtses unterbunden zu sehen, vor allem aber Jeanette zuliebe und um ihre Ersparnisse zu schonen, duldete nicht nur seine Anwesenheit in unserem Hause, sondern sie entlohnte ihn sogar für seine Dienste, nachdem sie sich überzeugt hatte, daß er sich durch diese kleinen trinkgeldartigen Gaben keineswegs gedemütigt fand. Ja, sie sann nun selbst auf Möglichkeiten, ihn nützlich zu beschäftigen und ihm einen kleinen Verdienst zu sichern.

Sie sagte also damals zu Enzio: gut, er solle seine Tour

nach Santa Maria di Galera machen, aber sie selbst könne sich einer solchen Anstrengung nicht unterziehen und werde sie bei der herrschenden Hitze auch mir nicht erlauben. Allein aber könne er schon deshalb nicht fahren, weil er, wie jeder echte Dichter ausschließlich in seine Muttersprache verliebt, ein Italienisch spräche, welches selbst die Deutschen nicht verständen, geschweige denn die Italiener. Auch sei jene Gegend der Campagna sehr unwirtlich und des Fiebers wegen völlig verlassen; man könne dort stundenlang wandern, ohne einen Menschen zu treffen; die Ruinen von Galera lägen weitab von der Bahn; sie fände es für ihn nicht ratsam, ganz allein dorthin zu gehen. Monsieur Jeanette solle ihn daher begleiten; er kenne sich mit der Bevölkerung und der Sprache aus und bedeute auf jeden Fall eine zweite Person. Sie bedaure freilich, ihm keine andere Gesellschaft anbieten zu können, aber ihre Freunde seien schon fast alle dem sommerlichen Rom entflohen; schließlich werde es ihm, da er doch seine Gedichte wegen nach Galera gehe, auch nicht weiter auf die Unterhaltung ankommen. Mit diesen letzten Worten verriet sich meine Großmutter natürlich, denn wenn sie einmal über ein Hintertreppchen ging, so tat sie es immer mit so rührender Ersichtlichkeit, als steige sie eine Freitreppe nieder. Enzio verstand denn auch genau, was gemeint war, und spielte meiner Großmutter nun seinerseits den Streich, daß er Monsieur Jeanettes Begleitung annahm.

Am folgenden Morgen setzte sich das sonderbare Gespann in Bewegung, und am Abend kehrte Monsieur Jeanette allein zurück. Wir entnahmen seinen verworrenen Reden, daß es zwischen ihm und seinem Begleiter zu einem Auftritt gekommen war, bei dem ihm Enzio kurzerhand bedeutet hatte, er möge ihn allein lassen. Wir glaubten zuerst beide – nur getrennt – mit demselben Zug zurückgekommen (es war der letzte), aber Monsieur Jeanette gestand uns, Enzio sei in einem Casale bei Santa Maria di Galera zurückgeblieben, wo er übernachten wolle, um am nächsten Morgen noch einmal zu der zauberhaft verlassenen Stadt emporzusteigen, von der er gänzlich hingenommen sei. Er habe sie die »Braut des Fiebers« genannt und ihren aus dem wogenden Farrenwald aufsteigenden Glockenturm ein »Gebet zur Wildnis«.

Meine Großmutter war außer sich, ihren Schützling allein und bei Nacht in dieser gefährlichsten aller Fiebergegenden der Campagna zu wissen. Sie machte sich die bittersten Vorwürfe, Enzios Unberechenbarkeit herausgefordert zu haben; und ihre Sorgen waren leider nur zu begründet: am nächsten Tage erschien der Vermißte, und am übernächsten fieberte er.

Zwar wollte er es zunächst nicht wahrhaben, aber meine Großmutter ließ trotzdem den Arzt holen. Sie war so erschrocken, daß sie sich nicht im geringsten um seinen Einspruch kümmerte, und es zeigte sich jetzt, daß er sich in Galera wirklich die Malaria geholt hatte. Bald mußte er selbst einsehen, daß er ernstlich krank war, und nun verlangte er plötzlich nach seiner Mutter. Meine Großmutter versuchte vergebens, ihn zu bestimmen, doch noch ein wenig zu warten, bevor man seiner armen Mutter diesen Schrecken einjage; vielleicht werde doch bald eine Besserung eintreten. Aber Enzio war wie ein eigensinniges Kind im Verlangen nach seiner Mutter. Er behauptete, niemand wisse mit seiner Gesundheit so Bescheid wie sie, und es sei überhaupt in der Ordnung, daß man seine Mutter um sich habe, wenn man krank sei. Dagegen war nichts einzuwenden, ja, man konnte sich eigentlich nur darüber freuen, Enzio endlich einmal von Sehnsucht nach seiner Mutter ergriffen zu sehen, die er so lange schnöde von sich ferngehalten hatte. Nur wurde diese Befriedigung dadurch beeinträchtigt, daß sie auf Kosten meiner Großmutter ging, deren liebevolle Pflege ihm nicht das geringste zu gelten schien. Er war ihr gegenüber so unverständig und trotzig, daß man wirklich hätte meinen können, er fürchte, sie reiche ihm statt der Arznei den

Giftbecher. In Wirklichkeit handelte es sich um eine Art Streik, mittels dessen er den Wunsch nach seiner Mutter durchsetzen wollte. Im übrigen war er furchtbar ängstlich und wehleidig. Jeanette, die wie damals, als er an seinen Gedichten krank gewesen, noch am besten mit ihm auskam, nannte ihn, wenn wir allein waren, immer »unseren kleinen Helden«, eine Schalkhaftigkeit, durch die sie meine Großmutter etwas zu erheitern und zu trösten dachte, ahnungslos, wie niederdrückend ihre Bezeichnung auf die Glorie fiel, mit der ich Enzio während der letzten Zeit in meinem Herzen bekleidet hatte. Schließlich gab der Arzt in diesem Kampf um seine Pflege den Ausschlag, indem er riet, einem so ungebärdigen Kranken doch lieber zu willfahren, um ihn nicht noch mehr aufzuregen. –

»Frau Wolke« kam auf das Telegramm meiner Großmutter, obwohl es so beruhigend wie möglich gehalten war, mit entfesseltem Auto von ihrem Apenninensitz herunter. Glühend und staubbedeckt, körperlich völlig aufgelöst, im übrigen tröstlich gelassen wie stets, entstieg sie dem fauchenden Wagen, lange ehe wir ihre Ankunft erwarten konnten. Sie machte keine langen Auseinandersetzungen wegen Galera, sondern nahm uns ihren Sohn nur stillschweigend aus den Händen wie einen kostbaren Gegenstand, den wir zerbrochen hatten, indem sie uns alle energisch aus dem Krankenzimmer trieb und künftig niemand mehr hineinließ wie den Arzt. Dabei rückte das, was man ehedem halb bewundernd, halb mitleidvoll an ihr wahrgenommen hatte, ihr fast unempfindlich-selbstloses Zurücktreten vor meiner Großmutter, plötzlich in ein ganz anderes Licht; sie schien sich gar nicht bewußt, von ihrem Sohn zurückgesetzt zu sein, sondern ihre Meinung war offenbar, daß sie ihn aus sich selbst heraus uns eine Weile gutmütig abgetreten habe, und Enzio bestätigte das durch sein ganzes Verhalten. Es war rührend, wie er sich über ihr Kommen freute; er küßte ihr die Hände und streichelte sie wie ein Kind, er dankte ihr wie ein solches. Das war natürlich alles wieder ganz in der Ordnung – ich selbst hatte ja früher so oft gedacht, Enzio müsse doch seine Mutter etwas mehr liebhaben. Und doch kränkte es mich jetzt, weil es mit einer ganz unverhohlenen Gleichgültigkeit gegen uns verbunden war. »Frau Wolke« hätte uns gar nicht vor die Tür zu setzen brauchen, dachte ich, wir stehen ohnehin schon davor.

Meine Großmutter war die letzte, welche sich über diese Aussperrung beschwerte. Sie stellte sich in jeder Hinsicht auf »Frau Wolkes« Seite, und zwar so entschieden, daß alles, was mir von Anfang an als verkehrte Ordnung der Dinge zwischen diesen beiden erschienen war, noch viel auffallender hervortrat als früher. Dazu kam, daß meine Großmutter immer noch den Stachel fühlte, die Fahrt nach dem fieberberüchtigten Galera erlaubt zu haben. Sie glaubte sich für Enzios Krankheit verantwortlich und sprach es ganz offen aus. Selbst »Frau Wolke«, die ihr im ganzen ebenso teilnahmslos begegnete wir ihr Sohn, fühlte gelegentlich Rührung; sie sagte gutmütig, sie kenne sehr wohl Enzios Eigenwillen. Meine Großmutter würde diese unglückliche Unternehmung doch nicht verhindert haben, auch wenn sie es versucht hätte. Diese Bemerkung bildete für mich aber durchaus keine Genugtuung; sie klang fast ein wenig mitleidig; man sah daraus eigentlich nur, daß »Frau Wolke« den Einfluß meiner Großmutter auf ihren Sohn ziemlich gering einschätzte.

Inzwischen wurde Enzio kränker. Das Fieber ging zwar zurück, aber sein Herz erhob Schwierigkeiten. Es war, als habe er, solange seine Mutter noch nicht dagewesen, krampfhaft seine Kräfte zusammengehalten, und nun sie bei ihm war, warf er sich erschöpft und zugleich beruhigt in ihre Arme und überließ ihr allein den Kampf mit dem tückischen Feind. »Frau Wolke« tat uns damals wirklich sehr leid: sie kam Tag und Nacht nicht mehr aus den Kleidern; jegliche Pflege ihrer selbst, sogar ihre Puderdöschen waren verschwunden: Der Wolkenname paßte jetzt eigentlich gar nicht mehr, und wir behielten ihn nur bei, weil wir ihn nun einmal gewohnt waren. Sie verließ damals ihren Sohn keinen Augenblick; kaum daß sie sich so viel Zeit nahm, zur Tür zu gehen, um die Speisen in Empfang zu nehmen, welche man ihr hineinreichte. Fragte man dann, wie es stehe, so legte sie meistens nur den Finger auf den Mund, weil Enzio schlief, oder sie beachtete die Anrede überhaupt nicht, entweder weil sie ihr in der Angst um den Sohn tatsächlich entging oder weil sie, nun es so schlecht stand, eben doch einen gewissen Zorn auf uns fühlte.

Meine arme Großmutter litt damals entsetzlich, denn sie hatte für diese Sorgentage nicht die zähe Konstitution ihrer Freundin einzusetzen, und ihre Qual war um so größer, als sie ja nicht das geringste tun konnte, um sich abzulenken. Denn selbst das wenige, was Enzio genoß, kochte seine Mutter selbst auf einem elektrischen Kocher im Krankenzimmer. Meiner Großmutter fiel es höchstens zu, einmal an die Apotheke oder den Arzt zu telefonieren. Sie begann damals, wie ich glaube, schon um sich vor dieser furchtbaren Untätigkeit zu retten, »Frau Wolke« zu verwöhnen, oder sie tat es auch deshalb, weil es ihr einen Trost gewährte, wenigstens Enzios Mutter etwas Liebes zu erweisen, da sie ihm selbst nichts erweisen durfte. Sie schickte ihr die schönsten Blumen und Parfüms; Jeanette mußte ihr alle Augenblicke kleine Erfrischungen und Stärkemittel hineinreichen, welcher die kompakte Frau gar nicht zu bedürfen schien: »Frau Wolke« lebte offenbar von der Pflege ihres Sohnes und deren Anstrengungen. Sie beachtete denn auch die Aufmerksamkeit, welche man ihrer eigenen Person zuwandte, überhaupt nicht, sondern ließ meine arme Großmutter hinsichtlich einer Nachricht über Enzios Befinden nach wie vor schmachten, und dieses war nun doch wohl, wenn nicht bewußte und gewollte Grausamkeit, doch die unwillkürliche einer stumm, tief Zürnenden.

Meine Großmutter bewahrte auch jetzt noch heroisch

die Rolle der Einverstandenen. Sie war stets voll Mitleid mit der armen Mutter, jeden Augenblick bereit, deren Versäumnis zu entschuldigen und ihre Leistung und Hingabe rückhaltlos anzuerkennen. Aber sie wurde in dieser Zeit blaß und fein; ihre prächtige Majestät in Gestalt und Haltung schwand dahin und machte einer sonderbaren Zierlichkeit und Gebrechlichkeit Platz, die mich bestürzte.

Während der Tage, in denen man tatsächlich eine schlimme Wendung befürchten mußte, blieb sie beständig vor der Tür des Krankenzimmers. Es war dort ein kleiner Vorplatz, mit allerlei minder guten Bildern und einigen stattlichen, aber unbequemen Möbeln geschmückt, wie eben ein Raum, der nicht zu längerem Aufenthalt bestimmt ist. Dort saß meine arme Großmutter jetzt Stunde um Stunde auf einer alten florentinischen Truhe, die ihrem müden Rücken keinerlei Möglichkeit des Anlehnens bot und lauschte angstvoll nach dem Augenblick, wo der Arzt, der jetzt immer mehrmals am Tage kam, das Zimmer verlassen würde, denn dieser Augenblick war der einzige, von dem sie hoffen durfte, etwas Sicheres über Enzios Zustand zu erfahren.

Ich selbst saß während dieser Tage meistens bei ihr auf einem kleinen Schemelchen, welches nicht minder unbequem war wie die Florentiner Truhe. Aber ich liebte dieses Marterhölzchen trotzdem, weil es mir die Möglichkeit bot, meiner Großmutter zu Füßen zu sitzen und ihr so eine Ehrfurcht zu bezeigen, deren sie mir dringend zu bedürfen schien, während sie in ihrer eigenen Wohnung antichambrieren mußte. Nur hatte ich immer die Besorgnis, sie könne diese meine Gedanken merken. Aber sie dachte stets, ich sei nur in Sorge um Enzio. Und dem war ja auch so, indessen nicht in dem Grade, wie sie glaubte: Ich kann mich nicht entsinnen, auch in den sorgenvollsten Tagen jemals wirklich an einen ernsten Ausgang gedacht zu haben; ich konnte mir – obwohl mein Vater nun doch gestorben war – den Tod noch immer nicht vorstellen. Und doch, wie grausam stand bereits seine Gestalt vor unserer Tür!

Wir blieben damals sogar einige Male die Nacht auf, und da es dann im Hause sehr heiß und dumpf war, mußten wir das Fenster des kleinen Vorplatzes geöffnet halten, obwohl meine Großmutter sichtlich darunter litt. Denn dieses Fenster ging nicht nach der Piazza Minerva oder in den Kreuzgang hinab, sondern in ein winziges Hinterhöfchen, unter dem, wie man sagte, ehedem eine der Grüfte von Santa Maria sopra Minerva gelegen hatte. Meine Großmutter behauptete immer, daß von dort her ganz besonders stark jener feine Todesduft aufsteige, wegen dessen sie die Nächte Roms – dieser millionenfachen Gruft – nicht liebte. Jeanette, die Gute, kam denn auch, während wir wachten, mehrmals zu uns hereingeschlüpft, schnupperte am Fenster und beschwerte sich über »Gemüseabfälle«, die dort drunten liegen sollten. Ich konnte davon nichts wahrnehmen und begann, Jeanette damit zu necken, bis sie mir ein Zeichen machte, ich möge schweigen. Aber meine Großmutter hatte bereits verstanden. »Kinder«, sagte sie, »macht mir doch nichts vor: ich muß mich ja doch bald daran gewöhnen.« Jeanette war über diese Bemerkung sehr erschrocken; wir vergaßen sie dann aber bald wieder, als es anfing, Enzio besser zu gehen.

Er war jetzt langsam und nach verschiedenen Rückfällen so weit genesen, daß kein Grund mehr bestand, ihn von seiner Umgebung abzusperren. »Frau Wolke« lud dann auch meine Großmutter ein, ihm einen Krankenbesuch zu machen, das heißt, sie erteilte ihr gnädig die Erlaubnis dazu, wie ich innerlich voll Zorn bemerkte. Ich tröstete mich aber in der bestimmten Erwartung, Enzio werde nun schon selbst dafür sorgen, daß sie wieder in ihre Rechte eingesetzt werde. Ich hielt die Unart, welche er ihr vordem erzeigt hatte, längst für ein Symptom seiner Krankheit und des schrecklich reizbaren Zustandes, in den ihn ihr Ausbruch versetzt hatte.

Enzio freute sich, uns zu sehen, das war keine Frage, und doch war sein Benehmen verändert. Ich merkte gleich bei der Begrüßung, wie die Gegenwart seiner Mutter ihn befangen machte, so als ob er sie nicht fühlen lassen wollte, wie nahe wir ihm standen. Mich machte das ganz stumm und verschlossen; meine Großmutter aber ließ sich nichts merken, ja, sie saß in ihren weit und faltig gewordenen Kleidern in so großer Haltung da, daß man gar nicht wagte, überhaupt etwas merken zu wollen. Oder auch, es gab da gar nichts zu merken, sondern sie war so froh über Enzios Genesung, daß sie wirklich alles andere übersah. Sie blieb indessen nicht sehr lange, und noch ehe sie ging, schien es immer, als ob sie eigentlich schon aufbrechen möchte, und das kam sonst bei meiner Großmutter niemals vor; denn sie wußte immer ganz genau, wann sie gehen wollte, und dann ging sie auch wirklich.

Enzio nötigte sie nicht zum Bleiben. Sie hielt beim Abschied seine Hand ein wenig länger fest als gewöhnlich und sagte: »Mein lieber Freund, ich bin unendlich dankbar für diesen Tag!«

»Ja«, erwiderte er, »meine arme gute Mutter hat viel Not mit mir gehabt.« –

Wir besuchten Enzio nun ziemlich oft. Ehe wir sein Zimmer betraten, ermahnte »Frau Wolke« meine Großmutter jedesmal, nur ja nicht zuviel »Gescheites« mit ihrem Sohn zu sprechen, denn das strenge ihn an. Er könne, setzte sie erläuternd hinzu, das »Gescheite« überhaupt nur vertragen, wenn er ganz gesund sei. Während wir dann im Krankenzimmer waren, ging sie meistens wie eine Schildwache im Zimmer hin und her, ohne sich an der Unterhaltung zu beteiligen, ich wurde den Gedanken nie los, daß sie eine Art von Aufsicht darüber führen wollte, ob wir uns auch ihren Anweisungen gemäß verhielten. Die Bestätigung dieser Vermutung blieb nicht aus, denn wir wurden hernach vor der Tür sehr oft ein wenig ausgescholten, weil wir verbotenes Gebiet betreten hatten. Zuweilen aber griff »Frau Wolke« auch direkt in die Unterhaltung ein, indem sie ein heraufkommendes Thema, das ihr ungeeignet erschien, einfach verbot. Es war meistens eins, von welchem meine Großmutter schon selbst – nur nach ihrer Weise unbemerkt und fein – fortzulenken strebte; aber auch abgesehen davon schien mir »Frau Wolkes« Eingriff völlig überflüssig, denn – so sagte ich mir – sie hatte es nun einmal an sich, durch ihr bloßes Erscheinen den Geist augenblicklich in die Flucht zu schlagen.

Viel mehr aber als über »Frau Wolke« erregte ich mich bei diesen Gelegenheiten über Enzio. Er nahm nämlich bei solchen Zusammenstößen niemals für meine Großmutter Partei, obgleich es nicht diese, sondern immer seine eigenen rastlosen Gedanken gewesen waren, die das Gespräch auf Gebiete gelenkt hatten, welche seine Mutter unter dem Sammelnamen des »Gescheiten« begriff, Ja, er suchte dann nicht einmal zu vermitteln, obwohl er seine Mutter oftmals leicht hätte beschwichtigen können.

Ich erinnere mich noch, wie er einmal wieder auf den Begriff des »Lebens« geraten war. Meine Großmutter hatte sonst immer aufbegehrt, wenn er an dieser Stelle eine letzte Herrlichkeit oder gar Göttlichkeit erblickte, denn, so pflegte sie zu sagen, sie sei noch mit dem Wasser des Idealismus getauft, und zwar auf den Geist und nicht nur auf die Kraft, worauf dann Enzio freilich oft genug erwidert hatte, der alte Idealismus sei in der Tat eine bloße Wassertaufe gewesen. Heute aber meinte sie nur leichthin, diese Andacht der modernen Menschen vor dem Leben komme daher, daß man trotz aller Wissenschaft und Technik schließlich noch nicht eine einzige kleine lebendige Maus herstellen könne. »Ich wollte wirklich«, setzte sie hinzu, »man lernte Mäuse machen, nur damit diese einfältige Andacht vor dem Leben aufhörte!« Aber selbst dieser kleine Scherz, mit dem sie doch nur den Kranken erheitern wollte, hinderte »Frau Wolke« nicht, den Finger auf den Mund zu legen, und Enzio, statt meiner Großmutter mit herzhaftem Lachen beizuspringen, schwieg.

»Er bekennt sie nie, er verleugnet sie, wo er nur kann«, dachte ich, und ein quälender Widerspruch von Liebe und Zorn erfüllte mein Herz; denn obwohl Enzio nun immer mehr aufhörte, die Glorie zu tragen, mit der ihn meine Bewunderung bekleidet hatte, so war doch meine Zärtlichkeit für ihn nicht erloschen, ja, sie erhielt fast wider meinen Willen gerade durch seine Schwäche etwas Schmerzlich-Unbedingtes. Ich litt damals gleicherweise an ihr wie an der Liebe zu meiner Großmutter, und ich glaubte auch, daß Enzio dies wüßte. Wir sprachen noch immer wenig miteinander, aber ich sah es an seinen Augen: manchmal, wenn meine Großmutter von einem Besuch bei ihm aufbrach, versuchte er, mich mit ihnen noch allein zum Bleiben zu bewegen; ich ging aber nie darauf ein – erst sollte er sein Benehmen ändern. Er tat dies aber nie, und allmählich bemerkte ich mit tiefem Erschrecken, daß meine Großmutter darunter litt. Die glänzenden Fähigkeiten ihrer Unterhaltungsgabe, die Schärfe ihres Geistes, all die kleinen reizenden Blitze und Scherze ihrer seelischen Anmut traten in Enzios Gegenwart mehr und mehr zurück, so daß man zum erstenmal fühlte, sie war alt und bedurfte der liebevollen Rücksicht ihrer Umgebung. Es war, als lege sich jene sonderbare Zartheit, die ihr Körper während dieser Wochen angenommen hatte, nun auch über ihr gesamtes Wesen und gebe ihr eine leise Unsicherheit, in der ich erschüttert die tiefe Enttäuschung durch ihren jungen Freund erkannte.

»Frau Wolke« betrieb unterdessen eifrig die Heimreise, die schon der Hitze wegen am Abend stattfinden sollte. Enzio war jetzt wieder auf, und meine Großmutter machte den Vorschlag, am Morgen des Abschiedstages in kühler Frühe noch einmal an allen Plätzen Roms vorüberzufahren, die er besonders geliebt hatte. Dann plante sie, in ihrem Salon ein kleines Frühstück zu geben – natürlich nur unter uns –, wobei wir noch einmal recht fröhlich sein wollten. Hernach sollte Enzio sich bis zum Abend niederlegen; alsdann werde er, so meinte meine Großmutter, diese kleine Strapaze ohne Schaden ertragen. Ich glaube, sie gab sich der Zuversicht hin, wenn sie ihren jungen Freund noch einmal in ihrem wirklichen Reich empfangen dürfte, statt in dem dumpfen Krankenzimmer, so würde sich zwischen ihm und ihr doch wieder die alte Herzlichkeit herstellen. Es sollte indessen nichts aus dieser schönen Hoffnung werden, denn »Frau Wolke« erklärte ganz plötzlich, sie habe keine Schlafwagenkarten mehr bekommen und werde nun schon am Morgen des festgesetzten Tages reisen. Warum es nicht am nächstfolgenden Morgen sein konnte, erfuhren wir nicht. Wir waren über diesen veränderten Plan so traurig, daß meine Großmutter schließlich den Versuch machte, noch bei einem anderen Reisebüro anzufragen, und wirklich erhielt sie auch dort die Zusage für zwei Schlafwagenkarten zum erstbestimmten Abend. Sie kam mit ihrer Eroberung ganz glücklich zu »Frau Wolke«, diese aber war sichtlich auf das peinlichste davon berührt. In Wirklichkeit nämlich hatte gar nicht das Reisebüro, sondern ihr eigener Wunsch die Veränderung des Plans bestimmt, und nur um nicht geradeheraus sagen zu müssen, daß sie jene Abschiedsfahrt vermeiden wolle, waren dann diese angeblich vergriffenen Karten ausgespielt worden. Unglücklicherweise besaß »Frau Wolke« nicht die Menschenkenntnis, zu sehen, daß meine Großmutter auch nicht entfernt darauf gekommen war, es könne hier eine kleine Mogelei stattgefunden haben, sondern sie glaubte sich bei einer solchen ertappt. Und nun, nach ihrer Meinung absichtlich überführt, zornig vor Scham und von dieser ungewohnten Temperamentsaufwallung völlig überwältigt, trat plötzlich die innerlich unfeine, ja vulgäre Seite ihres Wesens zutage, die für gewöhnlich so angenehm verborgen in ihr wolliges Phlegma eingewickelt war. Sie wurde dunkelrot und sagte, meine Großmutter möge sich doch »gefälligst« um ihre eigenen Angelegenheiten kümmern und nicht »immer« (dieses Wort unterstrich sie breit) um die anderer Leute.

»Aber Liebe, tue ich denn das?« fragte meine Großmutter, zunächst mehr erstaunt als bestürzt.

»Ja, gewiß tust da das! Du hast das immer getan!« erwiderte »Frau Wolke« mit so sichtlicher Überzeugung und gleichzeitig mit so unverhohlener Rücksichtslosigkeit, daß es einen mit augenblicklicher Gewißheit durchfuhr: hier brach bei einem unschuldigen Anlaß etwas hervor, was nicht im geringsten mit dem zu tun hatte, wovon eigentlich die Rede ging.

Ich mag die ärgerliche Szene, welche nun folgte, gar nicht beschreiben; sie war erbärmlich. »Frau Wolkes« Anblick glich dem einer federsträubenden Puterhenne. Sie warf meiner Großmutter Dinge aus längst vergangener Zeit vor die Füße, von denen sie vielleicht überhaupt nicht gewußt hatte, daß sie unvergessen und unbezwungen auf dem Grunde ihres Gemüts lagen wie große, schwere Steine, welche man in einem dumpfen, stagnierenden Gewässer versenkt hatte und die nun, wo dieses Gewässer in Sturm geriet, urplötzlich an den Strand geworfen und sichtbar wurden: unförmig, in ihrer wirklichen Gestalt gar nicht mehr erkennbar, sondern gleichsam überzogen von einer dichten Schicht verwilderter Moose, von Schlamm und Tang, wie sie eben in solchen unbewegten und undurchleuchteten Gewässern wachsen und gedeihen.

Meine Großmutter stand indessen wie versteinert da; so hatte wohl noch nie im Leben jemand zu ihr gesprochen! Ich glaube, sie verstand zuerst gar nicht, was »Frau Wolke« meinte, denn diese sprach ja eben nicht von dem, was wirklich gewesen war und was man verstehen konnte. Sie hatte sich, wie Menschen ihrer Art zuweilen tun, nachträglich ein angenehmes, aber völlig unzutreffendes Bild ihrer Ehe zurechtgemacht, wonach sie mit ihrem Gatten eigentlich recht glücklich gewesen und nur durch das selbstsüchtige Dazwischentreten meiner Großmutter eine Zeitlang beunruhigt worden war, bis ihr Gatte endlich die Störerin entschlossen beiseite geschoben und sich zu ihr zurückgewandt hatte. Die edle und heldenhafte Rolle, welche meine Großmutter in Wahrheit in der ganzen Angelegenheit und namentlich auch bei jener Rückkehr gespielt hatte, war ihr ebenso völlig entfallen wie die Unzulänglichkeit ihres ehelichen Glückes überhaupt.

»Meine arme Minna«, sagte meine Großmutter endlich, von so viel unbewußter Unwahrhaftigkeit erschüttert, »bei Gott, ich habe dich nie hintergangen! Denkst du denn gar nicht daran, daß ich immer versucht habe, dir zu helfen, so gut ich vermochte?«

Indessen »Frau Wolke«, nach der Weise gewöhnlicher Naturen durch die Großmut ihrer Gegnerin nur zorniger gemacht, erwiderte ausfallend: sie sei keine arme Minna und habe, Gott sei Dank, weder Mitleid noch Nachsicht nötig, sondern wenn eine von ihnen dieser beiden bedürfe, so sei es meine Großmutter. Sie wenigstens wisse nicht, daß sie ihr etwas anderes zu verdanken habe als den vergeblichen Versuch, ihr ihren Gatten abspenstig zu machen.

Als »Frau Wolke« das gesagte hatte, kam in dem Gesicht meiner Großmutter etwas empor, was ich noch nie darinnen gesehen und wovon ich auch nie für möglich gehalten hätte, daß es je darinnen emporkommen könne. Sie, die selbst in ihrer höchsten Heftigkeit immer noch Edle, eine äußerste Würde nie Verlierende, schien plötzlich genau wir »Frau Wolke« die Beute der nackten Gewalten.

»Deinen Sohn verdankst du mir!« rief sie mit flammender Stimme. »Nicht mehr und nicht weniger, und du weißt genau, wie ich das meine!« Es war, als fielen auf beiden Seiten Masken.

Das alles ging so schnell, so unvermittelt vor sich und war so unglaubhaft und so fürchterlich, daß ich es gar nicht völlig begriff. Ich fühlte nur ganz deutlich, daß plötzlich nicht mehr meine Großmutter, sondern »Frau

Wolke« die maßlos Getroffene war, die Mitleidheischende, die erbarmungslos Mißhandelte! Sie war jetzt so blaß geworden, daß man es unter ihrem Puder sah, gleichsam, als erwache, wie von einem grausamen Schlag emporgeschreckt, unter all dem Falschen, von dem sie vorhin gesprochen hatte, urplötzlich die niedergelogene große, edle Wahrheit. Dieses arme, glanzlose Wesen, ohne innere Schönheit und Würde, erschien nun plötzlich fast ergreifend.

»Meinen Sohn«, sagte sie, »verdanke ich nicht dir, sondern der Geduld, die ich mit dir, und der Verzeihung, die ich für deinen Freund gehabt habe in all den Jahren deiner untadeligen Haltung auf die du so stolz bist! Ja, du hast sie gehabt, aber glaubst du, daß deine Schuld an mir darum geringer ist? Glaubst du, daß ich weniger an dir gelitten habe, weil du mir nur zu nehmen meintest, was ich noch nicht verstünde? Glaubst du, daß ich meines Mannes Liebe zu dir leichter getragen habe, weil du mir Mitleid schenktest? Glaubst du, daß ich nicht gewußt habe, wie ich dir dennoch im Wege war?« Sie sagte das alles leise, fast vornehm, so als weise sie ihre Leiden wie eine köstliche Perle vor, von der sie selbst nicht gewußt hatte, daß sie ihr eigen war. Meine Großmutter stand indessen stumm da – es fielen jetzt nicht nur alle Masken, sondern auch alle Rangordnungen von diesen beiden, die verkehrten wie die richtigen, so als bliebe von aller Herrlichkeit wie von aller Niedrigkeit nichts übrig als zwei arme alte Menschen.

Als »Frau Wolke« schwieg, sagte meine Großmutter – ihre Stimme war wie verblichen; ich kannte sie nicht wieder –: »Arme Minna, du hast recht, mich zu hassen: ich habe dich mehr gekostet, als ich je wissen wollte.« (Sie sagte nicht »als ich wußte«, sondern »als ich wissen wollte«.) Es war, als senke sie eine schmerzlich helle Flamme tief in ihr Inneres hinab und brenne wie mit glühenden Eisen eine verborgene Stelle darinnen aus, zu der sie mit all ihrem Edelmut, mit all ihrer Größe und Gerechtigkeit, ja selbst mit all ihrem Stolz noch niemals hingeblickt hatte und vor der sie nun als alte Frau noch erbebte.

Ich erinnere mich nicht, was »Frau Wolke« erwiderte; vermutlich war es etwas Unversöhnliches und Banales: die Aufwallung, die sie getragen hatte, war vorüber. Meine Großmutter ging dann gebeugten Hauptes hinaus. –

Der letzte Abend, den Enzio und seine Mutter in unserem Haus zubrachten, war nun ein förmlicher Hohn auf alles, was meine arme Großmutter von dem Besuch dieser beiden erhofft hatte, ja, es war geradezu dessen Vernichtung. Ich hatte damals das Gefühl, daß ich nun eigentlich kein Wort mehr mit unseren Gästen reden könne, daß ich das einfach meiner Großmutter schuldig sei: Einsam und in Tränen gebadet saß ich in meinem Zimmer, während ich an Enzio dachte. So zornig ich auch oft auf ihn gewesen war, so unmöglich schien es mir doch, ihn ohne Abschied ziehen zu lassen; ja, gerade durch den furchtbaren Bruch, von dem ich nun auch unsere Freundschaft niedergeschmettert glaubte, kam mir die Liebe zu ihm ganz neu zum Bewußtsein.

Nach dem Abendbrot schickte er zu mir. Er hatte mit Bleistift einen kleinen, merkwürdig demütigen Brief geschrieben, in dem er mich anflehte, ihn doch noch einmal zu besuchen: Es werde doch jedem armen Sünder die letzte Bitte erfüllt, ich könne ihm die seine an diesem Abend unmöglich abschlagen! Ich fand das auch, wollte aber trotzdem noch eine Erlaubnis von meiner Großmutter einholen. Dann indessen fühlte ich, daß ich diese mit meiner Frage nur noch einmal unter den schrecklichen Eindruck ihrer Unterredung mit »Frau Wolke« beugen würde, und unterließ es.

Enzio lag wie gewöhnlich am Abend auf seinem Ruhebett. Sein Gesicht, von der späten Dämmerung des Sommerabends dunkel umrissen, noch blasser und schmaler als sonst, zuckte vor Nervosität. »Ich weiß alles«, sagte er beim Eintritt, »die Tür stand offen!«

Sein Anblick und seine Worte schienen mir die ganze

Trostlosigkeit des Geschehenen zu bestätigen. Ich setzte mich neben seiner Chaiselongue nieder und begann zu weinen. Im Nebenzimmer packte »Frau Wolke« geräuschvoll ihre Koffer; ich hörte das zornige Öffnen und Zuschlagen der Schlösser. Er bemerkte, daß es mich beunruhigte, und sagte ein wenig verlegen, seine Mutter würde mir nichts zuleide tun. Ich erwiderte, daß ich ihr aber trotzdem nicht begegnen möchte.

»Natürlich«, sagte er – er war jetzt gar nicht so demütig wie sein Brief –, »du nimmst es wie deine Großemutter! Ich dachte mir das wohl. Laß doch die alten Frauen ihre Sachen selbst ausmachen; was gehen sie uns im Grunde an? Haben wir nichts Wichtigeres zu sprechen?« Ich erwiderte, so dürfe er nicht über meine Großmutter hinweggehen.

»Ja, ich weiß, du bist mir schon lange wegen ihr böse«, sagte er, »und du hast wohl auch recht, wenn du es schwach von mir findest, daß ich gar nichts für sie bei Mama wage. Und doch tust du mir auch wieder unrecht; ich weiß sehr gut, was ich an deiner Großmutter habe, aber ich glaube wirklich, zuletzt ist meine Mutter doch besser für mich und gar nicht einmal nur deshalb, weil sie meine Mutter ist. Siehst du«, fuhr er fort, »Mama hat ein wundervolles Temperament, sie verschwindet, wenn es nötig ist, und sie ist da, wenn es nötig ist; ich enttäusche sie nie; sie verlangt nicht, daß ich mit ihr übereinstimme, ich brauche auch nicht als Mensch der Dichter zu sein, kurz, sie versteht mich eben wirklich.« –

»Aber Großmama hat dich doch auch verstanden, Enzio«, sagte ich. Er schüttelte den Kopf. »Nein, verstanden hat mich deine Großmutter gar nicht«, erwiderte er, »und es macht ihre Ehre aus, daß sie mich nicht verstehen konnte, denn es ist ein Stück von ihrer Echtheit und Einheit. Sie hat mich immer überschätzt, nicht meinen Verstand und nicht mein Talent, aber meinen Menschen. Sie hat immer getan, als ob ich etwas Besonderes wäre, und ich bin doch schließlich niemand.« – Die letzten

Worte klangen halb trotzig, halb bange – ich fühlte, sie galten mir. Er tat mir plötzlich sehr leid: Seine Hand war so abgezehrt, daß die meine mir dagegen förmlich robust vorkam.

»Enzio«, sagte ich schnell, »von mir hat meine Tante Edel auch einmal gemeint, ich sei niemand. Ich weiß noch genau, wie sie es zu Jeanette sagte – du brauchst dich nicht vor mir zu schämen.«

Er runzelte jetzt ein wenig die Stirn. »Spiegelchen, du widersprichst dir«, sagte er, »denn du bist doch viel mehr von mir enttäuscht als deine Großmutter: Du hast es mir in letzter Zeit oft genug gezeigt! Es ist wahr, du springst fast durch jeden Reifen, den man dir hinhält – jetzt eben bist du ja auch wieder dabei –, und es ist schon ein wenig an dem, was deine Tante Edelgart sagt, sie versteht sich schließlich auf dieses Kapitel. Aber deshalb ist es mit uns noch lange nicht dasselbe. Ich habe dir schon damals in den Caracallathermen erklärt, daß du ein Vögelchen bist: du springst gar nicht mit deinen Füßen, sondern du fliegst; du fliegst mit deinem Herzen, und dieses Herz ist der große Unterschied zwischen uns beiden.«

Ich verstand nicht recht, wo er hinauswollte. »Aber du kannst doch auch fliegen, Enzio«, sagte ich. »In deinem Gedicht bist du über uns alle hinweggeflogen!«

»Ja«, erwiderte er, »aber ich bin als Dichter geflogen; das ist etwas ganz anderes. Und ich habe als Dichter geliebt; das ist auch etwas ganz anderes. Es ist – ich will dir ein großes Geheimnis sagen, Spiegelchen: Kunst ist etwas zweiten Ranges. Die Menschen wollen das freilich nicht glauben; sie beten die Kunst an und zuweilen auch den Künstler, trotzdem sie im Grunde gar nichts von ihm wissen, denn der Künstler ist keine fest umrissene Gestalt. Der Künstler ist ein Zauberer, der sich in alles verwandeln kann, was er will, und manchmal sogar in das, was er gar nicht will; aber hernach hat er auch keinen Schuß Pulver mehr übrig. Und daraum kann von allen Menschen der Künstler am schwersten erlöst werden oder auch nur Persönlichkeit sein, weil er immerfort die Scheinerlösung und die Scheingestalt in seiner Kunst hat. Ist es da ein Wunder, wenn er zuletzt gar nicht mehr an sein eigenes Ich glaubt? Wenn er sich und andere beständig mit sich selbst enttäuscht? Dieses sind große Bekenntnisse, Spiegelchen, kannst du sie verstehen?«

Ich fühlte, daß alles, was er sagte, eine sehr rührende Bitte war, aber gleichzeitig auch seine bitterste Wahrheit – ich fühlte es aus eigenem Erinnern: Hatte ich nicht auch einen Augenblick lang am Leben vorbei gewollt, damals beim Anhören seiner Verse?

»Ja natürlich«, fuhr er fort, ohne eine Antwort zu erwarten, »du verstehst mich! So war es immer! Und deshalb wird es mir auch so schwer zu gehen, nur deshalb! Du warst das feinste Instrument, das ich je gefunden habe; ich werde nie wieder ein solches finden! Denn du wußtest ja nicht, wie die anderen wissen, denen man sagen und erklären muß, sondern du wußtest, wie die Vögel ihre Straße kennen und die Wolken die Himmelsrichtung: du wußtest, weil du überhaupt wußtest! Aber ich habe auch von dir gewußt, nicht nur als Dichter, sondern auch als Mensch – es war vielleicht nur ein ganz kleines Wissen, aber für mich war es viel, und dieses allein hast du wohl nie ganz verstanden.« Seine Stimme bebte jetzt so heftig, daß sie fast rauh klang.

»O Enzio«, sagte ich, »mir ist immer, als hätte ich dir einmal sehr weh getan. Ich weiß noch, wann und wodurch, aber ich weiß bis heute nicht, warum.«

Er erwiderte leise (wir sprachen plötzlich beide nur noch flüsternd): »Ich habe dir damals auch weh getan – zürnst du mir noch, weil ich es sagte?« (Er meinte die häßlichen Worte über meinen Namen damals in Sankt Peter.)

»Entschuldige dich doch nicht«, bat ich, »es ist so lange her, und ich habe dir nie gezürnt!«

»Nein«, erwiderte er entschieden, »es ist nicht lange her, sondern es ist immer noch: Ich habe nie vergessen können, wie du damals knietest! Du hast es, und ich habe es nicht. Ich könnte niemals knien. Mit dir aber muß man im Innersten eins sein, sonst ist alles umsonst. Siehst du nun, daß es etwas Schlimmeres zwischen uns gibt als den albernen Streit unserer Mütter?«

Ich wollte erwidern: Ich habe es ja auch nicht mehr, Enzio, aber ich vermochte es nicht. Obwohl ich nun doch so innig nach ihm verlangte, ich konnte das Wort nicht über die Lippen bringen. Es war, als erhöbe sich jählings in meiner Seele etwas ganz anderes, etwas Verlorengeglaubtes, Schmerzliches und Seliges – ich meinte plötzlich alles verneinen zu können, nur dieses eine nicht.

»Merkst du nun auch, daß es so ist, wie ich sage?« fragte er.

»Enzio«, erwiderte ich, »wenn ich etwas habe, was du nicht hast, so gehört es dir mit.« –

Er verstummte jetzt völlig. Auf einmal faßte er nach meiner Hand. Dabei fühlte ich, wie von seinen Schultern ein Beben rann, das unter der Decke fortlief bis zu seinen Füßen. Er kam mir so sonderbar erschüttert vor. »Greift es dich an? Soll ich gehen?« fragte ich.

»Nein, bleib, bleib!« stieß er hervor.

Ich begann leise seine Hand zu streicheln. Wir sprachen nicht mehr. Es war nun fast dunkel geworden: Der Mond stieg ins Zimmer hernieder, aber noch nicht ganz klar wie in der Nacht, sondern mit Dämmerung vermischt, von der Hitze des Tages dunstig und schimmerhaft, fast als wäre er es gar nicht selbst, sondern als würde nur sein Widerschein von einer matten Glasscheibe zurückgeworfen. Ich mußte an den alten Spiegel im Zimmer meiner Großmutter denken, in dem wir beide immer so dicht beieinander gewesen waren. Unwillkürlich bog ich mich näher zu ihm herab. Wir litten jetzt beide sehr. Plötzlich sagte er: »Willst du mir nicht noch einmal einen Kuß geben wie damals im Kolosseum?« Gleich darauf kam wieder jenes Zittern über ihn wie vorhin – er warf den Kopf tief in die Kissen zurück, als wiche er mir aus –, vor

Schmerz traten mir die Tränen in die Augen, sie fielen ihm gerade ins Gesicht.

»Ja«, sagte er, »weine nur ein wenig auf mich.«

Ich wagte nicht, mich zu rühren. Er lag jetzt so still da, fast wie leblos. Langsam fühlte ich, daß in diesem Augenblick eine großer Kraft in ihm war, eine verborgene Liebe und Treue, die ich nur von ferne zu ahnen vermochte. Leise erhob ich mich und ging, ohne ihn zu küssen, hinaus. Als ich in der Tür stand, richtete er sich auf; sein Gesicht, noch beströmt von meinen Tränen, war klar und schön. Er rief: »Auf Wiedersehen, Spiegelchen, auf Wiedersehen!«

Am anderen Morgen, als Enzio und seine Mutter abreisten, versteckte ich mich heimlich im Mauerpförtchen des Kreuzganges, wo ich mich schon so manches Mal verstreckt hatte. Jeanette und meine Tante Edelgart riefen eifrig nach mir, aber ich rührte mich nicht. Nur einmal glaubte ich auch Enzio zu vernehmen, aber das mußte Täuschung sein – er wußte doch, daß wir schon Abschied genommen hatten und daß wir es nie mehr vor anderen tun konnten. –

Erst als das Auto fortgefahren war, kam ich zum Vorschein. Meine Großmutter sah die Spuren meiner Tränen. »Mein Kind«, sagte sie, »bist du sehr traurig?« Ich wußte, sie hielt diesen Abschied für unwiderruflich, und einen Augenblick lang befiel mich die Versuchung, nein zu sagen. Dann aber sah ich sie durch meine Tränen hindurch voll an. Sie fühlte alle Hoffnungen ihres alten Lebens, die sie in dieser Nacht begraben hatte, jung und lebendig in der Verwandlung eines Schmerzes, der an Größe dem ihren gleichkam. Damals wurde ich ihr letztes Glück. –

Wenige Tage später erlitt sie den ersten schweren Krankheitsanfall. Die Ärzte haben uns versichert, sie müsse bereits seit längerer Zeit ein tückisches Herzleiden mit sich herumgetragen haben, welches durch die anstrengenden, ihrem Alter nicht mehr angemessenen Touren mit Enzio und die verschiedenen Aufregungen der letzten Zeit schnell in ein bedenkliches Stadium eingetreten sei. In Wirklichkeit starb meine Großmutter einen viel tieferen und persönlicheren Tod. Sie starb an dem, woran alle großen und starken Menschen sterben: sie starb an ihrem eigenen Leben, an dieser wundervollen, reichen und glänzenden Fülle ihres Seins, welche sie so viele Jahre lang feurig und stolz wie eine festliche Krone getragen hatte und für die sie nun plötzlich keine Kraft mehr besaß, so als sie etwas daran eben zu stolz und zu festlich gewesen: Die Krone hatte sie erdrückt. Denn dieses war ja das unendlich Wehmütige, was den sinkenden Lebensabend meiner Großmutter umgab, daß es nun zuallerletzt doch noch so für sie wurde, wie sie es nie gewollt hatte; daß er schimmernde Schleier, den ihre starke Seele und ihre klugen Hände jahrzehntelang über Welt und Dinge gebreitet hatten, ihr nun plötzlich doch noch entsank und sie das grausame und häßliche Antlitz der irdischen Verhaftungen erblicken mußte, welches sie stets verneint hatte. Man erkannte erst jetzt ganz, wie stark diese Seele und diese Hände gewesen waren, da sie sogar vermocht hatten, dem eigenen Herzen und Gewissen das Bild der Dinge zu verhüllen. Denn nicht etwa, daß die Frau, um derentwillen sie ein halbes Leben lang einsam geblieben war, sie nun von sich stieß und schmähte, war ja das Schwerste für meine arme Großmutter, sondern unter jenem großen Schmerz verborgen lag der viel größere, daß die Haltung ihrer eigenen Liebe und Gerechtigkeit, eben jene Entsagung, doch nur zur Hälfte gewesen war, was sie geglaubt hatte, zur anderen Hälfte aber – Schuld. Ich bin sicher, daß sich ihre Wahrhaftigkeit keinen Tropfen dieser bitteren Erkenntnis geschenkt hat, der sie doch nicht zu begegnen wußte, weil sie sich selbst darinnen zu fremd war. Ich kann indessen alles, was meine arme Großmutter damals durchmachte, nur ahnend wiedergeben; denn wie immer ihr auch ums Herz gewesen sein mag, sie blieb stumm. Nie kam eine Klage über ihre Lippen, nie ein Vorwurf gegen Enzio und seine Mutter, auch nie einer ihrer früheren Ausbrüche von Ungeduld und Heftigkeit, den ich als unendlich tröstlich empfunden haben würde. Ein leises Erstaunen, eine unaussprechliche Wehmut war über ihr ganzes Wesen ausgebreitet, das sich plötzlich in eine Welt versetzt sah, in der sie alles mit unbekannten Augen anblickte. Sie war damals gegen mich von einer unendlichen Güte, so als wolle sie das kostbare Gefäß ihres Herzens noch bis auf den letzten Tropfen leeren, den Schatz ihrer Liebe verspendend, um auch nicht den kleinsten Rest seines Reichtums mit ins kalte, unfruchtbare Grab zu nehmen. Aber nicht mir allein galt ihre Liebe.

Es war jetzt bereits August, ein Monat, den wir sonst stets am Meer oder im Hochgebirge zu verbringen pflegten. Alle Welt war längst aus dem wütend heißen Rom geflohen, und die Ärzte lagen uns beständig in den Ohren, meine Großmutter müsse das Klima wechseln. Aber sie selbst wollte Rom nicht verlassen. Während wir alle noch hofften, war es, als wisse sie bereits, daß ihre Tage gezählt seien, und wolle keinen einzigen mehr fern von der Stadt ihrer Liebe zubringen, oder auch, als fürchte sie, an einem anderen Ort vom Tod überfallen zu werden, denn sie wollte in Rom sterben.

Ich muß nun das unendlich wehmütige Scheiden dieser über alles Geliebten erzählen.

Sie erhob sich nach dem ersten schweren Anfall, den ihr Herz erlitten hatte, noch einmal mit dem trügerischen Schein einer Genesung, welche vor allem mich blendete. Denn meine Tante Edel und Jeanette hatten mir aus Mitleid und großer Furcht vor meinem Schmerz zunächst noch die erschütternde Diagnose des Arztes verheimlicht. Aber auch meine Großmutter selbst wollte nicht, daß ich sie schon früher, als unbedingt nötig sei, erführe, und dieser ihr Wunsch war sicherlich der geheimste und stärkste Grund meiner Blindheit; ich kann mir diese heute nur dadurch erklären, daß meine Liebe ihr damals sogar in den unbewußten Tiefen meines Wesens gehorchte, dort, wo sich sonst immer so ahnungsvoll und oft wider meinen Willen klar die Wirklichkeiten meiner Umwelt spiegelten.

Wir waren jetzt beständig zusammen. Sie wollte mit diesem letzten Aufflackern ihrer Lebenskraft noch einmal zu allen Stätten Roms pilgern, an denen ihre besondere Liebe hing, und das hieß fast soviel als: sie wollte von jedem Stein der Ewigen Stadt Abschied nehmen. Es war nun fast wieder, wie es gewesen war, ehe Enzio kam – und doch wie anders! Damals war sie meine Führerin gewesen, und nicht nur geistig: wie oft hatte sie meinen Arm liebreich unter den ihren gezogen, wenn ich ihr, hingenommen von der Größe dessen, was sie mir zeigte, »entglitt«! Heute mußte ich sie stützen; ihr Schritt war um ebensoviel schwerer, als sie selbst leichter geworden war, und umsonst schob sie es der Hitze zu, wenn wir selbst in den kühlen Gängen der Museen so langsam vorwärts kamen. Kleine rührende Zeichen verrieten beständig die Schwäche, die sie zu verbergen suchte.

So weiß ich noch, wie sehr es mich bestürzte, als wir abends zum Pincio fuhren und das Auto nicht, wie gewöhnlich, an der Treppe von Trinitá de' Monti hielt. Denn meine Großmutter liebte es, diese unvergleichliche Treppe zu ersteigen; es gewährte ihr ein Hochgefühl, welches fast einem inneren Aufschwung gleichkam. Ich bin noch heute der Meinung, sie war der einzige Mensch unserer Tage, der römische Treppen emporzusteigen wußte. Heute ließ sie zum erstenmal an einer solchen vorüberfahren. Dann freilich, nachdem sie auf dem Pincio den Sonnenuntergang getrunken hatte (oh, diese letzten Sonnenuntergänge an ihrer Seite, unvergeßlich eingestrahlt in eine Seele!), verlangte sie, die schöne Treppe an meinem Arm hinabzusteigen – es war das Symbol für alles, was wir damals unternahmen! Die Ärzte haben später ihr Bleiben in dem sommerlichen Rom und besonders auch diese Unternehmungen als Grund ihres beschleunigten Todes bezeichnet, und sicherlich war auch das wieder noch in einem anderen, viel tieferen Sinne richtig, als die Ärzte wissen konnten. Meiner Großmutter kam es damals nicht mehr auf eine kurze Verlängerung ihres Lebens an, denn was sie zuinnerst in Rom festhielt, war ja nicht allein ihre unbeschreibliche Liebe zu dieser ihrer geistigen Heimat, sondern auch die Bedürftigkeit ihrer sinkenden Kraft. Sie rang damals gleicherweise mit den Schatten ihres Lebens wie mit denen ihrer Todesgewißheit, und in diesen letzten Kämpfen ihrer Seele fand sie keine andere Möglichkeit der Hilfe, als die Ewige Stadt anzurufen, welche das große Pathos ihres Lebens gewesen war und von der sie hoffen durfte, sie werde nun auch das ihres Todes sein.

In dieser Zeit verwob sich für mich ihr geliebtes Bild mit dem Bildnis Roms zu einer unauflösbaren Einheit, denn es geschah nun auch an ihr nach der Wahrheit jenes Wortes, daß alles dem gleich wird, was es zutiefst liebt. Allmählich trat immer mehr der strenge und stolze Heroismus in ihrer Seele zutage, in welchem sie den Geist jener alten Römerwelt zu erkennen glaubte, deren Köpfe wir im Kapitolinischen Museum bewunderten, und dieser Geist war es, den sie auch mir einzuflößen suchte. Denn nicht nur ihre eigenen Not bestimmte sie damals, sondern so schwer sie auch mit sich selbst zu ringen hatte, so vergaß sie doch keinen Augenblick den unausdenkbar großen Schmerz, der mir bevorstand. Dazu kam die ganze Undurchdringlichkeit, in die meine Zukunft ohnehin gehüllt war, wenn sie stürbe. Zwar hatte sie schon gleich nach Empfang der Nachricht vom Tode meines Vaters in längerem Depeschenwechsel mit dem betreffenden Konsulat festgestellt, daß nach Aussage der Patres eine Art letzter Verfügung durch den Verstorbenen getroffen worden sei; wir hatten aber diese wie die ganze übrige Hinterlassenschaft, die man uns ankündigte, noch immer nicht erhalten. Meine Großmutter sah sich daher nicht nur der völligen Ungewißheit, sondern auch der Unmöglichkeit gegenüber, selbst irgendwelche Schritte einzuleiten, die sie über meine Zukunft beruhigt hätten, denn sie mußte ja fürchten, mit solchen die etwaigen Bestimmungen meines Vaters zu durchkreuzen. Da es nicht feststand, ob ihr eigener Brief, in dem sie ihm den Zustand meiner Tante Edel geschildert hatte, noch in die Hände des Lebenden gelangt war, so lag es durchaus nahe, daß mein Vater, in Anerkennung der Wünsche meiner verstorbenen Mutter, seiner einstigen Braut die Vormundschaft übertragen hatte, ein Gedanke, welcher meiner Großmutter nahezu unerträglich dünkte. Sie war zu klarblickend, um sich durch die äußere Besserung im Zustand ihrer Tochter täuschen zu lassen, ja, sie sah meine Tante Edelgart geradezu als eine Art Tote an, deren Erstarrung sie mein junges Leben überantworten sollte. Und doch mußte sie darauf gefaßt sein, daß gerade dieses geschehen würde, was sie immer so dringend hatte vermeiden wollen. Sie, die lebenslang geherrscht und alle Dinge ihrem Willen und ihrer Einsicht unterworfen hatte, sie mußte nun mit gebundenen Händen hilflos dem Tode entgegenschreiten, ohne noch dasjenige ordnen zu dürfen, was ihr am meisten am Herzen lag. Das einzige, worin ihre qualvolle Lage sie nicht beschränkte, war das Bemühen, meine eigene Kraft nach Möglichkeit zu stärken, um sie gegen alles etwa Kommende zu wappnen.

Damals wurde Rom für mich das Testament und Vermächtnis meiner teuren Großmutter. Es war, als schriebe sie ihre Liebe noch einmal in jede Straße und auf jeden Platz ein, lege sie feierlich wie einen Lorbeerkranz vor jeder Säule, jeder Statue nieder, damit ich dereinst, wenn sie selbst nicht mehr wäre, an diesen erhabenen Gegenständen ihrer Verehrung Trost und Stärke finden möchte. Ja, es war, als verbrenne sie geradezu ihre letzte Geisteskraft, um mich noch einmal auf alles hinzuweisen, was ihr verpflichtend und groß galt. Aber wie schwer sollte ihr diese ihre letzte Liebesabsicht noch werden!

Wir wuchsen damals zu einer Innigkeit zusammen, die viel tiefer war als jene frühere. Die eigentümliche Weichheit der dem Tode Verfallenen, meine eigene Fürsorge und erhöhte Zärtlichkeit für die Leidende, das Bewußtsein, ihr jetzt der einzige und liebste Mensch zu bedeuten – und vielleicht sogar doch die Ahnung dessen, was man mir noch verbarg –: das alles gab unserem Verkehr eine Zartheit ohnegleichen. Alles, was wir sprachen und schwiegen, war wie eine leise Berührung im Allertiefsten und ließ Möglichkeiten des Wissens und der Mitteilung zu, die es sonst nicht gab.

Ich litt damals beständig an meinem Abschied von Enzio. Zuweilen fühlte ich die Entfernung von ihm, wie im letzten Augenblick unseres Scheidens, als Liebe, zumeist aber als schmerzliche Wunde in meinem Herzen, als Dürre in meinem Blut, als Leere in meinem Leben und manchmal auch als grübelndes Rätsel in meinem Geist, welches scheu an die Geheimnisse aller menschlichen Gefühle und Zustände streifte. Meine Großmutter und ich sprachen von alledem nie; sie vermied mit absoluter Strenge, sowohl Enzios Namen wie den seiner Mutter auszusprechen, und doch stieg das liebevolle Wissen dessen, was mich bedrückte, immer wieder in ihren Worten herauf, so als höbe sie den Schleier von etwas, was gleicherweise tief verschleiert blieb. Und ich – wie oft hätte ich ihr in solchen Augenblicken die Hand küssen mögen, aber ebensooft unterließ ich es aus Ehrfurcht vor ihrem eigenen Schicksal.

Meine Großmutter nämlich unternahm damals den unaussprechlich rührenden Versuch, mir Einblick in ihre eigenen Kämpfe und Siege zu gewähren (ach, jene von ihr sonst niemals als solche anerkannten!), nur um dadurch den Balsam zu gewinnen, der mir in meiner Sehnsucht nach dem jungen Freunde helfen konnte.

Ich erinnere mich noch, wie sie einmal auf der Rückfahrt vom Pincio das Auto bei der Fontana Trevi halten ließ. Die kleine, enge Piazza, menschenbelebt und abendlich umdämmert, erschien fast wie das dunkle Gemach eines nächtlich vor Anker liegenden Schiffes, an dessen

Bug die jauchzenden Gewässer schäumen. Sie ließ sich von mir behutsamen Fußes die Stufen zu ihnen hinabführen; der kühle sprühende Rausch, der so übermütig zwischen dem Steingetrümmer hervorschoß, tat unseren Stirnen wohl, auf denen noch der Druck des verschwülten Tages lag.

Plötzlich fragte mich meine Großmutter, ob ich eigentlich schon aus der Fontana Trevi getrunken hätte; ich wisse doch, wer dieses Wasser koste, könne Rom nie vergessen und müsse immer wieder hierher zurückkehren.

Es durchzuckte mich flüchtig, ob sie vielleicht doch noch den Ärzten folgen und sich für einige Zeit von Rom trennen wolle. Aber dann begriff ich, daß ja nur ich trinken sollte. Ein wenig beklommen fragte ich, ob sie denn glaube, daß ich Rom verlassen werde oder, wenn es geschähe, daß ich es vergessen könne, und ob sie denn nicht selbst meine Fontana Trevi sei? Sie erwiderte leichthin – denn sie wollte mich nicht merken lassen, daß sie etwas Schweres meinte –, auf jeden Fall möge ich nun einmal trinken.

Als wir dann wieder im Auto saßen, begann sie über Rom zu sprechen: man solle sich in gewissen Zeiten des Lebens erinnern, daß es eine Ewige Stadt gebe. Es sei auch für den Nichtchristen etwas Friedebringendes und fast Gnadenhaftes um sie. Wie diese Stadt einst die Nationen aus aller Welt gesammelt und ihnen ein gemeinsames höheres Vaterland gegeben habe, so löse sie den einzelnen aus den allzu engen Verhaftungen seiner selbst und erhebe ihn in sein größeres Sein. Im Angesicht Roms verschwinde das eigene Schicksal, aber nicht als Untergang, wie einige meinten (sie vermied auch hier, den Namen Enzios zu nennen), sondern Rom sei eine große Heimat der Form, und alles, was überhaupt die Fähigkeit habe, gestaltet zu werden, das werde hier auch zur unverlierbaren Gestalt. – Das waren nun alles Gedanken, die ich nicht nur auf diesen Lippen kannte, sondern deren

Wahrheit ich – in unvollkommen kindlicher Weise – bereits selbst erfahren hatte, damals, als ich von meiner Großmutter den Gefahren meiner einsamen Schwärmereien entrissen und freundlich und fest in den großen Lebenskreis ihrer geistigen Heimat hineingestellt worden war.

Und doch, ich fühlte: alles, was sie in diesem Augenblick zu mir sprach, es war nicht der Trost einer Getrösteten, sondern einer Tapferen. Es war vielleicht immer nur der Trost einer Tapferen gewesen.

Ich weiß noch, wie ich mir auf dem Rückwege von der Fontana Trevi ganz plötzlich die Frage vorlegen mußte, wann denn eigentlich meine Großmutter nach Rom gekommen sei und diesen seinen hohen Frieden erfahren habe. Und nun erst ahnte ich ganz, wie sehr Enzios Gestalt nicht nur die eines anderen für sie verkörpert hatte, sondern wie wehmütig auch dieser Abschied von ihm an einen anderen Abschied heranglitt, der trotz seiner Freiwilligkeit eben doch so schmerzhaft gewesen war, daß sie ihn nur in der beständigen Überstrahlung des Reichtums einer ganzen Welt vor sich selbst hatte verleugnen können. Ich vermochte mir gar nicht mehr vorzustellen, daß sie ehedem so oft behauptet hatte, das Leben sei in jeder Gestalt herrlich und lebenswert, sondern es war mir viel eher, als habe ihr die schreckliche »Frau Wolke« nicht nur dargetan, daß auch der edelste Mensch in Schuld und Selbstsucht verstrickt ist, sondern auch der glänzendste und glücklichste Kampf und Entsagung – ja vielleicht gerade dieser am allermeisten, so etwa wie der schönste Tag des Lebens ein unabänderliches »Nie« spricht, denn was er nicht zu erfüllen vermag, wird keiner seiner Brüder erfüllen.

Es stellten sich jetzt auch immer öfter Augenblicke ein, in denen mir schien, als berührten meine Großmutter die Dinge wie eine leichte Überfremdung, als zögen sie sich unsichtbar von ihr zurück, ja fast, als stellten sie sich ihr herrisch und lieblos entgegen.

Es kam damals etwas verborgen Unruhevolles in all ihre Unternehmungen – ich fühlte, daß sie im Grunde etwas suchte, was sie nicht fand. Wie oft habe ich mich damals ganz unwillkürlich an ihren Ausspruch erinnert, mit dem sie Enzio ehemals so oft getröstet hatte: Rom lernt man nicht kennen, Rom lernt man bestehen. Sie hatte geglaubt, es bestanden zu haben, statt dessen stellte es sich ihr zum letzten Kampf.

In diesen Tagen fand meine Großmuttter ein anderes Rom wieder, ein Rom, welches ihr nicht wie sonst die letzten Maßstäbe und Gewißheiten darreichte, sondern welches nun plötzlich diese von ihr forderte, und zwar unerbittlich die letzten.

Sie ertrug damals in der Kunst nur noch das Allergrößte. Ich werde nie vergessen, mit welcher unsagbaren Wehmut sie einmal die bezaubernde Farnesani verließ, deren Besuch sonst für sie immer eines der höchsten Feste gewesen war. Das Fest galt nicht mehr ihr. Oder bekannte sie sich etwa auch zu Enzios bitterem Ausspruch: Kunst ist etwas zweiten Ranges! Aber es war mir jetzt überhaupt manchmal, als tauche seine Gestalt, wie sie beständig in der Wehmut meiner Großmutter gegenwärtig war, urplötzlich auch vor ihr in Rom auf. Zuweilen, wenn wir an einem Haus vorbeifuhren, welches abgerissen wurde, spürte ich ihr Erschauern vor dem wirbelnden Staub, so als forme er sich nun auch vor ihren Augen wie dereinst vor den seinen zu den millionenfachen Erscheinungen schleierhafter Gebäude, welche diese Stadt bereits verschlungen hatte.

Einmal – es war wieder abends – ließ sie das Auto einige Minuten am Theater des Marcellus halten. Aus den verschütteten und geschwärzten Höhlen des Unterbaues, einst die glänzenden Pforten vornehmer Römer und später die wilden Nester der Pierleoni und Orsini, glommen die kleinen roten Lichter der Krämer und Handwerker, welche jetzt darinnen hausten. Meine Großmutter, die sich an dieser Stelle immer eines Beisammenseins mit ihrem Freund Gregorovius erinnerte, sprach von den wechselnden Schicksalen dieses merkwürdigen Baues, während aus den engen, dunklen Gassen nebenan – den letzten des einstigen Ghettos – der melancholische Gesang eines fremden, geheimnisvollen Volkes ertönte. Plötzlich hielt sie mitten im Sprechen inne. Ich glaubte, daß sie eine jener plötzlichen Schwächen befiele, die ich nur zu wohl kannte, aber dann merkte ich, daß es ein Schwanken in ihrer geistigen Gestalt war, ein unwillkürliches Zurückbeben vor der andrängenden Fülle des Gewesenen. Und wieder mußte ich an Enzios Rom denken. Und doch hatte alles dieses ja gar nichts mit jenem zu tun, sondern hier war etwas ungleich Größeres und Ergreifenderes. Hier tat nicht einer, der überhaupt nicht an seine Persönlichkeit glaubte, den Blick ins dunkle Sein, hier litt nicht die Phantasie und der Gedanke den poetischen Schmerz des Dichters oder den abstrakten der vermeintlichen Erkenntnis, sondern hier war die Tragödie des großen einzelnen, hier schritt ein Mensch, der siebzig Jahre er selbst gewesen und immer mehr er selbst geworden war, der Nacht der Dinge entgegen, welche (ach, immer wieder glaubte ich Enzio zu hören) »keine noch so schöne Säule trägt«!

Allmählich wurde es mir mehr und mehr zur Gewißheit, daß meine arme Großmutter einen furchtbaren Kampf ausfocht, während sie immer gleicherweise bestrebt war, mich zu trösten und aufzurichten. Ich suchte ihr meinen Eindruck von ihrer Not zu verbergen, so gut ich eben konnte; ja, dieser Wunsch trieb mich so weit, daß ich ihre Gedanken und Weisungen, die mir helfen sollten, leidenschaftlich wiederholte und beteuerte, um ihr wenigstens die Erfahrung zu ersparen, daß ich mit unter ihren Kämpfen litt und daß sie Rom nicht mehr so beglückend vor mich hinzustellen vermochte wie sonst. Denn dies war tatsächlich der Fall: mir war manchmal geradezu, als gingen wir mitten in Rom immerfort an Rom vorüber.

Schließlich verweilte meine Großmutter eigentlich nur noch bei den Antiken. Oh, diese letzten ergreifenden Stunden mit ihr in den Sälen des Vatikanischen Palastes, wenn sie noch einmal aufrechten Ganges, gleichsam getragen von der Nähe dessen, was ihr Unsterblichkeit hieß, durch diese vornehmsten Räume der Welt schritt! Oh, dieser Aufglanz ihrer beängstigend groß gewordenen Feueraugen, wenn wir in die gedämpften Marmorschatten des Braccio Nuovo eintraten oder uns im Thermenmuseum dem Altar der Venus näherten! Und doch, ich fühlte, daß selbst die herrlichen Gebilde, die wir hier vor uns hatten, ihr nicht mehr dasselbe zu geben vermochten wie einst. Es war, als träfe sie langsam, aber sicher überall eine tragisch gebundene Auswahl. Nicht mehr das lichte Haupt des Apoll, nicht mehr das besonnte Lächeln der lieblichen Satyrknaben, ja nicht einmal der herrliche Venusaltar vermochten sie zu beglücken. Die schmerzverhaltene verwundete Amazone in ihrer finsteren Reinheit, die unnahbare Gebärde der Augustusgestalt, der kleine trauernd das Haupt neigende Eros des Vatikans, vor allem aber die unvergleichlichen Bürger des Kapitols, jene tiefpessimistischen und gleichwohl noch heroischen Gesichter spätrömischer Büsten: das waren die Gebilde, vor denen sie jetzt am liebsten verweilte. Dann aber traten auch diese Bevorzugten wieder zurück: Unendliche Tragik wie unendliche Schönheit und Heiterkeit schienen für sie gleicherweise überwunden durch den überwältigenden Eindruck einer großen und stillen Standhaftigkeit, die dieses ganze edle Marmorgeschlecht hier vereinte. Denn alle diese Gestalten, die unheilbar Verletzten wie die wunderbar Entronnenen, die Göttlich-Heiteren wie die Tödlich-Umschatteten, was waren sie anders als einsame Fremdlinge und tragische Gäste einer Zeit, mit der sie im Innersten nichts mehr gemein hatten. Ein unermeßlicher Abstand schien sie von allen zu trennen, welche leichtfertig oder ahnungslos ihre Ewigkeit preisend vorübergingen. Für meine Großmutter allein schien dieser Abstand nicht zu gelten – ich wußte damals nicht, warum: ich wußte nur, daß es so war. Ich sah sie unter all diesen blühenden, wie mit Gold durchsonnten Marmorleibern stehen, selbst welk und greis und doch die einzige, die ihnen zugehörte, weil schon umspült von dem geheimnisvollen Verglänzen dessen, was wir gleicherweise Ewigkeit oder Tod nennen.

Der letzte Weg auf Erden, den ich mit meiner Großmutter ging, war die Via Appia; denn was sie neben den antiken Skulpturen am meisten und bis zuletzt suchte, war der Anblick der Gesamtschau Roms und der Campagna. Ich glaube, daß ihr beide dasselbe gewährten wie jene. Es war der Eindruck des Ungebeugten, heldisch Ausharrenden, welchen ihr Rom, es war der des hoheitsvoll Versinkenden, welchen ihr die Campagna darbot.

An jenem Abend ließ sie das Auto am Grabmal des Licinius halten, um die schönste Strecke der Gräberstraße an meinem Arm zu wandeln. Sie fühlte sich an diesem Abend so wohl wie seit lange nicht, ja, sie gab mir sogar ein wirkliches Lachen zur Antwort, als ich sie fragte, ob ich ihren Arm einen Augenblick loslassen dürfe, um einige Blumen zu pflücken, die in der spätsommerlich verbrannten Campagna schon seltener wurden. Während ich meinen kleinen Strauß ordnete, ging sie allein weiter, zuerst langsam, dann plötzlich, wie mir schien, ziemlich schnell. (Es war bereits im aufsteigenden Angstgefühl des Nahenden.) Ich sah sie auf der einsamen Straße, rechts und links begleitet von den stillen Reihen der alten, verfallenen Gräber; es schien mir, als ginge sie geradewegs in die Abendsonne. – – –

Dann plötzlich sah ich sie nicht mehr.

Als ich ihr nacheilte, lag sie zu Boden geschmettert, das Antlitz verzerrt und entstellt von den furchtbaren Beklemmungen des zweiten Anfalls. Ich sah es wie eine unsichtbare Hand in ihrer Brust wühlen und ihr armes Herz wie mit eisernen Zangen umklammern: Ich sah den

Tod in ihrem Antlitz, ihn, an den ich nie zu glauben vermocht hatte, nun erkannte ich ihn auf den ersten Blick! – Welche Heimfahrt! Noch unterwegs dachte ich jeden Augenblick, sie würde ihren Leiden erliegen. Als wir kurz vor dem Grabmal der Cäcilia Metella waren, dort, wo sich der letzte, herrlichste Blick auf die Campagna öffnet, hielt der Chauffeur einen Augenblick an und nahm den Hut ab, weil er glaubte, sie sei im Verscheiden. Oh, wie oft habe ich später gewünscht, daß es so gewesen, daß es ihr vergönnt worden wäre, dort sterben zu können, auf der königlichsten aller Straßen, im Angesicht Roms, ohne Wiederholung dieser Qualen! Aber es war anders bestimmt, ihr wie auch mir. An jenem Abend wurde die Via Appia für mich zur Straße Domine, quo vadis. – – –

Die Anfälle wiederholten sich jetzt in immer kürzeren Pausen und in immer heftigerer Form, ja, sie kamen schließlich einem vielfachen Todeskampf gleich mit allen Schrecken eines solchen, nur ohne den erlösenden Ausgang.

Meine Liebe zu meiner Großmutter glich damals einem vollkommenen Martyrium. Ich riß mich darum, ihr die letzten Dienste und Handreichungen zu leisten, wie ihre steigende Schwäche sie notwendig machten: um die Erfüllung aller jener kleinen Bedürftigkeiten, in denen sich die ganze Armseligkeit des kranken Menschen enthüllt und die mir nirgends einen so unaussprechlichen Schmerz verursacht hätte wie bei ihr. War es mir doch sonst kaum erträglich gewesen, wenn jemand sie – wie »Frau Wolke« – der äußeren Gestalt nach überragt hatte! Jetzt war sie die Hilfloseste von allen, die ich kannte! Es war erschütternd, daß gerade sie, die Freudige, Starke, so elend zugrunde gehen mußte, gleichsam als solle ihre ganze stolze und heitere Lebenbejahung bis zum letzten Satz widerlegt und ihre Tapferkeit auf eine unbegreiflich harte Probe gestellt werden. Denn auch abgesehen von ihrer Krankheit vereinigte sich jetzt alles, um ihr zuletzt noch die ganze Grausamkeit der Welt und des Schicksals klarzumachen, und ich, die sie am tiefsten liebte, mußte schließlich, wie ihr letztes Glück, so auch ihr letzter Schmerz sein.

Es kamen damals endlich die ersehnten Briefe über das Ende meines armen Vaters an, nachdem meine Großmutter bereits die Hoffnung aufgegeben hatte, sie noch lebend zu erblicken. Der Inhalt schien zunächst für sie überraschend tröstlich. Mein Vater, der mehrere Wochen krank gewesen und Zeit genug gehabt hatte, auf der Missionsstation einem der Patres, die ihn pflegten, ein längeres Schreiben zu diktieren, teilte darinnen meiner Großmutter mit, er habe seinen besten Freund zu meinem Vormund bestimmt. Dieser, ein Gelehrter, welcher an derselben Expedition teilgenommen wie er, sei es gewesen, der ihn unter großen persönlichen Opfern und Schwierigkeiten nach dem eigentlich außerhalb des Forschungsgebietes gelegenen Missionskloster gebracht und ihm beim Abschied das Versprechen gegeben habe, für sein Kind zu sorgen, falls er hier sterben sollte. Er werde nach der Rückkehr der Expedition in die Heimat baldigst nach Rom fahren, und meine Großmutter dürfe zuversichtlich hoffen, an der Einsicht und dem bedeutenden Charakter dieses Mannes eine außerordentliche Stütze zu finden. Mein Vater vermied hier offenbar zartfühlend, sich auf die Möglichkeit des Todes meiner Großmutter zu beziehen, obwohl er doch wahrscheinlich in erster Linie diese Vormundschaft im Gedanken daran eingesetzt hatte. Aber auch sonst sah man deutlich, daß der Brief nicht mehr in seine Hände gelangt war, in dem sie selbst ihn auf die Gefahren ihres Alters hingewiesen hatte. Mein Vater fuhr nämlich jetzt fort: er sei sich zwar bewußt, mit seiner Verfügung über mich dem letzten Willen seiner Gattin zuwiderzuhandeln, er tue dies aber nicht aus Mangel an Pietät – solche glaube er vielmehr durch seinen jahrelangen völligen Verzicht auf mich zur Genüge bewiesen zu haben, obwohl er genau wisse, daß meine Mutter die Erziehung ihres Kindes nur deshalb in die Hände ihrer Schwester gelegt habe, weil sie ihm, ihrem Gatten, in der Meinung, er hasse seine einstige Braut, das Kind habe entziehen wollen. Nun sei er aber in Wirklichkeit weit von solchem Haß entfernt gewesen, ja, er habe im Gegenteil die unglückliche Leidenschaft für meine Tante Edel, trotz aller äußeren Abwendung von ihr, niemals ganz überwinden können, und in Wahrheit sei diese Leidenschaft auch der Grund gewesen, weshalb er seine arme Frau so unglücklich gemacht habe. Er könne wohl sagen, daß sein Herz derart eigensinnig sei, noch heute an seiner einstigen Braut zu hängen. Wenn er also nicht sie, sondern seinen Freund zum Vormund bestimme, so habe dies nur den Grund, daß er für alle Fälle einen männlichen Schutz an meiner Seite wissen wolle. Sollte meine Tante Edel aber dennoch durch diese Maßnahme gekränkt sein, so gedenke er, sie an einem anderen Punkt zu entschädigen, auf den es ihr, wie er sie kenne, weit mehr ankommen werde als auf die bloße Rechtsstellung. –

Und nun folgte ein sehr merkwürdiger, aufs höchste überraschender Passus. Mein Vater schrieb, er habe, wie meine Großmutter wohl wisse, in seiner Jugend dem Christentum und der Kirche zwar keineswegs feindlich, wenn auch ziemlich verständnislos gegenübergestanden; aber er könne nicht verhehlen, daß er während der Brautzeit mit meiner Tante Edel eine überaus große Abneigung gegen beide empfangen habe, und, wie er glaube, nicht nur aus dem Gefühl der natürlichen Gekränktheit des Zurückstehenden, doch wolle er sich hierüber nicht näher aussprechen. Jedenfalls seien die religiösen Neigungen meiner Tante Edel der Grund von seiner und ihrer Trennung geworden. Er bekenne offen, daß dieser Eindruck dann weiterhin bestimmend geworden sei für seine spätere religionsfeindliche Haltung, die ja ohnehin seiner Wissenschaft ziemlich naheliege und die er dann auch in der Erziehung seines Kindes bekundet habe.

Während der Expedition sei jedoch eine gewisse Umwandlung bei ihm eingetreten, wennschon er ihr nicht den großen Namen einer religiösen geben wolle. Indessen, die Methoden – und im Grunde handle es sich doch für den Forscher nur um solche – nähmen sich merkwürdig viel besser am Schreibtisch und im Laboratorium aus als unter dem nächtlichen Himmel der unabsehbaren Steppe, in den ewigen Dämmerungen der Urwälder und in den Einöden der Felsen, welche noch nie der Fuß eines Europäers betreten habe. Es gebe dort nicht nur noch Geheimnisse für den Forscher, sondern auch metaphysische Schauer ganz eigener Art: große, erschütternde Abhängigkeitsgefühle, die nicht etwa durch die Unkenntnis der Wildnis, die Tücke der Eingeborenen oder die Nähe von Tigern, Schlangen und allerlei Tropenfiebern erklärt würden, sondern welche von einer Art seien, die man modernen Menschen der Zivilisation und Technik überhaupt nicht klarmachen könne. Es gebe dort Augenblikke, wo alle Erkenntnisse wie kleine graue Mäuse in den Löchern der Felsen verschwänden oder wie fahle Motten daran zerpulverten. Es gebe dort wahrhaftig Augenblikke, wo man am liebsten alle Instrumente und Gläser wegwürfe, um nur ganz still und stumm vor dem großen unerforschlichen Weltgeheimnis zu staunen.

Das alles möge wirklich frommen und zumal christlichen Seelen recht urwaldmäßig primitiv vorkommen, und das sei es ja wohl auch; indessen glaube er doch wenigstens eins verstanden zu haben, nämlich dieses zu wissen, weshalb es Religion gebe und geben müsse (denn es könnten doch nun einmal nicht alle Menschen nach den Urwäldern aufbrechen).

An dieser Stelle nahm der Brief abermals eine unerwartete Wendung. Mein Vater erinnerte meine Großmutter an ein Bild von mir, welches sie ihm einmal gesandt habe und welches er seither gewohnheitsmäßig unter den Papieren seiner Brieftasche mit sich trage. Einmal nun, als er nach einer jener Nächte, die er zuvor beschrieben, nur von einem einzigen Eingeborenen begleitet, einen tiefen unwirtlichen Wald durchschritten habe, sei plötzlich das Bild seiner Brieftasche entfallen und in den Ranken der Lianen hängengeblieben. Als er sich dann, um es aufzuheben, vom Pferd herabgebeugt habe, sei ihm plötzlich ganz sonderbar zumute geworden, so als träte ihm ein Kind hier in dieser ungeheuren und gefahrvollen Einsamkeit selbst in den Weg. Das Kind sei ihm auf dem Bild ganz anders vorgekommen als sonst; er wisse selbst nicht zu sagen wie – fragend oder bittend, ja fast, als sei ihm irgendein Unrecht geschehen und es habe nun durch diesen schrecklichen Urwald wandern müssen, um nach seinem Vater zu rufen, daß er jenes Unrecht gutmache. Auf dem ganzen ferneren Weg habe er an nichts zu denken vermocht als an sein Töchterchen. In jedem Dorf, durch das er geritten, seien die jungen Mädchen, die ihm etwa desselben Alters wie sein Töchterchen geschienen, von ihm reich beschenkt worden, und er habe sich vorgenommen, wenn es ihm vergönnt werde, gesund in die Heimat zurückzukehren, sein Töchterchen selbst zu fragen, was es eigentlich damals von ihm gewollt habe. Statt dessen sei er dann aber von jener tückischen Krankheit erfaßt worden, in deren Verlauf langsam der Gedanke in ihm Raum gewonnen habe, daß sein Kind vielleicht doch unter dem Zwang leide, den er seiner religiösen Entwicklung angetan habe. Denn so mächtig sei jener Eindruck der Schauer, von denen er zuvor gesprochen habe, doch gewesen, daß ihm scheine, man dürfe in einem Menschenkind alles andere eher als dieses zu unterdrücken versuchen, ja man müsse vielleicht sogar auf Gelegenheit bedacht sein, einem jungen Herzen den Sinn dafür zu öffnen, wie es eben die Religionen zu tun strebten. In dieser Meinung sei er dann noch durch den Eindruck der guten Patres auf der Missionsstation bestärkt worden. Er habe an ihrer liebreichen Pflege und vielen anderen Dingen ihres frommen Lebens erkannt, daß er seinerzeit einer ganz falschen Ansicht über das Christentum verfallen sei. Ob das nun an meiner Tante Edel oder an ihm selbst gelegen habe, gedenke er dahinzustellen, denn auf dem Sterbebett komme es auf solche Kleinigkeiten nicht mehr an. Er wolle hier überhaupt nur eins sagen: Wenn es der Wunsch seines Kindes sei, Gott in einer bestimmten Form zu dienen, so solle ihm dies künftig unverwehrt bleiben. Es möge sich in eben der Form, die es wünsche, unterrichten lassen und wenn es bei meiner Tante Edelgart wäre, so wolle er selbst dagegen nichts einwenden. Gott habe ihm selbst ja auch nicht verwehrt sich vor seiner Schöpferkraft zu beugen.

Zu diesem Brief hatte dann der Pater, welchem er diktiert worden war, nach dem Tode meines Vaters noch einige Zeilen hinzugefügt. Er schrieb, daß der Verstorbene ein geduldiger Kranker gewesen, zwar nicht seines Glaubens, aber es sei ihm und seinen Brüdern immer so erschienen, als ob Gott ihm aus seinem großen Buch der Welt einige wunderlich schöne und tiefe Erkenntnisse mitgeteilt habe, und er sei auch nach seiner Weise fromm gestorben. Denn nachdem er sich zuerst wie ein Löwe gegen die Krankheit gewehrt, habe er, nachdem er den Ausgang einmal erkannt, gehorsam eingewilligt, wie es an dem überraschend schnellen Verfall seiner Kräfte sichtbar geworden. Sein Ende sei denn auch völlig kampflos und friedlich gewesen; er sei für die Augen seiner Umgebung bald in Teilnahmslosigkeit versunken, und aus seinen Phantasien habe man erkannt, daß nur das Schicksal jenes kleinen Mädchens aus dem Urwald ihn noch eine Strecke weit durch die Dämmerung seiner Träume begleitet habe, bis sein Geist in den Toren der Ewigkeit entschwunden sei. –

Dieses lange Schreiben hatte meine Großmutter zunächst allein gelesen. Sie war von seinem ersten Teil weithin befriedigt, nur wurde ihre Erleichterung dadurch beeinträchtigt, daß der von meinem Vater bestimmte Vormund einstweilen noch in weiter Ferne war, und sie vermochte sich der Sorge nicht zu erwehren, daß ihm in jenen gefahrvollen Ländern ein Unglück zustoßen könne wie meinem armen Vater. Auch durfte sie selbst im Fall seiner glücklichen Heimkehr kaum hoffen, diese noch zu erleben, und sah sich also letzten Endes doch wieder zur Ungewißheit über mein Schicksal verurteilt. Die Erregung darüber stand noch deutlich in ihrem Gesicht, als ich, zu ihr gerufen, eintrat.

Wir hatten sie damals aus ihrem Schlafzimmer in ihren Salon umgebettet, weil er ihr für ein längeres Siechtum mehr Geräumigkeit und Kühle bot und weil sie sich auch in ihren besseren Stunden dort an ihren schönen Kunstschätzen erfreuen konnte. Es lag in der Natur ihrer Krankheit, daß sie sich oftmals sitzend freier fühlte als liegend, und wir schoben ihren Lehnstuhl (es war der alte schöne mit dem Barberiniwappen) täglich ans Fenster, damit sie das Pantheon sähe. Auch jetzt saß sie wieder dort: Ihre Augen, erschreckend tiefliegend, sehr groß und schimmernd geworden, eilten mir ungeduldig entgegen, denn sie hatte damals bereits in allen ihren Anliegen die eigentümliche Dringlichkeit derer, welche nicht mehr viel Zeit haben.

»Mein Kind«, sagte sie, »es sind soeben die letzten Verfügungen deines Vaters eingetroffen, und ich bin verpflichtet, sie dir mitzuteilen. Eine von ihnen betrifft deine persönliche Gewissensfreiheit. Du wirst zwar keinen Gebrauch von ihr machen, aber ehre sie als Ausdruck der Gerechtigkeit deines Vaters und als Liebe zu der Unabhängigkeit deiner geistigen Person.«

Dann forderte sie mich auf, den Brief laut vorzulesen, damit sie mit mir darüber sprechen könne.

Un nun geschah es. Ich las mit dem Bewußtsein, die letzten Gedanken und Anordnungen meines verstorbenen Vaters in Händen zu halten, und mit dem aufrichtigen Willen, mich ganz davon durchdringen und bewegen zu lassen. Aber mein Vater war eben doch nur eine halb mythische Person für mich gewesen, und ich konnte damals eigentlich überhaupt keinen anderen Gedanken fassen als das Leiden meiner Großmutter. So glitt meine Stimme zuerst fast traumhaft über die Seiten.

Aber plötzlich stockte ich, so als fiele ein feiner, scharfer Lichtstrahl auf das Blatt in meiner Hand – nein, nicht allein auf dieses! Wie wunderbar war das! Ich sah meine Tante Edelgart auf den Knien liegen – ich sah eine ganze Zeit voll Seligkeit und Erwartung wieder! Es war, als höbe sich eine versunkene Woge mitten aus dem schlafenden Meer!

Dann sagte meine Großmutter: »Veronika, möchtest du nicht fortfahren?«

Aber ich konnte nicht fortfahren. Ich konnte die Stelle, an der ich aufgehört hatte, nicht wiederfinden; vergeblich tastete meine Stimme bald hier, bald dort über die Blätter.

Meine Großmutter sah mich indessen unverwandt an; zuerst aufmerksam, dann merkwürdig forschend. Plötzlich sagte sie: »Mein Kind, du verbirgst mir etwas.«

Ich ließ mich neben ihrem Sessel zu Boden gleiten. »Großmama«, sagte ich mit zitternder Stimme, »denkst du noch an den Karsamstag im Lateran und an das Exsultet?«

Sie war betroffen, daß sie zuerst nichts anderes glaubte, als daß mich der unaussprechlich große Schmerz um ihren nahen Verlust überwältigte. »O mein Kind, mein Kind«, sagte sie. Es war etwas hoffnungslos Wehmütiges in diesem Ausruf, eine Hilflosigkeit aus Liebe und zugleich eine Abkehr von meinen Worten, die mir das Herz zerriß. Jenes herrliche Preislied des ewigen Lebens, das sie selbst noch vor wenigen Monaten so hingerissen hatte, es löste jetzt nur tiefste Not aus! Ich wollte ihre Hand ergreifen, aber da schien plötzlich auch in ihr eine Erinnerung aufzusteigen – jene eine, welche offenbar keiner von uns vergessen konnte –, dieses alles war ja schon einmal gewesen! Sie entzog mir ihre Hand mit milder Strenge. »Mein Kind«, sagte sie, »ich will nicht getröstet werden, Trost macht schwach! Tue jetzt, was uns beiden zukommt.«

Ich sagte ihr damals alles. Sie nahm es stumm auf, ohne Widerspruch und ohne Vorwürfe gegen mein früheres

Schweigen (denn dieses verstand ihre Ehrfurcht), auch ohne Klage. Nur zuletzt schloß sie die Augen. Ich wußte, daß jetzt etwas sehr Tiefes und sehr Schweres zwischen uns vorging. Es hatte nichts mit dem zu tun, daß sie lebenslang die Kirche geehrt, ja daß sie für ihre Tochter die Zugehörigkeit zu ihr begehrt und erstrebt hatte; denn diese Tochter war ja dem Geist nach nicht ihre Tochter gewesen. Sondern was zwischen uns vorging, war dieses: Ich war der Mensch, dem sie ihr Tiefstes und Bestes vertraut hatte, in dessen Seele sie alles niedergelegt und treu bewahrt glaubte, was ihr aus dem eigenen Sein würdig erschienen, daß es weitergetragen werde. Ich war von den drei Leben, die aus ihrem Blut kamen, ihr letztes, aber auch ihr erstes Kind, das Kind ihres Alters, welches ihrer Jugend glich, die Enkelin, die sie am meisten geliebt und von der sie auch am meisten geliebt worden war.

Wir litten jetzt beide genau dasselbe, was Enzio und ich in unserer Abschiedsstunde gelitten hatten. O mein Gott, die blindgeborene Vernunft unserer Tage, diese, welcher die Liebe unseres Schöpfers erst wie einem jungen Hündlein die Augen öffnen müßte, sie lehrt uns immer wieder, daß unter uns Menschen die bloße Gerechtigkeit gegeneinander und der Wille, alles zu verstehen, genüge. Aber wie kurz ist das gedacht, und wie dünn ist das gefühlt! Der wahrhaft Liebende weiß es anders: er will die lebende Einheit mit der ganzen Person, er will die Einheit auch im Geist und im Glauben! –

»Und was«, fragte sie endlich, »was hat dich in deiner Hinneigung zur christlichen Idee erschüttert?«

Ich wollte erwidern: »Der Abfall meiner Tante Edelgart«, aber ich brachte es nicht über die Lippen. Es war genau wie bei der Unterredung mit Enzio, aber so als verschlösse mir die Größe des Schmerzes den Mund, welcher danach fieberte, ihr den letzten Trost zu lassen. Ich begriff mich selbst nicht. Es war, als gehorche ich einem unsichtbaren Herrn und nicht mir selbst.

Sie wartete eine kleine Weile, dann richtete sie sich auf

und sah mich mit ihren kranken königlichen Augen groß und stumm an. Es war keinerlei Klage, keinerlei Kampf, keinerlei Kälte darinnen. Es war nichts darinnen als die letzte unwiderrufliche Einsamkeit des sterbenden Menschen. »Mein Kind«, sagte sie langsam und leise, »wohin du einmal gehst – gehe ganz. Ich halte dich nicht, denn ich stehe auf der Schwelle, wo es für jeden heißt: ›Da tritt kein anderer für ihn ein‹.«

In dem sie das sagte, durchzuckte es mich: Es tritt dennoch einer ein. –

Im Hinausgehen hatte ich dann einen Augenblick lang das wunderliche Gefühl, daß aller Schmerz, den ich soeben erlitten hatte und noch litt, dereinst meiner Großmutter zugute kommen werde. Es war ein Gefühl, das mir unerklärlich blieb, das mich aber wunderbar beglückte. Es verließ mich indessen sogleich wieder; erst viel später, als ich bereits das Gebet kannte: »O Herr, gib ihnen die ewige Ruhe«, habe ich es verstanden. Damals war es nur die Vorausnahme, durch welche mich die liebreiche Gnade im Augenblick stärkte. –

Wer in der folgenden Zeit mehr gelitten hat, meine Großmutter oder ich, weiß ich nicht zu sagen. Ich erwies ihr jede Liebe, die ich ersinnen konnte, und sie erwiderte meine namenlose Zärtlichkeit bis zuletzt, aber ohne daß wir beide auch nur einen Augenblick lang das Geschehene vergessen hätten. Es blieb die rätselhafte, schmerzvollbittere und doch heilige Wahrhaftigkeit, welche unerschütterlich zwischen uns stand.

Damals begannen ihre letzten, stummen Zwiegespräche mit dem großen grauen Tempel des Pantheon vor ihren Fenstern, der jetzt allein noch den Anblick Roms vor ihr vertrat. Über diese Gespräche hat keiner von uns je Kunde erhalten. Alles, was wir von den Gedanken meiner Großmutter aus jenen Tagen wissen, umschließt der kleine Zettel, welcher, dem Inhalt nach vor unseren Augen verdeckt, damals beständig auf dem Tisch neben ihrem Lehnstuhl lag. Wir fanden ihn nach ihrem Tode: er enthielt, von ihr selbst mit zitternder Hand geschrieben, die Worte: »Charakter und Schweigen.«

Meine Großmutter starb, wie stolze und edle Heiden sterben. Ihr Tod war antlitzhaft und erhaben. Sie sah ihn bewußt auf sich zuschreiten als eine schwermütige Gestalt mit dunklem, unergründlichem Blick. Sie empfing ihn verhüllten Hauptes, ehrfürchtig und vollkommen schweigend, ganz einsam. Sie wollte nicht von mir Abschied nehmen, denn sie wußte nicht, womit sie sich und mich hätte trösten können; sie wußte nichts mehr zu tun, als lautlos über die dunkle Brücke zu schreiten. In dieser Lautlosigkeit lag ihre letzte Liebe.

Wir glauben, daß sie sich an jenem Abend, als sie uns alle fortschickte, darüber klar war, unmittelbar vor dem Endkampf zu stehen. Sie hatte am Tage wieder einen schweren Anfall gehabt, von dem sie sehr erschöpft war. Trotzdem wollte sie sich nicht niederlegen, sondern verlangte von uns, daß wir sie in ihrem Lehnstuhl ans Fenster schöben. Sie bat uns, es weit zu öffnen und die Vorhänge zurückzuschlagen. Wir fanden das nicht ungewöhnlich, denn sie pflegte dort zuweilen bis tief in die Nacht hinein Erfrischung zu suchen, wenn der Tag unerträglich heiß gewesen war. In der letzten Zeit hatte sie die Furcht vor den nächtlichen Grüften Roms völlig verloren, ja, es war fast, als hielte sie mit ihren Schauern heimliche Zwiesprache. Wir richteten ihr also die Kissen am Fenster zurecht, ohne zu wissen, daß wir sie vorbereiteten, ihre Seele geradewegs in das große ewige Rom auszuhauchen.

Jeanette holte dann noch wie gewöhnlich einige Salben und wohlriechende Gewässer, denn meine Großmutter hatte einen solchen Abscheu vor der Häßlichkeit des Verfalls und in dieser Hinsicht auch ein solches Verpflichtungsgefühl gegen ihre Umgebung, daß sie bis zuletzt eine äußerst kunstvolle Pflege ihrer Körperlichkeit festhielt. Heute aber wollte sie von alledem nichts mehr wissen. Diese plötzliche Gleichgültigkeit hatte für mich etwas Beklemmendes. Ich mochte mich gar nicht dazu verstehen, sie allein zu lassen, aber gerade dieses war es, was sie von uns allen gebieterisch verlangte.

Ich fragte sie, ob nicht wenigstens eine von uns bei ihr bleiben dürfe – wenn sie mit Rom allein sein wolle, so würde ich so still sein, als ob ich gar nicht da wäre. Aber sie erwiderte fast abweisend, es sei schon spät und gerade ich solle ihr gute Nacht sagen. Es war aber noch gar nicht besonders spät. Ich glaubte, daß sie einen Anlaß suche, mich zu küssen, aber als ich das Gesicht zu ihr herabbog, nickte sie mir nur liebreich, aber fast flüchtig zu, und während ich betroffen und noch zögernd dastand, erschien sie mir plötzlich so fremd und unberührbar, als umgäbe sie das strenge Zeremoniell einer unbekannten Feierlichkeit.

Ich ging als letzte von uns dreien aus dem Zimmer. Auf der Schwelle wandte ich mich noch einmal um, wie gezogen von ihrem Blick. Ich sah ihn aufgezuckt wie einen großen gebrochenen Lichtstrahl an mir hängen und wollte zu ihr zurückstürzen. Aber da löschte ihre Hand auch schon die kleine Lampe, die neben ihr stand – ihr Blick versank wie ein Stern in der Nacht: Es war, als ginge ihre Liebe vor meinen Augen unter. In der matten Dunkelheit erkannte ich noch, wie sich die Silhouette ihres Antlitzes dem Pantheon zuwandte. Dieses allein hat ihren letzten Seufzer gehört und ihr im Sterben beigestanden. Wir fanden sie ganz umfangen von seinen Schatten, mitten in der Helligkeit der sternigen Sommernacht, so als habe der große greise Tempel selbst ihr ehrwürdiges Haupt verhüllt.

Sie starb unter dem schwarzen Purpur seines nächtlichen Königsmantels, bedeckt von der Majestät seines unergründlichen Schweigens und von dem Leichentuch seiner versunkenen Jahrtausende. Sie starb, aufgenommen in die irdische Ewigkeit dieser Stadt, über deren Bürgerrecht nicht die Geburt entscheidet, sondern der Adel derer, welche in ihr die Heimat einer ganzen Welt lieben. – – –

Was ich jetzt noch von mir selbst zu sagen habe, ist

eigentlich nur eins. Es gibt von jedem Menschen eine Geschichte seines Lebens und eine Geschichte seiner Seele, aber dann gibt es auch noch eine Geschichte seiner Seele mit Gott. Und diese ist, auch wenn sie noch so wunderlich mit jenen vrschlungen erscheint, im Grunde immer ganz gerade und einfach. Denn es steht ja eben nicht so, daß wir uns zu Gott durchkämpfen, sondern Gott kämpft sich zu uns durch, und zuletzt geschieht alles fast über uns selbst hinweg. –

Es kamen damals Tage für mich, in denen alle meine Kräfte gelähmt waren. Mein Schicksal, für andere Augen vielleicht nur die Umrisse dessen, was ein Mensch auf der Höhe des Lebens Schicksal nennt, für mich enthielt es bereits alles, was mein junges Herz zu fassen vermochte. Von den ersten Tagen nach dem Tode meiner Großmutter kann ich überhaupt nicht Rechenschaft geben. Mein Schmerz war so groß, daß er keine andere Hilfe hatte als eben seine Größe: Sie hielt mein Bewußtsein wie unter Narkose. Ich wich nicht von der geliebten Hülle, bis der grausame Lauf der letzten Dinge des Menschen sie mir entrückte; aber ich kann mich nicht entsinnen, daß ich noch eine Blume in die erstarrte Hand gedrückt oder diese Hand noch einmal geküßt hätte. Es war, als fiele ein großer schwarzer Feiertag voll unermeßlicher Stille über die ganze Welt nieder: Ich wagte nicht mehr zu lieben, ich wagte nicht einmal zu leiden, denn auch Liebe und Leid sanken ja gleicherweise ohnmächtig wie alles andere an der teuren Gestalt nieder, die da vor mir lag – so nahe und doch in dieser furchtbar fremden Abwesenheit und Unzugänglichkeit, durch nichts mehr erreichbar als durch jenen Geheimnisvollen, der sie unerreichbar machte.

Jeanette und meine Tante Edel gingen indessen leise aus und ein. Sie brachten Kränze und entzündeten von Zeit zu Zeit eine neue Kerze; manchmal trug Jeanette auch einen Kübel mit Eis herzu – alles dies glitt wie etwas Unerfaßtes an mir vorüber. Jeanette verließ niemals das

Zimmer, ohne neben der Toten zu beten. Meine Tante Edel betete nicht; ich hörte wie im Traum, daß sie einmal zu Jeanette sagte, es würde dies nicht im Sinne der Entschlafenen sein. Bei ihren Worten mußte ich sehr weinen. Sie riefen mir die Erinnerung an den Schmerz zurück, den ich meiner Großmutter noch kurz vor ihrem Tod zugefügt hatte. Ihr letztes Antlitz war, wie das ihrer letzten Lebenszeit, fast zu dem vollkommenen Widerspiel dessen verändert, was sie sonst gewesen: Nicht einmal der Friede des Todes hatte die Spuren der tiefen Enttäuschung und des Verzichtes, mit denen ihr Leben geendet, hinwegzuglätten vermocht, sondern er hatte sie nur mit unerbittlicher Wahrhaftigkeit hervorgehoben. Es schien jetzt fast, als sei diese tiefe allgemeine Enttäuschung das Vorzeichen ihres gesamten Lebens gewesen, derart gebieterisch überherrschte sie ihre erblaßten Züge. Sooft ich meinen Blick zu ihnen erhob, glaubte ich auch die schmerzliche Linie zu erkennen, die ich selbst in dieses Antlitz gezeichnet hatte.

Meine Tante Edel machte von Zeit zu Zeit den Versuch, mich von der Leiche hinwegzuführen. Sie meinte es damals auf ihre Weise sehr gut mit mir. Es entsprach der ganzen flachen Auffassung der Dinge, welcher sie jetzt immer mehr verfallen war, sich und anderen das Schwerste nach Möglichkeit abzuschwächen und zu verkürzen. Ich selbst entsinne mich dunkel, daß sie mir mehrmals sagte, wie viele Stunden ich nun schon ohne Ruhe und Nahrung zugebracht hätte. Ich verstand das nicht – hier hatten doch alle Stunden aufgehört.

Jeanette versuchte nicht, mich fortzuführen, sie drückte mir nur hin und wieder leise die Hand. Manchmal brachte sie mir auch einen Schluck Wein, den ich von ihr willig annahm. Gesprochen wurde dabei in der Regel kaum, denn Jeanette wußte, daß ich sie nicht verstehen konnte. Trotzdem sind die wenigen Worte, die ich von ihr vernahm, die einzigen klaren Erinnerungen, welche ich aus jenen Stunden besitze. Einmal, als sie beim Wechseln des

Eiskübels etwas länger ausgeblieben war als sonst – es mochte bereits Nacht sein –, bat ich sie, doch draußen auf dem Vorplatz das Fenster zu schließen, welches, wenn es offenstand, meine Großmutter immer so beunruhigt hatte, damals, als wir noch vor Enzios Tür wachten. (Es gab zwischendurch immer Augenblicke, wo ich in meiner grenzenlosen Benommenheit vergaß, daß die Tote ja nicht mehr die Abneigungen der Lebenden fühlte.) Jeanette schüttelte leise den Kopf und sah mich mitleidsvoll an. Plötzlich zuckte, was sie nicht aussprach, in mir auf, und ein unermeßliches Grauen befiel mich. Sie strich mir sanft über die Stirn: »Und trotzdem, mein Kind, ist sie in der Hand Gottes«, sagte sie. Ein anderes Mal, es war, als ich eben sehr weinte, beugte sie sich zu mir nieder: »Ma petite, Leid ist auch nur Liebe, warte eine kleine Weile, und du wirst es erfahren.«

Auch von dem Begräbnis habe ich keine deutliche Erinnerung. Mir ist, als wären wir durch unermeßlich tiefe Wälder von Zypressen gegangen, die dann endlich wie große schwarze Flammen über der Gruft zusammenschlugen. Man hat mir erzählt, die Beisetzung meiner Großmutter habe ebenso unbemerkt stattgefunden wie ihr Sterben. Sie, die im Leben so viel Umfeierte und Umliebte, sei ihre letzte Straße auf Erden sehr einsam dahingezogen. Es lag dies daran, daß meine Tante Edel, welche damals bereits anfing, die ersten Beweise ihrer großen Sparsamkeit zu geben, selbst die nächsten Freunde nur schriftlich und nicht telegraphisch verständigt hatte. Da kein Geistlicher die Leiche begleitete, wäre es an jenen gewesen, der Entschlafenen wenigstens ein warmes Wort menschlicher Liebe am offenen Grabe nachzurufen. Nun sie nicht da waren, senkte man den Sarg stumm in die geheiligte Erde Roms hinab. Selbst die Blumen, welche man der Toten geschenkt hatte, erschienen auf ihrem großen Sarg spärlich und verstreut; die prächtigen Spenden ihrer Freunde kamen erst verspätet an, und während in ihrem Zimmer noch die verwelkten Riesensträuße standen, mit denen wir die Lebende bis zuletzt bedacht hatten, mußte sich die Entschlafene mit einem fast kahlen Hügel begnügen. In meiner Verwirrung entging es mir auch, daß der Sarg und alles übrige, was zu dem traurigen Akt einer Bestattung gehört, auf das allereinfachste hergestellt war, so als solle an meiner Großmutter der tragische Ausgang alles irdischen Glanzes bis zuletzt dargetan werden. Einzig ihr geliebtes Rom schien sich bewußt zu sein, daß es ihr selbst an dem Ort, wo alle gleich werden, eine einsame Ehre schulde: es sind die größten und herrlichsten Zypressen des ganzen Friedhofs an der Porta San Paolo, welche ihr Grab beschatten und nun längst ihre Wurzeln tief in dieses hinabsenken. –

Erst nach dem Begräbnis meiner Großmutter brach mein Schmerz in seiner ganzen Gewalt hervor; ich litt und wollte nichts anderes als leiden! Zu dem furchtbaren Eindruck des Todes und zu der Leere, welche er in meinem Herzen zurückgelassen hatte, gesellte sich jetzt mit beständig wachsender Qual das Rätsel meiner letzen Entfremdung von der geliebten Entschlafenen. Ich fand mich ohne Trost: das erschien mir wie eine furchtbare Anklage. Zwar war ich mir immer noch bewußt, in dem Augenblick, der uns trennte, einem unwiderstehlichen Ruf gehorcht zu haben, aber ich stand so furchtbar unter dem Eindruck der Todesgewalt, daß ich nicht zu ihm zurückfand. Diese Zwiespältigkeit des Gefühls hatte etwas mich Auflösendes und dem Tode Verwandtes. Nur von Zeit zu Zeit, wenn ich Jeanette erblickte, war es flüchtig, als wolle sich jener unerklärliche Trost erneuern, der mich damals nach der Unterredung mit meiner Großmutter aufgerichtet hatte.

Ich besaß damals einen ganz neuen Sinn für Jeanettes Nähe, welcher gar nichts mit der Anhängigkeit an sie zu tun hatte, in der ich aufgewachsen war. Er glich einer sehr klaren, aber fast unpersönlichen Zuneigung und Liebe, wie ich sie später zuweilen in einer Kirche während des Meßopfers gegen alle, welche mit mir waren, gefühlt habe.

Leider fuhr Jeanette am Tage nach dem Begräbnis, von einem dringenden Telegramm gerufen, nach dem benachbarten Viterbo, wo ihr Gatte seit kurzem einen kleinen Unterschlupf von Stellung gefunden hatte, und ich blieb zum erstenmal im Leben mit einer Tante Edelgart einen Tag allein.

Sie benutzte ihn, um mit mir eingehend über unsere künftige Lage zu sprechen, denn sie war jetzt eine kluge und umsichtige Dame geworden, sehr ähnlich, wie es viele gibt. Sie dachte auch mit großem Ernst an meine Aussichten im Leben, das heißt zunächst an mein Vermögen. Daneben schien es ihr richtig, mich aus der Unzulänglichkeit meines Schmerzes zu reißen, indem sie meine Aufmerksamkeit auf einen nüchternen Gegenstand richtete. Sie selbst war durch den Tod meiner Großmutter merkwürdig wenig mitgenommen, obwohl sie sich während der Pflege keineswegs geschont hatte. Aber sie besaß jetzt eine Art von geistigem Rezept, nach dem sie in einem ziemlich umständlichen Gedankenverfahren, das sie mit sich selbst anstellte, alle Dinge in einem gewissen Abstand von sich hielt, wodurch sie eine große Überlegenheit über sie gewann.

Sie legte mir also damals die Bücher unseres letzten Wirtschaftsjahres und die Abrechnungen unserer Bank vor und bestand ungeachtet meines Widerstrebens mit freundlicher Eindringlichkeit darauf, daß ich Kenntnis davon nähme. Sie sagte, ich sei alt genug dazu und es liege ihr viel daran, unser künftiges Verhältnis auf meinem Vertrauen aufzubauen, denn bis mein Vormund komme, werde es doch an ihr sein, meine Angelegenheiten zu führen. Übrigens habe sie die Einsetzung dieser Vormundschaft sehr begrüßt, denn die geschäftlichen Dinge seien schwierig und verantwortungsvoll, und sie werde recht zufrieden sein, sie später abgeben zu können.

Ich ließ das alles ruhig über mich ergehen, weil es mir wirklich ganz gleichgültig war. Erst als meine Tante Edel mich darauf hinwies, wir würden, um die dringendsten

Ausgaben zu befriedigen, welche dieser Todesfall geschaffen habe, einige der kostbaren Kunstschätze meiner Großmutter baldigst verkaufen müssen, brach ich in Tränen aus. Ich bereue dies heute aufrichtig, denn mein Vormund hat mir später alles, was meine Tante Edel damals sagte, eindringlich bestätigt und ihrer Umsicht große Anerkennung gezollt. Ich muß ihr auch an dieser Stelle das Zeugnis geben, daß sie mit keinem Wort irgendeinen Vorwurf gegen ihre Mutter erhob, deren großartiger Lebensstil unsere schwierige Lage verschuldet hatte.

Meine Tante Edel suchte mich nun zu trösten: Ich hatte damals Gelegenheit, zu sehen, wie angenehm und leichthin sich jetzt selbst der schmerzlichste Verkehr mit ihr abspielte. Unter anderem ließ sie mich auch daran denken, wie hingerissen sich meine ganze Art und Weise wieder einmal zu erkennen gebe. Ich möge mir doch ja immer vorhalten, daß gerade bei mir dieser Schmerz in der Unerträglichkeit seiner augenblicklichen Stärke nicht dauern werde; ich müsse doch selbst an mir diese Hingerissenheiten kennen, welche hernach wieder verschwänden. Sie sagte das alles indessen nicht nackt und kahl, wie es hier steht, sondern auf eine feine und wohlwollende Weise; denn der Takt der vornehmen Dame ersetzte damals bei ihr die Liebe sehr weitgehend. Sie ahnte nicht, welchen Aufruhr sie gerade mit diesem Hinweis in mir anrichtete, denn er rührte dunkel an das schrecklichste Rätsel meiner inneren Ungewißheit. Sie merkte schließlich wohl, daß sie auf diese Weise nicht mit mir zustande kam, und nun schlug sie mir, klug auf meine Stimmung eingehend, vor, wir wollten gemeinsam zum Friedhof hinausfahren.

Aber der Gedanke an das dichte schwarze Grab war mir ebenso schrecklich wie das Zusammensein mit ihr, das heißt, ich fühlte nichts von meinem früheren Grauen vor meiner Tante Edel – sie war jetzt wirklich nicht mehr zum Fürchten angetan; auch war ich viel zu traurig, um an frühere Zeiten zu denken. Ich wollte nur überhaupt mit dem Andenken an meine Großmutter allein sein und es dort suchen, wo sie selbst mich gelehrt hatte, es zu finden.

Unter der Erinnerungssammlung ihrer vielen Marmorsteine befand sich ein großes, mit prächtigen Ornamenten geschmücktes Stück, welches sie früher einmal von einem ihr befreundeten Archäologen zum Geschenk erhalten hatte. Es stellte den Bruchteil eines Frieses dar, der einst dem Castortempel zugehört hatte, dessen schöne Säulen sie so besonders liebte. Sie hatte denn auch für dieses Marmorstück immer eine besondere Zärtlichkeit gehabt, es aber gleichzeitig nie ganz gebilligt, daß es von seinem Ursprungsort entfernt worden war, und ihr ausdrücklicher Wunsch ging dahin, es möge nach ihrem Tode der geheiligten Stätte, der es entstammte, zurückgegeben werden, damit es nicht noch einmal dafür leide, daß es eine kurze Zeit lang ihre Freude gewesen sei.

Ich machte mich also damals mit diesem Marmorstück auf den Weg zum Forum. Der Gedanke, der Entschlafenen noch einen letzten Liebesdienst zu erweisen, ihrer erstarrten Hand gleichsam meine lebendige zu leihen, gewährte mir auf dem Wege eine flüchtige Linderung meines Schmerzes.

Aber als ich nun zum Forum kam, überfiel mich wieder die ganze Gewalt meines Jammers. Ich glaubte den Anblick, der sich mir darbot, nicht ertragen zu können. Die edlen Trümmer unter den Abhängen der großen rötlichen Ruinen des Palatins, sonst so majestätisch hingebreitet, als ruhten sie in einem sinkenden Königsmantel, erschienen mir heute verwildert, dolomitenhaft-unpersönlich, fast wie bleichendes Gebein in einem wüsten Tal. Alles war seines Zaubers beraubt, seines Bleibens ungewiß, seines Sinnes dunkel wie nie zuvor. Dazu wehte ein Sciroccosturm, als ob die Wüste durch die Lüfte heranbrauste, um alles zu begraben. Ganz Rom erschien wie ein einziger Aufstand des Staubes gegen den Staub. Droben auf dem Palatin bogen sich die sausenden Zypressen zu Boden; der Himmel hing wie Sand und Blei in den gelben Sturm nieder; die Trümmer am Wege waren wie durcheinandergeworfen, die Menschen wie fortgeblasen; ich hätte mich nicht gewundert, wenn der kleine adlige Turm des Kapitols sich geneigt oder die drei Königskinder ihre weißen Marmorkronen vor mir herabgestürzt hätten, während ich trauernd meinen Schatz zu ihren Füßen niederlegte. –

Ich hatte mir ursprünglich vorgenommen, den ganzen Morgen auf dem Forum zu bleiben, um ungestört die schmerzlichen Totenopfer der Erinnerung zu vollziehen, aber der Sturm füllte meine Augen immer mehr mit Sand und Grauen. Nur um nicht zu meiner Tante Edel heimkehren zu müssen, flüchtete ich mich schließlich nach Sante Maria Antiqua. Die zerstörte Basilika erschien mit leer und trostlos gleich meinem eigenen Herzen. Man sah auch hier, wie heute auf dem ganzen Forum, fast niemand; nur im Hintergrund, bei den alten byzantinischen Fresken, hatten sich einige Kunstgelehrte eingefunden, welche, offenbar in irgendeinen Meinungsstreit verwikkelt, ziemlich lebhaft miteinander sprachen. Ich achtete nicht weiter auf sie, sondern ließ mich nahe dem Eingang auf eine Marmorschwelle nieder: Es war fast an genau derselben Stelle, von der aus ich damals meine Großmutter auf den Stufen des Antonintempels erblickt hatte. Ich dachte daran, wie mir bei ihrem Anblick zumute gewesen war, als werde Enzio noch einmal ein großes Leid über sie bringen. Das alles hatte sich nun erfüllt und vollendet. Aber nicht nur durch ihn war ihr Leid gekommen, auch durch mich war dies geschehen. Wieder stand groß und rätselhaft die Frage vor mir: Welche Stimme hatte damals, als ich jenen letzten Brief meines Vaters vorlas, in mir gesprochen? Ich fand mich noch immer ohne Trost! War ich wirklich, wie meine Tante Edelgart sagte, nur der Raub meiner stürmischen Augenblicke? War ich dem Sand gleich, der da draußen wirbelte, hierhin und dorthin getrieben, und erfüllte sich an mir schon im Leben, was andere im Tode wurden? Ich war nichts in mir selbst, das fühlte ich. Ich konnte nur sein, wenn ich liebte; alsdann war ich, fand ich mich, kannte ich mich. Aber wie ungewiß war dieses Finden und dieses Kennen! (Auch der Abschied von Enzio stand jetzt vor meiner Seele.) Wie ungewiß war alle menschliche Liebe; wie verließ sie dieses Herz, und wie verließ dieses Herz sie! –

Auch dort, wo ich saß, trieb jetzt der Sand herein – vielleicht kam es mir aber auch nur so vor, weil ich innerlich immer mehr von ihm verschlungen wurde. Ich ging also tiefer ins Innere der Basilika. Aber der Sand schien mit überallhin zu folgen; er erfüllte meine Augen, meine Gedanken, meine Seele – es war jetzt wirklich, als würde ich nur einzig noch durch das dunkle Band des Schmerzes zusammengehalten und als müsse ich mich geradezu an dieses anklammern, um nicht gänzlich zu verwehen.

So gelangte ich schließlich – immer auf der Flucht vor den hereindringenden Wirbeln – bis zu der Nische mit dem alten byzantinischen Kreuz. Und auch hier überfielen mich wieder die Erinnerungen. Ich dachte daran, wie sich mein kindlicher Kummer einst in dieser Nische versteckt hatte; ich dachte an mein Erschrecken vor diesem Kreuz und wie es mir bei seinem Anblick gewesen war, als weine ich im Grunde gar nicht über meinen eigenen Kummer oder um den, welcher meiner Großmutter drohe, sondern um etwas, was die ganze Welt überströme. Wie stark waren Schmerz und Tod! Selbst die göttliche Liebe hatte sich ihnen unterworfen – mir war plötzlich als müsse sich mein Schicksal zu dieser Liebe an jenen beiden entscheiden. Und wieder, wie vor Monaten, fühlte ich einen Augenblick lang das Verlangen, von diesem Ort zu fliehen. Indessen war ich hier in den Tiefen des Raumes endlich vor dem Sand geborgen, und so blieb ich denn stehen.

Aber nun hatten sich gerade auch die streitenden Kunstgelehrten hierherbegeben. Ich befand mich mitten unter ihnen und mußte, ohne es zu wollen, alles verstehen, was sie sprachen; ihre Meinungsverschiedenheit galt der Konservierung der alten Fresken. Ich hörte, wie der eine behauptete, dieses Kreuzbild sei viel blasser geworden, seit er es zuletzt gesehen habe, und werde schließlich völlig verschwinden. – Dann hörte ich die Worte: »Das unauslöschbare Kreuz.« Sie fielen ganz leise, mitten zwischen die Worte des Sprechers hindurch. Dieser fuhr indessen unbekümmert fort und so als habe er keinerlei Einwurf gehört: man müsse dieses Kreuz baldigst unter Glas legen. Plötzlich sagte wieder die leise Stimme von vorhin: »Nein, man müßte es lieben und anbeten.«

Ich hatte auf dieses alles gar nicht achtgegeben, indessen sah ich doch das Bild an, das dort in der Tiefe der zerrissenen Mauern lag, gleichsam in sie hineingesunken, so blaß und erloschen, als ob es schliefe. Aber dann auf einmal schlief es nicht mehr. Was nun vorging, kann ich nicht anders beschreiben, als es vor mir schon viele Tausende getan haben: die Liebe Gottes brach ganz plötzlich hervor und riß mich an das Kreuz des Heilandes heran. Dieses alte, starre, halb erloschene Kruzifix, dieses Kruzifix in der verfallensten aller Basiliken Roms, in dieser, welche so leer von allen Gebeten ist, als sei sie nur noch der heidnische Tempel der Kunstgelehrten (ja leer und arm, wie meine eigene Seele mir schien!), es breitete mir plötzlich die Arme entgegen und zwang mich auf die Knie nieder. Zugleich war es, als zöge jemand blitzschnell einen Vorhang von meinem Innern, und ich erkannte dort dasselbe Bild, vor dem ich kniete, gleich einem Brandmal der Liebe: empfangen, verleugnet, vergessen und dennoch unversehrt bewahrt, weil diese Liebe sich mir bewahrt hatte. Von ihr allein war der Ruf in meine Seele gekommen: Sie, dieselbe, die mich einst vor dem Tabernakel als Seligkeit an sich gezogen hatte, sie zog mich heute an sich, als wäre sie um meinetwillen Schmerz geworden. Denn nur ich hatte sie ja verlassen und versäumt; sie selbst war immer dagewesen. – –

Als ich Santa Maria Antiqua verließ, war die Welt verwandelt wie an jenem unvergeßlichen Morgen nach der Nacht im Sankt Peter. Nicht mehr ein eigenes einsames und ungewisses Ich, sondern ebenjene Ewige Liebe erfüllte meine Seele und gab ihr eine grenzenlose Gewißheit. Ich ging mitten durch das brausende und wirbelnde Forum, und doch ging ich bereits durch ein neues Rom: Ich ging durch jenes Rom der Gnade, das geheimnisvoll, wie die gotterfüllte Seele im Universum, in das Rom der Welt eingebaut ist und dessen Herrlichkeit, wie sie einst den dunklen Schatten der Katakomben entstieg, von niemand erblickt wird, der nicht durch ebenjene dunklen Schatten hindurchdrang.

An diesem Abend fand ich mich zum erstenmal seit langer Zeit wieder mit meinem rauschenden Gefährten drunten im Hof zusammen. Er, der noch immer mit seinem zarten Strahl, unbekümmert um die eigene Schwere, die dunkle Sehnsucht der schwarzen Erde gen Himmel flügelte, er erschien mir nun wie in den Tagen meiner Kindheit als mein brüderlicher Freund und Verwandter, nur unbeirrbarer und treuer als ich. In mir war jetzt eine große Erschütterung durch das Bewußtsein, daß ich mich einst um meiner armen Tante Edelgart willen der unendlichen Liebe Gottes versagt hatte. Aber eben an dem Bewußtsein dieses dunklen Versagens loderte nun auch meine tiefste Inbrunst auf; ich fühlte das Kreuz der Heilandsliebe als etwas ganz persönlich mir Geltendes. Es war jene große und ergreifende Stunde, in der die Seele zum erstenmal erkennt, daß die göttliche Liebe nicht nur mit Seligkeit, ja nicht einmal mit Liebe, sondern – sie, die selbst Leiden wurde – auch mit Leiden geliebt sein will und daß, wie von ihr aus alles an jenem, auch von der Seele aus alles an dieser letzten Unbedingtheit hängt. Schließlich stand ich auf und ließ meine Arme gleich dem Strahl dort unten emporsteigen, indem ich inbrünstig betete, daß mir eine neue Prüfung gesandt werde, damit ich meine Liebe und Opferfreudigkeit bewiese. Dieses Gebet war eine vollkommene Hingabe meines Willens, meines Herzens und jeder Kraft, die ich besaß. Von jetzt an wurde alles in meinem Leben ganz gerade und einfach. Die Dinge ordneten sich mir wie von selbst auf den Weg zu, den ich gehen sollte.

Schon am nächsten Morgen kam ein Brief von Jeanette, in dem sie meiner Tante Edelgart schrieb, sie habe ihren Gatten unter Umständen angetroffen, welche ihr eine Rückkehr zu uns vorderhand unmöglich machten. Ich verzichte auf die Einzelheiten der unerfreulichen Angelegenheit; sie war eine von jenen, welche es in Monsieur Jeanettes Leben bereits zu Dutzenden gab, ohne daß er dabei die geringste Langeweile empfunden hätte, das heißt, es lag wieder einmal ein ärgerlicher Liebeshandel vor, welcher aber dieses Mal nicht, wie gewöhnlich, mit Überdruß und Mißvergnügen, sondern mit dem Revolverschuß eines beleidigten Ehemanns geendet hatte. Monsieur Jeanette lag verwundet im Hospital, und seine treue kleine Gattin bemühte sich, den gleichzeitig unglücklich wie lächerlich Gemachten aufzurichten. Sie schrieb, daß man den Zeitpunkt seiner Heilung noch nicht absehen könne.

Indessen war aber Jeanette auch in Unruhe um mich. Sie, die ja immer alles wußte, was gerade notwendig war zu wissen, hatte noch einen zweiten kleinen Brief entsandt, in dem sie mir schrieb, wie sehr es sie betrübe, gerade jetzt nicht bei mir zu sein. Doch könne man auch aus der Ferne auf mancherlei Weise zueinanderkommen; es gebe Briefe und Gedanken, es gebe auch Besuche, ja, man könne wohl sagen, es gebe sogar eine Möglichkeit, an zwei Orten zugleich zu sein, und ich würde schon sehen, daß sie selbst eine solche Möglichkeit besitze. (Dieses war der erste kleine Scherz den Jeanette nach dem Tode meiner Großmutter wieder steigen ließ.) Im übrigen, fuhr sie fort, wolle sie mich noch bitten, doch einmal Pater Angelo aufzusuchen (so hieß der Dominikaner, mit dem meine Tante Edel einst so viel gesprochen hatte). Ich möge ihm doch einen Gruß von ihr bringen, damit er sich um ihr plötzliches Verschwinden nicht beunruhige. Auch glaube sie, es könne mir in meiner augenblicklichen Lage selbst ein wenig wohltun, mit diesem Pater zu sprechen. Er werde mich sehr freundlich empfangen. Sie setzte hinzu (oh, diese kleine demütige Jeanette, die niemals auch nur den Anschein erwecken wollte, als dränge sie sich irgendeiner Mission zu!), ich möge nicht glauben, daß man mit Geistlichen nur über geistliche Dinge sprechen könne: Pater Angelo erinnere sich mit Freude an seine Begegnung mit meiner Großmutter; ich solle ruhig mit ihm über das reden, was mein Herz so schmerzlich erfülle.

Dieser Auftrag schien mir nun gerade das, was ich in diesem Augenblick brauchte, ja, er schien mir dies so sehr, daß ich wirklich geneigt war, Jeanette die erstaunliche Fähigkeit zuzutrauen, an »zwei Orten zugleich zu sein«. Ich ging noch an demselben Tag zu Pater Angelo. Er empfing mich genau so, wie Jeanette geschrieben hatte. Wir sprachen zunächst über den Tod meiner Großmutter, wobei er mich in rein menschlich-gütiger Weise zu trösten suchte. Dann sagte ich ihm auch von dem Verlust meines Vaters, der mir in diesem Augenblick eigentlich zum erstenmal recht zum Bewußtsein kam. Ich fühlte das als etwas Unvermitteltes, gleichzeitig löste es eine große Bewegung in mir aus. Der Pater sah mich indessen so an, wie er damals meine Tante Edelgart angesehen hatte, und ich dachte, daß er nun wohl auch mich auf jene besondere Weise liebte wie einst sie.

Von jetzt an sprachen wir anders als vorher. Ich erzählte ihm, wie mein Vater noch vor seinem Tode bestimmt habe, daß ich eine Christin werden dürfe, und wie ich glaubte, dies sei einst von meiner Tante Edel erbetet worden. Ich merkte, daß ihn diese Mitteilung sehr erschütterte; er sagte, ich müsse immer recht viel für meine Tante Edel beten. Ich ging dann geradewegs auf mein Ziel los und bat ihn, er möge mich doch in den Lehren der Kirche unterrichten. Er fragte darauf, was ich denn von der Kirche begehre. Ich erwiderte, ohne zu ahnen, daß ich die Worte des Taufrituals gebrauchte: »Den Glauben.« Diese Antwort schien ihn so zu erfreuen, daß wir über den Unterricht sogleich einig wurden.

Ehe ich ging, meinte ich noch die Verpflichtung zu haben, ihm zu gestehen, wie ich bereits einmal von meinem Verlangen nach Gott abgefallen sei. Ich hatte mir dies ursprünglich nicht vorgenommen, aber während der Unterredung war es mir immer mehr gewesen, als ob dieser Pater im Umkreis einer ganz besonderen Wahrhaftigkeit und Klarheit lebe, so daß man in seiner Nähe auch immer wahrhaftiger und klarer werden müsse. Er sagte dann zu mir, er glaube, ich sei nur ein wenig »erschrokken« gewesen; ich möge mich nun nicht weiter darum sorgen. Denn dort, wohin ich zu gehen wünschte, werde alle Schwachheit verziehen; es sei auch im Reiche Gottes nicht so wie im Reiche der Welt, daß nur die starken und mutigen Menschen etwas Rechtes würden, sondern es gebe hier viel Kleine und Erschrockene, welche sich hernach durch die Kraft der Gnade als tapfer, siegreich und todestreu bewährten, ja, ich würde sogar sehen, wie der Größte unter allen Helden der Kirche im Anfang einmal sehr erschrocken gewesen sei, und gerade ihn habe der Heiland zu seinem Felsen gemacht. –

Ich ging nun täglich zu Pater Angelo und empfing von ihm die Unterweisung in den Lehren des Glaubens; ich empfing von ihm das Bild der Kirche, das heißt, ich erkannte abermals das Antlitz meines Heilands in der Gestalt seines irdischen Fortlebens. Ich empfing das große geheiligte Dogma, und Gott gab mir Verständnis nach dem Maße seiner Gnade und meiner Hingabe. Ich sagte nicht, daß ich alles sogleich faßte, aber ich erfaßte überall das Zeichen der göttlichen Abkunft. Denn die höchste Vernunft spricht ja nicht die dürre Sprache des bloßen Verstandes, sondern sie spricht die Sprache ihrer Mutter, der Liebe, welche der Anfang ist aller Dinge und darum auch der Anfang aller Erkenntnis. Schwierigkeiten des

Glaubens habe ich nicht gekannt, wohl aber war jene Zeit von einem anderen Kampf erfüllt, mit dem Gott mein Herz prüfte und es zugleich segnete.

Jeanette schrieb damals, ihr Gatte könne nach menschlichem Ermessen den Gebrauch seines Armes nicht wiedererlangen und müsse den Violinbogen für immer fortlegen. Sie ließ durchblicken, daß es nun künftig an ihr sein werde, ihn zu ernähren, und daß sie sich mit der Absicht trage, nach seiner Entlassung aus dem Hospital irgendeine kleine Wohnung zu mieten, um dort der Pflege des Hilflosen zu leben. So war denn also wirklich der Zustand eingetreten, den meine Großmutter ahnungsvoll gefürchtet hatte: ich befand mich allein mit meiner Tante Edelgart und möglicherweise sogar für immer, da man von einer Rückkehr meines Vormunds noch nicht das geringste erfahren hatte und meine Tante Edel auch die Kosten jeder Nachforschung scheute. Früher wäre ich über dieses Zusammenleben mit ihr trostlos gewesen, aber das hatte sich jetzt vollkommen geändert. Gott gab mir damals eine große Liebe zu allen, welche noch nicht um seine Gnade wußten oder diese verschmäht hatten. Es war dies das erste Geschenk, welches ich von der mütterlichen Liebe der Kirche erhielt, und zugleich dasjenige, was ich am notwendigsten brauchte. Meine Tante Edel und ich lebten damals sehr friedlich miteinander, und das, obwohl jetzt wirklich von den schönen Kunstwerken meiner Großmutter schonungslos verkauft wurde. Ich glaube, meine Tante Edel sah sich überaus erleichtert und freilich wohl auch ein wenig erstaunt über diese unerwartete Wandlung, die mit mir und meinem leidenschaftlichen Schmerz vor sich gegangen war, und sie konnte sich diese gar nicht erklären. Ich hatte ihr von meinen Besuchen bei Pater Angelo noch nicht gesprochen, denn ich erwartete von dieser Mitteilung bei ihr eine außerordentliche Erschütterung; doch war es keineswegs meine Absicht, dauernd zurückzuhalten. Es entging ihr ja ohnehin nicht, daß ich täglich um dieselbe Zeit abwesend war, und als sie mich eines Tages nach diesen Wegen fragte, kam ich mit meinem Geheimnis heraus, wobei ich mich auf das Testament meines Vaters berief.

Sie war zuerst ein wenig überrascht, dann aber sagte sie ruhig, wie sie sich immer gab, es sei allerdings mein gutes Recht, Religionsstunden zu nehmen, wo ich wollte, doch wäre es ihr lieb gewesen, wenn ich meinen Entschluß zuerst mit ihr besprochen hätte. Sie selbst sei niemals damit einverstanden gewesen, daß man mich in religiöser Hinsicht der völligen Unkenntnis überlassen habe, nur gebe es gerade auf diesem Gebiet gewisse Überspanntheiten, vor denen sie mich gerne bewahrt sehe und vor denen sie mich nachdrücklich warne. Im übrigen werde sie mir gerne mit ihren Erfahrungen und Kenntnissen zu Hilfe kommen, auch könne ich sie, wenn es mein Wunsch sei, hin und wieder zur Kirche begleiten. Sodann trug sie mir noch einen Gruß an Pater Angelo auf. Während sie das sagte, konnte ich keinerlei Ergriffenheit an ihr wahrnehmen: Alles, was mich bewegte, als ich das Testament meines Vaters nannte, war jetzt offenbar eine andere Welt für sie geworden; sie dachte überhaupt nicht mehr daran, wie sie einst für mich gebetet hatte. Es war, als trüge sie unter ihrem Trauerkleid einen verborgenen Panzer, der sie vor jeder Erinnerung schützte. Und doch hatte sie bei alledem gar nichts Abstoßendes; es war auch nicht etwa ein krankhaftes Vergessen an ihr wahrzunehmen, sondern sie sprach und sah aus wie ein Mensch, der mit gewissen Idealen seiner Jugend fertig ist und ruhig und ohne Bedauern auf sie zurückblickt.

Inzwischen waren verschiedene unserer Freunde von der Reise heimgekehrt; Rom begann wieder sich zu bevölkern. Meine Tante Edel empfing zahlreiche Besuche, denen sie auf eine sympathische und gehaltene Weise über die Krankheit und den Tod ihrer Mutter sprach. Ich hatte den Eindruck, daß viele ihre Freundschaft für jene auf sie übertrugen. Sie selbst schien hierdurch befriedigt, und diese Beziehungen lenkten sie offenbar auch von mir ab, so daß ich zunächst gar nicht in der Lage war, besondere Opfer an Geduld und Mut aufbringen zu müssen. Allmählich aber kam es mir doch so vor, als ob sie durch meine Besuche bei dem Pater im stillen beunruhigt würde – ich glaube, sie hatte bisher erwartet, daß ich nur einem augenblicklichen Eindruck erlegen sei und keineswegs daran dächte, wirklich katholisch zu werden. Zwar war es offenbar ihre Absicht, sich nichts in meinen Augen zu vergeben und vielleicht noch weniger in ihren eigenen, aber wenn ich von dem Pater zurückkehrte, so wartete sie jetzt immer wie zufällig im Kreuzgang auf mich, genauso, wie ich früher dort gewartet hatte, wenn sie zurückkam. Aber noch immer schien sie keinerlei Erinnerung zu stören. Ich merkte nur, daß sie wohl gern erfahren hätte, wie es mit mir und dem Pater gewesen sei, und schließlich, da ich nicht von selber sprach, begann sie sogar, mich danach zu fragen. Ich kam jetzt immer glücklicher von diesen Unterrichtsstunden heim, und sie hörte das wohl auch aus meiner Antwort. Es flößte ihr offenbar Unbehagen ein, indessen sagte sie, daß sie sich freue, wenn ich zufrieden sei. Dann trug sie mir abermals einen Gruß an den Pater auf.

So ging eine Reihe von Wochen dahin, als ich eines Morgens an ihr Bett gerufen wurde. Sie sagte mir, daß sie krank sei und meiner Hilfe sowie der des Arztes bedürfe. Ich glaubte das ohne weiteres, denn sie sah sehr elend aus. Zu meiner großen Erleichterung aber stellte der Arzt fest, daß kein besonderer Grund zur Sorge vorliege, sondern nur ein Erschöpfungszustand, in dem sich vielleicht doch noch die Anstrengungen der letzten Lebenszeit meiner Großmutter nachträglich auswirkten; sie habe nur etwas Ruhe und Pflege nötig. Trotzdem sie diese erhielt, wurde es aber mit ihr nicht besser, sondern es stellten sich allmählich immer mehr und oft die sonderbarsten Leiden ein. Da ich mich deswegen beunruhigte, nahm der Arzt mich eines Tages beiseite und sagte mir, seiner Ansicht nach seien diese Leiden, soweit sie körperlicher Natur wären, bloße Einbildungen, er könne durchaus keine organischen Erkrankungen oder Veränderungen wahrnehmen.

So beruhigend dies nun auch wieder klang, so überhob es mich doch nicht der Verpflichtung, meine Tante Edel zu pflegen. Sie war zwar nicht eigentlich bettlägerig, aber sie beanspruchte immerhin mannigfache Hilfeleistungen und faßte es sehr übel auf, wenn sie nicht als Kranke angesehen wurde. Ich erwies ihr alles mit Freuden, und als ich bemerkte, daß sie langsam reizbarer und unzufriedener wurde, nahm ich dieses nur als Anlaß, nun wirklich zeigen zu können, daß ich sie in Wahrheit liebhatte. Es gab jetzt viele Gelegenheiten, ihr kleine Freuden zu machen oder zu schweigen, wenn sie ungerecht war. Ich sage nicht, daß ich dies immer vollkommen vermocht hätte, denn ich war ja von Natur nicht geduldig, sondern heftig und leicht erschüttert oder, wie Pater Angelo sagte, »erschrocken«. Und dieses fiel keineswegs von mir ab; dennoch blieb auch in den verkehrten Augenblicken, die mir widerfuhren, immer das Bewußtsein der Liebe, welche ich nicht nur meiner Tante Edel zeigen wollte, sondern wirklich für sie empfand, und ich glaube wohl, daß dies eine große Hilfe Gottes war. Meine Tante Edel nahm denn auch eine Veränderung an meiner Haltung zu ihr wahr, aber sie erfüllte sie nicht mit Sanftmut, sondern es schien mir, als ob ich ihr viel mehr mißfiele als früher, denn sie wurde gegen mich zusehends erregbarer, ungutmütiger und unfreundlicher. Aber nicht dieses war es, was mich quälte, sondern ich fühlte, daß sie es mit alledem darauf anlegte, mich von meinen Besuchen bei Pater Angelo zurückzuhalten. Sie sprach jetzt zuweilen in sehr ungutem Ton von ihm; namentlich zieh sie ihn der »Überspanntheit«, zu der er mich, wie einstmals sie, erziehen wolle. Ich konnte mir schließlich nicht verhehlen, daß ihre Leiden sich immer mit Vorliebe gerade um die Zeit einstellten, wenn ich zu dem Pater gehen wollte, so daß ich mehrmals gezwungen war, ihm abzusagen. Dabei glaube ich nicht, daß sie diese Leiden heuchelte, sondern sie litt offenbar wirklich um jene Stunde an Schmerzen, deren Ursache kein Arzt zu erkennen vermochte.

Jeanette, die einmal in jeder Woche von Viterbo herüberkam und längst in alles eingeweiht war, was mit mir geschehen sollte, hatte genau dieselbe Überzeugung. Sie äußerte sich zu mir aber keineswegs erschrocken darüber, sondern sagte, sie erkenne darin das Zeichen einer inneren Bewegung in der Seele meiner Tante Edel, welches verrate, wie stark sie trotz allem von dem Eindruck ergriffen sei, mich nun den Weg gehen zu sehen, den sie selbst nicht gegangen war und den sie doch so heiß für mich erfleht hatte. Jeanette sprach damals auch in diesem Sinne zu Pater Angelo, und er stimmte ihr, was er mir allerdings erst viel später gesagt hat, zu, nur kannte er die Natur solcher Bewegungen, wie sie in der Seele meiner Tante Edel stattfanden, tiefer und schmerzlicher als wir.

Ich stand jetzt bereits kurz vor dem Tag meiner heiligen Taufe und ersten Kommunion, als mir Pater Angelo plötzlich den Vorschlag machte, ich möge diese letzte weihevolle Zeit der innerlichen Vorbereitung getrennt von meiner Tante Edelgart verleben. Er dachte dabei an einen Aufenthalt bei den Klosterfrauen der Via Lucchesi, die ihm wohlbekannt waren und die mich ihrerseits mit Freuden aufgenommen hätten. Ich wohnte seit einiger Zeit, wenn ich irgend konnte, allabendlich ihrer Segensandacht bei. Es hatte einen besonderen Zauber für mich, das schöne Lied ›Pange, lingua‹, in das ich nun längst selbst einstimmen konnte, dort zu hören, wo es mir zum erstenmal wie der Voraufglanz himmlischer Geheimnisse entgegengeklungen war. Einmal nach solcher abendlichen Andacht war ich dann ins Kloster hinübergegangen und hatte die Nonne besucht, welche mich vor Jahren, als sie mir das kleine Bild mit der Monstranz geschenkt, nach dieser gefragt und sich dann so sehr über meine Antwort gefreut hatte. Seitdem war ich oftmals bei den »schönen Nonnen« (wie ich sie ehemals genannt hatte), die ich nun noch in ganz anderer Weise liebte als zuvor. Es war denn auch schon längst ausgemacht worden, daß wir die heilige Feier meiner Aufnahme in die Kirche nicht in der großen, vielbesuchten Minerva, sondern in der kleinen, stillen Kapelle der Reparatrices begehen wollten. Ich selbst hatte darum gebeten, denn ich wußte durch die Klosterfrauen, daß meine Tante Edel in ihrer Jugend einmal die Absicht gehabt hatte, in ebenjener Kapelle ihr feierliches Bekenntnis zur Kirche abzulegen; ja, sie hatte sogar eine Zeitlang daran gedacht, dort selbst eine Klosterfrau zu werden. (Oh, der unsichtbare Schleier, den ich immer über ihrem Haupt erblickt hatte!) Es begann sich bereits damals leise und um so gewisser und inniger, je näher ich dem Tag der Gnade kam, in mir die Überzeugung zu regen, daß Gott meine Liebe und mein Gelöbnis auch ihr in Gnade verwandeln werde, welcher ich die erste Hinwendung zum Heiligtum verdankte; es schien mir dies Gefühl wie ein seliges zurückklingendes Echo meiner eigenen vergangenen Hoffnungen auf ihre Konversion.

Ich war denn auch nicht wenig betrübt, als Pater Angelo mir vorschlug, mich für die letzte Zeit der Erwartung von meiner Tante Edel zu trennen, und ich bat ihn inständig, mich bei ihr zu lassen, da ich mich gerade durch die Schwierigkeiten, die sie mir bereitete, nicht gestört, sondern vielmehr freudiger an Gott hingegeben fühle. Der Pater, welcher meine Seele nun schon genau kannte, willigte auch schließlich ein, zumal er sah, wie ich damals nicht bekümmert, sondern jeden Tag glücklicher wurde. Auch bestätigte ihm Jeanette, daß meine Tante Edel jetzt etwas ruhiger sei, denn es war seit kurzem wieder jener deutsche Psychiater in Rom, der sie ehedem behandelt hatte und mit dem sie auch seither in Korrespondenz stand. Er besuchte sie häufig, und seine Macht über sie war unverkennbar, da ihre Leiden eine Weile bedeutend zurückgingen. Ich fühlte hierdurch Unbehagen, war aber froh, bei ihr bleiben zu können.

Kurz vor meiner Taufe erklärte Pater Angelo mir dann

abermals, er wünsche, daß ich wenigstens den heiligen Tag selbst ungestört im Kloster verlebe. Ich wußte damals nicht, wie er hierbei weniger an mich als an meine Tante Edel dachte und wie ihn eine ganz bestimmte Befürchtung leitete, welche dem Umstand galt, daß sie sich ehemals der heiligen Kommunion versagt hatte. Er, der sonst immer für meine volle Offenheit meiner Tante gegenüber eingetreten war, gab mir damals die entschiedene Weisung, ihr nicht den Tag zu sagen, an dem ich die heiligen Sakramente empfangen würde. Ich selbst hätte wiederum gerade diesen Tag gerne mit der verlebt, die das erste Werkzeug Gottes an mir gewesen war, aber ich unterwarf mich der Einsicht meines Führers und Lehrers, welche, wie ich bald genug einsehen sollte, nur zu richtig war: Sie schützte meine erste vollkommene Vereinigung mit der Liebe des Heilands viele Stunden lang vor dem Martyrium, das doch nicht, wie ich selbst meinte, mir Armen, sondern *ihm* galt, der sich mir schenkte. –

Ich will nun die Geheimnisse Gottes mit meiner Seele nicht aufdecken, sondern wie die Gnade selbst im Sakrament sich verhüllt darreicht, so will ich, was an mir geschah, mit jenem Schweigen umfangen, welches die tiefste Sprache der Liebe und auch die tiefste der Seligkeit ist und auch die tiefste der Dankbarkeit. –

Jeanette war zu diesem hohen Tag von Viterbo herübergekommen, und die freundlichen Klosterfrauen umgaben mich mit ihrer innigen Freude und zarten Güte bis zum Abend. Dann legte ich mein weißes Kleid und meinen Schleier bei ihnen ab. Auch meine Kerze ließ ich ihnen zurück, indem ich bat, sie in der Nacht während der ewigen Anbetung auf dem Altar zu entzünden. Alsdann fuhr ich zu der zurück, für welche sie brannte. Und nun folgte allerdings die Stunde, in der ich selbst erfuhr, wie richtig Pater Angelo geurteilt hatte, denn meine Tante Edel empfing mich auf eine schreckliche Weise. Sie war, wie mir Giulietta sagte, den ganzen Tag über sehr unruhig gewesen, doch konnte dies nicht meiner Abwesenheit gelten, denn Jeanette selbst hatte sie gebeten, mich zu beurlauben, und sie hatte eingewilligt, denn sie gab sich jener gegenüber damals noch immer mit Haltung und Liebenswürdigkeit. Aber als ich nun bei ihr eintrat (oh, ich glaube wohl, daß man mir mein Glück ansah!), erschrak sie so heftig, daß sie ihr Gesicht verbarg. Ich ging ganz erschüttert hinaus und in mein Zimmer. Nach kurzer Zeit folgte sie mir und überschüttete mich mit Vorwürfen, deren Gründe ich zum Teil überhaupt nicht verstand; es war wirklich fast, als griffe sie einige aus der Luft. Mein inneres Glück war so groß, daß ich ihr keine Antwort zu geben vermochte; es bedeutete dies aber nicht mein Verdienst, sondern die Gnade dessen, der sich mir in seiner Liebe geschenkt hatte. Doch eben mein Schweigen reizte sie nur um so mehr zum Zorn. Ich glaube wohl, hätte ich ihr eine heftige Antwort gegeben, so wäre sie ruhiger geworden, in der Überzeugung, daß *jener*, dessen Nähe sie nicht ertrug, fern sei. Zum Schluß sagte sie ganz unvermittelt, sie wisse sehr wohl, was meine Großmutter in ihren letzten Lebenstagen bekümmert habe, und dieser Schmerz, den ich der Schwerkranken zugefügt, sei auch der Grund gewesen, weshalb sie mich in ihrer Sterbestunde fortgeschickt habe. Diese Worte waren mir so schrecklich, daß ich zu weinen begann. Als sie es sah, war sie zufrieden und ließ mich allein.

Kaum war sie hinaus, als mich meine Tränen wie Feuertropfen brannten. Es war jetzt ein unglaublicher Schmerz in mir, weil sie es fertiggebracht hatte, mich an diesem heiligsten und freudevollsten Tag meines Lebens zu betrüben. Plötzlich aber fühlte ich mich von einem milden und süßen Trost ergriffen. Eine leise Stimme schien in meinem Innern zu sprechen: Du weinst statt meiner. Ein ganz neues, wunderbares Glück durchschauerte mich: Es war mir, als hätte ich mit meinem Herzen den Stoß aufgefangen, welcher der göttlichen Liebe selbst galt, als wäre ich betrübt worden statt ihrer und für sie. – – –

Von jetzt an verschlimmerte sich der Zustand meiner Tante Edel beständig. Der Arzt, jener Psychiater, auf den sie so große Stücke hielt, verlor ganz plötzlich jede Macht über sie, ja, es war, als habe sie einen solchen Widerwillen gegen ihn, daß sie ihn gar nicht mehr sehen mochte. Sie gab denn auch ausdrücklich Befehl, man möge ihn, wenn er komme, nicht mehr vorlassen. Dabei war ihr Befinden keineswegs besser geworden, sondern viel elender. Ja, man hatte jetzt zum erstenmal den Eindruck, daß sie wirklich krank sei. Ihre Gestalt verfiel, ihr Gesicht wurde klein, spitz und weiß, sie sah weit schlechter aus, als sie je zuvor ausgesehen hatte. Es war, als bräche ganz plötzlich aus der bloßen Scheinhaftigkeit ihrer Existenz eine erschütternde Wirklichkeit hervor. Alles an ihr, was man sonst noch hatte bezweifeln können, wurde nun vollkommen deutlich und klar: ihre Krankheit, ihre Abneigung gegen mich, ihre Abneigung gegen die Kirche, ihr Haß gegen das Sakrament. Diese ganze falsche Ruhe und Zufriedenheit, diese Vernünftigkeit und Glätte, sie öffneten sich wie ein Grab und gaben zurück, nur in schrecklicher Verwandlung, was man dereinst darinnen versenkt hatte. Man sah jetzt wohl, wieviel ihr durch diese ganze Zeit geraubt worden und wie ihre Seele in der Gruft ihrer äußeren Harmonie geradezu verwildert war. Während sie vor aller Augen die feine, liebenswürdige und gemessene Dame geschienen, hatte sie in Wahrheit sogar ihre Selbstbeherrschung verloren, dieses eigenste und letzte Stück ihrer verschlossenen Natur. Sie war jetzt plötzlich ein kranker, zorniger und böser Mensch.

Einmal, als ich bei ihr sitzend die Unterhaltung abbrach, während man das Ave-Maria läutete, verzog sie den Mund zu einem spöttischen Lächeln und fragte mich nach einem kleinen leichtfertigen Lied, welches gleichzeitig irgend jemand drunten auf der Piazza trällerte. Sie hatte an sich nicht den geringsten Sinn für solche Lieder: Es trieb sie nichts zu dieser Frage als die Absicht, meine Andacht zu unterbrechen.

Am schlimmsten aber waren immer die Morgen, wenn sie wußte, daß ich aus der Kirche kam. Ich opferte ihr jetzt in jeder Woche einmal die heilige Kommunion auf, und sie spürte stets genau den Tag, den dem es geschehen war, obwohl er keineswegs feststand, ja, sie fühlte sogar sein Herannahen, so als raune ihn ihr jemand in die Ohren. Jedesmal wenn ich noch ganz verklärt von der Gnade des Empfangenen an ihr Bett trat, überhäufte sie mich mit Vorwürfen, die oft so entlegenen Dingen galten, als habe sie die ganze Nacht den Acker unseres Zusammenleben aufgewühlt, um eine längst vergangene Angelegenheit zu finden, die ihr Anlaß gab, mich zu kränken. Man hätte nach ihren Worten glauben können, ich sei ihr lebenslang nur ein Stein des Anstoßes, des Kummers und des Ärgers gewesen. Sie zog sogar ihre aufgelöste Verlobung mit meinem Vater hervor, nur um ihren Abscheu vor meiner Nähe darzutun. Oft rief sie geradezu, ich solle ihr aus den Augen gehen, sie wolle mich nicht mehr sehen. Bat ich dann aber Giulietta, an meine Stelle zu treten, so bestand sie wieder darauf, daß nicht das willige Mädchen, sondern ich sie bediene: Es war dann, als ob etwas Ähnliches in ihr vorginge wie ehemals, als sie immerfort über die Kirche gesprochen hatte, nachdem sie doch von ihr abgefallen war, und als wickle sich der ganze Prozeß, den sie damals durchlaufen, noch einmal in umgekehrter Folge ab. In diesem Gedanken lag für mich ein großer Trost. Und ebenso lag ein solcher darin, daß meine Tante Edel stets nur mich selbst angriff. Ich fühlte eine beständige Wechselwirkung von Glück und Hoffnung darin, daß ich so immer wieder glauben konnte, ich dürfe den Heiland, den sie doch im Grunde meinte, schützen und gleichsam das schwere Kreuz, welches er um diese Seele trug, auf mich nehmen, was dann vielleicht auch ihr wieder zugute käme. Ich besaß jetzt keinerlei Grauen mehr vor meiner Tante Edel, wie es mich in der letzten Zeit vor meinem Eintritt in die Kirche doch zuweilen wieder trotz aller Liebe angewandelt hatte, sondern sie erfuhr in meinem

Innern bereits die Verwandlung, auf die ich hoffte. Sobald sie mir etwas Bitteres sagte, geschah es fast in demselben Augenblick, daß ich sie vor meinem geistigen Auge in dem Zustand sah, in dem sie mir ehemals auf dem Wege zu Gott geholfen hatte; hörte ich sie über mein Gebet spotten, so sah ich sie in ihrer Not um meinen Glauben; war sie heftig und boshaft, so glaubte ich die Zartheit zu spüren, mit der sie mich einst in den Krankheiten meiner Kindheit gepflegt hatte. Allerdings empfing ich außer diesem inneren Trost zunächst keinen. Meine Tante Edel war jetzt eigentlich nur noch gegen die Katzen freundlich, ganz ähnlich, wie es meine arme Mutter gewesen sein soll, als sie meinen Vater und alle anderen Menschen bereits so bitter haßte. Im übrigen gelang es meiner Tante nicht einmal mehr, sich vor Jeanette zu beherrschen. Diese hatte seit kurzem eine kleine ärmliche Wohnung in Rom gemietet im Hinterhaus eines alten Palastes, durch dessen stolze Tore man als Fürst ging, um dann, auf unendliche Treppen emporsteigend, zum bescheidenen Untertan zu werden. Ich besuchte Jeanette dort häufig. Ihr Gatte, nunmehr aus dem Hospital entlassen, war jetzt ein wirklich armer Tropf. Jeanettes gutes Herz litt treulich mit ihm, dabei aber fand sie doch einen entschiedenen Trost darin, daß er nun, zwar nicht zur Einkehr gekommen, aber doch der Möglichkeit beraubt war, sein unordentliches Leben fortzusetzen. Er selbst war natürlich hierüber nicht so glücklich, aber er gehörte zu denen, die einfach nicht die Kraft zum Unglück haben: Seine Eitelkeit und seine Großmannssucht trugen ihn immer wieder erfolgreich über seine Misere hinweg; sein Mund war unbeschädigt geblieben, und er versicherte mir fast jedesmal, wenn ich kam, wie glücklich er sei, daß er seiner Frau nun endlich ein eigenes Heim bieten könne, nachdem sie sich so lange bei fremden Leuten habe durchschlagen müssen. Jeanette (sie ernährte ihn damals durch Stundengeben, denn das kleine Legat, welches ihr meine Großmutter vermacht hatte, konnte zunächst noch nicht voll ausgezahlt werden) lachte dann schalkhaft zu mir herüber, und ich selbst mußte auch lachen.

Jeanette gewährte es eine große Beruhigung, wieder in meiner Nähe zu sein, denn um jene Zeit erreichten die schrecklichen Aufwallungen meiner Tante Edel ihren Höhepunkt. Unsere Freundin war so erschüttert davon, daß sie in Pater Angelos Fußstapfen trat und mir sagte, ich müsse unbedingt wenigstens für einige Zeit von der Kranken getrennt werden. Ich hatte damals gerade – auf dem Boden und in einem unzugänglichen Bretterverschlag – das schöne geschnitzte Kruzifix wiedergefunden, welches einst von meiner Tante Edel aus ihrem Zimmer verbannt worden war. Es hing nun, wie früher über ihrem Bett, über dem meinen, und wenn ich es ansah, erschien es mir immer als das sichtbare Zeichen alles dessen, was in meiner Seele um das Schicksal der ihren rang. Jeanette nun bat mich eines Tages, ich möge doch dieses Kreuz lieber von der Wand nehmen, sowohl um des Kreuzes wie um meinetwillen. Ich glaubte, sie fürchtete wirklich, es könne mir noch ein Leid angetan werden. Dabei erinnerte ich mich unwillkürlich daran, wie ich früher selbst einmal das gleiche gedacht hatte, als im Zimmer meiner Tante Edel jenes merkwürdige Gelächter gewesen war. Aber ich konnte jetzt meine eigene Angst von damals gar nicht mehr begreifen. Wie ernst es indessen Jeanette mit der ihren war, merkte ich, als mich Pater Angelo eines Morgens nach der Messe zu sich beschied. Er war von Jeanette unterrichtet worden und fragte mich genau nach allem, was geschehen sei. (Ich selbst hatte mich aus Heroismus bisher nie bei ihm über meine kleinen Leiden beklagt.)

Er sagte: »Ein solcher Haß kann nur sein, wo einmal eine große Gnade war.«

Ich fragte ihn, ob denn etwa die Gnade je ein Ende habe. Er erwiderte: »Nein, aber das Leben hat ein Ende.« Ich fühlte den eigentümlich beklommenen Doppelsinn seiner Worte. Wie merkwürdig, daß sich alle so um mich sorgten! Er verlangte jetzt plötzlich von mir, ich solle noch heute zu den Klosterfrauen in die Via Lucchesi übersiedeln; bei meiner Tante Edelgart könne einstweilen eine ihm bekannte Krankenschwester bleiben, die er senden wolle. Ich hatte ihm Gehorsam gelobt, aber ich konnte mich keines einzigen derart bestimmten Befehls von ihm entsinnen. Es war zwischen uns immer so wie im Anfang geblieben: meine Seele wurde sich in seiner Nähe klar. In meiner Not erinnerte ich ihn daran, wie sein eigenes erstes Wort an mich (damals im Kreuzgang, als er mit meiner Großmutter gesprochen hatte) der Auftrag gewesen war, ich möge zu meiner Tante Edelgart gehen, wenn sie nach mir rufe. Dann gestand ich ihm alles, was ich an Gnade, Trost und Hoffnung gerade aus ihren schrecklichen Zuständen empfinge und wie wunderlich überhaupt von Anfang an unsere inneren Schicksale einander zugeordnet seien. Er schwieg darauf einige Zeit; endlich sagte er, ich möge doch morgen wiederkommen, er wolle diese Sache inzwischen im Gebet erwägen. Dann trennten wir uns. Ich hatte ihn auf dem Wege zu einem Kranken begleitet; dieses ganze Gespräch fand auf der Straße statt. Plötzlich sagte er, daß er mir noch den Segen geben wolle. Wir traten in eine Kirche ein, und ich kniete nieder. Als ich wieder aufstand und ihm, der hinausging, nachblickte, hatte ich einen Augenblick lang das schmerzliche Gefühl, ich würde ihn vielleicht nicht wiedersehen. Es traf das nicht zu, aber es traf hart daneben. –

Zu Hause empfing mich die muntere Giulietta, die jetzt oft gar nicht mehr so munter aussah, auf dem Gang. Ich möge doch, so sagte sie ängstlich, vorerst nicht zu meiner Tante Edel hineingehen; sie sei heute so schrecklich zornig. Selbst die beiden Katzen, ihre Lieblinge, hielten es plötzlich nicht mehr bei ihr aus. Sie seien von ihrem Bett herabgesprungen und nicht mehr in das Zimmer zurückzubringen. Die stumme Kreatur wisse eben darum, wenn etwas aus der Natur oder unter sie herabfalle.

Ich ging dann in mein Zimmer und warf mich vor dem Kreuz nieder, um für meine arme Tante Edelgart zu beten, damit ihr Zorn sich bald beruhige. Es war in ihrem Schlafgemach ganz still; Giulietta hatte in der Küche zu schaffen; ich hörte von fern ihren verschüchterten Gesang. Nach einer Weile schellte es drunten an der Treppe, und das Mädchen ging hinab, um zu öffnen. Ich vernahm jetzt nebenan ein leichtes Geräusch. Gleich darauf wurde die Verbindungstür geöffnet, und meine Tante Edelgart stand auf der Schwelle meines Zimmers, wo ich vor dem Kreuz kniete, das ehemals ihr eigen gewesen war. Sie hatte es nicht wiedergesehen seit dem Tage, an dem es von ihr so grausam an jenen Ort verbannt worden war, wo ich es fand. Ich kniete jetzt genauso vor diesem Kreuz, wie sie einst vor ihm gekniet hatte (damals war ich krank gewesen!), genauso für sie betend, wie sie einst für mich gebetet hatte, genauso für ihre Seele zitternd, wie sie für die meine gezittert hatte. Dieses alles, was bisher nur als Ahnung in ihrem Innern gewesen war, trat jetzt bei meinem Anblick ganz plötzlich bildhaft klar vor ihre Augen; ein unvergeßlich schrecklicher Ausdruck zerriß ihre Züge. Gleichzeitig wallte in mir jene Liebe auf, zu der mich die göttliche Gnade so oft hinriß, wie ich sie im Zorn erblickte – wäre es anders gewesen, so würde ich wahrscheinlich geflohen sein.

Sie sprach kein Wort, sondern ging mit immer unverändert schrecklichem Antlitz auf das Kreuz zu und riß es mit einem einzigen Griff von der Wand. Ich fühlte, daß sie irgend etwas Entsetzliches mit ihm vorhatte. Aufspringend wollte ich es ihr entwinden. Sie war größer als ich. Wir rangen miteinander – es rang die Schwachheit meiner sechzehn Jahre mit ihren vierzig Jahren – nein nicht mit diesen (sie war ja selbst schwach), sondern mit der fürchterlichen Kraft ihrer Krankheit –, nein auch nicht nur mit dieser, sondern noch mit einer anderen Kraft. Sie hielt das Kreuz in der einen Hand ehrfurchtslos gepackt, mit der anderen warf sie mich zu Boden. Dabei stürzten ihre Haare nach vorne und gaben ihr eine fast großartige Wildheit; ihr kleines spitzes Gesicht lag wie erstickt darinnen, als sänke es in einem Dickicht unter. Ich umklammerte jetzt ihre Knie und versuchte, sie zum Wanken zu bringen. Von unten herauf sah ich ihre Augen – sie waren weiß wie ihre Haut –, plötzlich fühlte ich, daß es um Leben und Sterben ging und daß ich – menschlich gesprochen – mit einer Wahnsinnigen kämpfte. Sie schwang das Kreuz mit beiden Armen hoch über ihren Kopf empor, als hole sie mit ihm zum Schlag aus: Entsetzen vor ihrem Abgrund, vor ihrer Hölle, vor meinem Tod, dann, alles im Bruchteil der Sekunde, der Gedanke an die betende Kirche – es war noch immer die Zeit der heiligen Meßopfer. Liebe! Ich fühlte, wie es mich aus allen Fernen mit himmlischer Kraft überströmte, aber gleichzeitig erlahmten meine Arme – also sterben? Ja. »Allmächtige Gnade, erbarme dich über sie und mich!« Dann krachte das Kreuz nieder. Ich hörte sein Aufsplittern, aber ich fühlte keinen Schmerz, sondern nur ein unsagbar tiefes Glück: Ich glaubte mich getroffen, aber bereits entrückt. Dann, aufblickend, sah ich meine Tante Edelgart am Boden liegen. Sie lag hingestreckt von dem Kreuz, welches sie dereinst angebetet hatte; es war im plötzlichen Versagen ihrer Kraft oder ihres Willens geheimnisvoll auf sie zurückgefallen. – – –

Sie blieb dann den ganzen Tag ohne Bewußtsein; der Arzt fürchtete, daß sie schwere innere Verletzungen davongetragen habe, äußerlich lag nur eine kleine blutige Wunde in ihrer Stirn, gleichsam, um sie als Getroffene zu zeichnen. Ich hatte Jeanette bitten lassen zu kommen, sie wollte auch die Nacht über bei mir bleiben. Wir glaubten, daß meine Tante Edel sterben könne.

Etwa um elf Uhr nachts öffnete sie endlich die Augen; sie schien sprechen zu wollen, während ihr noch die Stimme gebrach. Ich beugte mich über sie. »Tante Edel«, fragte ich, »was möchtest du?«

Sie sah mich mit einem ergreifenden Blick an und erwiderte: »Das, um was du diese ganze Zeit gebetet hast.«

Wir waren vor freudiger Überraschung zuerst ganz stumm. Aber sie selbst wandte sich nun auch an Giulietta: »Geh schnell«, sagte sie, »und bitte Pater Angelo zu mir – ich bin sterbend.« (Dieses letzte Wort vernahmen wir deutlich; sie selbst hat später gesagt, sie habe eine andere Art von Todesangst gemeint, als wir geglaubt hätten und uns vorstellen könnten.)

Kaum war Giulietta hinaus, so schloß sie wieder die Augen. Ihre Lippen waren fast blau, ihr Gesicht grau wie Asche, aber ohne jede Verzerrung. Man glaubte tatsächlich, eine Sterbende zu sehen; doch als wir sie fragten, ob sie viele Schmerzen habe, sagte sie, daß sie unverletzt sei. Wir bemerkten dann auch wie ihr Geist sehr wach war und sich sammelte.

Unterdessen kam Giulietta mit einem Geistlichen wieder, es war aber nicht Pater Angelo, sondern ein anderer Priester, den sie an der Klosterpforte angetroffen hatte. Sie erzählte, er habe ihr gesagt, Pater Angelo sei abwesend, aber er selbst werde statt seiner mit ihr kommen. Da Giulietta der Meinung gewesen war, es gehe um eine Sterbende, so hatte sie nicht gezögert, diesen fremden Priester augenblicklich zu uns zu geleiten.

Als meine Tante Edelgart von seiner Ankunft hörte, wollte sie ihn sogleich sprechen. Wir sagten ihr, es sei nicht Pater Angelo, aber ihr Verlangen nach einem Geistlichen schien jetzt keine einzige Stunde mehr warten zu können.

Der fremde Priester, welcher bisher im Nebenzimmer geblieben war, trat nun herein. Ich weiß noch, wie ich im ersten Augenblick dachte, es sei dennoch Pater Angelo: sein Gesicht zeigte, so schien mir, wie das Pater Angelos, jenen Ausdruck einer von der Liebe aller Welt völlig verschiedenen Liebe, welche manche Priester der Kirche Christi tragen, und ausschließlich sie. Im übrigen konnte ich mich später der Züge seines Gesichtes nie mehr erinnern; ich weiß nicht einmal, ob er jung oder alt, Ordensmann oder Weltpriester war. Vielleicht fühlte ich mich zu bewegt, um darauf zu achten, oder es sollte so sein. Wir haben auch den Namen des Priesters nie erfahren.

Meine Tante Edelgart hatte sich jetzt wieder mit großer Kraft aufgerichtet. In ihrem Gesicht trat eine außerordentliche Demut zutage. »Sie sind zu einer großen Sünderin gekommen, Hochwürden«, sagte sie.

»Aber unser Heiland ist nicht umsonst gestorben«, erwiderte der Priester liebreich.

Sie sagte: »Ja, aber ich habe mich selbst vom Heil ausgeschlossen.«

Er erwiderte: »Es gibt keine Sünde, die dem aufrichtig Bereuenden nicht vergeben wird.«

»Aber unser Heiland selbst sagt, daß es eine solche Sünde gibt«, begann meine Tante Edelgart wieder mit ihrer leisen und, wie mir jetzt schien, fast übernatürlich klaren Stimme. Diese Stimme war wie aus Glas, man glaubte, durch sie hinabzusehen in alle Tiefen ihrer Seele: Sie widersprach nicht, die bekannte bereits mit ihrer Antwort.

»Sie meinen die Sünde gegen den Heiligen Geist«, entgegnete der fremde Priester sanft. »Aber diese Sünde ist ein Mysterium – wir kennen sie nicht; wir wissen nur, wer sie begangen hat, empfindet keine Reue. Wo Reue ist, kann diese Sünde nicht begangen sein.«

Meine Tante Edel bat dann, daß sie ihre Lebensbeichte ablegen dürfte. Bei ihren Worten erhob sich Jeanette und winkte mir, daß ich ihr folgen möchte. Aber meine Tante Edel wollte nicht zugeben, daß wir hinausgingen. Sie sagte, sie habe ein ganzes Leben lang geschwiegen, jetzt wolle sie bekennen vor Gott und den Menschen.

Ich glaube, daß sich nun ein kurzer Meinungswechsel darüber entspann, ob wir bleiben dürften oder nicht. Mir schlug das Herz zum Zerspringen; ich verstand im einzelnen kein Wort. Nur einmal fing ich den sonderbaren Ausspruch auf: »Weshalb das Kind fortschicken? Es würde ja doch alles hören.«

Ich weiß, daß ich wie im Traume dachte: Ja, so ist es.

Die Stimme meiner Tante Edelgart war so übernatürlich klar, als müsse man sie im letzten Winkel unseres Hauses vernehmen können. Dann war mir, als ob Jeanette mich in die Arme nähme und sagte, daß ich mit ihr niederknien und beten solle. Ich tat es und drückte mein Gesicht fest an ihre Brust, um meine Tante Edel nicht ansehen zu müssen. Dabei versuchte ich zu beten, aber jeder Versuch zerbrach an der Unmöglichkeit, auch nur ein einziges Wort zu überhören. Ich habe auch später keines dieser Worte je zu vergessen vermocht, obwohl ihrer doch so viele waren. Wenn dieses wunderbar erscheint, so muß es dennoch hingenommen werden. Es kann aber auch verworfen werden; dieses ist mir gleich.

Was nun folgte, ist eine Nacht, durch die das ganze Leben meiner Tante Edelgart stürzte: Es gab jetzt nichts mehr im Zimmer als ihre hauchhaft leise, überklare Stimme.

»Ich armer, sündiger Mensch klage mich an vor Gott, dem Allmächtigen, und vor Maria, seiner hochwürdigen Mutter, und vor allen Heiligen und vor Ihnen, Priester, an Gottes Statt, daß ich von meiner frühen Jugend auf alle Tage meines Lebens wissentlich und mit Willen gesündigt habe gegen die allmächtige Liebe und Erbarmung Gottes. Alle anderen Sünden meines Lebens sind aus dieser einen entsprungen, für die ich keine Entschuldigung finde, wie immer ich auch suchen mag, daß es eine gäbe. Ich habe als junges Mädchen die außerordentliche Gnade empfangen, daß ich auf eine mir unwiderlegbare Weise der unaussprechlichen göttlichen Liebe und der Heiligkeit der Kirche Christi inne wurde, obwohl ich außerhalb der Kirche erzogen worden war und obwohl ich bis zu jener wunderbaren Erfahrung kein eigentlich religiöses Leben geführt hatte. Ich empfing diese Gnade, als ich während eines Aufenthaltes in Rom zum erstenmal eine katholische Kirche betrat, nämlich die Kirche Santa Maria dell' Anima, in deren Nähe wir wohnten. Meine Mutter und Schwester, die mich damals begleiteten, hatten sie aufgesucht, um das schöne Gemälde über dem Altar zu betrachten, dessentwegen diese Kirche berühmt ist. Aber Gott fügte es, daß an diesem Tage auf ebenjenem Altar das Allerheiligste Sakrament ausgesetzt war. Im demselben Augenblick, in dem ich seiner ansichtig wurde, fühlte ich meine Seele von einer mir unbekannten, unsagbaren und grenzenlosen Liebe berührt. Ich wußte, daß im Himmel und auf Erden und bis ans Ende der Zeiten, ja in alle Ewigkeit nichts ist noch je sein kann, was der Gewalt und Süße dieser Liebe gleichkäme. Ganz beströmt von ihr, losgerissen von mir selbst und schon halb untergetaucht in ihrer Unendlichkeit, glaubte ich zu vergehen. Aber die Unendlichkeit selbst hielt mich im Dasein fest mit dem unaussprechlich zarten, rührenden Befehl: Liebe mich wieder! Diese außerordentliche Ergriffenheit meiner Seele dauerte fast zwei Tage, genau so lange, wie das Allerheiligste während des Vierzigstündigen Gebetes in jener Kirche ausgesetzt war. Ich suchte seine Nähe während dieser Zeit sooft und solange es mir irgend möglich war auf, und jedesmal wiederholte sich in meinem Innern das gleiche. Aber Gott redete damals nicht allein zu mir von Liebe zu Liebe, sondern auch von Geist zu Geist. Denn dieses war die zweite Gnade, die er mir damals erzeigte, daß er vor diesem allerheiligsten Sakrament auch meine Vernunft erleuchtete, indem er sie ins Gebet erhob. Denn so wie die Seele Gott erkennt in der Liebe, so erkennt der Geist Gott im Gebet. Ich habe in dieser Erkenntnis erkannt, daß Gott alle seine Herrlichkeit auf Erden und alle seine Wahrheit auf Erden und alles Heil der ganzen Welt und jeder einzelnen Seele in den Schoß seiner Kirche gelegt hat, indem er ihr dieses allerheiligste Sakrament seiner Liebe gab. Nicht etwa, als ob ich die Lehre von der Kirche, so wie ich heute um sie weiß, damals auf eine wunderbare Weise erfahren und begriffen hätte – diese Erkenntnis war keine Mitteilung in Gedanken oder Worten, sondern sie war so beschaffen, daß das Wesen der Kirche, nämlich das Wunder ihrer unaussprechlichen

Heiligkeit, von mir in einem einzigen Augenblick angeschaut wurde eben in der Anbetung jenes heiligen Sakramentes.

Und für alle diese außerordentliche Gnade und zu ihrer Bewahrung verlangte Gott nichts von mir als meine unbedingte Hingebung. Diese verlangte er gegenüber seiner Liebe wie gegenüber seiner Kirche gleicherweise; sie war seine sanfte, aber schrankenlose Forderung an mich. Denn Gott geht mit einer Seele immer nur bis hart an die Grenze, wo kein Widerstreben mehr möglich ist; aber diese Grenze überschreitet Gott nie, sondern diese Grenze muß die Seele selbst überschreiten. Denn die Gnade ist keine Gewalt, sondern Freiheit. Zum Leben wird der Mensch gezwungen, und zum Sterben wird er gezwungen, und zwischen diesen beiden ist er in fast allen Stücken gebunden an dieses oder jenes. Nur allein zu Gott wird niemand gezungen, hier hat Gott die Seele des Menschen völlig frei gemacht. Und das ist nun das Furchtbare und ganz Unfaßliche: ich habe diese Grenze niemals überschritten bis auf den heutigen Tag, sondern ich habe mich versagt, nicht mit einem klaren und deutlichen Nein, sondern mit einem ungenügenden Ja. Ich habe mich Gott niemals völlig hingegeben! Nicht als ob mir, nachdem die große Gnadenstunde vorbei war, doch wieder Zweifel gekommen wären an der Liebe, die mich gerufen hatte – ich war von jenem Tage her immer wie mit einem glühenden Eisen gebrannt! Auch nicht als ob mir Zweifel an der Kirche gekommen wären – ich wußte ja, daß sie nichts anderes ist als die irdische Erscheinung jener Ewigen Liebe! Nie habe ich die heißen Kämpfe des Glaubens gekostet, durch die andere sich zu ihr durchringen müssen! Nie hat mir eine ihrer Lehren Schwierigkeiten bereitet, nie ein Schatten in ihrem zeitlichen Antlitz mich an ihrem göttlichen beirrt! Zwischen Gott und mir und zwischen der Kirche und mir stand immer nur ich selbst! Gott hatte jedes andere Hindernis schon hinweggenommen. Und doch habe ich mich aus eigentlicher Selbstliebe versagt – der Allwissende ist mein Zeuge, ich bin meiner niemals so froh geworden, daß ich mich hätte lieben können! Auch war es nicht so, als ob mir die Trennung von dieser oder jener Sünde zu schwergefallen wäre, sondern es ist immer nur um mein ganzes Ich gegangen! Ich habe mich versagt aus Versagung, aus dem zähen, dumpfen, bangen Trieb des Bleibens und Beharrens in mir selber, aus dem, was in unserer physischen Natur der Wille zum Dasein ist, aus demselben heraus im Geist und in der Seele. Denn das Gefäß, zu dem sich die Ewige Erbarmung herabgelassen hatte, war ein ungewöhnlich kleines und schwaches. Ich habe von frühauf mit einer besonderen Hemmung in meinem Gemüt zu kämpfen gehabt, nämlich mit einer großen Ungewißheit über mich selbst. Nicht in bezug auf Charakter und Fähigkeiten, auch nicht in bezug auf meine Geltung unter den Menschen, sondern in bezug auf die Wirklichkeit und Unverlierbarkeit meines innersten Ich. Ich habe diese Unsicherheit nicht erworben durch die Bekanntschaft mit den auflösenden Gedanken über das Wesen der menschlichen Person, wie sie meine Zeit erfüllten – ich kannte diese Gedanken damals gar nicht, denn ich stieß schon aus Angst auch in dieser Hinsicht alles von mir. Sondern das, was meine Zeit in ihren Büchern erfüllte, war mir schon angeboren, als hätte es geheimnisvoll im Schoße meiner Mutter Wurzel geschlagen, so wie eine Krankheit auch von einem Menschen weitergetragen werden kann, der ihr selbst widersteht. Ich erinnerte mich deutlich, daß ich schon als Kind zuweilen dieses Schwanken und Erschrecken hatte, als sei ich ein kleines Blatt in einem reißenden Strom und könne jeden Augenblick vor meinen eigenen Augen untergehen. Es flößte mir daher auch alles, was mich irgendwie verändern oder erschüttern konnte, zumeist aber alles Große und Gewaltige, eine heftige Unruhe ein; ich wehrte mich dagegen und galt aus diesem Grunde als Kind für eigenwillig und verschlossen. In Wirklichkeit aber war ich nur ängstlich. Dieses alles sage ich indessen nicht, um mich mit meiner Natur zu entschuldigen, sondern vielmehr deshalb, damit mir keine Entschuldigung bleibt. Denn Gott konnte mir nicht zarter und schonender nahen, als er mir genaht war in der Heilandsliebe des Sakraments, dieser letzten, rührendsten, demütigsten Form der Hingebung des großen Gottes an den kleinen, schwachen Menschen. Ich wußte das wohl, und dennoch widerstand ich. Und so habe ich mich denn vor Gott versteckt von einem Tag zum anderen und habe ihn hingehalten von einem Tag zum anderen und habe ihm geboten, was er nicht verlangt hatte, nämlich dieses und jenes, aber nicht mein alles, und habe mit ihm um mich gehandelt, und dann habe ich auch nicht mehr gehandelt.

Denn wenn der Mensch die Gnade Gottes sehr lange warten läßt, so wendet sie sich zwar noch nicht von ihm ab, aber sie nimmt eine andere Gestalt an, nämlich eine verborgene. Es kommt dann eine große Leere und Traurigkeit über den Menschen, denn auch die widerstrebende Seele dürstet nach Gott, und die Seligkeit seiner Liebe kann nie von ihr vergessen werden, und auch die Fülle der Wahrheit kann nie vergessen werden – vergessen werden kann immer nur die Wahrheit einzelner Gedanken. Diese Traurigkeit und Leere war also auch noch ein Gnadenzustand und ein großer Ruf der göttlichen Liebe an meine Seele. Aber anstatt ihm zu folgen, wandte ich mich zum Geschöpf, um meiner Traurigkeit Herr zu werden und meine Leere zu füllen, und so ist es gekommen, daß ich, die ich ursprünglich nur an Gott schuldig war, auch an den Menschen schuldig geworden bin. Denn ich wußte im Grunde genau, daß das Geschöpf meine Seele nicht füllen konnte; ich wußte das nicht allein deshalb, weil überhaupt kein Geschöpf eine unsterbliche Seele füllen kann, sondern ich wußte es noch aus einem anderen Grunde in einem viel strengeren Sinn. Und trotzdem habe ich damals einen Menschen an mich gefesselt, einen ungläubigen Mann mit redlichem Herzen und gesunden

Sinnen, der ein liebendes Wesen seiner Art in mir zu finden glaubte und – da ich mich ihm verlobte – auch ein Recht hatte, das von mir zu erwarten. Aber Gott hatte mir die natürliche Liebe des Weibes zum Manne genommen: Er hatte mein Blut umgewandelt – meine Sünde war nicht in diesem, sondern im Wunsch, und das war ihre Schwere! Hätte ich aus natürlicher Leidenschaft gefehlt, so wäre meine Sünde leichter gewesen. Aber alle Kreatur war bereits ohne Reiz für mich, als ich sie suchte; dieses bedeutete nicht nur den Ungehorsam, sondern auch den Widerspruch meines damaligen Handelns. Ich konnte meinem Verlobten die Liebe nicht geben, die er begehrte, denn ich hatte sie nicht. Ich hatte aber auch nicht jene andere geheiligte Liebe, die anstelle der natürlichen Liebe tritt, wenn die Gnade den Menschen völlig ergreift, denn diese Liebe hätte ich ja nur in der Hingebung an Gott empfangen können, dem ich doch widerstand. Und so vermochte ich meinem Verlobten, der mich auf seine Weise heiß und treu liebte, nicht einmal klarzumachen, was der Grund aller Qual war, die ich ihm notwendigerweise verursachen mußte. Zwar fühlte er sehr wohl, wie das, was ihn von mir trennte, seinen Grund in meinem religiösen Leben hatte, aber er sah in ihm nur meine Schranke und Unnatur. Denn dieses ist das Zeichen aller, die Gott im geheimen widerstehen, daß auch ihre Frömmigkeit zum Zerrbild wird: Alles, was nicht aus dem vollkommenen Gehorsam geschieht, ist eitel und verkehrt sich, wofern es an sich gut ist, in sein Gegenteil! Ich klage mich an, der Seele meines Verlobten durch meine Frömmigkeit geschadet zu haben: So wie er diese an mir sah, konnte er sie nur hassen. Und er hat sie gehaßt: Ich bin schuldig, daß er später verboten hat, seinem Kinde eine christliche Erziehung zu geben!

Aber nicht genug daran, ich habe auch sein menschliches Schicksal weit über sein Verhältnis zu mir selbst hinaus zerbrochen. Meine Kälte entflammte zuerst seine Leidenschaft, und diese war meine Strafe während der qualvollen Monate unserer Brautzeit. Dann stieß sein enttäuschtes und gedemütigtes Herz mich von sich, und er griff aus Stolz und Verzweiflung wahllos nach der Frau, die ihm gerade zunächst stand, nämlich nach meiner Schwester. Sie liebte ihn bereits, als er mich wählte. Und nun wiederholte sich in der Ehe beider die ganze Tragödie meiner Brautzeit in umgekehrter Weise. Er konnte ihr nicht geben, was sie begehrte, denn er konnte ihr nicht verzeihen, daß er ihr in einer Stunde des Zorns und der Demütigung zugefallen war; sie aber fühlte zu heiß, das zu begreifen. So führte er sie um meinetwillen unfreiwillig durch alle Qualen des Nichtgeliebtseins, die er einst durch mich erlitten hatte, bis sie schließlich, in ihrer Würde und ihrem ganzen Sein vernichtet, sich selbst aufgab und den Tod suchte. Sie sind beide das Opfer meiner Versagung gegen Gott! Auf mich allein kommt ihre Schuld vor dem Allwissenden!

Aber selbst diese erschütternden Begebenheiten haben noch nicht vermocht, meinen Ungehorsam zu brechen, sondern je schwerer die Antworten Gottes wurden, desto mehr verstockte sich mein Herz. Veronika wurde mir damals zur Erziehung übergeben, mit der Bedingung, daß ich sie jeglichem Christentum fernhielte. Und diese schreckliche Bestimmung meines Schwagers, in der ich meine Schuld beständig vor Augen hatte, war nun der letzte große, furchtbare Gnadenruf Gottes an meine Seele. Ich wußte das augenblicklich, denn Gott läßt die Seele nicht im Dunkeln über das, was er ihr sagen will. Er hielt mir mit diesem Kinde, welches ich nun selbst ohne jeden Glauben an Gott und die Kirche erziehen mußte, den Spiegel meiner Sünde vor: Veronikas Seele büßte für mein Versagen, litt für mein Versagen, ging verloren an meinem Versagen. Ihr ganzes religiöses Schicksal war von vornherein unlösbar mit dem meinen verknüpft. Aber anstatt nur das einzige zu tun, was alles noch zu retten vermocht hätte: anstatt mit Gott und seiner Kirche zu Füßen zu werfen und dadurch die Möglichkeit zu gewinnen, in Wahrheit für das mit anvertraute Kind zu beten und zu opfern und es den Widerschein der Liebe Christi in meiner Nähe fühlen zu lassen, betrog ich mich selbst damit, daß ich für den Schritt seines Vaters keine Verantwortung trüge. Ich hatte mich in den Jahren, die inzwischen vergangen waren, nur wenig verändert. Ich besuchte nach wie vor die Messe und hielt auf gewisse Übungen, indem ich mir vorspiegelte, daß diese Halbheiten der göttlichen Forderung Genüge leisten könnten. So stand ich gewissermaßen schwebend zwischen Gott und der Welt in einem beständigen Übergangsstadium verharrend, welcher Zustand mir auf die Dauer ganz außerordentlich viel Kraft raubte. Die Abwehr, die ich so viele Jahre geübt, hatte meine Seele ermüdet und geschwächt: Die Gnade konnte mir in meinem eigenen Innern schon nicht mehr mit solcher Entschiedenheit antworten wie während meiner Jugend; dennoch hatte sie sich mir noch immer nicht ganz entzogen; ich war eigentlich stets unaussprechlich traurig; ja, gerade um jene Zeit, als Veronika zu uns kam, war mein Zustand wahrhaft bedauernswürdig. Damals ließ mich Gott den tiefsten Grad meiner seelischen Qual erreichen; aber nicht dieses war ihr eigentlicher Stachel, daß sich des Kindes Liebe ganz von mir abwandte, sondern ihr Stachel war überall, wo und wie immer ich mit dem Kind in Berührung kam. Ich fühlte ihn in seiner zarten Aufgeschlossenheit gegenüber den Mysterien, von denen ich es fernhalten mußte, und ich fühlte ihn in seiner Abkehr von ihnen, die im Grunde nur mir galt. Ich fühlte ihn in seiner wachsamen Hellsichtigkeit gegenüber meinen Unzulänglichkeiten, und ich fühlte ihn in seiner schrankenlosen Hingebungsfähigkeit gegenüber meiner Mutter und deren Welt. Denn das Kind war dem Willen Gottes treuer als ich: Es erfüllte seine Sendung an mir mit einer lückenlosen Sicherheit; und während ich mich damit belog, daß es in die Irre gehe, irrte in Wahrheit nur ich selbst.

Meine Mutter hatte damals einen jungen Freund, welcher Veronika nähertrat. Ich glaubte, daß sich durch ihn ihr Schicksal endgültig besiegeln werde, denn mein Glaube, gehemmt durch meinen heimlichen Ungehorsam, reicht nicht aus, Gott schrankenlos zu vertrauen. Dennoch betete ich damals sehr viel, ja, ich bot Gott Opfer um Opfer an, nur das eine, welches er von mir forderte, bot ich ihm nicht an. Das Kind gab meinem Gebet die Antwort Gottes, indem es seinen Weg ging. Ich täuschte mich lange über diese Antwort, dann vermochte ich es nicht mehr. Von jenem Tage an hörte ich auf zu beten, indem ich mir einzureden suchte, daß Gott mich nicht höre. Und nun geschah das Erschütternde: Gott zeigte mir in überwältigender Weise, daß er mich gehört hatte. An Veronikas Seele wiederholte sich dieselbe Berufung durch die göttliche Liebe wie einst an mir. Das Kind selbst bat mich um mein Gebet; es bat mich darum in einem Augenblick, in dem ich es mir ferner glaubte als je, ja in dem sich sein Herz auch wirklich schon fast in Abneigung gegen mich verwandelt hatte. Es bat mich zart und verschüttet wie meine eigene Liebe zu Gott, es bat mich aus den Tiefen seiner Seele empor, es bat mich für diese, aber so, als bäte es mich zugleich für meine eigene Seele. Damals fühlte ich zum erstenmal, daß es bereits um mein absolutes und ewiges Verderben ging.

Was ich jetzt zu sagen habe, ist über alle Maßen schrecklich. Ich glaubte mich in jener Nacht, als mich das Kind um mein Gebet bat, bis auf den Grund meiner Seele erschüttert. Aber ich ertrug um jene Zeit die Liebe bereits nicht mehr in der menschlichen Sphäre, wieviel weniger in der göttlichen! Ich hatte auch gar nicht mehr die volle Unterscheidung der Kräfte innerhalb meiner Seele. Ich gelangte damals noch über die Schwelle der Kirche, aber ich gelangte nicht mehr zur Liebe. Ich versagte mich dem Sakrament. Warum ich es tat, kann ich nicht sagen, denn auch der nichtigste Grund würde ja noch eine Möglichkeit der Entschuldigung bedeuten. Es gibt einen dunklen Grund, der keinen Grund hat, nämlich das vollkommene Nein.

Bis dahin war Gott niemals ganz von mir gewichen und ich niemals ganz von ihm. Aber mit diesem Tage riß etwas ab in meinem inneren Leben, und alles darinnen wurde vollkommen anders. Ich glaube, daß ich auch vorher schon zuweilen nicht mehr ausschließlich in Gottes Gewalt war, sondern bereits auf der Grenze der Gewalt eines anderen. Ich meine die Gewalt dessen, von dem man sagt, daß er der Fürst der Welt sei. Aber nicht die Welt hat zutiefst mit ihm zu schaffen, sondern die Kinder Gottes, welche abfallen. Ich habe mit ihm zu schaffen gehabt, und er hat mich zu dem gezwungen, wozu die Liebe Gottes mich niemals zwingen wollte: er hat mich dazu gezwungen, daß ich mich selbst fahrenließ. Denn der, den ich meine, ist nicht zart und vornehm wie die Göttliche Liebe, und sobald er jenes vollkommene Nein hat, so hat er auch das Ja, nämlich das Ja zu der absoluten Sinnlosigkeit der eigenen Seele. Ich habe sie wegwerfen müssen wie ein Stück Erde! *Denn die Seele des Menschen ist im All befestigt einzig durch die Erbarmung Gottes, und sobald sie sich von dieser löst, kann man sie nicht mehr erkennen.* Sie ist dann plötzlich wie untergetaucht in die blinde Materie, und wenn sie wieder daraus hervorkommt, ist sie wie ein Spuk um leere Häuser: Man glaubt nicht mehr an sie. Man glaubt auch dann nicht mehr an sie, wenn man Gott und seine Kirche alsdann noch bekennt; ja, gerade wenn man diese alsdann noch bekennt, so verliert man seine Seele darinnen immer mehr. Denn dieses Bekenntnis ist ja ein Gericht; in ihm spricht sich der Mensch selbst die Verdammnis. Und deshalb reizt auch der, den ich meine, den Menschen, welchen er schon in seiner Gewalt hat, gerade zu diesem Bekenntnis. Ich bin damals wie ein Verbrecher beständig um den Ort meiner Schuld gelaufen und habe von Gott und seiner Kirche geredet. Ich habe das getan nicht nur zu meinem eigenen Verderben, sondern auch zu dem meiner Zuhörer. Denn dieses Zeugnis zündet nicht, sondern es tötet.

Und doch war ich zu jener Zeit, als ich dies tat, noch nicht völlig ungläubig. Ich besaß zwar weder Liebe noch Demut, doch irgendeine Hoffnung, aber ich besaß noch das Gefühl meiner Schuld. Ich war mit damals sehr wohl bewußt, daß ich nicht nur meine eigene Seele, sondern auch die Seele Veronikas vor Gott zu verantworten hatte, und nun in einer ganz anders grauenvollen Tiefe als einst. Des Kindes Schicksal folgte zunächst – so schien es – dem meinen, dann wir waren wie zwei, die in den Bergen an einem Seil gehen. Mit meinem Schuldgefühl glaubte ich noch an Gott. Aber das Schuldgefühl ist noch nicht die letzte Form des Glaubens, sondern die letzte Form des Glaubens entsteht, wenn man das Schuldgefühl nicht mehr tragen kann, wenn seine Qual so fürchterlich wird, daß man hassen muß. Damals habe ich alles von mir gestoßen, was mich an Gott erinnern konnte: Kreuz und Rosenkranz und Missale, denn ihr Anblick war mir wie ein fressendes Feuer. Und dieses ist die letzte Form des Glaubens. Erst wenn auch der Gotteshaß erlischt, ist der Mensch völlig ungläubig geworden. Und hier hebt nun der eigentliche grauenhafte Hohn dessen an, der mich in seiner Gewalt hielt: ich, die ich meine Seele immer so ärgerlich festgehalten hatte, daß ich mich der göttlichen Liebe nie ganz öffnen wollte, ich schloß mich nun in meiner Angst dem Menschen auf, aber nicht dem Menschen in seinem Erbarmen, sondern dem Menschen in seiner Vermessenheit. Ich gab diese Vermessenheit jene Tiefen meiner Seele preis, welche Gott allein sich vorbehalten hat, darüber zu richten. Statt zum Sakrament floh ich zur Wissenschaft: Ich beichtete dem Arzt und empfing von ihm die einzige Absolution, welche die Welt zu spenden vermag, nämlich die Absolution des Psychiaters, vor dem es keine Sünde gibt, die nicht vergeben werden kann, weil es ja keine Seele gibt, die sich Gott versagen kann. Und diese Absolution hat mir jenen furchtbaren

Frieden verliehen, von welchem heute Tausende leben, deren Krankheit nichts anderes ist, als daß sie den Frieden Gottes verschmähten! Denn auch die ganz Fernen haben ein Entweder-Oder zu Gott. Von diesem Tage an habe ich an nichts mehr geglaubt, nicht einmal mehr an den, in dessen Hand ich doch war – den Glauben an jenen hatte mir der Arzt ausgeredet. Ich habe auch keinen Haß mehr gegen Gott gefühlt, sondern ich bin im Gegenteil wieder zur Kirche gegangen – dies hatte mir der Arzt ebenfalls geraten, wiewohl mit Maß. Ich habe auch keinen Kampf und keine Traurigkeit mehr gefühlt, sondern ich habe gegessen und getrunken und geschlafen. Auch Kämpfe oder Versuchungen habe ich nicht mehr gehabt, denn der, an den ich künftig nicht glaubte, hat mir von nun an keinerlei Beachtung geschenkt, sondern er hat mich weggeworfen wie einen Wurm oder wie ein Stück Erde. Und ich selbst habe mich auch nicht mehr für etwas anderes gehalten. Denn wofür hätte ich mich denn sonst noch halten sollen – es war ja nichts anderes mehr da: Im ganzen Weltall war nichts mehr als eine einzige graue, blinde Materie!«

Als meine Tante Edelgart diese Worte gesprochen hatte, war es, als schlüge eine schwere, endlos lange Kette dumpf zu Boden. Dann wurde es ganz still. Ich sah nichts: Jeanette hielt noch immer mein Gesicht fest an ihre Brust gedrückt. Wir lagen nebeneinander auf den Knien. Ich war fast ohne Bewußtsein meiner selbst und doch bis an meine unbekanntesten Tiefen hinab geöffnet. Wie lange dieses Schweigen anhielt, weiß ich nicht: Wir waren auch ohne Bewußtsein der Zeit.

Auf einmal wieder die überklare Stimme, aufspringend wie ein helles Kristall, das man mit Gewalt aus einem tauben Feld bricht: »Und dann sah ich meine Seele wieder, aber in der Hölle.« – Sie sprach weiter, stoßweise, schwer, wie klagend, immer gleichmäßig, klar, aber ich verstand sie jetzt nicht mehr – dunkel fühlte ich, sie sprach von dem, was diese letzte Zeit erfüllt hatte. Einmal vernahm ich wieder die Worte: »Die Sünde, welche nicht vergeben wird.«

Plötzlich fühlte ich, wie der fremde Priester um ihre Seele kämpfte, so als habe sich in den Tiefen ihrer Reue noch einmal eine geheimnisvolle Gefahr erhoben. »Nein, meine Tochter«, sagte er ruhig und fast nüchtern. »Sie haben Gott nicht schwerer beleidigt als unendlich viele: Bleiben Sie demütig auch im Bekenntnis Ihrer Schuld! Groß war in Ihrem Leben nur die Gnade – groß ist immer nur die Gnade. Die Sünde selbst, Ihre Sünde, ist klein und gewöhnlich. Sie ist das was alle Tage geschieht, sie ist *die furchtbare Kraft gerade dessen, was doch eben gar keine Kraft hat* – sie ist die Sünde der Welt überhaupt.«

Was jetzt vorging, kann man im Grunde nicht mehr sagen. Es war plötzlich, als wären wir alle nur noch Seelen und nähmen an einem überaus geheimnisvollen Kampf teil. Unerhörte und grenzenlose Gewalten schienen raumhaft eingefangen in das enge Schlafgemach meiner Tante Edelgart: Ich fühlte das Geblende derer, welche weiße Flügel und welche schwarze Flügel haben – ich spürte gleichzeitig das Brausen der Engel und der Dämonen. Jeder Augenblick schien von unermeßlicher Bedeutung, hinausdringend in alle Weiten, als wären wir in Wirklichkeit viele, die nicht hier waren. Dann wieder strömten wir zurück, ich sah mich selbst, Seele an Seele gebunden mit meiner Tante Edelgart, in einer Nähe, welche fast keine Unterscheidung mehr zuließ – mir war, als ginge dieser ganze Kampf plötzlich um mich selbst. Aber gleichzeitig gehörte auch alles, was ich besaß, ihr. Ich kniete jetzt mitten im Geblende der Engel. Einer bog sich zu mir herab und hielt mir die Augen zu. Ich hörte die Worte: »Wir sind nichts einzelnes, wir sind Liebe.«

Dieses alles muß von blitzartiger Schnelle gewesen sein, oder es fand dort statt, wo es keine Zeit gibt, denn der fremde Priester fuhr jetzt genau dort fort, wo er aufgehört hatte: »Und dennoch, meine Tochter, ist in dieser widerstrebenden und widerstreitenden Welt niemals ein

Geschöpf so geliebt worden wie der Schöpfer. Wenn man die zersplitterte Liebe der ganzen Menschheit zusammentrüge und schiede in ihr die Liebe zu Gott von jeder anderen Liebe, so würde diese Liebe jede andere übersteigen. Denn es gibt nichts, was so unüberwindlich und unverstummbar ist wie die Liebe zu Gott. Sie läuft wie ein roter Faden durch die Reihen der Geschlechter und durch jedes einzelne Leben. In Tausenden und aber Tausenden verleugnet und zertreten, zurückgedrängt und beleidigt, kommt sie immer wieder in den Seelen empor und erlischt in keiner einzigen, bevor nicht das Leben erlischt. Wäre es anders, so hätte der Heiland diese Welt nicht erlöst: meine Tochter, Sie haben trotz allem Gott geliebt, und Sie lieben ihn noch immer, *den er liebt Sie*.« –

In diesem Augenblick muß Jeanette eine Bewegung gemacht haben, die mein Gesicht freigab: Ich sah meine Tante Edelgart hingestreckt auf ihrem Lager, ihr Gesicht war mit den Fackeln beleuchtet und doch schneeweiß, als habe sie ein Donnerschlag der Barmherzigkeit getroffen. Sie wiederholte dreimal in tiefer Erschütterung: »Ja, ja, er liebte mich! Er liebte mich bis zuletzt!«

Und jetzt mußte etwas Unaussprechliches geschehen, etwas, wogegen alles andere, was je geschehen konnte, das reine Nichts war; an einer kleinen ärmlichen Seele würde der Glanz einer überirdischen Schönheit hervorbrechen, ein armer verlorener Mensch würde bekleidet werden mit dem Purpurmantel des himmlischen Königs. Mir war plötzlich, als müßte ich vor der nackten Seele meiner Tante Edelgart niederknien. – – –

Als Jeanette mich über die Schwelle des Zimmers führte, nahm ich wie im Traum wahr, daß die Tür weit geöffnet stand. Auch im Nebenzimmer waren alle Türen geöffnet. Es erstaunte mich flüchtig, aber ich war noch zu benommen, um darüber nachzudenken. Erst später hat mir Jeanette erzählt, während der Beichte meiner Tante seien die Türen in der ganzen Wohnung lautlos aufgesprungen. Auch Giulietta hat dies bezeugt; wir haben aber mit niemand darüber zu sprechen gewagt. – – –

Meine Tante Edelgart lebte nach dieser Nacht noch einundzwanzig Tage, nämlich genau so viele Tage, wie sie Jahre gegen Gott getrotzt hatte. Sie selbst sah jeden dieser Tage so an, als ob er ein Jahr darstelle, welches sie durch die Gnade Gottes mit diesem einen Tage noch einmal leben dürfe. Sie rechnete von vornherein nicht mit einer längeren Frist, obwohl der Arzt, welcher ihre Stirnwunde verband, bestätigte, daß sie im übrigen unverletzt sei und daß ihre Krankheit keinerlei Gefahr bedeute.

Und in der Tat, meine Tante Edelgart starb auch an keiner Krankheit, sondern sie starb direkt am Willen Gottes. Er hatte nicht mehr nötig, ihr eine Krankheit zu schicken, die ihre physische Natur brach, denn ihre Seele war jetzt so völlig an Gott hingegeben, daß sie augenblicklich in alles einwilligte, was er über sie verhängte. Sie bedurfte keiner besonderen Gnaden mehr und empfing auch keine; gerade dieses aber schien ihr die allergrößte Gnade, weil sie darin zu erkennen glaubte, daß Gott ihres Gehorsams und ihrer Demut jetzt gewiß sei.

Das eigentliche Glück ihrer letzten Tage war die heilige Kommunion, die uns Pater Angelo täglich reichte. Sie war dann oft geradezu verklärt, so daß der Widerschein davon viele Stunden auf ihrem Antlitz blieb. Im übrigen ist es nicht leicht, von diesen letzten Tagen zu sprechen, denn es geschah in ihnen nichts, was für andere bemerkenswert gewesen wäre, aber eben dieses war ihre Schönheit und ihr Friede. Wir waren so tief verbunden, daß ich fast nicht über ihren Tod zu trauern vermochte.

Sie starb an demselben Tag, den sie vorhergesagt hatte, völlig kampflos und in wenigen Sekunden vor meinen Augen. Man konnte keinerlei Vermutung haben, ob es ihr auch nur den geringsten körperlichen Schmerz verursacht hatte. Auch vermochte man sich bei ihrem Anblick nicht vorzustellen, daß sie gestorben sei; alle, die sie sahen, wollten es zuerst nicht glauben. Sie sah im Todesschlaf unendlich sanft und vollkommen glücklich aus; es war wirklich, als ob ihr letztes Antlitz die Seligkeit des ewigen Lebens in der Liebe Gottes verkünde. Sie war so schön, daß wir uns nicht versagen konnten, ihre Totenmaske abnehmen zu lassen. Jeanette und ich haben die Bilder, welche wir danach machen ließen, später oft verschenkt. Wie wir mehrmals hörten, haben sie verschiedene Menschen vor dem Sterben getröstet. – – –

Unmittelbar nach dem Heimgang meiner Tante Edelgart traf die Nachricht ein, mein Vormund habe wohlbehalten einen deutschen Hafen erreicht. Ich teilte ihm mit, daß ich inzwischen vereinsamt sei, und erhielt von ihm in einem überaus gütigen Brief die Antwort, das Heim der Tochter seines liebsten Freundes werde künftig in seinem Hause sein. Er selbst könne leider zur Zeit Deutschland nicht verlassen, aber ich möge mich unverzüglich zu ihm aufmachen.

Ich war zunächst mit dieser Neuordnung meines Lebens keineswegs einverstanden, denn ich fühlte mich unauflösbar mit der Ewigen Stadt verbunden, und wie ich selbst glaubte, lag meine künftige Heimat im Kloster der Via Lucchesi. Indessen meine sechzehn Jahre verboten einstweilen den Eintritt ins Noviziat, und als ich Pater Angelo den Wunsch aussprach, den rechten Zeitpunkt dafür in Rom zu erwarten, erwiderte er lächelnd: »Rom ist überall.« Ich wußte wohl, was er damit meinte; trotzdem gelang es mir nicht sogleich, meiner schmerzlichen Empfindungen Herr zu werden. Er fuhr indessen freundlich fort, mich zu trösten. »Tragen Sie«, so sagte er, »das Antlitz, das in Ihrer Seele brennt, hinaus in die Welt, zeigen Sie ihr, als eine Tochter der Ewigen Stadt das Antlitz ihres Königs!« –

Meine Abreise erfolgte dann ziemlich schnell, da mein Vormund Sorge getragen hatte, die Auflösung meines Haushaltes sowie die Ordnung meiner sonstigen Angelegenheiten durch vertrauenswürdige Personen von Deutschland aus in die Wege zu leiten.

Am letzten Abend meiner Anwesenheit in Rom, unmittelbar bevor mich der Nachtzug nordwärts tragen sollte, fuhren Pater Angelo und Jeanette noch einmal mit mir nach dem Sankt Peter. Wir gingen durch das bereits dämmernde Mittelschiff zur lichtumflimmerten Confessio; dort, ganz nahe dem päpstlichen Hochaltar, von dem herab mich einst der erste volle Strahl der eucharistischen Heilandsliebe getroffen hatte, knieten wir und vereinigten unsere Seelen im Gebet.

Nach einer Weile erhob ich mich und suchte allein die Stelle auf, wo ich damals am Gründonnerstag vor der Reliquie der heiligen Veronika hingesunken war. Ich ließ mich auf den nackten Steinen der Kirche nieder; sie umgab mich weit und groß wie die Welt, in die ich hinaustreten sollte – wohin ich auch ginge, nie würde es einen Ort geben, den diese gewaltige Kirche nicht zu umfassen vermochte!

Ich grüßte meine Heilige und faltete die Hände zu der im mystischen Dunkel der abendlichen Kuppel schwebenden Loggia empor: »Präge dich tiefer ein, du Bild meines Königs, du, nicht ich, sollst in meiner Seele leben, in meinem Herzen, in meinem Antlitz, auf meinen Lippen, du, nicht ich, lebenslang nur du!«

Dann beugte ich mich zu Boden und küßte ihn: Ich küßte nicht Steine sondern ich küßte das heilige Herz der Welt, ich küßte die Stätte, an der sich Himmel und Erde berühren, das Rom Jesu Christi, das unüberwindliche und

wahrhaft ewige Rom! –

Klassiker der italienischen Literatur

Dante Alighieri:
Die Göttliche Komödie
Aus dem Italienischen übertragen von Wilhelm G. Hertz
Nachwort von Hans Rheinfelder und Anmerkungen von Peter Amelung
Dünndruck-Ausgabe
dtv 2107

La Divina Commedia – Die Göttliche Komödie
Italienisch und deutsch
Herausgegeben, übersetzt und kommentiert von Hermann Gmelin
Vollständige Ausgabe
6 Bände, 2900 Seiten
dtv/Klett-Cotta 5916

Vita nova
Das neue Leben
Nach der revidierten Übersetzung von Karl Federn herausgegeben und kommentiert von Anna Coseriu und Ulrike Kunkel
Zweisprachige Ausgabe
dtv 2199

Alessandro Manzoni:
Die Verlobten
Mit 440 Illustrationen
Mit einem Essay von Umberto Eco
Übersetzt und mit einem Nachwort versehen von Ernst Wiegand-Junker
Dünndruck-Ausgabe
dtv 2142

Die Nonne von Monza
Aus dem Italienischen übersetzt und mit einem Nachwort versehen von Heinz Riedt
dtv 2192

Die Schandsäule
Romanchronik
Mit einem Vorwort von Leonardo Sciascia
Herausgegeben und aus dem Italienischen übersetzt von Wolfgang Boerner
dtv 2205